神이 보낸 장수

정기룡

神이 보낸 장수 정기룡

전은강 장편역사소설

1판 1쇄 발행 | 2019. 3. 25

발행처 | **Human & Books**
발행인 | 하응백
출판등록 | 2002년 6월 5일 제2002-113호
서울특별시 종로구 삼일대로 457 1009호(경운동, 수운회관)
기획 홍보부 | 02-6327-3535, 편집부 | 02-6327-3537, 팩시밀리 | 02-6327-5353
이메일 | hbooks@empas.com

ISBN 978-89-6078-702-5 03810

전은강 장편역사소설

神이 보낸 장수

정기룡

Human & Books

정기룡 장군 전적도 - 함경편

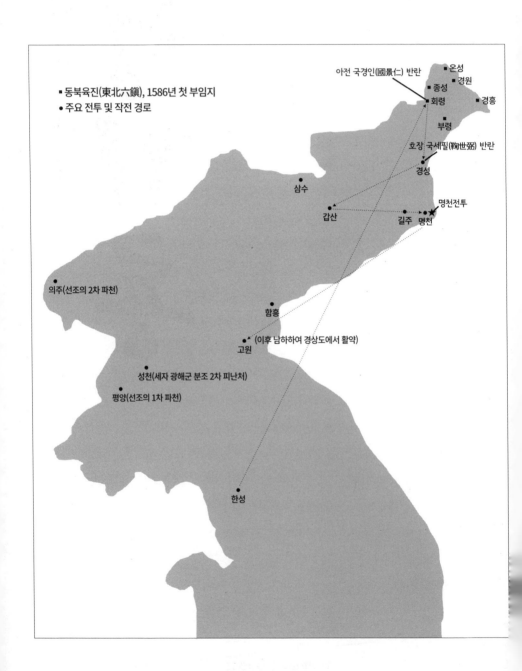

- 동북육진(東北六鎭), 1586년 첫 부임지
- 주요 전투 및 작전 경로

온성

경원

종성

아전 국경인(鞠景仁) 반란

회령

경흥

부령

호장 국세필(鞠世弼) 반란

경성

명천전투

삼수

갑산

길주 명천

의주(선조의 2차 파천)

함흥

(이후 남하하여 경상도에서 활약)

고원

성천(세자 광해군 분조 2차 피난처)

평양(선조의 1차 파천)

한성

정기룡 장군 전적도 – 영남편

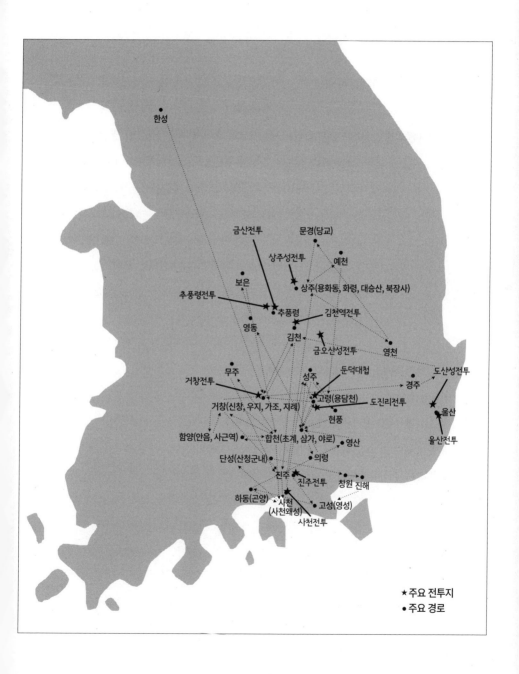

한성

금산전투
문경(당교)
상주성전투
예천
보은
상주(용화동, 화령, 대승산, 북장사)
추풍령전투
추풍령
김천역전투
영동
김천
금오산성전투
영천
무주
성주
둔덕대첩
도산성전투
거창전투
고령(용담천)
경주
거창(신창, 우지, 가조, 지례)
도진리전투
함양(안음, 사근역)
현풍
울산
합천(초계, 삼가, 야로)
영산
울산전투
단성(산청군내)
의령
진주
진주전투
창원 진해
하동(곤양)
사천
(사천왜성)
고성(영성)
사천전투

★ 주요 전투지
● 주요 경로

※ 관직은 주로 임진왜란과 정유재란 시기의 직이며 필요시 전후 직책을 적음.

정기룡의 가계와 지인

정기룡(鄭起龍) 1562년(명종 17년) 곤양(지금의 경남 하동군 금남면) 생. 본명 정
　　　　무수(鄭茂壽). 임란 발발 시 훈련원봉사(訓練院奉事), 이후 경상우
　　　　방어영 별장(別將), 감사군대장(敢死軍大將), 회령부사(會寧府使),
　　　　상주판관, 상주목사 겸 토왜대장, 토포사, 경상우도병마절도사에
　　　　이름. 전후 경상도방어사, 김해부사, 밀양부사, 중도방어사, 경상좌
　　　　도병마절도사 겸 울산부사를 지냄. 1610년(광해군 2년) 상호군에
　　　　오르고 보국숭록대부 삼도수군통제사 겸 경상우도수군절도사로
　　　　서 통영 진중에서 작고. 시호는 충의(忠毅).

정호(鄭浩)와 남양홍씨(南陽洪氏) 정기룡의 부모
정몽룡(鄭夢龍) 정기룡의 큰형
정인용(鄭仁龍) 정기룡의 작은형
강세정(姜世鼎, 혹은 姜世貞) 진주의 향리로 정기룡의 장인
부인 강씨 강세정의 딸

조정의 군신

선조(宣祖) 조선 제14대 왕

광해군 선조의 세자. 임란시 분비변사(分泌邊司) 관할

최흥원(崔興源) 우의정·좌의정을 거쳐 유성룡(柳成龍)이 파직하자 영의정에 오름. 임란시 왕을 의주까지 호종.

윤두수(尹斗壽) 좌의정

류성룡(柳成龍) 병조판서, 풍원부원군(豊原府院君), 평안도도체찰사, 영의정

정철(鄭澈) 서인의 영수. 삼도도체찰사(三道都體察使)로 비변사(備邊司) 관할.

정인홍(鄭仁弘) 조식의 수제자로 합천에서 김면·곽율(郭𢢜)과 함께 궐기하여 영남의병장이 됨. 전후 북인 대북파의 영수가 되어 영의정에 이르나 인조반정으로 체포, 참형당함.

황여일(黃汝一) 김성일 문하로 정기룡의 사면을 탄원함. 임란시 예문관검열 겸 춘추관기사관에 이어 권율의 종사관으로 복무. 임란 뒤 세자시강원 사서, 예천군수, 길주목사, 동래진병마첨절제사에 임명.

이산보(李山甫) 이조판서

이항복(李恒福) 병조판서

김우옹(金宇顒) 동지중추부사, 정기룡의 사면을 탄원함.

박진(朴晉) 동지중추부사

심충겸(沈忠謙) 동지중추부사

이원익(李元翼) 임란시 이조판서, 영의정, 4도도체찰사(四道都體察使)로 함경·평안·경상도의 왜군과 접전.

이덕형(李德馨) 정원사(請援使)로 명에 원군을 요청.

황신(黃愼) 조선 통신정사로 1596년 왜국 관백 도요토미 히데요시와 협상을 진행. 이 협상이 결렬되고 이듬해 정유재란이 일어남.

박홍장(朴弘長) 황신의 부사

이함(李諴) 사헌부 장령

이병(李覺) 사헌부 집의

성이문(成以文) 사헌부 지평

임해군(臨海君) 선조의 서자. 회령 반란군에 잡혀 왜군에 인질로 넘겨져 고원(高
原)에 수감되었다가 이듬해 부산으로 이송된 뒤 1593년 석방됨.
광해군 즉위 뒤 진도 등에 유배되었다 죽고, 1623년 인조 등극 후
복작신원(復爵伸寃)됨.

순화군(順和君) 선조의 서자. 회령 반란군에 잡혀 왜군에 인질로 넘겨져 고원(高
原)에 수감되었다가 이듬해 부산으로 이송된 뒤 1593년 석방됨.
성질이 포악하여 1601년 순화군의 군호(君號)까지 박탈되고 사후
에 복구됨.

문몽헌(文夢軒) 회령부사, 재임 중 국경인에 의하여 임해군·순화군의 두 왕자와
함께 잡혀 왜군에게 포로로 넘겨짐.

김귀영(金貴榮)과 황정욱(黃廷彧) 반군에 사로잡힌 왕자들 호종 대신

윤탁연(尹卓然) 칠계군(漆溪君). 함경도관찰사 겸 순찰사, 왕자 구출작전 책임자

조선군 장수와 지방 관리

신립(申砬) 삼도도순변사(三道都巡邊使: 경상, 충청, 전라의 3도 총사령관)

이일(李鎰) 경상도순변사(慶尙道巡邊使)

김여물(金汝岉) 의주목사, 임란시 신립의 부사, 탄금대 전투에서 패하자 신립과
함께 강물에 투신.

이양원(李陽元) 도검찰사(都檢察使) 왜적이 경성을 침공하자 도피함.

김명원(金命元) 도원수, 왜적이 경성을 침공하자 도피. 평양성 전투에서 패전. 순
검사(巡檢使)

신각(申恪) 김명원(金命元)의 부원수, 왜적이 경성을 침공하자 도피함.

권율(權慄) 광주목사(光州牧使), 삼도근왕병 중군장, 도원수

이빈(李薲) 권율 휘하의 장수

변양준(邊良俊) 권율 휘하의 장수, 군진 중위선봉장(中衛先鋒將)

소문진(蘇文震) 선전관

/ 지방 장수 또는 관리 /

이광(李洸) 전라도관찰사

윤선각(尹先覺) 충청도 관찰사

김수(金睟) 경상도관찰사

한효순(韓孝純) 경상도순찰사

김광조(金光祖) 한효순(韓孝純)의 비장

류숭인(柳崇仁) 함안군수(咸安郡守), 경상우도병마절도사

김성일(金誠一) 퇴계학파 유학자, 임란시 경상우도병마절도사, 경상우도관찰사

김면(金沔) 의병장 출신. 김성일 후임으로 경상우도병마절도사에 제수.

이시언(李時彦) 황해도좌방어사, 충청도병마절도사로 울산왜성 전투에 정기룡과
            함께 참전하고 이후 전라도병마절도사에 제수, 임란 뒤 함경도순
            변사·훈련대장 등에 올랐으나 이괄의 난 당시 억울하게 사형됨.

성윤문(成允文) 경상좌도병마절도사. 경상우도병마절도사 정기룡, 충청도병마절
            도사 이시언과 함께 3영 체제를 이룸.

김응서(金應瑞) 경상우도병마절도사. 정기룡의 전임 절도사

권응수(權應銖) 정기룡의 경상우도병마절도사 시절 경상좌도방어사

박의장(朴毅長) 경주판관(慶州判官), 정기룡의 경상우도병마절도사 시절 경주부윤

고언백(高彦伯) 경기도방어사, 정기룡의 경상우도병마절도사 시절 경상도방어사

이용순(李用淳) 경상감사

박명현(朴名賢) 충청도방어사

이경준(李慶濬) 평안도병마절도사

주몽룡(朱夢龍) 김산군수

이광악(李光岳) 곤양군수(昆陽郡守), 전라도병마절도사

김해(金澥) 상주목사

박진(朴晉) 경상좌병사

이수일(李守一) 장기군수(長鬐郡守)

조종도(趙宗道) 함양군수

곽준(郭趁) 안음현감

백사림(白士霖) 김해부사

김광명(金光明)·심정섭(沈正燮)·장진욱(張珍旭) 충청병영의 중위군 소속 병사

/ 조경과 휘하 /

조경(趙儆) 강계부사(江界府使) 경상우도방어사(慶尙右道防禦使)

양사준(梁思俊) 조경의 조방장(助防將)

김수룡(金首龍) 조경의 중군장

홍길영(洪吉瑛) 조경의 좌군장, 패전 후 이력을 위조하여 의병장으로 복귀.

이정진(李鋥珍) 조경의 우군장

/ 진주성 방어전 /

김시민(金時敏) 진주목사

최경회(崔慶會) 임란시 화순에서 궐기한 의병장. 우지치(牛旨峙) 승전으로 경상우
　　　　　　병사에 오름. 1593년 제2차 진주성전투에서 성이 함락되자 남강에
　　　　　　투신함.

황진(黃進) 충청병사, 1593년 제2차 진주성전투에서 전사.

이종인(李宗仁) 김해부사

장윤(張潤) 사천현감

김천일(金千鎰) 창의사. 아들 김상건(金象乾)과 함께 자결.

고종후(高從厚), 양산숙(梁山璹), 홍계남(洪季男), 강희열(姜希悅) 의병장

사대수(査大受), 오유충(吳惟忠), 낙상지(駱尙志) 명군 장수

논개(論介) 진주목(晉州牧)의 관기(官妓)로 제2차 진주성전투 당시 왜장을 유인하
여 순국함.

/ 상주성 탈환전 /

정경세(鄭經世) 예문관대교(藝文館待敎), 상주 의병장, 기룡의 벗이며 부친 정여
관(鄭汝寬)과 정기룡의 부친 역시 친구 사이

김각(金覺), 이봉(李逢) 상주 상의군(尙義軍) 지휘.

이전(李㙉)·이준(李埈) 형제 김각 지휘 아래 활약, 정경세와 함께 류성룡 문하에
서 수학.

이천두(李天斗) 창의군 지휘

김홍민(金弘敏) 충보군(忠報軍) 지휘

조정(趙靖) 청도 의병장, 임란 후 청도군수를 지냄

전식(全湜) 옥천 의병장, 연원도찰방(連原道察訪), 임란 후 예조좌랑, 예조정랑을
지냄.

김광복(金光復) 관병장(官兵將)으로 흩어진 관병을 모아 전투 대열에 합류.

의병장과 유학자

/ 의병장 /

곽재우(郭再祐) 임란 최초 의병장, 홍의장군. 정암진(鼎巖津) 승전으로 왜적의 호
남 진출을 차단, 이어 제1차 진주성 전투 참전. 경상도 조방장(助
防將. 정3품), 성주목사, 경상좌도 방어사(防禦使. 종2품), 경상좌
도 병마절도사(종2품)

최경회(崔慶會) 호남의병장

최강(崔堈) 고성의병장

정득열(鄭得說) 사천현감

주대청(朱大淸) 가배량(加背梁: 거제시) 권관

/ 유학자 /

퇴계(退溪) 이황(李滉) 안동 출신, 경상좌도의 대유학자로 학맥이 퇴계학파의 남
　　　　인으로 이어짐.

남명(南冥) 조식(曺植) 합천 출신, 경상우도의 대유학자로 학맥이 남명학파의 북
　　　　인으로 이어짐.

이이(李珥) 대유학자이자 정치가로 십만 양병설을 주창하는 등 왜적의 침입에 대
　　　　비함.

/ 정문부 휘하 /

정문부(鄭文孚) 의병장, 북도(동북면의 이칭) 병마평사(兵馬評事: 병마절도사 보
　　　　좌관), 여러 차례 길주부사에 제수

경성 강문우(姜文佑)·최배천(崔配天)·오박(吳璞), 종성 김사주(金嗣朱), 회령 신세
준(申世俊) 정문부의 격문에 모인 의병장들

종성부사(鍾城府使) 정현룡, 경원부사(鏡源府使) 오응태(吳應台), 경흥부사(慶興
府使) 나정언(羅廷彦), 고령첨절사(僉使) 유경천, 방원만호 한인제(韓仁濟), 서북
보만호 고경민, 군관 오대남(吳大男) 정문부의 격문에 모인 관병(장)들

지달원(池達源) 오윤적(吳允迪) 정문부의 제자

정기룡 휘하 장병

김태허(金太虛) 밀양부사, 울산군수. 자발적으로 정기룡 부대에 합류.

김태우(金太優) 경상우방어영 시절 정기룡의 좌초관(左哨官: 종9품의 중대급 지휘관)

박경혁(朴硬革) 경상우방어영 시절 정기룡의 우초관

황찬용(黃讚龍) 경상우방어영 시절 돌격전사

선거이(宣居怡) 경상우병영 시절 황해도병마절도사로서 정기룡 휘하에 소속

박대수(朴大壽) 임란시 권율의 참모관으로 참전. 경상우병영 시절 정기룡의 아장

한명련(韓明璉) 경상우병영 시절 정기룡의 선봉장. 동지중추부사(同知中樞府事, 종2품)

백홍제(白弘悌) 경상우병영 시절 정기룡의 유군장(흩어진 병사들을 모아 거느리는 병대의 장)

장시중(張時中) 경상우병영 시절 정기룡의 평사

정구룡(鄭九龍) 경상우병영 시절 표하군장

강웅일(姜雄一) 경상우영군 척후장. 훈련원판관(訓鍊院判官) 출신

황영철(黃永哲), 장석구(張錫龜), 이명동(李明東), 남우원(南宇源) 정기룡이 훈련원에서 차출해 휘하에 둔 무사들

황치원(黃致遠), 김천남(金天男), 노함(盧涵), 이희춘(李希春), 김세빈(金世貧), 최윤(崔胤), 정범례(鄭範禮), 윤업(尹業), 김사종(金士宗), 장상헌(張尙獻) 정기룡의 감사군(敢死軍) 부장들. 장상헌은 삼도근왕병 시절 합류한 무사.

마을구(馬乙救) 사천(私賤) 출신으로 양인 신분의 정병(正兵)이 된 정기룡의 마병(馬兵)

반역 관계 인물

이탕개(尼湯介) 선조 초 조선에 귀화한 여진족, 1583년(선조 16년)에 함경도에서
　　　　　반란을 일으켰다 북병사 김우서에게 진압되어 도주함.

국경인(鞠景仁) 회령(會寧) 아전. 왜적과 손 잡고 반역을 일으킴.

김수량(金守良) 회령(會寧) 아전. 국경인의 반란에 동참.

국세필(鞠世弼) 경성(鏡城)의 호장(戶長). 국경인의 작은아버지로 국경인의 반란
　　　　　에 동참.

정말수(鄭末守) 명천(明川) 아전. 국경인의 반역에 동참.

이언우(李彦祐), 함인수(咸麟壽), 정석수(鄭石壽) 국경인 휘하 회령부성의 반적장들

안득(安得) 왜적에 의해 단성현감에 임명된 역민

왜군 주요 인물

/ 작전 지휘부 /

도요토미 히데요시(豊臣秀吉) 왜 관백. 오다 노부나가에 이은 통일 일본 막부의
　　　　　쇼군

가토 미쓰야스(加藤光泰) 부교(奉行)로 히데요시의 전권을 받아 군 전체를 감독,
　　　　　보고하는 군감직. 한때 모리 데루모토(毛利輝元)의 휘하
　　　　　부장

이시다 미쓰나리(石田三成) 부교(奉行)이자 선발대장으로 참전. 평양성까지 진격
　　　　　한 뒤 행주대첩에 참전. 패전에 임박해 대명 강화사로
　　　　　활동하고 이후 외교와 행정에 종사.

요시라(要時羅) 고니시 유키나가의 통역사이자 이중세작으로 암약. 그의 반간계
　　　　　로 이순신이 하옥되고 조선 수군이 무리하게 부산포로 출병하여

대패, 칠천량 패전으로 이어짐.

/ 군 지휘부 /

우키타 히데이에(宇喜多秀家) 왜군 총사령관이자 8군 사령관. 도요토미 히데요시
의 총애를 받은 양자로 휘하 병력 10,000명으로 침
공. 행주대첩때 3만 대군으로 2천 권율군에 패배, 벽
제관 전투와 제2차 진주성 전투에서 승리.

고니시 유키나가(小西行長) 왜군 1군 사령관. 700척 19,000명으로 침공

가토 기요마사(加藤淸正) 왜군 2군 사령관. 22,000명으로 침공

구로다 나가마사(黑田長政) 왜군 3군 사령관. 11,000명으로 침공

모리 요시나리(毛利吉成) 왜군 4군 사령관. 14,000명으로 침공

모리 데루모토(毛利輝元) 왜군 7군 사령관. 자신의 주력군 30,000명으로 침공.
상주성전투에서 정기룡 장군에게 패퇴, 이어 자국으로
소환당함.

/ 기타 장수 /

나베시마 나오시게(鍋島直茂) 왜군 2군 대장. 조선인 도공 납치를 주도.

시마즈 요시히로(島津義弘) 왜군 4군 대장으로 전공이 가장 높은 장수 중 하나.
칠천량 해전에서 원균을 격파, 사천 전투에서 조명군
을 격퇴, 1597년 사천성 수비 후 퇴각, 노량해전에서
이순신의 수군에게 대파당하고 도주.

모리 히데모토(毛利秀元) 왜군 7군 대장. 모리 데루모토의 양자

시시도 모토츠구(肉戶元續) 모리 히데모토의 부장. 울산왜성의 축성을 수행.

와타나베 시치에몬(渡邊七右衛門) 왜장 독성산성(禿城山城)에서 이광 군대 격멸.

와키자카 야스하루(脇坂安治) 용인 전투에서 이광의 조선군을 격퇴했으나 한산
도 해전에서 이순신에게 대패하고, 정유재란에 출

전하여 칠천량해전으로 원균의 수군을 섬멸시켰으나 명량해전에서 다시 이순신에게 대패함.

히데카즈(長谷川秀一) 왜장 진주성 침공

나가오카 다다오키(長岡忠興) 왜장 진주성 침공

명군 주요 인물

/ 임진왜란 참전 장수 /

이여송(李如松) 명군 제독군무 도독동지, 명군 2차 4만3000명 파병 당시 제독, 평양성 전투에서 고니시 유키나가(小西行長)를 물리쳤으나 벽제관 전투에서 패한 뒤 화의를 모색하다 철군.

조승훈(祖承訓) 명 우로군 부총병(副摠兵, 요동군), 1592년 명군 1차 3500명 파병 당시 선발대장, 평양성 패전 뒤 도주, 후일 1593년 제4차 평양 전투에서 부총병으로 참전하여 승리.

왕사기(王士琦) 명 감군(監軍) 참정(參政), 이시다 미쓰나리(石田三成)와 강화 협상 진행.

양조령(梁祖齡) 명군 포정(布政)

유정(劉綎) 명 우로군 사령관, 임진왜란 명군 1차 파병 당시 부총병(副總兵), 휴전 중에 조선에 머물렀으며 정유재란 3차 파병 때는 총병으로 승진해 서로군 대장에 복무.

이영춘(李榮春) 명군 장수, 임진왜란 시 황여일에게 화전(火戰) 기술 제공.

두사충(杜思忠) 명군 장수, 이여송의 참모로 조선군과 긴밀히 협력, 이후 조선에 귀화.

심유경(沈惟敬) 1592년 임진왜란시 명 유격장군, 선조를 만나 70만 파병설을 보고하여 조선군을 혼란에 빠트렸고, 1593년 명국의 사신으로 도요토미 히데요시(豊臣秀吉)와 만나 거짓 협상과 보고로 정유재란의 빌미를 제공했으며, 이로 인해 왜로 망명하던 중 사로잡혀 처형됨.

오유충(吳惟忠) 명군 총병, 1593년에 우군 유격장군으로 참전하여 제4차 평양전투에서 부총병으로 활약, 정유재란시 충주 방어 수행.

/ 정유재란 참전 장수 /

마귀(麻貴) 명군 총병, 도독 정왜대장(征倭大將). 후일 좌로군 사령관. 1597년 정유재란시 5차 원군 사령관으로 참전하여 명의 장수로서 드물게 울산 왜성 전투 등 많은 전공을 올렸으며, 조선왕조실록에 그가 이순신, 권율, 정기룡, 한명련을 조선 최고의 장수로 뽑았다는 기록이 나옴.

진린(陳璘) 명군 부총병 겸 수군 사령관, 1597년 정유재란 시 5000명의 수군을 거느리고 참전, 노량해전에서 이순신장군과 연합작전 수행.

동일원(董一元) 명 중로군 사령관, 정유재란시 4차 원군을 이끌고 경상도 탈환전에 참전, 사천 전투에서 시마즈 요시히로(島津義弘)에 대패.

양호(楊鎬) 명 좌로군 사령관 겸 경리(經理), 1597년 정유재란시 마귀와 함께 참전하여 제1차 울산왜성 전투에서 패전을 승전으로 꾸며 보고했다가 파면당함.

만세덕(萬世德) 1597년 정유재란 당시 명 4차 파병군을 이끌고 참전한 제독 겸 경리(經理), 마귀와 함께 조선군과 긴밀히 협력하다 종전 후 귀국.

/ 마귀 휘하 /

천만리(千萬里) 명군 수위사 겸 총독장(守衛使兼總督將)으로 참전, 임진왜란 당시 이여송 휘하로 제3차 평양 전투에 무공을 세우고, 정유재란 당시 마귀 휘하의 중사마로 다시 참전해 직산(稷山) 전투를 승전으로 이끌었으며, 후일 귀화하여 한국 영양 천씨의 중시조가 됨.

이여매(李汝梅) 명 좌협군 사령관, 마귀에 이어 가총병(假總兵: 임시 총병)

마운밀(麻運密) 명 천총(千總), 마귀의 지휘권 받아 명군 지휘.

장운익(張雲翼) 명 제독접반사

진인(陳寅) 명 유격장군

파귀(頗貴) 명 유격장군

해생(解生) 명 부총병(副總兵)

왕국동(王國東) 명군 참장(參將), 5차 원군시 부장으로 참전.

/ 기타 장수 /

모국기(茅國器) 명군 유격장군, 3차 원군시 부장으로 참전.

곽안민(郭安民) 명 진인의 선봉대장, 파총(把摠)

이절(李梲) 명군 부총병

양겸(楊謙) 명군 유격장군

남방위(藍邦威) 명군 유격장군

노득룡(盧得龍) 명군 유격장군

차례

돌격별장이 되다

1

1592년(선조 25년) 4월 13일(이하 음력) 임진왜란이 발발했다. 7백여 척의 왜적 병선이 바다를 건너와 절영도(絕影島: 지금의 부산 영도)에 상륙했고, 이튿날 부산진성(釜山鎭城)을 함락하고 4월 15일엔 동래성(東萊城)마저 함락했다.

조선 제14대 왕 선조(宣祖)는 좌의정 겸 이조판서 류성룡(柳成龍)에게 병조판서까지 겸하고 군사의 일을 총치(總治)하여 왜적을 막게 했다. 이에 류성룡은 신립(申砬)을 삼도도순변사(三道都巡邊使: 경상, 충청, 전라의 3도 총사령관)에 세워 조령으로 보냈고, 경상도순변사(慶尙道巡邊使) 이일(李鎰)에게는 대구와 그 주변 고을 관병을 모아 거느리고 조령으로 가서 신립의 지휘를 받게 했다. 그런데 왜적 후발대가 뒤늦게 대마도를 출발해 조선으로 향하고 있다는 급보가 올라왔다. 류성룡은 왜적 후발대가 경상우도(경상도의 낙동강 서쪽 지역)를 통과하여 추풍령(秋風嶺)으로 향할 것으로 예상했고, 전(前) 강계부사(江界府使) 조경(趙儆)을 서용(敍用: 죄를 지어 면관된 사람을 다시 등용함)하여 경상우도방어사(慶尙右道防禦使)에 세우고 경상우도로 급파했다.

정기룡(鄭起龍)은 이때 훈련원봉사(訓練院奉事)로 봉직 중이었다. 훈련원은 무관의 무재(武才)를 시험하고 무예를 훈련하며 병서를 강습하고 전법을 개발하는 중앙관청이지 전투병대가 아니었다. 전쟁이 일어났다는 소식에 정기룡은 전장으로 달려갈 기회를 찾고 있었는데, 때마침 조경의 경상우도방어사 임명 소식이 들려왔다. 경상우도는 정기룡의 고향 곤양현(昆陽縣: 지금의 하동군)이 속한 곳이었다. 그는 즉각 방어사 조경을 찾아갔고, 휘하에 받아줄 것을 청했다.

저는 훈련원에 있으며 왜적의 전략전술을 연구했으므로 저들의 약점을 잘 알고 있습니다. 장군께서 저를 명으로 다스려주신다면 목숨 바쳐 왜적과 싸우겠습니다.

사실 조경은 예전부터 정기룡을 알고 있었다. 정기룡의 원래 이름은 정무수(鄭茂壽)였는데, 무과에 급제한 후 선조임금으로부터 기룡(起龍)이라는 이름을 하사받고 정기룡이 되었다. 그러니 조선의 무관이 어떻게 그 이름을 모를 수 있을까.

장원급제를 한 것도 아니고 별시무과에 급제하였을 뿐인데 주상께서 무슨 이유로……?

조정의 문무양반은 너나 할 것 없이 의아했다.

경성전(慶成殿)에서 흘러나온 얘기로는, 무과시험이 있기 전 상감께서 기이한 꿈을 꾸고 이튿날 새벽 상선(尙膳)을 종루(鍾樓: 종각)로 보내서 무슨 일이 있는지 알아보게 하였는데, 상선이 가서 보니 정무수라는 자가 자고 있었다고 합니다. 그 자가 무과에 급제하였고, 불러 이름을 하사하셨다는 것입니다.

소문이 퍼지면서 그 일은 전국을 떠들썩하게 했다.

선조임금은 1586년(선조 19년) 별시무과가 있기 전날 밤 흰 구름에 둘러싸인 종루에서 용이 나와 종각 기둥을 타고 하늘로 올라가는 꿈을 꾸었다. 꿈이 하도 기이하기에 잠에서 깨어나자마자 상선에게 종루에 무슨 일이 있는지 가서 살펴보게 했다. 상선이 달려갔는데, 무과에 응시하기 위해 시골에서 올라온 과시생이 노자를 아끼기 위해 봉놋방에 들지 않고 종각 바닥에 누워 자고 있었다. 상선은 누군데 감히 국가시설에서 함부로 잠을 자느냐고 호통 쳐 깨웠고, 노자를 아껴서 어머니께 한양의 좋은 물품을 사다드리고 싶다는 시골무사의 얘기를 듣고는 그 신분만 확인하고 돌아갔다.

참으로 효성이 지극한 자였습니다. 무과시험을 보려면 편한 곳에서 푹 자야 좋은 성적을 거둘 텐데도 불편한 잠과 어머니의 기쁨을 기꺼이 바꾸었다는 것은 그만큼 시험에 자신이 있기 때문일 것입니다.

상선이 아뢰었다. 임금은 당시 편전(便殿)을 출입하던 예문관검열 겸 춘추관기사관인 황여일(黃汝一)을 불렀고,

이번 별시무과에서 정무수라는 자가 급제하거든 데려오라.

하고 분부했다. 황여일이 알아보았는데, 급제자 명단에 정무수라는 이름이 있었다. 황여일은 방방례(放榜禮: 임금이 친히 과거 급제자들에게 합격증을 주는 의식)가 있기도 전에 정무수를 찾아서 편전으로 데려갔다. 얼떨결에 임금을 알현하게 된 정무수는 엎드려 머리를 조아리며 자신의 신분을 아뢰었다.

내가 종루의 용이 하늘로 오르는 꿈을 꾸었던 날 공교롭게도 네가 그곳에서 자고 있었다. 이것이 우연인지 하늘의 계시인지는 모르겠으나, 행여 하늘의 뜻이라면 기꺼이 받들어야 하지 않겠는가? 그런 의미에서 내

너에게 기룡이라는 이름을 내리노라.

정무수가 정기룡이 되는 순간이었다. 임금은 정기룡에게 무인(武人: 군인)이 되려는 이유와 각오를 묻고, 또 성장과정도 소상히 물으며 관심을 보였다. 그리고 친히 선온(宣醞: 임금이 하사한 술이나 음식)을 내려 격려하고 돌려보냈다.

정기룡은 과거에 급제하여 선조임금으로부터 장원급제자보다 더 특별한 대우를 받으며 이름과 선온을 하사받았다. 개인적으로는 큰 영광이었지만 함께 과거를 본 급제자 뿐 아니라 여러 관원들의 시기를 샀다.

용꿈은 무슨. 필시 황여일 그 자의 농간이리.

상당수 관원들은 선조 임금이 용꿈을 꾸고 정무수에게 기룡이라는 이름을 하사했다는 말을 곧이곧대로 믿지 않고 황여일을 의심했고, 병조의 관원 상당수도 이에 동의했다. 황여일은 퇴계(退溪)의 제자인 김성일(金誠一) 문하에서 수학하고 1585년(선조 18년) 별시문과 을과로 아원(2등) 급제한 후 예문관검열 겸 춘추관기사관에 임명되었고, 아직 신속인(新屬人: 새로 관직에 나온 사람)의 티도 벗지 못했음에도 선조임금의 사랑을 받아 마음대로 편전을 드나들고 있었다. 관원들은 그 또한 시기했고, 그가 어떤 불순한 의도를 품고서 마치 하늘이 내린 장수인 양 정기룡을 높이 띄우고 있다고 의심했던 것이다.

때마침 동북면(東北面: 함경도 일대)의 오랜 흉년으로 기근이 심한데, 둔전(屯田)을 개발하여 그 소출을 늘리고 남는 곡식을 양민구휼에 쓰려해도 야인(野人)의 침범이 잦아서 둔전의 곡식을 지켜내지 못하는 안타까운 현실을 토로하는 함경감사 김명원(金命元)의 장계(狀啓)가 올라왔다. 정기룡에 대한 임금의 총애를 시기한 관원들은 동북면의 그 상황을 이용해 정기룡을 임금에게서 멀리 떨어뜨려놓기로 했다. 그래서 혈기 왕성한 신임무관을 동북면으로 많이 보내 둔전을 더욱 개발하고 굳게 지켜야 한다는 여론을 일으켰고, 병조는 그 여론을 업고 정기룡을 동북면 무관으로 발령했다. 정기룡이 시골 출신으로 농사를 잘 알고 군사통솔 능력까지 갖추어 적임자라는 이유였다.

사람들은 임금이 이름을 하사하며 특별한 관심을 보인 신속인 무관 정기룡의 변방 발령을 의아해했다. 관원들의 견제심리가 작용한 결과임을 알았지만 초급무관의 발령에 이의를 제기할 힘 있는 관원은 없었다.

정기룡은 불과 1년 전에 혼인을 한 신혼이었다. 달콤한 신혼의 꿈에 젖어보지도 못한 채 산 속 동굴에서 지내며 과거 준비에만 몰두했고, 급제만 하면 아내를 임지로 불러서 살림을 꾸리고 재미나게 신혼을 즐길 줄 알았는데 동북면 발령이라니!

어쩌겠소, 무인이 있어야 할 곳은 적이 있는 곳인 것을.

정기룡은 안타까운 마음을 전하며 아내를 달랬고, 먼 북방을 향해 길을 떠났다.

정기룡의 아내는 진주의 부유한 향리 강세정(姜世鼎, 혹은 姜世貞)의 딸이었다. 아내 강 씨는 남편의 급제 직후 임금이 특별한 관심을 보였기에 내심 오위(五衛) 발령을 기대했다. 그런데 현실은 육진(東北六鎭: 동북면의 종성, 온성, 회령, 경원, 경흥, 부령)이었다. 육진은 춥고 험악한 곳으로, 야인의 침입이 잦고 변란의 위험이 도사리고 있어 근무가 고되기로 소문났고, 따라서 양인 출신의 정병(正兵)들도 기피하는 곳이었다. 때문에 예전의 병조판서 이이(李珥)는 천민을 양민으로 면천시켜준다는 특령까지 내리며 육진의 병력충당에 애써야 했다.

강 씨는 어지간히 당혹스러웠지만 겉으로는 태연한 척 미소를 머금었다. 눈물을 보여 큰일을 위해 떠나는 낭군님의 발걸음을 무겁게 하는 것은 아녀자의 도리가 아니었기에 떠나는 남편을 배웅하면서도 울지 않았다. 낭군님 모습이 시야에서 완전히 사라진 후 돌아서는데, 참고 있던 눈물이 왈칵 쏟아졌다. 시어머니가 볼세라 부엌으로 달려갔고, 부뚜막에 앉아 가슴을 움켜쥐고 오래오래 흐느꼈다.

북변의 차디찬 북풍한설을 견뎌내며 네 번의 겨울이 지나도록 정기룡을 불러주는 이 아무도 없었다. 그 누구도 선조임금으로부터 이름을 하사받은 무관 정기룡을 기억하지 못하는 듯했다. 그렇게 그는 사람들의 관심에서 멀어져가고 있었다.

그런데 그를 기억하는 사람이 아주 없지는 않았던 모양인지, 드디어 불러주는 장수가 나타났다. 바로 경상우도병마절도사 신립이었다. 그는 신립의 부름을 받고 경상우병영으로 내려갔고, 비로소 아내를 임지로 불러서 함께 지낼 수 있었다.

그 1년 후인 1591년(선조 24년), 왜침을 예상한 신립은 판윤으로 전임되기 직전 훈련원교관을 무재(武才)가 뛰어나고 병법 이해도도 높은 무관들로 교체해야 한다고 조정에 건의하면서 정기룡을 추천했다. 이에 정기룡은 훈련원봉사(訓鍊院奉事)에 발탁되어 왜군의 전략전술을 분석하고 대응전법을 연구하는 업무를 담당했다. 그런데 불과 1년 뒤에 우려했던 왜란이 발발했고, 정기룡은 조경을 찾아가게 되었던 것이다.

2

조경이 신임 경상우도방어사에 임명됐지만 경상우방어영은 실존하는 병대가 아니었다. 당시 조선의 유사시 방어체계는 조정에서 순찰사와 순변사, 방어사 등을 임명해서 내려 보내면 각 고을 수령들이 병력을 동원하여 집결하고 그 휘하에 배속되는 방식이었다. 때문에 전시 긴급 창설 병대 성격의 경상우방어영은 조정에서 내려 보낸 무관과 조경이 기용한 군장(軍將)들로 지휘부 일부만 구성된 상태였다. 이제 경상우도로 내려가서 관아 수령들이 거느린 관군을 불러 방어영에 소속시켜야 비로소 병대의 모습을 갖추게 되는 것이다. 그런 상황에서 젊은 무관 정기룡이 스스로 찾아와 복속을 청하자 조경은 너무도 반갑고 고마웠다. 물론 임금이 특별한 관심을 보인 무관이기에 부담스럽기도 했지만 정기룡의 장점도 그만큼이었다. 훈련원에 있으면서 왜적의 전략전술과 무기를 분석하고 대응전법을 연구했으므로 정기룡만큼 왜적을 잘 아는 무인도 드물었다.

정기룡 봉사가 왜적을 잘 아니 데려가면 이점이 많지 싶은데, 그대 생각은 어떠하오?

조경은 조방장(助防將) 양사준(梁思俊)에게 정기룡을 휘하에 받아들이고 싶다는 뜻을 밝혔다.

주상께서 특별한 관심을 보이신 무관이기에 부담이 큰 것도 사실이지만 그는 고향이 곤양이고 진주와 상주에 살았을 뿐 아니라 훈련원에 봉직하기 전 경상우영군(慶尙右營軍: 경상우도병마절도영의 지방 군대) 소속 무관으로도 있었으므로 경상우도를 잘 압니다. 우리가 군사도 없이 임지로 내려가는데, 경상우도를 잘 아는 무관이 없으므로 척후부터 계책수립까지 모든 것이 막막한 실정입니다. 이런 때에 경상우도 출신의 젊은 무관이 스스로 찾아와 주었으니 하늘이 장군을 돕기 위해 인재를 보낸 것이 아니고 무엇이겠습니까?

양사준은 대찬성이었다. 이에 조경은 정기룡을 휘하에 받아들이기로 결정했고, 별장(別將)으로 승진시켜 돌격장으로 삼으려 했다. 그러나 휘하 무관들이 반대하고 나섰다.

정기룡의 계책이라는 것을 들어보니 빠른 말을 이용해 왜적 조총수가 진을 펼칠 수 없는 협곡으로 유인하고 싸우는 것이더이다. 이는 곧 싸우지 않고 도망을 다니겠다는 것인데, 이것이 어찌 좋은 계책일 수 있겠습니까?

중군장에 기용된 김수룡(金首龍)이 무관들을 대표해 강력한 반대의 뜻을 표했다.

능력은 검증되지 않았고, 실전경험도 없습니다. 그 자를 높이 기용하면 반드시 패할 것이니 별장으로 삼는 것을 재고해 주십시오.

좌군장 홍길영(洪吉瑛)도 반대 목소리에 힘을 보탰다.

우리가 가야 할 곳에 왜적이 올라오고 있소. 경상우도 지리에 밝은 자를 먼저 보내 현지 사정을 살핀 후 전진(戰陣)을 세울 곳과 적을 맞아 싸울 곳을 정하고 적군에 대한 척후도 서둘러야 하는데, 정기룡이 아니면 누가 적임자요? 지금 당장 추천을 해보오.

조경이 말했는데, 3군장은 멋쩍어할 뿐 말이 없었다. 조총으로 무장한 왜적이 오고 있는 곳으로 가서 척후를 하라면 선뜻 응할 무관이 과연 있을까? 별장이 아닌 더 높은 벼슬을 준다 해도 지원자가 나오지 않을 게 뻔했다.

각 군장들은 우리 방어영의 실질적 군사가 전혀 없다는 점을 상기해야 할 것이오. 장군께서 경상우방어사에 임명되셨으나, 조정에서 내준 군사는 약간의 무관과 표하군(標下軍: 장군의 친위부대) 7십여 명이 전부란 말이오. 장차 임지로 내려가서 고을 수령들이 거느린 군사를 불러 방어군으로 삼아야 하는데, 그 수령들이 복종하지 않으면 방어사의 영

(帥)이 서지 않을 것이오. 현지 연고가 있는 정기룡을 돌격별장에 기용하여 그들의 복종을 유도하려는 의도도 포함된 것이니 양해를 부탁하오.

양사준이 설득했다.

군장들이 더는 반대하지 못하자 조경은 정기룡을 불렀고, 휘하의 무관 2명을 내어주며 돌격별장에 임명했다. 정기룡은 반대여론이 강하다는 것을 알기에 별장 승진을 한사코 사양하며 돌격장만 맡겠다고 했다. 그러나 낮은 직급으로는 현지 수령들을 응대할 수 없다는 조경의 권유에 차마 더는 사양하지 못하고 받아들였다.

돌격별장 정기룡. 그는 2명의 무관 중 김태우(金太優)를 좌초관(左哨官: 종9품의 중대급 지휘관)에, 박경혁(朴硬革)을 우초관에 세웠고, 자신이 훈련원에서 데리고 있던 황영철(黃永哲)과 장석구(張錫龜), 이명동(李明東) 등의 무사 5명을 거느리고 경상우도로 급히 내려갔다.

정기룡이 경상우도로 달려가고 있을 때 왜적은 거침없이 북진 중이었다. 왜장 고니시 유키나가(小西行長)가 이끄는 왜적 제1군은 4월 18일 밀양성을 함락했고, 가토 기요마사(加藤淸正)가 거느린 왜적 제2군은 4월 21일 경주성을 함락했다. 그리고 24세의 구로다 나가마사(黑田長政)가 거느린 왜적 후발대 제3군은 김해(金海) 죽도(竹島: 지금의 죽림동)에 상륙했고, 4월 19일 김해성을 함락했다.

김해는 경상우도에 속한 지역이었다. 정기룡이 전선 상황을 살피기 위해 경상우도병마절도영이 있는 합포(合浦: 지금의 창원시)에 갔을 때는 경상우병영도 이미 패하여 진주로 물러나고 그 일대가 모두 왜적 세상이 되어 있었다. 정기룡 일행은 왜적 눈을 피해 은밀하게 움직이며 적의 동향을 살폈다.

경상우도로 침공한 왜적 제3군은 족히 1만5천이 넘는 규모에 보병 위주었다. 보병병대 군장들은 각각 조총수 3열로 이루어진 전대, 궁수 및 방패수 3열로 이루어진 중대, 그리고 창검수로 이루어진 후대의 약 5백여 명씩을 거느렸다. 그리고 수레에 대조총을 얹어서 끌고 다니는 대조총병대와 약 1천여 명으로 구성된 기병대가 따로 있었다.

왜적 제3군은 진격을 일시 멈추고 사방으로 군사를 풀어서 노략질로 군량을 모으고 있었다. 그것으로 보아 앞서 한양을 향해 진격한 제1군과 제2군의 병량미 조달보급도 그들의 임무 중 하나인 듯했다. 그렇다면 저들이 노리는 것은 조선의 곡창지대일 터였다.

정기룡은 척후를 하면서도 틈틈이 병대가 무너져 흩어진 병영의 군사와 수령이 도망쳐 의지할 곳 없이 떠도는 관병을 찾아보았다. 그들을 불러 모아 경상우방어군에 소속시키려는 것이었다. 그러나 병사들이 벌써 멀리 달아나버려서 찾을 수 없었다.

정기룡은 급족(急足)을 띄워서 뒤따라 내려오고 있을 경상우도방어사 조경에게 척후 내용을 보고했다. 조경은 추풍령을 넘어 김산(金山: 지금의 김천)에 도착하여 정기룡이 보낸 급족을 만났고, 정기룡의 보고를 토대로 지례현(知禮縣)에 영채를 세웠다. 그리고는 경상우도 중에서 아직 왜적이 침범하지 않아 온전한 고을의 수령들에게 군사를 거느리고 달려올 것을 명했다. 이에 여러 고을 수령들이 관병을 거느리고 달려왔는데, 그 군사를 다 합쳐도 5백여 명밖에 되지 않았다.

정기룡은 척후를 마치고 방어영이 세워진 지례로 향하던 중 밀양부사 김태허(金太虛)가 밀양성에서 왜적과 힘껏 싸웠으나 이기지 못하여 성이 함락되자 거창(居昌)에 피신해 있다는 소문을 들었다. 어차피 잠잘 곳도 필요했으므로 김태허를 만나서 대적해본 왜적의 전투력에 대해 이야기를 들어보고 방어군 창설 소식도 전할 겸 거창으로 향했다.

정기룡과 7인이 거창에 도착했을 때는 어둠이 내린 후였다. 거창수령 또한 왜적이 온다는 소식을 듣고 관병을 거느리고 어디론가 떠나버려서 관아는 비어 있었다. 정기룡은 김태허가 숨어 있다는 거창읍 객관으로 갔고, 김태허를 만났다.

어찌 군사도 없이 객관에 홀로 머무시는 것입니까?

정기룡이 자신을 경상우방어군 돌격별장으로 소개한 후에 물었다.

기병 쉰 여명이 나와 함께 오다가 창녕(昌寧)에서 왜적을 만났는데, 그들이 나를 구하고자 나만 먼저 보내고 왜적과 싸웠소. 내 멀리 달아나지 않고 여기 숨어 있는 것은 그들을 기다리기 때문이오.

지금 조경 장군이 경상우도방어사에 임명되어 내려오셨습니다. 저와 함께 가서서 방어사를 만나 뵙지 않겠습니까?

정기룡이 말했는데, 경상우방어영에 소속되어 왜적과 싸워달라는 뜻이었다.

내가 밀성(密城: 밀양성)의 수성장으로서 관병과 성병(城兵)을 거느리고 왜적과 대적하였는데, 병사들이 한 번도 경험해보지 못한 조총을 두려워하여 총성만 듣고도 놀라 달아나버렸으므로 속수무책 성을 내주고 말았소.

김태허는 적의 무기가 강해서 정예군으로도 어려운 싸움인데 급조된 병대로 왜적의 조총대를 감당할 수 있겠느냐고 하면서 대답 대신 한숨만 쉬었다. 김태허가 갈 수 있는 병대는 경상우병영도 있었고, 경상감영도 있었다. 굳이 경상우방어영이어야 할 이유는 없었던 것이다. 정기룡은 실망스러웠지만 티를 내지는 않았고, 김태허에게 경험해본 왜적의 전력과 전술, 진법 등을 물어서 얘기 들었다. 우리의 대응전법과 상대할 무기 등에 관한 의견도 나누었고, 밤이 깊어서 함께 잠자리에 들었다.

모두들 잠이 들었을 때였다. 불침번을 서고 있던 무사 이명동은 바깥에서 들려오는 수상한 소리를 들었고, 요상한 기운을 감지하고는 문구멍으로 밖을 내다보았다. 아무 것도 보이지 않았다. 그는 소리를 내지 않고 조심조심 문을 열고 밖으로 나갔고, 까치발을 하고서 담장 너머의 너른 들판을 살폈다. 흐린 달빛 아래의 높이 자란 곡식과 수풀 사이로 조용히 움직이는 무엇인가가 있었다. 확실히 짐승의 무리는 아니었고, 사람이었다. 몸을 낮추고 살금살금 무리지어 움직이는 머리들 위로 무기로 보이는 것들이 삐죽삐죽 올라와 있었는데, 아무래도 왜병인 듯했다.

왜적이 온 것 같습니다.

이명동은 소리를 죽이고 방으로 돌아가서 정기룡을 흔들어 깨우고 속삭였다. 정기룡이 깜짝 놀라 깨어났고, 다른 사람들도 잠이 깨어 일어나 앉았다.

쉿!

정기룡은 모두를 조용히 시킨 후 눈을 감고 귀를 모았다. 사람의 발자국소리, 무기에서 나는 소리가 약하게 들려왔다. 문구멍에 코를 가져다대고 바람 냄새를 맡았다. 바람에서 화승 냄새가 났다. 왜적이 확실했다. 정기룡은 다시 바깥의 소리에 귀를 기울였다. 인기척에 놀라 달아나는 새들이 북쪽으로 날다가 급히 방향을 틀어 동쪽으로 날아가는 것으로 볼 때 정문이 있는 남쪽은 물론이고 서쪽과 북쪽까지 3면이 모두 왜적에 의해 포위되고 있는 것 같았다.

남·서·북 3면이 포위됐으니 빠져나갈 곳은 오로지 동쪽뿐이다.

정기룡이 낮게 말했다.

동쪽 담은 5척으로, 너무 높아서 말로는 뛰어넘을 수 없으니 말을 두고 넘어야 할 것이오.

밀양부사 김태허가 말했다.

동쪽은 얼마간 거리를 두고 민가가 밀집해 있는데, 대부분의 백성이 피난을 떠나서 마을이 비었습니다. 말을 두고 담을 넘으면 민가에 숨어든 왜적 복병과 맞닥뜨릴 것이 뻔합니다.

무사 이명동이 몸만 빠져나가는 것은 안 된다는 뜻으로 말했다.

마을구(馬乙救)가 마구에서 말들과 함께 잠들어 있을 것이다. 을구에게 가서 말로 5척 담을 뛰어넘을 수 있는지 물어보고 오라.

정기룡이 이명동에게 명했다.

정기룡이 마을구를 만난 것은 큰 행운이었다. 동북면 무관으로 있던 시절 육진의 하나인 온성(穩城)에 들렀을 때였다. 온성의 무관을 만나 볼일을 본 후 본진으로 돌아가기 위해 마구로 갔는데, 어떤 병사가 정기룡의 말에게 말을 걸고 있었다.

마병(馬兵)이더냐?

정기룡이 다가가며 물었다.

저는 희망하였으나, 제 재주의 악용을 염려한 첨절제사(僉節制使: 진군의 주장)께서 저를 믿지 못하여 창군(槍軍: 창수 병대)에 소속시켰나이다.

병사가 대답했다.

마병도 아니면서 여기서 무얼 하는 것이냐?

정기룡이 의아해서 다시 물었다.

나리의 말이 가끔 달리다가 멋대로 멈추어 가자고 해도 말을 듣지 않고 어딘가를 멀뚱히 쳐다보며 눈물을 흘리지 않더이까?

아니, 그걸 어떻게 알았느냐?

정기룡이 깜짝 놀라는 표정을 지으며 병사를 바라보았다. 사실이기 때문이었다.

저는 예전에 천인(賤人)이었는데, 주인의 말을 돌보는 마부로 일했습니다. 그때 우연히 제게 말의 마음을 읽는 재주가 있음을 알았고, 그 마음을 위로해주는 재주가 있음도 알게 되었습니다.

그때의 그 병사가 바로 마을구였다. 마을구는 사천(私賤: 개인의 노비) 출신으로, 그 주인이 죄를 짓고 군역의 형벌을 받게 되자 주인 대신 육진 복무를 자진한 경우였다.

1583년(선조 16년)에 이탕개(尼湯介)의 난이 일어났다. 당시의 병조판서였던 이이는 종성(鐘城)과 온성, 회령(會寧), 경원(慶源), 경흥(慶興), 부령(富寧)의 육진 병력을 보강하려고 했으나 워낙 오지이고 근무환경이 열악하여 아무도 가려 하지 않았다. 이에 이이는 임금의 윤허를 받아서, 육진에 나가 3년을 근무하면 서얼이라도 과거에 응시할 자격을 주고 공사(公私)의 천인은 양인으로 면천시킨다는 특령을 공포했다. 마을구가 면천이 가능하다는 주인의 말에 흔쾌히 사역(使役)에 응했던 것도 이때였다.

정말이냐?

정기룡이 신기하다는 표정으로 반신반의하며 물었다.

천인 출신이라고 거짓말만 하는 건 아닙니다.

그럼 내 말이 왜 그런 행동을 하는지도 알겠구나?

이 말은 함께 군마로 생활하던 어미를 얼마 전에 병으로 잃었습니다. 그 죽은 어미를 원래는 묻어야 하는데, 병사들이 몰래 구워서 먹고 그 뼈만 묻었습니다. 그것만이면 다행이나, 나리의 말이 하필이면 그 장면을 목격하고 말았나이다. 어찌 동물에게 마음이 없을 것이며, 어찌 사람에게만 슬픔이 있겠나이까? 나리는 그것을 모르시기에 말을 위로해 주지 않으셨고, 그 병사들을 혼내지도 않으셨습니다. 나리는 소속 병진으로 돌아가시거든 나리의 말이 보는 앞에서 그때 말고기를 구워먹은 병사들을 크게 혼내시고, 죽은 어미말의 무덤에 술 한 잔 따라 위로하신 후 나리의 말을 가끔 그곳에 데려가 주십시오. 그러면 말이 조금이나마 위안을 얻어 마음의 상처를 씻을 수 있을 것입니다.

마을구가 말했는데, 정기룡은 말의 마음을 읽는다는 마을구의 말을 믿지 않을 수 없었다. 그 말의 어미가 얼마 전에 병으로 죽은 것이 사실이기 때문이었다. 그래도 혹 몰라서 소속 병진에 복귀하는 즉시 병사들을 불러 다그쳤는데, 병들어 죽은 말고기를 몰래 구워먹은 것이 사실임을 확인할 수 있었다. 정기룡은 마을구가 시키는 대로 했고, 그 후로는 말이 이상한 행동을 하지 않고 주인을 예전보다 더 믿고 더 잘 따라주었다.

정기룡은 마을구의 재주를 신통히 여겼고, 육진에서 3년을 근무하고 면천이 이루어져 양인 신분의 정병(正兵)이 된 그를 자신의 소속 병진으로 데려가서 수하로 삼았다. 자신이 경상우병영으로 전출됐을 때도 그를 데려갔고, 훈련원으로 갈 때도 데려갔다. 그리고 경상우방어군에 소속된 지금도 그와 함께 있었다.

마을구가 말하기를, 말은 다른 말이 하는 것을 보고 자신감을 얻기에 한 마리가 담을 넘는데 성공하면 다른 말들도 따라서 넘을 수 있다고 합니다. 자기가 말을 타고 먼저 담을 넘을 테니 다른 사람들은 말안장에 올라 대기하였다가 하나 씩 뒤따르면 될 것이라 하였습니다.

이명동이 마을구에게 다녀와서 말했다.

마을구를 잘 아는 무사들은 고개를 주억거렸다. 그러나 마을구에 대해 잘 모르는 밀양부사 김태허와 좌초돌격관 김태우, 우초돌격관 박경혁은 담이 너무 높아서 말이 능히 넘지 못할 것이라고 걱정했다.

방에서 죽을 것인가, 아니면 담에서 죽을 것인가의 차이가 있을 뿐입니다. 가만히 앉아서 죽을 것입니까?

정기룡이 김태허에게 말했다.

마을구 말이, 주인이 말을 믿으면 반드시 성공할 것이라 하였습니다. 말을 믿고 몸을 낮추어 말과 한 몸인 듯이 하면 될 것이라 하였습니다.

이명동이 다시 마을구의 말을 전했다.

해보겠습니다.

김태우와 박경혁이 말했고, 김태허도 해보겠다며 고개를 주억거렸다.

그러는 사이 왜적 정찰군은 조용히 객관 포위를 완료했다.

화전을 준비하라.

왜적 정찰군장이 낮은 목소리로 명했다. 객관에 불을 질러서 뛰쳐나오는 정기룡과 8인을 공격하겠다는 생각이었다.

왜병 궁수 10여 명이 조용히 화전에 불을 붙였다. 그 순간 피성 피성, 쉭쉭…… 활시위 팅기는 소리와 화살이 바람 가르는 소리가 연달아 일었고, 화전을 준비하던 왜병들이 윽, 으윽, 악! 비명을 지르며 쓰러졌다.

무슨 일이냐?

왜적 정찰군장이 속삭여 물었고,

객관 쪽에서 화살이 날아와 궁수들의 몸을 뚫었습니다. 적이 우리가 온 것을 아는 것 같습니다.

왜적 궁수대의 중대장(中隊長)이 대답했다.

이런, 젠장! 조총수 용두안화승(龍頭安火繩)!

왜적 정찰군장은 조총을 이용한 공격으로 급히 변경했다.

조총의 격발은 그 과정이 매우 번잡해서 13가지 절차를 거쳐야 했다. 왜조총은 원래 이름이 종자도총(種子島銃)인데, 1543년 종자도(다네가시

마) 영주 다네가시마 도키타카(種子島時堯)가 종자도에 상륙한 포르투갈 상인으로부터 아퀴버스(arquebus) 두 자루를 입수한 후 그 중 한 자루를 분해, 이를 복제하는 데 성공했다. 그 후 도요토미 히데요시(豐臣秀吉)가 일본을 통일할 때 사용했고, 조선침략에도 사용하게 된 것이었다. 총 길이는 대략 135Cm로 매우 길었고, 구경은 1.5Cm 정도였다.

조총을 격발하기 위해서는 총열을 닦아내고 화약을 넣어 삭장으로 화약을 다진 후 납탄을 넣는다. 그리고 납탄을 삭장으로 밀어 넣은 후 다시 종이를 넣고 삭장으로 밀어 넣는다. 화문을 열고 선약을 넣고, 화문을 흔들어서 선약을 총열 안으로 흘러들게 한다. 그 다음은 화문을 닫는 잉폐화문(仍閉火門)이다. 그리고 화문에 불을 붙인 후 용두에 화승을 끼우는데, 바로 이 과정을 용두안화승이라고 한다.

용두안화승은 개화문(開火門), 즉 화문을 열고 적을 향해 발사하기 직전 단계로, 모든 조총수가 이미 잉폐화문까지 마친 상태에서 화문에 불을 붙이라는 명령을 기다리고 있었다는 얘기였다.

왜적 조총수들이 용두에 화승을 끼우고 불을 붙였다. 이제 화문을 열고 총을 발사하기만 하면 수십 발의 총탄이 객관을 향해 날아갈 터였다. 그런데 그때 객관 쪽에서 부산한 움직임이 느껴졌다. 왜적들이 보았는데, 객관 담장 안에서 말머리가 빠르게 움직이는 모습이 어둠 속에 어렴풋이 보였다. 그러나 마상에 앉은 사람의 모습은 보이지 않았다. 정기룡과 8인이 말에 올라앉아 납작 엎드려서 말과 한 몸인 듯이 몸을 낮추고 있었기 때문이었다.

이랴!

객관에서 말을 모는 소리가 났고, 마을구가 탄 말이 빠르게 담장 아래를 질주하기 시작했다. 그러자 다른 사람들이 탄 말들도 스스로 마을구의 말을 따라 담장 아래를 달렸다.

말머리를 조준하고 격발하라!

왜적 전대장이 조총수들에게 명했다. 이에 조총수들이 일제히 총을 발사했다. 그러나 말이 빠르게 담장 아래를 돌고 있었으므로 총을 격발했을 땐 이미 말들이 모두 건물 뒤로 돌아가서 보이지 않았고, 날아간 총탄은 객관 건물에 가서 박혔다.

마을구는 빙글빙글 담장을 따라 두 바퀴를 돌며 말에 속력을 붙였고,

이럇!

짧게 소리치며 말을 타고 5척 담장을 훌쩍 뛰어넘었다. 바짝 뒤따르던 정기룡도 말을 타고 가볍게 담장을 넘었고, 4인 무사들도 모두 훌쩍 훌쩍 담장을 넘어갔다. 밀양부사 김태허와 우초관 박경혁 또한 쉽게 담장을 넘었다. 그런데 좌초관 김태우의 말은 두려운 듯 속도를 줄이고 주춤거렸고, 담장 앞에서 멈추어 서버렸다.

저들이 말을 타고 동쪽 담장을 넘어 달아났습니다. 그러나 한 사람은 담을 넘지 못해 객관에 남은 것 같습니다.

객관 동쪽에 숨어 있던 왜적 탐병이 정찰군장에게 달려가서 고했다.

창검수의 후대는 즉시 객관으로 뛰어들어 낙오된 자를 생포하라!

왜적 정찰군장이 명령했다.

이때, 객관 담장을 말로 뛰어넘어 무사히 빠져나간 우초돌격관 박경혁은 그러나 김태우가 낙오된 사실을 알았고,

좌초관의 말이 담을 넘지 못했는데, 적병이 객관으로 향하고 있습니다.

정기룡에게 말했다.

이쪽에도 왜적 복병이 숨어 있어 멈추는 순간 화살이 날아들 것이야. 그대들은 일단 안전한 곳까지 멈추지 말고 달려라. 그러면 복병이 그대들

을 뒤쫓을 것이다. 그 사이 나는 객관으로 돌아가 좌초관을 구출하겠다.

정기룡이 말했다.

그건 너무 위험합니다. 이미 객관에 적병이 뛰어들었을 것입니다.

무사 남우원(南宇源) 등이 말렸고,

말씨름할 틈 없다.

정기룡은 단호히 말한 후 말머리를 돌려서 객관으로 돌아갔다.

3

정기룡은 객관을 빠져나올 때처럼 말달려서 가볍게 담을 뛰어넘었고, 김태우를 찾았다. 그러나 김태우는 보이지 않았고, 이미 객관 문을 열어 젖힌 왜병들이 정기룡을 발견하고 창검을 들고 달려오고 있었다. 정기룡은 활집에서 각궁을 뽑아 들었고, 다가오는 왜적을 향해 연거푸 다섯 발의 화살을 쏘았다. 왜병 두 명이 화살에 맞아 비명을 지르며 쓰러졌다. 그것을 본 왜병들은 감히 더 다가오지 못하고 주춤거렸다.

좌초관은 어디 있는가!

정기룡이 다급히 소리쳤다.

적을 공격하지 않고 무엇하느냐!

왜적 후대장이 머뭇거리는 부하 병사들을 다그쳤다. 왜병들이 정기룡에게 달려들어 창검을 휘둘렀다. 정기룡은 환도를 뽑아들고 적의 움직임에 귀를 기울였고, 소리로 어둠속의 적병 위치를 가늠하고 칼을 휘둘러서 2명의 목을 정확히 베어 쓰러뜨렸다. 달려들었던 왜병들이 놀라서 뒤로 물러났다.

여기 있습니다, 나리.

어두운 담장 아래에서 속삭이듯 말하는 김태우 목소리가 들렸다. 담에 올랐다가는 조총 탄환에 맞을 것 같아 스스로 탈출하지 못하고 몸을 낮추고 숨어 있었던 모양이었다.

정기룡은 기합을 지르며 크게 환도를 휘둘러 왜병들을 저쪽으로 밀어냈고, 말을 달려 김태우에게 갔다.

여기 내 손을 잡게.

정기룡이 어둠 속으로 손을 뻗었고, 김태우는 그 손을 잡고 땅을 박차며 말에 뛰어올랐다.

정기룡은 어둠 속 적을 향해 마구 환도를 휘두르며 객관 담장 아래를 반 바퀴 돌았다. 말 방향을 틀었고, 아까 그랬던 것처럼 말에 속도를 붙여서 달리다가 동쪽 담장을 훌쩍 넘었다.

정기룡이 김태우를 구출하여 다시 담을 넘어갔지만 객관 밖에는 왜적이 보이지 않았다. 동쪽에 숨어 있던 왜적이 모두 먼저 탈출한 김태허와 박경혁 등을 쫓아갔기 때문이었다. 덕분에 정기룡은 쉽게 왜적의 추격을 따돌리고 안전한 곳으로 몸을 피할 수 있었다.

정기룡이 왜적을 완전히 따돌리고 말을 쉬며 물을 먹이고 있을 때였다. 물을 마시던 말이 갑자기 고개를 번쩍 들었고, 서쪽을 향해 고개를 돌리고 귀를 쫑긋 세웠다. 한참 그러고 있더니 고개를 세차게 흔들며 이상한 울음소리를 냈고, 정기룡을 돌아보며 다시 고개를 흔들었다. 정기룡은 그 이유를 알 것 같았고, 김태우와 함께 말에 올랐다. 말은 스스로 길을 정하여 어딘가로 걷기 시작했고, 얼마 가지 않아서 말을 탄 박경혁과 황영철, 마을구 등을 만날 수 있었다. 마을구가 말들에게는 멀리 떨어진 상태에서도 의사소통 가능한 능력이 있음을 알고 훈련을 지속해

온 결과였다. 김태우와 박경혁은 그제야 정기룡이 가는 곳마다 마을구를 데리고 다니는 이유를 알 것 같았다.

왜적 본대가 아직 거창에 들어오지 않았는데 일지군이 한밤에 와서 객관을 포위했습니다. 이는 부사 나리가 그곳에 계시다는 것을 안 누군가가 왜적에게 밀고를 했기 때문일 것입니다.

정기룡이 김태허를 바라보며 말했다.

내게 객관 문을 열어준 관노일 것이오. 많은 천인들이 왜적 세상이 되면 천인의 신분을 벗을 수 있다고 기대하여 적에게 귀순하고 있소.

김태허가 말했다.

왜적 정찰군 약 5백여 명이 거창 방면으로 향했다는 얘기를 들었습니다. 아까 객관을 포위했던 왜적이 바로 그 정찰군일 것입니다. 저희는 길을 나선 김에 이대로 방어영으로 갈까합니다. 부사께서는 어찌하실 것입니까?

정기룡은 김태허에게 동행할 것인지, 아니면 여기서 헤어질 것인지를 물었다.

내 그대들이 객관을 탈출하는 것을 보고 참으로 용하다는 것을 알았고, 마음만 먹으면 못할 것 없다는 것도 깨닫게 되었소. 내 별 도움은 되지 못할 것이나 그대들을 따라가고 싶소.

부사 나리의 헤어진 군사는 저희가 나중에 찾아보겠습니다.

정기룡이 반겨 말했고, 김태허와 함께 방어영으로 향했다.

정기룡 일행이 방어영에 도착했을 때는 이른 아침이었다. 좌군장 홍길영과 중군장 김수룡, 우군장 이정진(李鋌珍), 그리고 김산군수 주몽룡(朱夢龍)을 비롯한 여러 명의 수령들이 막부에 모여서 회의 중이었다. 정기룡은 조경에게 밀양부사 김태허를 소개했고, 왜적의 규모와 위치, 활동 등 척후 결과를 구두로 보고했다. 그런 다음 왜적의 전법과 대응방책을 말했다.

밀양부사가 왜적을 상대해본 경험과 제가 왜적 훈련을 관찰한 결과를 종합해서 말씀드리겠습니다. 왜적의 전법은 대조총병대의 선공으로 시작합니다. 3열의 조총수가 앞에 서며, 3열의 궁수가 가운데에, 나머지 창검을 든 보병이 후미에 나열하여 조총수가 1열씩 총을 발사하고 뒤로 빠지면 궁수가 나열하여 화살을 날리고, 그 다음 창검수가 달려 나가 흩어진 우리 군사를 치는 방식입니다. 제가 저들의 훈련을 지켜본 바, 적 한 명의 조총수가 쉬지 않고 장전을 해도 일각(15분)에 다섯 발 이상을 발사하지 못하더이다. 사거리 또한 50보를 넘지 못하는 것으로 보이더이다. 반면 우리 각궁은 일각에 수십 발을 날릴 수 있으며, 사거리 또한 1백보를 넘나듭니다. 다만 정확도에서 적 조총에 밀릴 뿐입니다. 우리 각궁이 왜궁에 비해 월등히 먼 거리를 날아간다는 것은 우리 무기가 저들에 비해 결코 불리할 것 없다는 것을 말해주고 있습니다. 서둘지 않고 차분히 적의 단점을 꿰뚫고 싸운다면, 비록 군사의 수가 얼마 되지 않더라도 능히 상대할 만합니다.

왜적에 비해 우리 무기가 불리할 것 없다는 돌격별장의 분석은 추측일 뿐으로, 근거가 희박합니다. 그렇다면 여태껏 왜적 조총으로 인해 패한 우리 조선군은 다 각궁을 쏠 줄 몰랐단 말입니까?

좌군장 홍길영은 엉터리 분석이니 믿지 말라고 말했다.

정기룡은 홍길영의 발언을 무시했고, 다음으로 거창 객관에서 왜적에 포위됐다 탈출한 사실을 고했다. 그 과정에서 경험한 왜적의 전투력도 자세히 설명했다. 모인 사람 대부분은 믿을 수 없다는 표정이었고,

조총을 지닌 왜적 5백여 명의 포위를 뚫고 탈출했다는 것을 믿으란

말인가?

중군장 김수룡은 거짓말이 지나치다는 듯 코웃음을 쳤다.

우리를 포위했던 왜적은 정찰군으로, 지금 서쪽으로 나아가는 길을 살피러 다니고 있습니다. 저에게 군사 50여 명만 내어주십시오. 그러면 거창으로 달려가 그들과 싸워서 서쪽으로 향하는 길이 결코 안전하지 않다는 것을 보여주고 오겠습니다.

정기룡이 조경에게 말했다.

그건 절대 안 됩니다. 우리가 아직 싸울 준비를 갖추지 못했는데 교전이라니요. 맞서 싸워야 할 왜적이 서둘러 북상을 않는데 굳이 자극하여 전투를 촉진시킬 필요 없습니다.

홍길영이 경악하며 반대했다.

좌군장의 말이 옳습니다. 자칫 왜적을 자극하여 1만5천의 왜병이 당장 공격해온다면 우리는 전멸입니다. 지금은 적이 우리에게 시간을 벌어주고 있는 것을 고마워하며 군사를 더욱 모집하여 정비하고 철저히 준비할 때이지 싸울 때가 아닙니다. 절대 출격을 허하지 마십시오.

중군장 김수룡도 강력히 반대했다.

왜적의 경상우도 침공으로 여러 병대가 무너져 그 군사가 흩어졌고, 여러 고을의 수령들과 관병은 달아나 보이지 않네. 그들을 찾아내서 우리 경상우방어영에 소속시키는 일이 시급한데, 그대가 돌격별장으로서 이를 외면하고 전투부터 하겠다니 어이가 없군. 내가 사람을 잘못 본 것인가?

조경은 우선 도망친 수령 및 관병을 불러 모아 군사 규모부터 키워야 한다며 홍길영과 김수룡의 손을 들어주었다.

1만5천의 왜적을 어찌 단번에 쳐부수겠습니까? 한 명 한 명 치다 보면 수천이 되고 수만이 되는 것입니다. 중과부적(衆寡不敵)의 상황에서는 적의 전력을 야금야금 갉아먹는 것도 우리가 이길 수 있는 하나의 전략입니다. 왜적 제3군이 뒤늦게 경상우도로 쳐들어온 이유는 군량을 약탈하려는 목적입니다. 왜국에 군량이 얼마나 비축돼 있는지는 몰라도 아마 그 양이 풍족하지는 못할 것입니다. 또 왜적은 병선으로 군량을 실어 날라야 하는데, 바다 날씨가 도와주지 않으면 그마저도 어렵습니다. 그러므로 반드시 우리 땅에서 군량을 거두어 군사의 배를 불리려 할 것입니다. 적의 의도를 알았으니 방해를 해야 하지 않겠습니까?

정기룡이 말했는데, 그의 추측은 정확했다. 왜적은 조선 침략 후 조선 땅에서 병량미를 조달한다는 목표에 따라 '조선8도 병량미 분담계획 입안'을 작성했는데, 함경도에서 2백7만1천28석, 평안도에서 1백79만4천186석 등 총 8백91만6천186석을 조달한다는 계획이었다.

싸워서 이기지 못하더라도 왜적 따위 두려워할 것 없다는 것을 모든 군사들에게 보여줄 것이니 출격을 허하여 주십시오.

정기룡이 다시 청했다.

정 별장은 어떻게 병법을 배웠는지 모르겠지만 나는 필승의 계책이 없을 땐 섣불리 공격하여 적을 자극하지 말아야 한다고 배웠네.

조경이 불허의 뜻을 분명히 했다.

적이 많다고 언제까지 피할 수는 없질 않겠습니까?

정기룡이 안타까운 마음을 표출했다.

우리에게 당장 필요한 것은 전투가 아니라 군사라니까. 우리가 군사를 더욱 모아서 적에게 타격을 입힐 만한 규모로 병대를 키우면 도망쳤던 수령들도 처벌을 피하기 위해 자기 군사를 거느리고 속속 모여들지 않겠나? 우리는 그런 후에나 적을 맞아 싸울 수 있을 것이야.

조방장 양사준이 점잖게 정기룡을 타일렀다. 정기룡은 실망스러웠지만 감히 더 고집하지 못하고 물러났다.

그날 밤, 30여 명의 기병이 스스로 방어영을 찾아왔다. 밀성의 성병(城
兵)으로, 김태허와 함께 피신하다 왜적과 맞닥뜨리고 헤어진 바로 그 병
사들이었다. 김태허를 찾아다니던 중 방어영에서 수령과 관병들을 불러
모으고 있다는 소식을 듣고 혹시나 싶어 달려왔다는 것이었다. 김태허
는 감격의 눈물로 그들을 맞이하고 감사의 말을 했다. 그리고는 병사들
에게 정기룡을 소개했다.

나는 왜적에 설욕하기 위해 당분간 정 별장에게 힘을 보태기로 하였느
니. 너희도 이러한 나의 뜻을 이해하고 따라주면 고맙겠다. 정 별장의 명
을 내 명인 듯이 받들 수 있겠는가?

김태허가 물었는데, 병사들은 모두 복종의 뜻을 밝혔다. 이에 김태허
는 자신의 군사를 정기룡에게 맡겼고, 방어사 조경도 그 병사를 돌격전
사로 삼아도 좋다고 허락했다.

정기룡은 그 병사들 한 명 한 명의 이름과 고향을 묻고, 김태허에게
보인 의리를 치하했다. 그리고 이튿날 새벽부터 그들을 강도 높게 훈련
시켰다. 시간이 없으므로 단 하루 훈련하고 바로 임무수행에 돌입했다.

새벽 인시(寅時). 안개 자욱한 미명에 30여 명의 돌격전사와 5인의 무
사가 말을 타고 진문 앞에 도열했다.

방어사께서 왜적과 싸우지 말라고 하셨으나, 뜻하지 않게 맞닥뜨리면
싸울 수밖에 없을 것이다. 왜적을 만나더라도 조총 따위 두려워할 것 없
으니 내 명에만 잘 따르도록 하라.

정기룡이 낮으나 당찬 목소리로 말했고, 말을 타고 열 사이를 지나가
며 병사 한 명 한 명의 손을 잡아주고 어깨를 두드려주었다. 그 모습을
본 김태허는 뭔가 수상한 낌새를 알아차렸고,

혹시 방어사의 명에 불복하려는 것이오?

정기룡에게 다가가서 넌지시 물었다.

불복하려는 것이 아니라 우연히 만나려는 것입니다.

정기룡은 부인하지 않았다.

뒷일을 감당할 수 없게 될 것이오.

김태허가 걱정했다.

이길 수 있는 적을 놓아 보내 많은 백성이 죽어나가게 하는 것보다는 저 하나 희생하여 한 명의 백성이라도 더 살리는 것이 낫지 않겠습니까?

나를 믿고 찾아온 병사들이오. 그들은 내가 자기들 목숨을 저승사자에게 맡겼다고 원망할 것이오.

처벌이 불가피할 것입니다. 부사 나리께서는 따라오지 않으시는 것이 좋겠습니다.

정 별장과 함께 있다간 내 명대로 죽지 못할 것이 확실하오만, 그렇다고 수하들을 사지로 보내고 비겁하게 나만 살고 싶지도 않소.

김태허는 허허 웃었고, 처벌 따위 두려워하지 않고 정기룡과 뜻을 같이 하겠다고 했다.

내가 앞장설 것이다. 좌초관과 우초관은 병사들이 군호(암구어)를 모두 외웠는지 확인하고, 병사들의 무장도 다시 점검한 후 인솔하여 내 뒤를 따르라!

정기룡이 김태우와 박경혁에게 지시했다. 좌초돌격관과 우초돌격관의 '준비 완료' 보고가 올라왔고, 정기룡은 출발신호를 보낸 후 앞장서서 말을 달렸다. 그 바로 뒤를 김태허와 무사들이 따라붙었고, 좌·우초돌격관과 30여 명의 돌격전사들이 안개를 헤치며 질서 있게 줄지어 달렸다.

임진왜란의 첫 승리, 신창전투

1

1592년(선조 25년) 4월 23일. 정기룡은 차분하면서도 당당한 모습으로 군사를 거느리고 거창으로 달려갔고, 왜적을 찾아다녔다. 그래서 오시 즈음 회남에서 행군 중인 왜적을 발견했다.

왜적 정찰군은 말을 탄 병사도 몇 있었지만 대부분 걸어서 행군하고 있었다. 지리에 어두웠으므로 왜적에 귀순한 조선인, 즉 순왜(順倭)의 길 안내를 받고 있었는데, 그 규모가 약 5백여 명이었다.

이때는 홍의장군(紅衣將軍) 곽재우(郭再祐)가 경상우도 의령에서 수십 명의 의병을 모집하여 봉기하는 등 곳곳에서 의병이 일어나 저항이 시작됐고, 일부 고을 수령들도 관병을 거느리고 왜적이 지나는 길목을 지키다가 습격하며 저항했다. 때문에 왜적 정찰대 행군은 조심스러웠고, 그 속도는 더뎠다.

정기룡은 왜적과 상당히 떨어진 곳에 군사를 남겨두고 무사 황영철만 데리고 산을 올랐다. 산등성이 너머에 몸을 숨긴 채 멀리서 적을 뒤쫓으며 그 활동과 지휘관의 통솔법, 진법(陣法), 행군법 등을 세심히 관찰하여 강점과 약점을 분석했다.

왜적 정찰군은 일반 보병대와 그 편제에 약간의 차이가 있었다. 전대 3열은 1백여 명의 조총수와 50여 명의 방패수, 그리고 그들을 지휘하는 대장(隊長)으로 구성돼 있었다. 중대 1백여 명은 활을 든 궁수와 대장, 후대 2백여 명은 왜도(倭刀)와 창을 든 병사와 대장이었다. 정찰군장은 나머지 50여 명의 호위를 받으며 중대와 후대 사이에서 지휘하고 있었다.

정기룡은 한참동안 왜적 뒤를 더 따라가다가 이만하면 됐다는 듯 고개를 끄덕였고, 병사들이 있는 곳으로 돌아갔다.

말구야.

정기룡은 도착하자마자 병사들과 함께 쉬고 있던 마을구를 불렀다.

제 이름은 말구가 아니라 마, 을, 구, 라고 몇 번이나 말씀드렸습니다.

마을구가 입이 댓발 나와서 불평했다.

그래, 말구. 내 제대로 부르고 있질 않느냐?

정기룡이 병사들의 긴장을 풀어주려는 듯 그 와중에 장난을 쳤고, 병사들은 웃음을 터트렸다.

말구라고 부르면 대답하지 않을 것입니다.

마을구는 빈정상해서 입을 실룩거렸다.

알았다, 주의하마. 그런데 너는 우리 돌격대 말들에게 주인이 다치거나 죽어서 움직임이 없을 때면 스스로 군막으로 돌아가는 훈련을 제대로 시켜두었느냐?

물론입니다.

그럼 됐다.

정기룡은 말한 후 정색을 하고 병사들을 둘러보았고,

전투가 개시되면 적탄과 화살이 비 오듯 쏟아질 것이고, 적의 창검은 우리의 몸을 향해 뻗쳐올 것이다. 지금부터 정신 바짝 차리고 내 뒤를 따르되, 전투로 몸이 상하거든 즉시 말을 몰아 방어영으로 돌아가라. 만일 가다가 길을 잃거든 죽은 척하여 말에게 그 길을 맡기면 될 것이다.

하고 말했다. 전투 중 지휘관 허락 없이 대열을 이탈하더라도 영채로 돌아가기만 하면 탈영으로 처벌하지 않을 것이라고 덧붙였다. 그리고는 군사를 거느리고 왜적이 간 방향으로 달려갔다.

정기룡은 길을 우회하여 왜적을 앞질러갔고, 신창(新倉: 지금의 거창 군 웅양면 노현리)의 높은 지대에 군사를 숨겼다. 그런 후 김태허와 함께 왜적이 잘 보이는 곳으로 가서 적세를 살폈다.

왜적은 행군을 멈춘 채 강천 백사장에 솥을 걸고 밥을 지어먹고 있었다. 가설 아궁이에서는 연기가 피어오르지 않았고, 뚜껑이 열린 솥에서도 김이 피어오르지 않았다. 이미 배식이 끝나서 식사가 완료되었음을 알 수 있었다.

나리께서 보시기에 적의 단점은 무엇인 것 같습니까?

정기룡이 저 멀리 천변에서 휴식 중인 왜적을 바라보며 김태허에게 물었다.

적은 대부분이 발로 뛰는 보병이오. 우린 모두 말을 타고 빠르게 움직이니, 비록 적의 수가 많고 무기가 좋더라도 우리를 따라잡지 못하는 것이 단점일 것이오.

그렇습니다. 우리가 빠른 말로 왜적 주변을 돌며 약을 올려서 적이 쫓아오면 달아나고 적이 돌아가면 공격하기를 반복한다면, 적은 이리저리 부산하기만 하고 소득이 없을 뿐더러 쉽게 지칠 것입니다. 적이 지쳤을 때 공격한다면 승산이 있습니다.

하지만 우리 군사가 왜적 조총소리만 듣고도 주눅 드는데 수적으로도 크게 불리하니 능히 싸워줄까 걱정이오.

김태허가 걱정했고,

그건 저에게 맡겨 주십시오.

정기룡은 자신 있게 말했다. 그리고는 김태허와 함께 병사들이 대기하고 있는 곳으로 돌아갔다.

병사들은 듣거라!

정기룡이 돌격전사들을 둘러보며 말했다.

내가 있고 세상이 있는 것이며, 세상이 있은 후라야 비로소 나라가 있다. 우리가 비록 목숨 걸고 나라를 지키러 나섰으나 내가 없다면 그 무엇도 존재할 수 없는 것. 내 몸보다 중한 것은 세상에 없으니 부디 스스로 목숨을 지켜야 할 것이며, 살기 위해서라면 적이 두려워 도망치는 것도 허락한다. 그리고 싸우기 싫은 사람은 지금 말을 돌려 영채로 돌아가도 막지 않을 것이다.

정기룡이 병사들에게 다시 말했는데, 아무도 움직이는 병사가 없었다.

저기에 우리가 무찔러야 할 적이 있다. 적은 5백인데 우리는 겨우 서른 명을 조금 넘는다. 이러한 데도 두려움이 없다는 것인가?

정기룡이 병사들을 둘러보며 다시 말했다.

솔직히 두렵습니다.

한 병사가 떨리는 목소리로 말했다.

그렇다면 왜 돌아가지 않는 것인가?

싸우려고 왔기 때문입니다. 외침을 당하고도 싸우지 않는 군사가 무슨 소용이겠나이까?

두렵지만 싸워야 하기에 싸운다?

예.

왜적의 무엇이 그리도 두려운가?

왜적은 수도 많거니와 무기도 좋질 않습니까.

왜적 조총은 소리만 컸지 우리의 각궁보다 못하다. 다시 말하지만 왜 조총은 그 사거리가 50보를 넘지 못하고 왜궁은 80보에 미치지 못한다. 반면 우리 조선의 각궁은 1백보 밖의 적도 쏘아죽일 수 있다. 내 적의 조총이 얼마나 형편없는 것인가를 직접 시험해 보일 것인즉. 만일 내 말이 맞거든 힘껏 달려와 나와 함께 싸우고 내 말이 틀리거든 즉시 달아나 목숨을 보존하라!

정기룡이 병사들을 향해 당차게 말했다.

설마 지금 적과 싸우실 생각인 것입니까?

무사 남우원이 황당한 얼굴로 정기룡을 돌아보며 물었다.

그렇다.

적은 지금 밥을 배불리 먹어 힘이 넘쳐납니다. 적이 허기질 때를 놓쳤으니 다음 때를 기다리는 것이 옳지 않겠습니까?

적은 보병이다. 보병이 배부르면 움직임이 둔하고 숨이 가빠서 제대로 싸울 수 없다.

정기룡이 설명했고,

병사들은 숲에 몸을 숨긴 채 내 모습을 잘 지켜보도록 하라.

병사들에게 말한 후 말에 뛰어올랐다. 그리고는 혼자서 숲 저편으로 사라졌다.

얼마 후, 저쪽 산비탈에 말을 탄 정기룡이 모습을 드러냈다. 바람처럼 달려가는 그 모습 뒤로 뿌연 먼지가 일었다.

적이다!

정기룡을 발견한 왜적 경계병이 소리쳤다. 경계병은 달려오는 적이 단한 명뿐임을 보고는 조선 무관이 투항을 하려는 것 같다고 다시 소리쳤다. 왜적 정찰군장이 높은 곳에 올라서 달려오는 말을 바라보았다. 조선군 무관 복장을 한 사람이 타고 있었고, 뒤따르는 군사는 보이지 않았다. 그 말은 비호처럼 빨랐는데, 마상의 무관은 7척은 족히 넘는 거구였다.

저 자는 조선의 무관이 분명한데, 투항을 하러 오는 것치고 어딘가 이상하다. 일단 전투 준비를 갖추고 내 명을 기다려라!

정찰군장이 부하 대장들에게 명령했다.

왜적 정찰군이 대형을 갖추고 진을 쳤을 때 정기룡은 왜적 60보 앞까지 다가가 있었다. 그곳에 말을 멈추더니 허리에 착용한 주화(走火: 소신기전)를 꺼내서 불을 댕겼다. 순간 주화가 불을 뿜었고, 진을 펼친 왜적한가운데를 향해 포물선을 거리며 날아갔다.

정기룡이 투항을 하는 것이 아니라 공격을 하자 왜적 정찰군장은 황당한 표정을 지었고,

저 자는 싸우러 왔다!

하고 소리쳤다.

혼자서 말입니까?

부하 대장들이 의아한 표정으로 물었다.

미친놈이거나 죽고 싶어 환장을 한 놈이겠지. 총을 쏴서 잡아버려라!

왜적 정찰군장이 신경질적으로 사납게 소리쳤다.

1열 하화약(下火藥: 총구에 신약을 넣는 것), 2열 하화약, 3열 하화약. 1열 이삭장송약실(以朔杖送藥實: 삭장으로 신약을 밀어 넣는 것), 2열 이삭장송약실, 3열 이삭장송약실. 1열 하연자(下鉛子: 총구에 납탄알을 넣는 것) 2열…….

왜적 전대장이 구호를 붙여가며 조총수들에게 장전을 시키느라 분주할 때였다. 60보 떨어진 곳에 선 정기룡이 각궁을 뽑아들고 살을 꽂더니 왜적 정찰군장이 선 곳을 겨누었다. 깜짝 놀란 왜적 정찰군장은 황급히 호위대 가운데로 뛰어들었고, 방패로 자신의 몸을 가리게 하고 숨었다.

저놈이 빨리 죽고 싶은 모양이다. 서둘러라. 전대는 연자(납탄환)를 장전하고 용두안화승(龍頭安火繩) 상태에서 전진하라! 중대는 전대를 따라 전진하고, 후대는 좌우로 나뉘어 대기하라!

정찰군장이 호위병들 사이에 숨어서 명령을 내렸다.

왜적의 움직임이 부산했지만 정기룡은 그 자리에서 움직이지 않았고, 활을 든 팔의 방향을 틀어 높은 곳에서 망을 보던 왜병을 겨누고 시위를 놓았다. 날아간 화살이 왜병의 목에 꽂혔다. 그것을 본 왜적 전대장은 병사들을 재촉하여 더욱 장전을 서둘렀고, 용두안화승까지 마친 조총수들을 전진 배치했다. 조총수들이 일제히 앞으로 나아가더니 왼쪽 무릎을 꿇고 앉아쏴 자세를 취했고, 정기룡을 향해 총구를 겨누었다. 방패수들이 그 앞으로 달려가서 조총수들의 몸을 방패로 가렸다.

방패를 열어라!

왜적 전대장이 소리쳤고, 방패수들이 방패를 거두고 1열 뒤로 물러났다.

1열 발사!

왜적 전대장의 구령에 맞춰 조총구가 일제히 불을 뿜었다. 30여 발의 탄환이 정기룡을 향해 날아갔지만 정기룡은 피할 생각도 않고 가만히 서서 지켜보고만 있었다.

어찌된 일인가! 정기룡은 멀쩡했다. 30여 명의 조총수가 정기룡의 몸 하나만 겨누고 조총을 발사했음에도 단 한 발의 총탄도 정기룡의 몸을 맞히지 못했다. 왜병들이 웅성거렸고, 대장들은 당황하는 기색이 역력했다. 여태껏 이런 일은 없었기 때문이다.

저 정도밖에 안 되는 거리인데 우리 조총이 미치지 못한단 말인가?

왜적 정찰군장도 믿을 수 없는 일에 당황하며 고개를 갸웃거렸다. 이때까지는 왜적이 조총을 쏘면 조선군은 무조건 달아났기에 사거리의 정확도에 크게 신경을 쓰지 않았던 것이다.

멀리서 그 모습을 지켜보던 경상우방어군 돌격전사들도 깜짝 놀라 눈이 휘둥그레졌다. 왜적이 조총을 쐈는데 어떻게 멀쩡할 수 있단 말인가!

돌격장께서 왜적 조총의 유효사거리를 정확히 알고서 그 밖에 서 계시기 때문이오.

무사 장석구가 병사들에게 설명했다.

사거리가 짧다. 중대는 전진하여 활로 엄호하고, 전대는 더욱 전진하여 사격하라!

왜적 정찰군장이 명령했다.

중대, 앞으로!

왜적 중대장이 궁수대를 이끌고 앞으로 달려 나갔고, 정기룡을 향해 화살을 쏘았다. 그러자 정기룡은 말을 돌려서 약 30보 뒤로 물러났다. 그런데 이번에도 왜궁의 사거리가 미치지 못해서, 날아간 화살은 대부분 정기룡의 십여 보 앞쪽 땅에 꽂혔다. 정기룡이 왜궁 사거리 또한 정확히 알고 있었던 것이다.

2열 조총수는 40보 앞으로 전진하여 격발하라! 3열 조총수는 2열을 따르라!

왜적 전대장이 숨 가쁘게 명했다. 이에 왜적 전대 조총수 2열이 일제히 앞으로 달려갔다. 정기룡은 그 자리에서 움직이지 않은 채 연달아 각궁을 쏘았는데, 왜궁의 화살이 미치지 못하는 거리였음에도 정기룡의 각궁은 미치어 두 명의 왜적 조총수가 활을 맞고 쓰러졌다. 당황한 왜적 전대장이 군사를 뒤로 물리려 했다. 그러나 수적 우세를 믿은 왜적 정찰군장은,

물러서지 말고 더욱 전진하여 조총을 발사하라!

하고 명했다.

조총을 든 왜적 전대 2열이 방패수를 앞세워 전진했고, 조총을 발사했지만 이번에도 정기룡은 맞지 않았다. 2열이 뒤로 빠지고 3열이 20보 앞으로 더 전진했다. 그러자 정기룡도 마상에 앉아 허리를 꺾어서 왜적을 향해 화살을 쏘며 10보 뒤로 물러났다. 왜적 조총수 3열이 조총을 발사했지만 역시나 정기룡에게는 미치지 못했다.

정기룡은 갑자기 말을 달려 왜적 주변을 돌며 활을 쏘았다. 왜적 중대 궁수들이 일제히 활을 쏘았지만 단 한 발도 정기룡에게 미치지 못했다. 왜적 정찰군장은 정기룡에게 희롱을 당하고 있다고 생각했고, 전대와 중대로 하여금 정기룡을 쫓아가며 거리를 좁혀 조총과 활로 공격하게 했다. 그러나 정기룡은 왜적이 거리를 좁히면 그만큼 멀어지며 주변을 돌았고, 더 멀어지지는 않았다. 그러다가 산기슭에 이르렀다. 정기룡은 도는 것을 중단하고 조금씩 뒤로 후퇴하여 숲으로 들어섰고, 가끔 활을 쏘아 왜병을 맞히며 더욱 약을 올렸다.

정기룡을 쫓아다니던 배부른 왜병들은 벌써 지쳐가고 있었다.

적의 유인이다. 숲으로 들어가지 말라!

왜적 정찰군장은 정기룡이 숲으로 들어가는 것을 수상히 여기고 군사를 뒤로 물렸다. 그래서 왜병들은 원래 있던 자리로 돌아갔고, 숲으로 들어간 정기룡도 왜적을 뒤쫓지 않고 어디론가 사라졌다.

잠시 후, 정기룡은 돌격전사들 앞에 모습을 드러냈다.

보았는가? 거리만 정확히 잰다면 왜적의 조총을 무용지물로 만들 수 있다. 왜적과의 거리가 50보 안으로 좁혀지지만 않으면 절대 적탄에 맞지 않을 것이며, 80보 안으로 좁혀지지 않으면 적의 화살에도 맞지 않을 것이다. 또 내가 각궁으로 적을 쏘아 맞히는 것도 보았을 것이다. 내가 너희에게 각궁을 습진시키며 누누이 강조했던 것이 정확한 사거리였다. 우리의 각궁은 왜조총보다 50보, 왜궁보다 20보 더 사거리가 길기에 각궁이 미치는 거리만 알고서 그 거리에서 활을 쏜다면 절대적으로 우리가 유리하다는 뜻이다. 아직도 왜적이 두려운가?

정기룡이 물었고,

두렵지 않습니다.

병사들이 힘차게 소리쳐 대답했다.

적이 쉬고 있다. 적이 체력을 회복하기 전에 쳐서 무찔러야 하지 않겠는가?

싸우겠습니다!

병사들은 정기룡을 믿었고, 싸우면 이길 수 있다는 자신감을 얻었다.

정기룡은 좌초군에 10여 명, 우초군에 10여 명의 군사를 배치하여 각자 임무를 부여했고, 10여 명의 군사와 무사는 자신이 직접 거느렸다. 김태허로 하여금 자기 뒤만 따라다니게 하고는 군사를 거느리고 왜적이 있는 곳으로 달려갔다.

사라졌던 정기룡이 30여 명이 조금 넘는 조선군과 함께 말을 타고 달려오는 것을 본 왜적 정찰군장은,

그것 보라. 저 놈이 숲에 군사를 숨겨두고 우리를 유인하려 했던 것이다. 비록 적의 수가 얼마 되지 않지만 말을 타고 있으니 쫓아가면 불리하다. 절대 적을 쫓지 말고 지키기만 하라!

하고 명했다.

정기룡은 병사들로 하여금 왜적 주변을 돌며 각궁으로 공격하게 했다. 자신이 앞장서 달리며 정확한 거리를 병사들에게 알려주었고, 병사들은 그 거리를 유지한 채 말을 달리며 각궁을 쏘았다. 돌격전사들의 화살이 날아가 왜병들 머리 위로 쏟아졌다. 왜적은 방패로 날아오는 화살을 막았고, 왜궁으로 대응했다. 그러나 돌격전사들이 쏜 화살은 계속 날아드는데 왜적이 쏜 화살은 돌격전사들에 미치지 못했다. 방패로 힘껏 막았지만 돌격전사들의 화살에 맞아 쓰러지는 왜병이 하나 둘 자꾸 늘어났다.

무슨 수를 써야지, 이러다가 우리 군사만 모두 잃겠습니다.

왜적 대장들이 정찰군장에게 말했다.

적의 말이 지칠 때를 기다려 일제히 달려 나가 공격할 것이다.

정찰군장이 말했다.

차라리 적의 화살이 다 떨어지기를 기다리는 편이 빠르겠습니다.

후대장이 그건 좋은 계책이 아니라는 뜻으로 말했고,

달리 뾰족한 수가 있느냐?

정찰군장이 신경질을 내며 물었다.

우리가 평지에 있기 때문에 저들이 주위를 돌며 공격할 수 있는 것입니다. 저들이 돌면 우리가 대형을 유지하고 싸울 수 없으므로 절대적으

로 불리합니다. 우리가 언덕에 올라가 아래로 내려다보며 싸운다면 저들이 돌지 못할 것이며, 사거리의 불리함도 극복할 수 있을 겁니다.

후대장이 말했다. 정찰군장은 그 말이 일리 있다고 생각하고 주변 지형을 살폈다. 개천 건너 동쪽 산등성이가 좋을 것 같아서 전대부터 차례로 이동하라고 명했다.

왜적이 이동을 위한 대형을 갖추었다. 방패수들이 경상우방어군 돌격전사들의 화살공격을 막는 사이 전대가 앞장서고 중대가 뒤따르며 줄줄이 개천으로 들어섰다. 그리고 후대가 가장 뒤쪽에 서서 방패수와 함께 움직였다.

바로 그때였다.

공격하라!

경상우방어군 돌격대 쪽에서 외침이 일었고, 사거리 바깥에서 활을 쏘던 돌격전사들이 활을 거두고 칼을 뽑아든 채 번개처럼 빠르게 말달려왔다. 왜적 후대장이 깜짝 놀라 돌아보았는데, 조선군 무관이 가장 앞쪽에서 달리며 병사들을 이끌고 있었다.

적의 급습이다. 후대 병사들은 적을 막아라!

후대장이 소리쳤다. 그러나 경상우방어군 돌격대는 벌써 왜적 후대 한가운데로 뛰어들어 칼을 마구 휘두르고 있었다. 정기룡의 긴 환도가 바람을 가를 때마다 왜병이 피를 흘리며 쓰러졌다. 그 뒤를 따르는 돌격전사들의 칼도 왜병의 피로 얼룩졌다.

물러서지 말고 힘껏 싸워라!

왜적 후대장이 소리쳤다. 그러나 배부른 왜병들은 몸이 둔해서 충분한 역량을 발휘하지 못했다. 반면 경상우방어군 돌격전사들은 날쌔고 힘이 넘쳐서, 밀려드는 왜적의 칼끝을 환도로 쳐내며 맹렬히 싸웠다. 돌격전사들은 왜검에 비해 그 길이가 긴 환도를 깃털처럼 가볍게 다루었는데, 왜병의 칼끝이 닿기 전에 돌격전사의 칼이 먼저 왜병의 몸을 가르고 지나갔다.

순식간에 수십 명의 왜병이 피를 흘리며 쓰러지자 후대 왜병들은 두려워 흩어지기 시작했다. 경상우방어군 돌격대는 흩어지는 왜병들을 쫓아가며 더욱 매섭게 공격했다.

왜적 정찰군장은 전대와 중대를 돌려세우고 조총과 활로 공격하려 했다. 그러자 정기룡은 돌격전사들에게 말에서 내려서 싸우게 했다. 돌격전사들이 모두 말에서 내려 왜병과 뒤섞였으므로 왜적은 조총과 활을 쏠 수 없었다. 조총과 활을 쏘게 되면 몇 안 되는 경상우방어군 돌격대보다는 그 수가 월등한 왜병들이 맞을 확률이 훨씬 높기 때문이었다.

후퇴하라! 싸우지 말고 힘껏 달려 후퇴하라!

왜적 정찰군장은 어쩔 수 없이 도주를 선택했다.

정기룡과 돌격전사는 계속 쫓아가며 왜적을 쳤다. 왜적 정찰군장은 달아나는데도 한계가 있었고, 그래서 전대를 언덕 위에 늘어세우고 경상우방어군 돌격전사들이 사거리 안으로 들어올 때 쏘게 했다. 그러자 정기룡은 왜적 전대 50보 밖에서 군사를 멈추었고, 뒤로 10보 물러나서 각궁으로 공격했다. 왜적 정찰군장은 중대를 내보내 왜궁으로 맞서게 했다. 정기룡은 또 20보 뒤로 군사를 물려서 각궁을 쏘게 했다. 그렇게 한참을 대치하고 있을 때였다.

별장 나리, 우리 병사들 화살이 거의 바닥났습니다. 우리가 왜적에게 쏘았던 화살과 왜적이 우리에게 쏜 화살까지 거두어서 쓰고 있긴 한데, 그래봤자 몇 발 되지 않습니다. 왜적이 눈치 채기 전에 후퇴하는 것이 낫지 않겠습니까?

우초관 박경혁이 와서 말했다.

곧 해가 저물 것이네. 화살을 아껴서 쓰며 그때까지만 버텨보도록 하지.

정기룡이 말했다.

정기룡과 돌격전사들은 화살이 모자라는 것을 들키지 않으려 말에게 물을 먹이고 풀을 먹이며 쉬는 척했다. 그런데도 왜적은 공격해오지 않았다. 속임수일지도 모른다고 생각했기 때문이었다.

이윽고 날이 저물어 어둠이 찾아왔다. 정기룡은 화전을 날려서 적진 한가운데에 있는 나무와 수풀 등에 불을 지르고는, 그 불빛이 사그라질 때까지 남은 화살을 아껴 쏘며 공격했다. 경상우방어군 돌격대의 화살이 떨어진 것을 모르는 왜적 정찰군장은,

저놈들이 밤새도록 저렇게 공격을 계속할 모양이다. 여기 계속 있다간 밤사이 큰 봉변을 당할 것이다. 방패를 세워서 우리가 여기 있는 것처럼 꾸며놓고, 또 5리마다 후대 군사 30여 명씩을 복병으로 떨구며 전대부터 차례로 퇴각하라.

하고 명했다. 이에 왜적 정찰군은 야음에 몸을 묻고 기어서 산골짜기로 들어갔고, 살금살금 산을 넘어 달아났다.

3

경상우방어군 돌격별장 정기룡에게 왜적이 달아나고 있다는 탐병의 보고가 올라왔다.

왜적은 틀림없이 복병을 숨기며 퇴각할 것이다. 일대를 떨구어 숨기고, 얼마간 가다가 또 일대를 떨굴 것이다. 두 번째 복병이 떨구어질 즈음

처음 떨구어진 복병은 그 숨은 곳에서 나와 본대를 좇아갈 것이고, 세 번째 복병이 떨구어질 즈음엔 두 번째 떨구어진 복병이 숨은 곳에서 나와 본대를 좇아가는 방식이다. 우리가 왜적을 더욱 많이 칠 기회는 복병이 숨은 곳에서 나와 본대를 좇아갈 때인 것을 알지만 우리는 복병 예상 지점을 우회하여 멀리서 본대를 따라갈 것이다.

정기룡이 병사들을 불러 세우고 말했다. 왜적을 더 쳐서 죽이는 것도 중요하지만 지금은 그럴 때가 아니라는 것이었다. 퇴각하도록 두고 멀리서 뒤따르다가 왜적이 우리 백성을 해치려 하면 그때 나아가 싸워서 막겠다고 했다.

정기룡은 군사를 거느리고 왜적 복병을 피하며 어두운 밤길을 헤쳐 나아갔고, 왜적 정찰군을 멀리서 뒤따르며 감시했다. 왜적 정찰군은 경상우방어군 돌격대와의 전투에서 너무 큰 타격을 입은 듯 쉬지 않고 행군했는데, 창녕 일대까지 올라와 노략질 중인 부장(副將) 모리 요시나리(毛利吉成)의 군영으로 향하는 듯했다.

정기룡은 이튿날 새벽까지 왜적을 멀리서 뒤따랐고, 그때까지도 분탕질을 않고 행군하자 비로소 안심이 되는 듯 군사를 멈추어 세웠다.

왜적이 순순히 퇴각할 것 같으니 이쯤에서 돌아서도록 하자.

돌격전사들도 지치고 말도 지쳤다. 정기룡은 밤새 한 숨도 못 자고 고생한 병사들에게 밥도 해먹이고 잠도 재우기 위해 안전한 곳을 찾아갔다.

왜적의 조총이 많이 두려웠을 텐데도 나를 믿고 잘 따라줘서 고맙고, 또 잘 싸워줘서 고맙구나. 고생들 많았다.

안전한 장소에 도착한 후 정기룡이 돌격전사들을 둘러보며 격려했다.

우리가 열다섯 배 넘는 왜적을 무찔렀습니다. 우리가 해내고도 믿기지 않습니다.

병사들은 너나없이 스스로를 자랑스러워하며 승리의 환호성을 질렀다.

그래, 대견들 하다.

정기룡도 병사들과 함께 기뻐했다.

임진왜란에서 조선군이 거둔 첫 승리, 신창전투(新昌戰鬪)였다.

경상우방어군 돌격대는 밥을 지어먹고 잠깐 눈을 붙였다. 정기룡도 병사들과 함께 눈을 붙이고 있는데 한 초병이 급히 달려와 깨우고는, 조선군으로 보이는 무리가 오고 있는데 어쩌면 조선군으로 위장한 왜적일지도 모른다고 보고했다.

그 수가 얼마나 되더냐?

정기룡이 놀라며 물었고,

약 스무 명쯤 됩니다.

초병이 대답했다.

정기룡은 벌떡 일어나 무장을 갖추었고, 뛰어가서 오고 있는 군병을 살펴보았다. 조선군 복장을 하고 있었고, 창칼도 조선군의 것이었지만 그래도 혹 모를 일이었다. 정기룡은 잠든 병사들을 깨워서 무장을 갖추게 했고, 목소리 큰 병사를 세워서 오고 있는 군병에게 그 정체를 밝히라 소리치게 했다.

우리는 비음산성(飛音山城: 진례산성) 성병(城兵)으로, 왜적에 쫓겨 진례(進禮)에서 여기까지 왔습니다.

저쪽 병사 중 한 명이 큰 소리로 대답했다.

조선군이 분명하니 불러오라.

정기룡이 말했는데, 조선군으로 위장한 왜적이라면 오래 굶주린 모습은 아닐 것이기 때문이었다.

어제 저녁 배가 고파서 양식을 얻으러 다니는데 민인들이 말하기를,

신창에서 큰 전투가 벌어져 오후 내내 총성이 울렸는데 왜적이 그토록 오래 조총을 쏘긴 처음이다, 아무래도 조선군이 이기고 있는 것 같다고들 하였습니다. 우리는 믿지 못하였는데, 야심한 시각에 우리가 숨어 있는 토굴 근처로 군사가 지나가는 소리가 들려 몰래 엿보았더니 왜적이 피투성이가 된 여러 부상병들을 들것에 얹어서 이동하고 있었습니다. 그제야 우리는 근처에 강한 조선군이 와 있다는 것을 알게 됐고, 조선군을 찾아가던 중 말발자국을 발견하고 따라오게 된 것입니다.

잠시 후 예의 군병이 와서 말했다.

그런데 본대는 어디에 있기에 이 군사만 따로 떨어져 있는 것입니까?

예의 군병을 이끌고 있는 대수(隊帥: 5개 伍로 이루어진 1개 隊의 인솔자)가 주변을 둘러보더니 병사가 겨우 30여 명인 것을 알고는 의아한 얼굴로 물었다.

우리는 경상우방어군 돌격대고, 나는 돌격별장 정기룡이네.

근처에 방어영이 있는 것입니까?

방어영 영채는 지례에 세워졌네.

그렇다면 어제 왜적과 싸운 것이 경상우방어군입니까?

그렇다네. 우리 돌격대가 싸운 것이네.

돌격전사들이 모두 전사하고 이 군사만 남은 것입니까?

아니, 우리 돌격전사의 희생은 없었네. 부상자가 둘 발생하긴 했지만.

퇴각하는 왜적의 수가 수백은 되어 보이던데, 겨우 이 군사가 그들을 무찔렀단 말입니까?

대수는 말도 안 된다며 믿지 못하는 표정이었다.

그대들은 성이 함락되어 소속을 잃었으니 지금부터 우리 방어영의 군사가 되지 않겠는가?

저희야 온전한 병대가 있으면 어디든 소속되기를 원합니다.

대수가 말했고, 함께 온 병사들도 모두 고개를 끄덕였다. 정기룡은 그들의 건강을 확인하고는 모두를 받아들여 돌격전사로 삼았다.

정기룡은 김태허와 군사를 나누어 거느리고 고을과 피난촌을 찾아다니며 관아를 버리고 도망친 수령들을 찾고 있다고 소문냈고, 경상우방어영으로 오면 지난 죄를 묻지 않는다는 군령(軍令)도 함께 알렸다. 또 소속 병대가 무너져 흩어진 병사들이 있는 곳을 물어서 찾아다녔고, 경상우방어영으로 집결할 것을 명했다. 그렇게 거창과 합천, 고령 등지를 돌며 군령을 전달한 후 방어영으로 복귀했다.

돌격대가 방어영에 돌아왔을 땐 약 1백여 명의 군사가 정기룡과 김태허의 군령을 직접 듣거나 전해 듣고 찾아와서 합류해 있었다. 생각보다 군사가 많이 모이지 않았는데, 싸울 의지가 있는 군사는 이미 왜적을 쫓아서 북쪽으로 올라갔기 때문이었다.

정기룡과 김태허는 도착하자마자 막부로 가서 조경에게 경과를 보고했다.

정말인가? 정말 왜적을 쳐부줬단 말인가?

조경의 얼굴에 환한 미소가 피어올랐다.

예, 장군.

정기룡은 임무수행 중 우연히 왜적과 마주쳤다고 했고, 피할 수 없어서 어쩔 수 없이 싸웠다고 고했다.

하면, 수급은 얼마나 베어왔는가?

조경이 들뜬 표정으로 물었다. 왜란이 발발하고 아직까지 조선군의 승전보는 없었다. 첫 승리의 치계(馳啓)를 자신이 올릴 수 있게 되었다니…… 믿을 수 없었다. 수급과 함께 첫 승전보를 올린다면 모두가 부러

위할 큰 상이 내려질 것이고, 그 전공(戰功)은 역사에 길이길이 남을 것이었다.

수급이라니, 그게 무슨 말씀입니까?

그러나 정기룡은 어리둥절한 표정을 지으며 조경을 바라보았다.

승리를 증명하려면 수급이 있어야 할 것 아닌가. 설마 수급을 베어오지 않은 건 아니겠지?

저와 우리 병사가 처음으로 왜적을 맞아 싸웠는데 수급으로 승리를 증명해야 한다는 것을 어찌 알았겠습니까?

정기룡이 말했고,

저도 수급을 바쳐야 한다는 얘기는 금시초문입니다.

김태허도 거들었다.

지금 나를 놀리는 겐가?

조경이 허탈함을 감당하지 못하여 짜증스럽게 소리쳤다.

거짓말입니다. 저 자가 임무를 내팽개치고 어디 가서 게으름을 피우며 놀다가 실적 없는 것을 만회하기 위해 공을 조작하고 거짓보고를 올린 것이 분명합니다. 그렇지 않고서야 어찌 수급이 하나도 없단 말입니까?

좌군장 홍길영이 조경에게 말했다.

싸우기나 한 것인가? 왜적을 보자마자 줄행랑쳐온 것은 아니고?

중군장 김수룡도 의심하며 비아냥거렸다.

싸우지 않았다면 우리가 노획한 왜조총과 왜검은 무엇이며, 부상당한 우리 병사 둘은 무엇이란 말입니까?

정기룡이 낯을 붉히며 항변했다.

수급 챙길 시간은 없고 왜조총 챙길 시간은 있었던 모양이지?

전투가 소강상태일 때 병사들이 알아서 거둔 것입니다. 패하고 퇴각하는 왜적이 아무 죄 없는 우리 백성에게 분풀이를 할지도 모르는 상황이었습니다. 저는 그 뒤를 쫓아가며 백성을 보호해야겠다는 생각뿐이었습니다.

제가 들어오기 전 부상병들의 상처를 살펴보았는데, 멀리서 총탄을 맞은 듯 뼈를 뚫지 못했더이다. 이는 도망치다 적 복병이 쏜 총탄에 맞았을 가능성을 말해주는 것입니다. 왜검에 베였다는 상처도 그 부위가 팔뚝인 걸로 보아 말을 타고 숲길을 달리다가 날카롭게 낫질된 나뭇가지에 베였을 가능성이 큽니다. 왜조총과 왜검을 어디서 주워왔는지는 몰라도 노획품은 아닐 것이니 절대 믿지 마십시오.

홍길영이 조경에게 말했다.

정기룡과 김태허는 돌격대에 새로 합류한 20여 명의 병사들이 민인들로부터 전투에 관한 얘기를 듣고, 또 많은 부상자를 이끌고 퇴각하는 왜적을 보고 찾아온 사실을 말하며 거짓이 아님을 증명하려 했다. 그러나 홍길영과 김수룡은 그 또한 조선의 다른 군사가 왜적과 싸운 것일 수 있으며, 새로 합류한 병사들도 군법을 어기고 도망쳤던 자들이므로 믿을 수 없다고 반박했다.

막부 밖에 대기하며 안에서 들려오는 소리를 듣고 있던 우초관 박경혁은 화가 나서 도저히 더는 못 듣고 있겠다고 했고, 말리는 김태우 손을 뿌리치고 막부로 뛰어들었다.

못 믿으시겠다면 저희 몰골을 한 번 봐주십시오. 우리 옷과 말에 묻어 있는 이 피들은 다 무엇이란 말입니까?

박경혁이 좌중을 둘러보며 분한 목소리로 외쳤다.

돼지라도 훔쳐서 잡아먹고 그 피를 나누어 묻히고 왔는지 어찌 알 것이야!

좌군장 홍길영이 짜증스럽게 소리쳤다.

난중인데 우리가 어디 가서 그 귀한 돼지를 구할 수 있었겠습니까? 정 이나 못 믿으시겠다면 지금이라도 전투가 벌어졌던 신창으로 달려가서 확인해보십시오. 전투가 길었으므로 목격한 민인도 있을 것이고, 적이 쏜 탄흔과 숱하게 오간 아군과 적군의 살흔(薩痕), 적군이 흘린 피와 살점이 남아 있을 것입니다. 물론 적의 시신도, 누가 알고 수급을 베어가거나 짐승이 훼손하지 않았다면 남아 있을 것입니다. 원하신다면 저희가 당장 돌아가서 수급을 베어오겠습니다.

우리 조선 민인의 목을 베어서 왜적의 수급처럼 꾸미고 바치려는 계략일 수 있으니 허락하지 마십시오.

홍길영이 말했다.

그렇다. 여태 적의 수급이 그곳에 남았을 리도 없거니와, 가져온다 한들 왜병의 것인 양 두발을 조작한 우리 민인의 머리인지 어떻게 알겠는가?

조경 또한 믿을 수 없다고 말했다.

돌격별장과 밀양부사 뿐 아니라 그 수하들까지 모두 짜고서 거짓을 꾸미기로 작당한 것이 분명합니다. 죄를 물으십시오.

중군장 김수룡이 말했다.

마땅히 그리할 것이오. 정기룡은 거짓 전공으로 조정과 나를 기만하려 하였으니 죄가 가볍지 않다. 조정에 고하여 그 죄를 밝힐 것이니 흙구덩이를 파고 가두어라! 정기룡과 작당하고 입을 맞춘 밀양부사의 죄도 가볍지 않으나, 그가 현직 수령이므로 차후 관찰사께 고하고 그 처리에 따를 것이니 군사를 지휘하지 말고 대기하라. 또한 저들의 작당에 동조한 병사들에겐 기장죽만 주어서 반성케 하라!

조경이 지엄하게 명했는데, 분노로 얼굴이 일그러져 있었다. 명이 떨어지기 무섭게 표하장이 좌초표하관(표하군 좌초관)과 그 병사들을 거느리고 다가와서 정기룡과 김태허의 무장을 해제시켰고, 정기룡은 갑옷까지 벗긴 후 꿇어앉히고 포박했다.

4

돌격전사 막사에도 정기룡의 감금 소식이 전해졌다. 전사들은 막부 앞으로 몰려가 엎드려 통곡하며 억울함을 호소했다. 칠흑 어둠 속 구덩이에 갇힌 정기룡은 밤새 이어지는 수하 병사들의 통곡소리를 듣고 안타까운 마음에 눈물을 머금었다. 자신의 억울함은 상관없었다. 죽을 고비를 넘겨가며 혼신의 힘을 다해 싸워준 병사들에게 고깃국 한 그릇 챙겨주지는 못하고 오히려 전공을 조작한 공모자라는 불명예만 안겼다. 그런데도 그들은 무능한 주장(主將)을 원망 않고 통곡으로 결백과 억울함을 호소하고 있었다. 그 뜨거운 전우애에 어찌 눈시울이 뜨거워지지 않을 수 있을까.

언제까지 그러고들 있을 것인가? 목이 쉬겠구나.

정기룡은 흙벽에 등을 기대고 앉아 수하 병사들 걱정을 했다. 그러고 있노라니 피곤이 몰려들며 졸음이 쏟아졌다. 그는 잠들지 않으려 했다. 수하들은 저리도 억울해서 잠자리에 들지 못하고 통곡하는데 혼자 잠자는 것은 배반일 것 같았다.

문득 어머니 생각이 났다. 난리가 나서 왜적이 쳐들어오자 형이 모시고 지리산 어딘가로 피난을 갔다는 소식이었다. 어머니는 무관 아들을 둔 탓에 하루하루가 불안의 연속일 것이었다. 그러고 보면 문관으로 입신하라시던 어머니 말씀을 따르지 않고 무관으로 입신한 것은 크나큰 불효를 저지른 짓이었다. 증자(曾子)는 맛있는 것을 바치는 것은 '단지 봉양'일 뿐 진정한 효가 아니라고 했다. 군자의 효는 부모님께 '그런 자식을 두어 부럽다'라는 칭송을 들을 수 있게 해드리는 것이라고 했는데, 사람들은 과연 나 같은 아들을 둔 어머니를 부러워할까? 정기룡은 그렇지 않을 것이라 생각하며 강하게 고개를 저었다. 오히려 무관 아들을 두지 않아서 다행이라고 생각할 것이었다. 그런 의미에서 그는 불효자였다. 그런데 이제 거짓전공을 꾸몄다는 죄명으로 형벌을 받음으로써 어머니께 치욕까지 안겨드리게 생겼다.

이 못난 아들을 용서하소서.

정기룡은 자신도 모르게 그 말을 입 밖으로 흘렸다. 실망할 어머니와 큰형, 그리고 아내의 얼굴이 차례로 머릿속을 스쳐 지나갔다. 아내가 보고 싶었다. 혼인을 한 지는 수년이었지만 한 이불을 덮은 세월은 겨우 2년여밖에 되지 않았다. 그 고운 미소와 쑥스러운 웃음 곁으로 귀엽게 날리던 귀밑머리를 다시 한 번 볼 수만 있다면. 한 이불 덮은 기간이 짧았기에 그들 사이엔 아직 아이가 없었다. 아이라도 있었더라면……

작은형 얼굴도 떠올랐다.

정기룡은 열세 살에 아버지를 여의었다. 때문에 큰형 정몽룡(鄭夢龍)과 작은형 정인용(鄭仁龍)이 아버지 대신 생업에 뛰어들었다.

아버지는 몰락양반의 자손으로 태어나 가문을 다시 일으키려는 일념으로 아들들을 모두 서당에 보내며 죽도록 일만 하시다 돌아가셨다. 가난한 아버지가 돌아가셨으므로 정몽룡과 정인용은 학문을 포기할 수밖에 없었다. 하지만 가문을 다시 일으킬 기회가 아주 사라진 것은 아니었다. 아직 어린 아우 정기룡이 있기 때문이었다.

두 형은 정기룡에게 기대를 걸었다. 특히 작은형 정인용은 밥을 굶더라도 아우의 서당만큼은 끊을 수 없다며 물로 허기를 채워가며 뼈가 부서지도록 일만 했다. 정기룡이 고생하는 형들에게 미안하여 글 읽기를 미루고 농사일을 거들라치면,

형들을 도울 기회가 지금 뿐이더냐? 지금 돕는 것보다 네가 입신하여 우리 가문을 흥하게 해주는 것이 더욱 큰 도움이 된다는 사실을 어찌 모르는 것이냐!

호통 치며 방으로 들어가 글을 읽게 했다. 정기룡의 글 읽는 소리가 들리지 않으면 어느 새 달려와 손이 시리느냐, 배가 고프냐, 어디가 아픈 것은 아니냐 물으며 안절부절못했고, 자기는 온갖 풀씨뿐인 죽, 독 없는 풀이 절반인 마부슬기로 배를 채우면서도 아우에게만은 비록 서숙밥일지라도 매 끼 따뜻한 밥을 배불리 먹게 해주었다. 그렇듯 작은형의 지극 정성 지원 덕분에 정기룡은 학문에만 집중할 수 있었고, 1579년(선조 12년) 18세에 향시를 보게 됐다.

향시를 보기 위해 고성현으로 떠나던 날, 작은형 정인용은 자신이 더 들뜨고 신이 나서 괴나리봇짐을 허리에 두르고 문을 나섰다. 자신은 맨발이면서 정기룡이 신을 짚신은 새것으로 다섯 켤레 준비했고, 그 중 네 켤레는 허리에 차고 한 켤레는 툇마루를 내려서려는 아우의 발밑에 들이밀었다.

작은형은 어디까지 배웅을 나가려는 것이오? 내 알아서 다녀오리니 예서 작별하오.

정기룡이 부담스러워하며 말했다.

예서 헤어지다니 그 무슨 섭섭한 말이냐? 장차 큰일을 할 아우의 향싯 길인데 마땅히 이 작은형이 보호하며 동행해야 하지 않으리.

정인용은 미리 노자까지 준비해두고서 향시장(鄕試場)까지 함께 가겠다고 했다.

작은형의 그 극성을 누가 말리리.

두 형제는 서로 어깨를 부딪으며 장난스럽게 하하 웃었다. 그들은 어머니 홍씨부인과 큰형 정몽룡의 배웅을 받으며 집을 나섰고, 고성으로 향했다.

그랬는데…….

정인용은 고성으로 향하던 중 갑작스런 급병으로 몸이 몹시 고통스러웠다. 창자가 뒤틀리고 진땀이 흐르며 눈앞이 깜깜해졌고, 어지러워서 정신을 차릴 수 없었다. 그런데도 아우의 향시에 지장이 있을까봐 아무렇지 않은 듯 웃는 얼굴만 보였다.

형의 얼굴이 창백하오.

아우가 걱정스러운 얼굴로 물으면,

네 향시를 걱정해서 그러는 것 아니겠나.

둘러대며 고성에 도착했다. 정인용은 정기룡이 충분히 휴식하고 또 마지막으로 글공부도 할 수 있게 해주려고 봉놋방 대신 비싼 값을 치르고 별간에 들게 했고, 향시에 합격하여 과거를 보러 한양에 갈 그 날을 얘기하며 잠자리에 들었다.

정인용은 밤새 잠들지 못하고 뒤척이는 눈치였고, 정기룡이 깰세라 살금살금 자주 뒷간을 오가는 눈치더니,

시제에 답이 있으니 꼼꼼히 들여다봐야 하리. 나는 미루어둔 일이 많아 돌아가 봐야 할 것 같구나. 남은 노자를 줄 테니 발표까지 확인하고 돌아오라.

이튿날 아침 향시장 앞에서 정기룡에게 남은 노자와 괴나리봇짐을 넘

겨주고 귀갓길에 올랐다.

정기룡은 작은형 덕분에 향시를 잘 보았고, 장원합격이라는 큰 선물을 들고 의기양양하게 집으로 달려갔다. 그런데 돌아가서 보니 작은형은 아파서 자리에 누워 있었고, 장원합격 소식에 감격하여 눈물을 글썽이면서도 일어나지 못했다. 그리고 얼마 후 그토록 사랑하는 아우의 손을 꼭 잡고,

이 형은 너만 믿는다.

라고 말한 후 눈을 감고 말았다.

작은형! 죽으면 안 되오, 형!

정기룡은 작은형 가슴에 얼굴을 묻고 엎드려 통곡했다. 그렇게 작은형은 세상을 떠나고 말았고,

작은형이 죽은 것은 나 때문이오. 향싯길 동행하다 급병을 얻은 것도 평소 내 뒷바라지를 하느라 몸을 망친 탓이오.

정기룡은 자책하며 날마다 작은형의 뼛가루를 뿌린 강가를 찾아 하염없이 울었다.

아우는 미련하고 또 미련하다. 벼슬을 하는 것이 아우 개인의 부귀영화를 위함이더냐? 벼슬을 유지하여서 장차 수천, 수만의 백성을 구할 생각을 않고 스스로 위기를 자초하다니……. 그리고도 아우가 무인의 자질을 갖추었다 할 수 있겠는가?

정기룡은 작은형의 호통에 깜짝 놀라 눈을 떴다. 어느새 아침이 밝은 듯 멍석이 덮인 머리 위로 작은 빛이 스며들고 있었다. 언제 잠이 들었던 것일까. 꿈에서 작은형을 만난 모양이었다.

미안하오, 작은형. 왜적의 창칼이 우리 백성들에게 미치어 날마다 많은 백성이 피 흘리며 죽어 가는데도 우리 장군께서 '막아라!' 그 한 마디

명을 주저하시기에 그랬던 것인데, 싸움에 이기고도 전공조작의 오해를 받게 될 것이라고는 상상도 못했소.

정기룡은 어둠속을 바라보며 중얼거렸다.

방어사 조경, 왜적에 사로잡히다

1

삼도도순변사 신립이 거느린 조선 주력군은 충주 탄금대에서 배수진을 치고 왜적과 싸웠으나 대패했다. 신립 장군은 부사 김여물(金汝岉)과 함께 강물에 투신했고, 경상도순변사 이일이 패잔병을 수습하여 북쪽으로 올라갔다. 당황한 선조임금은 왜적을 막을 길 없다 판단하고 신하들과 함께 파천(播遷: 임금의 피난)을 의논하기에 이르렀다. 신하들이 반대했으나 임금은 파천 의지를 굽히지 않았고, 한밤중에 다급히 광해군(光海君)을 세자에 책봉하고 이튿날 송도(松都: 개성)로 파천했다. 전쟁을 막지 못한 임금과 신하들이 왜적과 싸울 생각은 않고 파천하자 민심은 분노하여 극악했다.

왜적 제1군과 제2군의 한양 입성이 임박했다. 주력 제1군과 제2군 지원임무를 맡은 제3군도 경상우도 남쪽지역에서 노략질로 병량을 확보한 후 성주(星州) 방면으로 치고 올라왔다.

왜적 제3군을 거느린 왜장 구로다 나가마사는 정찰군 5백여 명을 먼저 보내 길을 열게 하면서 전투병력 1만여 명을 거느리고 뒤따랐다. 이에 조경은 지휘관과 참모들을 불러서 계책을 상의했다.

우리 방어군이 8백까지 불어나긴 했으나 여전히 적에 비해 미미한 수준입니다. 정면대결은 언감생심 꿈도 꿔볼 수 없는 형편이니 적의 진격을 최대한 늦추어보는 것이 최선의 방책일 것입니다.

좌군장 홍길영이 말했다.

우리의 준비가 부족하므로 나아가 싸우는 것은 어렵고 물러나서 싸워야 하는데, 적을 맞아 싸울 장소로는 추풍령이 적당할 듯합니다. 왜적이 정찰군 5백여 명을 앞세우고 오고 있는데, 다행히 우리 군사의 수가 왜적 정찰군에는 앞서니 정찰군과의 싸움은 해볼 만합니다. 1차로 김산역에 군사를 보내 싸우게 한 후 패하여 달아나게 한다면, 적장은 우리 군사가 근처에 있다 생각하여 쉽게 추풍령으로 들어서지 못하고 정찰군을 보내 길부터 살필 것입니다. 이때 우리가 추풍령에 군사를 숨겨서 왜적 정찰군을 급습하고 쳐부수면, 적장은 다시 정찰군을 구성하여 보내기 전까지 본진 군사를 움직이지 못할 것입니다.

중군장 김수룡이 말했다.

하나 왜적 본진에는 구원을 위해 대기하고 있는 약 1천여 명의 기병이 있어 섣불리 도모하다간 오히려 당할 수 있습니다. 그런데 왜적의 본진 뒤에는 4천5백 가량으로 추정되는 왜병이 노략질로 끌어 모은 군량을 수송하여 뒤따르고 있습니다. 우리가 돌격대를 보내 그들의 수송을 방해하며 후미를 어지럽힌다면, 본진은 후방이 신경 쓰여 빠른 전진을 하지 못할 것입니다. 그때 우리가 복병으로 왜적 정찰군을 공격하면 왜적 본진 병력이 구원을 오지 못할 것입니다.

우군장 이정진은 돌격대를 적극 활용해야 한다고 말했다.

우리 돌격전사가 겨우 쉰 명에 불과한데, 그 병력으로 4천5백의 왜적 후진을 흔들어놓을 수 있다고 생각하오?

좌군장 홍길영이 그건 불가능한 계책이라며 반대했다.

정기룡이라면 가능할 것이오.

우군장 이정진이 홍길영에게 말했고,

정기룡이 왜적 정찰군과 싸워서 이겼는지 졌는지는 몰라도 전투가 있었다는 사실만큼은 여러 경로로 확인되고 있습니다. 민인들 사이에 퍼진 소문을 듣고 온 정탐꾼의 말도 그러하고, 정기룡이 퍼트린 군령을 전해 듣고 달려온 수령과 병사들 얘기도 그러합니다. 억울함을 호소하는 돌격전사들의 한결같은 태도도 정기룡의 거짓에 동조하는 모습으로 치부해버리기엔 그 결의가 사뭇 의연합니다. 만일 돌격대가 왜적과 정면대결을 펼친 것이 사실이라면 그 경험이 앞으로 있을 전투에 많은 도움이 될 것입니다. 그러니 정기룡을 풀어주어 전투를 치르게 한 후 다시 죄벌을 논하심이 어떻겠습니까?

조경을 돌아보고 다시 말했다.

이미 죄가 드러난 죄인을 방면하여 돌격장으로 복귀시킨다면 세상의 비웃음거리밖에 되지 않습니다.

좌군장 홍길영이 핏대를 세우며 강력히 반대했다.

정기룡을 돌격장에 복귀시킨다면 그에게 적용된 죄를 부정하는 모순이 생깁니다.

조방장 양사준도 정기룡의 복귀는 간단한 문제가 아니라고 말했다.

조정에서도 무재 있는 죄인을 대거 서용하여 전선으로 보내고 있질 않습니까? 전란의 긴급한 상황에서 법과 원칙만 따지고 있을 수는 없습니다.

이정진이 서용된 조경을 의식하고 들으라는 듯이 반박했다.

서인세력을 이끌었던 영수 정철(鄭澈)은 1589년 우의정으로 있으면서 정여립(鄭汝立) 모반사건을 활용해 동인을 대거 역모에 엮어 축출하고 권력을 잡았다. 기축옥사(己丑獄死)가 그것이었다. 그러나 당시 동인이었던 이산해(李山海)의 역공작에 말려들어 광해군의 왕세자 책봉을 주청했다가 선조임금의 노여움을 사서 삭탈관직 후 유배됐다. 이른바 건저문제(建儲問題)였다. 조경은 강계부사로 있을 때 강계로 유배 온 정철을 우대했다는 이유로 파면됐고, 이때 서용되었던 것이다.

지금은 중과부적의 상황이라 군력을 모아서 싸울 때이지 분산할 때가 아니오.

그러나 조경은 우군장 이정진의 말에 따르지 않았고, 중군장 김수룡의 계책을 채택하여 밀양부사 김태허에게 돌격대 지휘를 맡기고는 김산역으로 가서 왜적을 기다렸다가 급습하라고 명했다. 그리고 자신은 본대 군사를 거느리고 금산(지금의 충북 영동군 추풍령리)으로 물러나 적을 맞아 싸울 준비를 했다.

마침내 왜적 정찰군이 김산역으로 쳐들어왔다. 김태허 돌격장은 김산역에서 왜적을 기다렸다가 급습했고, 경상우방어군이 근처에 있다는 것만 보여주고는 패주하는 척 상좌원(上佐院)으로 달아났다.

김수룡이 예상한 대로 왜적 본대는 김산까지 왔지만 선뜻 추풍령으로 들어서지 못했다. 경상우방어군이 추풍령에 매복 중일 가능성이 매우 높기 때문이었다. 그래서 일단 진군을 멈추었고, 본대는 김산에서 대기하며 정찰대를 먼저 보내 복병을 살피게 했다.

조경은 금산고개에 군사를 숨기고 왜적을 기다렸다. 김산역에서 작전을 펼치고 돌아온 돌격대에는 특별한 임무를 부여하지 않고 좌군과 중군 사이에 배치하여 마병사수(馬兵射手: 기병궁수)로 활용했다. 모두가 출전하면서 정기룡만 군막에 남겨둘 수는 없었다. 그래서 임시 방면했고, 지휘권을 주지 않고 돌격대로 돌려보내 밀양부사 김태허를 보좌하게 했다. 하지만 경상우방어군의 계책은 너무도 허술해서 왜장 구로다 나가마사가 훤히 꿰뚫었다. 구로다 나가마사는 구원을 위해 준비된 1천여 명의 기병을 출동시켰고, 먼 길로 우회하여 금산고개를 역으로 내려가며 경상우방어군 뒤쪽을 치게 했다.

왜적 정찰군이 금산고개를 오르기 시작했다. 복병을 의심하여 숲을 향해 조총을 쏘았고, 조심조심 천천히 전진했다. 보고를 받은 경상우방어사 조경은,

왜적이 고갯길을 절반 이상 올라오면 중군부터 공격을 개시하라.

하고 명했다.

얼마 후 왜적이 경상우방어군 코앞까지 와서 복병 예상지점을 향해 조총을 쏘았다. 중군장 김수룡이 공격을 명했고, 경상우방어군 중군은 왜적을 향해 일제히 화살을 퍼부었다.

왜적 정찰군은 조총으로 맞대응했다. 김수룡은 조총이 두려워 달아나는 척하며 군사를 얼마간 후퇴시켰고, 왜적 정찰군은 경상우방어군 중군을 좇아서 좌군과 우군 사이로 뛰어들었다. 좌군장 홍길영과 우군장 이정진이 군사를 휘몰아 공격을 퍼부었고, 후퇴하던 중군장 김수룡도 군사를 돌려세우고 공격을 퍼부었다. 정기룡도 가장 앞쪽에 서서 힘껏 활을 쏘아 적을 공격했고,

좌우로 빠르게 움직여서 왜적의 조총구를 우리 돌격대 쪽으로 유도하면 아군 보병이 근접전을 펼칠 때 유리할 것입니다.

하고 조언하며 김태허를 도왔다. 김태허는 정기룡의 조언을 참고하여 명을 내리며 나름대로 돌격대의 역할에 최선을 다했다.

경상우방어군이 3면을 에워싸고 공격을 퍼붓자 전세가 불리해진 왜적은 후퇴했다. 승기를 잡았다 판단한 경상우방어군은 왜적 정찰군을 쫓아가며 더욱 가열하게 공격했다.

그때였다. 경상우방어군 뒤쪽 고갯길 정상 쪽에서 한 번에 수십 발씩의 총성이 연거푸 울렸는데, 방어사 지휘부가 있는 쪽이었다. 무슨 일일까? 순간 경상우방어군 전체가 놀라서 행동을 멈추고 지휘부 쪽으로 고개를 돌렸다. 정기룡과 김태허 또한 그랬다.

총성은 계속되었고, 방어사 지휘부 쪽에서 퇴각을 알리는 고각소리가 다급히 울려 퍼지다가 문득 끊겼다. 총성은 뭐고 퇴각 신호는 뭘까? 모두들 어리둥절해 있을 때였다. 1천여 명의 왜적 기병이 경상우방어군 뒤를 덮쳤다.

돌아서라! 뒤에도 왜적이 있다! 돌아서 공격하라!

김태허가 위쪽에 있는 왜적 기병을 보고 깜짝 놀라서 명했다. 정기룡과 돌격전사들은 돌아서서 비탈 위쪽을 쳐다보며 화살을 쏘았다. 적의 수가 많고 지형적으로 불리한 위치였으므로 막을 수 없었다. 또한 후퇴하던 왜적 정찰군도 전열을 정비하고 돌아서서 조총과 화살 공격을 가하며 경상우방어군을 압박해 올라왔다.

우측으로 빠져라!

왜적의 상하협공 반격에 김태허는 군사를 거느리고 다급히 우측으로 향했고, 경상우방어군 중군은 양쪽으로 갈라지며 좌·우군과 뒤엉켰다. 위쪽에서 덮친 왜적 기병은 벌써 경상우방어군을 육박하여 칼과 창으로 마구 베고 찔렀다. 그때였다.

사수들은 적이 있는 곳으로 화전을 쏘아라!

중군이 왜적 기병의 공격을 집중적으로 받게 되자 중군장 김수룡은 위기를 벗어나기 위해 중군 사수대로 하여금 적이 위치한 곳의 숲에 불을 지르게 했다. 근처에 있다가 중군장이 소리치는 것을 들은 정기룡은 크게 놀라 김수룡에게 달려갔고,

상하에 다 적이 있는데 숲에 불을 지르면 적만 타죽는 것이 아니라 우리 군사도 타죽습니다. 또한 연기 때문에 숨을 쉴 수 없으므로 힘껏 싸우지도 못할 것입니다.

명령을 거두어달라고 말했다.

그대는 아직 죄인 신분임을 잊었는가!

김수룡은 화난 얼굴로 소리쳤고, 정기룡의 말을 무시해버렸다.

중군 사수들이 일제히 화전을 쏘았고, 왜적 쪽 숲에 불이 붙었다. 정기룡은 황망히 돌격대로 돌아갔고,

중군장이 숲에 불을 질렀습니다. 상하에서 불길이 번지면 우리 군사들이 모두 연기를 마시거나 불길에 휩싸일 것입니다. 그렇다고 왜적을 앞에 두고 우리만 빠질 수도 없고…… 큰일입니다.

김태허에게 말하며 안타까워했다.

김태허는 군사를 거두어서 숲을 빠져나가야 한다고 말하려고 홍길영을 찾아갔다. 그러나 아무리 찾아도 홍길영이 보이지 않았다. 그러는 사이에도 중군 사수대는 계속 숲에 불을 질러서 곳곳에서 불길이 치솟았다. 위쪽 왜적 기병의 말들은 불길이 덮쳐오자 놀라서 날뛰었다. 왜적 기병은 공격을 멈추고 불길을 피해 스스로 퇴각했고, 아래쪽의 왜적 정찰군도 일단 전투를 멈추고 불길을 피해 후퇴했다.

불길이 더욱 거세지면서 경상우방어군에게도 덮쳐왔다. 짙은 연기가 온 산을 뒤덮으면서 아군도 적도 서로를 볼 수 없었다. 경상우방어군은 좌군 중군 우군 할 것 없이 대열이 완전히 무너졌고, 서로 뒤엉키며 아

수라장이 되었다. 돌격전사들도 마찬가지였다. 달려오는 다른 병대 병사들에 뒤섞이며 흩어졌고, 연기와 불길을 피해 달리기 바빴다.

불길을 피해 탈출하라!

여기저기서 탈출하라는 명령이 내려지고 있었지만 누구의 명인지 알 수 없었다. 불길이 육박해왔으므로 정기룡도 병사들과 함께 연기를 뚫고 달렸다.

그때였다.

장군이 왜적에게 사로잡혔다. 왜적이 장군을 잡아갔다!

위쪽의 표하군 쪽에서 누군가가 다급히 외쳤다. 정기룡은 일단 불길을 피해 숲을 빠져나갔고, 연기가 없는 곳에 도착하자마자 김태허를 찾았다.

잘못 들은 건지 몰라도 방어사가 왜적에 잡혀갔다는 소리를 들은 것 같습니다. 제가 알아보고 올 테니 우리 돌격전사들을 모아주십시오.

정기룡은 말한 후 아직 불타지 않은 숲속으로 사라졌다.

정기룡은 얼마 가지 않아서 표하군을 거느리고 급히 어디론가 향하는 조방장 양사준을 만났다. 조경이 왜적에 사로잡힌 것이 사실이냐고 물었는데,

지금 장군을 잡아간 왜적을 쫓아가보려는 것이네.

양사준은 고개를 끄덕이며 말했다.

우리 돌격대가 가서 구출을 시도해보겠습니다.

할 수 있겠는가?

자신은 없습니다. 다만 시도를 해보려는 것입니다.

정기룡이 말했다.

우리도 도울 것이니 시도라도 해봐주게.

양사준은 일말의 희망을 품으며 부탁하듯 말했다.

2

정기룡은 김태허에게 양해를 구하여 돌격대 지휘권을 잠시 돌려받았고, 돌격전사들 앞에 섰다.

사사로운 감정은 일단 잊으라. 나는 지금 조경 장군을 구출하러 가려한다. 나를 믿고 함께 가주겠는가?

정기룡이 돌격전사들을 향해 말했고, 전사들은 칼을 높이 들고 기꺼이 생사를 함께 하겠다고 외쳤다.

할 수 있겠소?

밀양부사 김태허가 걱정스러운 목소리로 물었다.

우리는 왜적과 싸워 이긴 경험이 있질 않습니까?

정기룡이 대답했다. 김태허는 그래도 걱정이 되는 듯 한숨을 쉬었고,

그렇다면 표하군과 연합하여 작전을 펼쳐야 하지 않겠소?

하고 다시 물었다.

표하군은 우리 전법을 이해하지 못합니다. 손발이 맞지 않으면 방해가 될 뿐이므로 돌격대 단독으로 하는 것이 낫습니다.

정기룡은 말한 후 돌격전사들을 거느리고 왜적 기병이 향한 곳으로 달려갔다. 말발자국을 따라 달렸고, 얼마 후 왜적 기병이 들판에 무리지어 쉬며 부상병을 치료 중인 것을 발견했다. 그곳에서 전열을 정비한 후 정찰군과 의논하여 다음 작전을 전개할 모양이었는데, 조경은 무리의 한 가운데 나무기둥에 묶여 있었다.

저와 무사들이 적진에 뛰어들어 방어사를 구출해 나올 것입니다. 부사께서는 나머지 전사들을 거느리고 공격하여 적을 교란시켜주십시오.

정기룡이 말했고, 김태허는 걱정스런 표정이면서도 알았다고 고개를 끄덕였다.

정기룡과 5인의 무사가 돌격대에서 떨어져나가 왜적 기병 북쪽으로 향했다.

공격이 개시되면 먼저 왜적의 말들을 놀라 날뛰게 하라. 그 다음 80보 떨어져 좌에서 우로 돌며 각궁으로 왜적을 공격할 것이다. 적이 쫓아오면 좌초는 80보 거리를 두고 적을 유인할 것이며, 우초는 나와 함께 적진에 뛰어들어 육박전을 벌이고 빠지는 전법을 쓸 것이다. 작전을 이해했는가?

김태허가 말에 앉아 돌격전사들을 둘러보며 말했는데, 모두들 이해했다는 대답이었다.

김태허는 정기룡에게서 익힌 전법으로 왜적을 공격했다. 정기룡처럼 가장 선두에서 군사를 이끌었고, 두려워하거나 주저하는 모습을 보이지 않았다. 그러자 군사들도 그를 믿고 잘 따라주었다.

경상우방어군 돌격대가 말을 타고 달려오는 것을 발견한 왜적은 급히 무장을 갖추고 전투대형을 갖추었다. 궁수대가 앞쪽으로 달려 나가서 경상우방어군 돌격대를 향해 활을 쏘았고, 경상우방어군 돌격대는 90보까지 접근한 후 각궁으로 대응했다. 왜적 궁수대가 화살을 피해 일시 뒤로 물러났고, 경상우방어군 돌격대는 그 틈에 거리를 더 좁혀서 70보 앞까지 나아갔다. 돌격대는 수십 발의 화전을 날려서 왜적 말들이 묶여 있는 곳 수풀에 불을 질렀다. 불길이 치솟자 말들이 놀라 날뛰었고, 빗나간 화전이 엉덩이에 꽂힌 말 몇 마리는 괴성을 지르며 미친 듯이 펄펄 날뛰어서 주변의 말들을 더욱 자극했다. 때문에 수백 마리의 말들이 스스로 고삐를 풀고 사방으로 흩어져 달아났다.

왜적 기병은 말이 없으면 조선군 복병에 크게 당할 것이기에 달아나는 말들을 잡는데 필사적이었다. 김태허와 박경혁은 때를 놓치지 않고 우초 돌격전사들을 거느리고 달려가서 육박전을 벌이다가 뒤로 빠졌고, 김태우는 좌초돌격전사들을 거느리고 왜적 후방으로 달려가서 공격했다.

왜적은 날뛰는 말을 잡으랴 적과 싸우랴 정신이 없었다. 그 혼란스러운 틈을 타서 정기룡과 5인의 무사는 말을 달려 적진에 뛰어들었고, 속도를 줄이지 않고 거침없이 달리며 달려드는 왜적을 베었다. 혼란은 더욱 가중됐고, 왜적 창검수들은 이리저리 뒤엉키며 정기룡과 5인의 무사 앞을 가로막았다. 그러나 정기룡과 5인의 무사가 말의 속도를 늦추지 않고 비호처럼 빠르게 달리며 칼을 휘둘렀으므로 막을 수 없었다.

왜적 기병군장은 겨우 여섯 명의 조선군이 1천여 명의 적진에 뛰어들어 칼을 휘두르며 말을 달리는 것을 보고 조경을 구출하러 온 것을 알았고, 자신을 호위하는 무사들을 보내 조경의 목에 칼을 겨누고 있다가 여차하면 베어버리라고 명했다.

왜적 기병군장은 조선 장군 조경을 구로다 나가마사에게 바칠 생각에 들떠 있었다. 조선 침공 후 그가 올린 최고의 전과가 바로 조경 생포였다. 조선 장수를 사로잡았으므로 구로다 나가마사는 물론이고 관백 도요토미 히데요시(豊臣秀吉)도 크게 기뻐할 것이고, 최고의 상이 내려질 것이 확실했다. 그렇기에 차라리 죽일지언정 조경을 조선군에게 다시 빼앗길 수는 없었다.

정기룡과 5인의 무사는 왜적 사이를 헤치고 달려서 벌써 조경 가까이 다가가 있었다. 그런데 조경 주위를 무사들이 둘러싸고 있었고, 두 명의 무사는 조경의 목에 예리한 왜검을 들이대고 여차하면 베어버릴 자세를 취하고 있었다. 그것을 본 정기룡은 칼을 거두고 각궁을 뽑아들었고, 말을 멈추고 땅으로 뛰어내렸다. 다섯 명의 무사도 똑 같이 했는데, 오랫동안 손발을 맞추었기에 말 한 마디 없이도 행동이 통일되고 역할분담이 척척 이루어졌다.

정기룡과 5인의 무사는 각자 왜적 무사 한 명씩을 맡아서 활을 겨누었고, 대응할 틈을 주지 않고 즉시 시위를 놓았다. 조경의 목에 칼을 겨누고 있던 무사들이 스르르 칼을 늘어뜨리며 주저앉았는데, 모두가 눈에 화살이 박혀 있었다.

3

정기룡과 5인의 무사가 달리던 말을 멈추고 뛰어내려 활을 겨누고 쏘기까지의 과정이 워낙 순식간에 이루어졌기에 왜적 무사들은 아무런 대처도 할 수 없었다. 다음 순간, 정기룡과 5인의 무사는 다시 말에 뛰어올랐고, 조경을 둘러싼 왜적 무사들에게 달려들어 칼을 휘둘렀다. 그러다가 정기룡이 칼을 들고 말 등에 올라섰고, 그 몸을 허공 높이 날려서 왜적 무사들 사이로 뛰어내렸다. 왜적 무사를 베고 몸을 돌려 조경의 몸과 나무에 둘러진 포승줄을 끊고 다시 왜적 무사의 몸을 베고 또다시 조경의 몸에 묶인 포승줄을 끊었는데, 그 일련의 행동에 일체의 머뭇거림이 없었다. 그 과정에서 정기룡은 조경과 잠시 눈이 마주쳤다. 조경은 새파랗게 질려서 벌벌 떨고 있었고, 자신을 구하러 달려온 것이 정기룡임을 알아보지도 못하는 것 같았다.

정기룡이 조경의 몸에서 포승줄을 다 끊었을 즈음 5인의 무사는 왜적 무사들을 모두 해치우고 더욱 몰려드는 왜적을 향해 칼을 겨누고 있었다. 정기룡은 조경의 몸을 가볍게 들어 오른쪽 옆구리에 꼈고, 성큼성큼 걸어가서 자신의 말에 뛰어올랐다.

됐다, 돌아가자!

정기룡이 5인의 무사를 향해 소리쳤다. 무사들이 정기룡과 그 말을 둘러싸고 발맞춰 나아가며 막아서는 왜적을 쳤다. 왜적 기병군장이 직접 활을 들고 정기룡을 겨누어 쏘아서 몸을 맞혔지만 갑옷을 뚫지 못했다.

정기룡이 오른쪽 옆구리에 조경을 낀 채 왼손에 칼을 들고 달려드는 왜적을 치며 나아가는데, 갑자기 조경이 비명을 질렀다. 정기룡이 보았는데, 조경의 오른손에서 피가 뚝뚝 떨어지고 있었다. 왜적의 칼에 손가락이 잘린 것이다. 정기룡은 조경을 말안장에 앉혀놓고 말에서 뛰어내렸고, 바닥에 흘러 있는 손가락 세 개를 주워서 주머니에 넣었다. 다시 말안장에 올랐고, 이번에는 조경을 가슴에 안고 적을 치며 전진했다.

김태허가 박경혁과 함께 우초돌격전사들을 거느리고 때맞춰 달려와서 탈출을 도왔다. 정기룡은 우초돌격대 사이로 뛰어들었고, 우초돌격대가 왜적을 막는 사이 서둘러 적진을 벗어났다. 우초돌격대도 뒤쫓는 왜적을 막으며 그 뒤를 따라갔다. 그 모습을 본 좌초관 김태우도 군사를 거두어 퇴각했다.

왜적 기병군장은 급히 추격대를 구성하여 뒤를 쫓았다. 그러나 경상우방어군 돌격대가 이미 눈에서 멀어진 뒤였다. 기병군장은 얼마쯤 추격하다가 조선군 복병을 걱정하여 포기하고 군사를 돌려세웠다.

왜장 구로다 나가마사는 적장을 사로잡았으나 경상우방어군 돌격전사들에게 도로 빼앗겼다는 보고를 받고 대로했고,

어찌 1천의 군사가 있는 한복판에서 적장포로를 빼앗겼단 말인가!

그 자리에서 기병군장의 목을 베어버렸다.

한편, 방어사 조경을 구출하는데 성공한 정기룡과 돌격대는 왜적 추격을 따돌리고 곧장 직지사로 갔고, 주지스님의 도움을 받아 조경을 치료했다. 조경은 적진을 탈출하던 중 적의 칼에 오른손 손가락 세 개가 잘렸고, 그 경황에도 정기룡은 잘린 손가락 세 개를 모두 수습해왔다. 주지스님은 의술에 밝은 스님을 불러서 그 손가락 세 개를 다시 이어 붙이게 했다.

조경은 자신을 구해준 정기룡에게 무한한 감사를 표했고, 그제야 돌격대가 신창에서 왜적 정찰군을 격파했다는 얘기를 믿었다. 정기룡과 돌격대의 용맹을 눈으로 직접 확인하고도 어찌 그 의심을 유지할 수 있을까. 1천여 명의 왜병 사이에 뛰어들어 싸운 정기룡과 5인의 무사는 물론이고 이를 도운 돌격전사들 모두가 정말이지 두려움을 모르는 신병(神兵) 같았다. 신창전투의 승전 보고를 믿지 않고 죄벌로 다스리려 했던 것을 후회했고, 조방장 양사준을 불러서 정기룡을 돌격별장에 복직시키라고 지시했다.

조경은 왜적에 사로잡혔다가 정기룡에 의해 구출된 사실을 숨기고 싶어 했다. 그러나 양사준은 패전의 원인과 경상우방어군의 현재 상황을 치계하지 않을 수 없었고, 조경이 왜적에 사로잡힌 사실을 빼고는 전체적 상황을 설명할 수 없었기에 있는 그대로를 기록하여 경상도관찰사 김수(金睟)에게 올렸다. 김수가 그것을 다시 조정에 올렸지만 전란 중 왜적에 길이 막혀 치계가 올라가는데 시간이 걸렸으므로 임금은 한참 후에야 정기룡의 활약을 알 수 있었다.

왜적 제1군과 제2군은 한양을 함락했고, 개성으로 파천했던 선조임금은 다시 평양으로 옮겨갔다. 그리고 경상우방어군을 깨뜨린 왜적 제3군은 추풍령을 넘었다.

우리 군사가 흩어져 돌아오지 않고 적은 추풍령을 넘어버렸는데, 이제 어쩌하실 겁니까?

정기룡이 심각한 얼굴을 하고서 조방장 양사준에게 물었다. 방어사 조경이 부상으로 인한 병증으로 신열 중이어서 군사의 일을 의논할 형편이 되지 못하였으므로 양사준과 의논할 수밖에 없었다.

지금 대가(大駕: 임금의 수레, 즉 파천행렬)가 어디에 이르렀는지 알 수 없고 조정의 명이 단절되어 혼란스러우니 경상도백(경상도관찰사)의 명에 따르는 것이 순리이지 않을까 싶네. 아까 방어사께서 잠시 정신이 드셨기에 여쭈었는데, 한 번 실패했다고 포기할 수는 없다고 말씀하시더군. 명예회복을 원하심이 분명하니 남은 군사를 거느리고 경상도백을 찾아갈까 하네.

경상도백이 거느린 경상감영군도 왜적과 싸워 패하고 얼마 남지 않은 것으로 압니다.

그렇기에 더욱 합쳐서 규모를 키워야 하지 않겠나? 그나마 그대의 돌격대가 용맹을 떨쳐 그 이름이 드높으니 우리 경상우방어군의 주축이 되어줄 수 있을 것이네. 부디 우리 방어사를 떠나지 말고 명예회복의 기회를 만들어주게.

양사준이 간축했다. 당시는 조정의 명이 일선 전진(戰陣)에 미치지 못하고 대부분의 병대가 왜적에 패하여 온전하지 않았기에 무너진 병대의 살아남은 주장, 혹은 왜적에게 점령당한 지역의 수령들은 자신의 병대, 혹은 관병을 거느리고 믿을 수 있는 장수를 찾아가 그 휘하에 소속되기를 청하는 일이 흔했고, 한 사람의 군사라도 더 필요한 장수는 크게 반기며 받아들이는 실정이었다. 장수가 수하를 선택하여 기용하는 것이 아니라 수하가 직속상관을 선택하는 이상한 구조였지만 대혼란상황이 었으므로 그것이 당연시되고 있었다.

추풍령전투(금산전투)에서 경상우방어군은 좌군장 홍길영이 전장에서 행방불명됐고, 많은 병사가 전사했으며, 상당수 병사가 흩어져 돌아오지 않음으로써 제 기능을 할 수 없을 만큼 심각한 타격을 입었다. 거기에다 방어사 조경은 부상을 입어 당장은 군사를 지휘할 수도 없는 형편이었 다. 정기룡이 자신을 믿어주지 않았던 조경을 원망하며 돌격대를 거느리 고 경상우방어영을 떠나도 말릴 수 없었다. 돌격대가 떠나면 중군장 김 수룡과 우군장 이정진도 떠날 것이고, 원칙적으로 경상도관찰사의 지도 를 받도록 되어 있는 각 고을 수령들도 관병을 거느리고 경상감영을 찾 아갈 것이었다. 그렇게 되면 경상우방어군은 병대가 완전히 와해될 수밖 에 없었다. 양사준은 그것을 염려하고 있었다.

밀양부사, 그리고 우리 무관들과 의논을 해보겠습니다.

정기룡은 말한 후 돌격대 막사로 갔고, 회의를 소집했다.

방어사께서는 수급을 베지 않았다는 이유로 우리의 전승(戰勝)을 믿 지 않고 죄로 다스리셨는데 어찌 믿고 따를만한 장수이겠습니까?

좌초돌격관 김태우는 정기룡의 갑옷이 강제로 벗겨지던 그 날을 생각 을 하면 아직도 분해서 치가 떨린다며 양사준의 잔류 요청을 거절해야 한다고 말했다.

방어사께서 왜적에 사로잡혀 참해질 위기에 별장 나리가 목숨 걸고 적진에 뛰어들어 구출하였습니다. 그 정도면 별장 나리를 알아주고 기 용해준 것에 대한 은혜는 충분히 갚은 것입니다.

우초돌격관 박경혁도 이쯤에서 조경을 떠나는 것이 옳다는 의견이었다.

의(義)는 정신의 일이고 리(理)는 마음의 일인데, 하늘의 이치에 따른 의로운 행동이 바로 의리(義理)인 것이네. 하늘의 운행은 끝이 없으며, 그저 베풀기만 할 뿐 구하려 하지 않음이라. 그것이 하늘의 이치인 것이며, 그 이치에 맞는 마음과 정신으로 육체를 운용하여야만 비로소 의리에 부합하는 것이네. 그렇다면 우리가 조경 장군을 떠나는 동기는 얼마나 순수한지를 살펴볼 필요가 있을 것이야. 우리는 진정 나라를 지키기 위해 경상우방어영을 떠나려는 것인가? 우리가 싸워야 할 왜적은 여기에도 있고 저기에도 있네. 굳이 떠나지 않아도 왜적과 싸울 기회는 얼마든지 있다는 얘기지. 그런데도 떠나려는 것은 조경 장군이 우리를 믿어주지 않았던 것에 대한 서운함일 것이라. 그것은 곧 사심의 작용인 것. 어찌 무인의 의리에 부합한다 할 수 있겠나.

정기룡은 조경 휘하에 남는 것이 의리상 옳다고 말했다.

방어사께서는 무능했을 뿐 아니라 비겁하기까지 했습니다. 이것은 의리의 문제가 아니라 의리를 지킬 가치가 있는 상대냐 아니냐의 문제입니다. 저희의 뜻을 존중해주십시오.

좌초관 김태우가 말했다.

정이 그대들 뜻이 그러하다면 떠나도록 하지. 어디로 가고 싶은 것인가?

정기룡이 물었는데, 김태우도 박경혁도 선뜻 대답하지 못하고 주저했다.

우리 방어사께서는 그나마 칼을 휘두르다 군사를 잃었지만 상당수 조선의 장수들은 싸워보지도 않고 겁부터 먹고 도망쳤네. 지금 조선에 우리 방어사보다 훌륭한 장군이 있다는 소리를 듣지 못했으니, 어느 장수를 찾아간들 지금보다 나을 수 있겠는가?

밀양부사 김태허가 김태우와 박경혁에게 잔류를 설득했다.

당시 조선의 장수들이 얼마나 왜적과 싸우기를 두려워했는지는 『조선왕조실록』「선조실록」 26권, 선조 25년 5월 3일 기사에 잘 나타나 있다.

적이 경성(京城: 한양)을 함락시키니 도검찰사(都檢察使) 이양원(李陽元), 도원수 김명원(金命元), 부원수 신각(申恪)이 모두 달아났다. 이에 앞서 적들이 충주에 도착하여 정예병을 조선군으로 위장시키고 경성으로 잠입시켰다. 왕의 파천이 이미 이루어진 것을 염탐한 뒤 드디어 두 갈래로 나눠 진격했는데, 일군(一軍)은 양지(陽智)와 용인(龍仁)을 거쳐 한강으로 들어오고 나머지 일군은 여주(驪州)와 이천(利川)을 거쳐 용진(龍津)으로 들어왔다. (……) 이양원 등은 성을 버리고 달아났고, 김명원과 신각 등도 뿔뿔이 흩어져 도망하였으므로 경성이 텅 비게 되었다. 적이 흥인문(興仁門) 밖에 이르러서 문이 활짝 열려 있고 시설이 모두 철거된 것을 보고 미심쩍어 선뜻 들어오지 못하다가 먼저 십 수 명의 군사를 뽑아 입성시킨 뒤 수십 번을 탐지하고 종루에 이르렀다. 군병이 한 사람도 없음을 확인한 뒤에 입성하였는데, 발들이 죄다 부르터서 걸음을 겨우 옮기는 형편이었다고 한다.

강행군으로 발이 모두 부르튼 왜병들의 몰골도 말이 아니어서 제대로 싸웠으면 충분한 승산이 있었음에도 왜적이 오자 모든 장수와 군사가 지레 겁을 먹고 달아났음을 알 수 있다. 그러니 그나마 싸우다가 패한 신립 장군이나 조경 장군은 얼마나 훌륭한 장수들이었던가. 김태허는 그것을 말하고 있었다.

내 정 별장을 만난 지 얼마 되진 않았지만 겪어보니 그 판단이 단 한 번도 틀린 적 없었고, 그 말 또한 이치에 부합하니 여느 무인보다 신뢰가 가더군. 나도 아직은 정 별장을 좀 더 따라다니며 그 전법을 배우고 싶으니 정 별장의 뜻에 따르세.

김태허가 다시 말했는데, 정기룡이 조경과 헤어지면 수령의 신분인 자신도 정기룡에게 맡긴 군사를 돌려받아 경상감영으로 가야 하기에 여기서 갈라설 수밖에 없다는 뜻이었다.

부사 나리의 말씀을 듣고 보니 저희 생각이 짧았음을 알겠습니다.

김태우가 머리를 숙이며 말했고,

별장 나리의 결정에 따르겠습니다.

박경혁도 복종의 뜻을 밝혔다.

정기룡과 김태허는 조방장 양사준을 찾아가 방어군에 잔류할 뜻을 밝혔고, 김수룡, 이정진 등과 함께 군사를 정비한 후 부상 중인 조경을 모시고 가서 경상감영군에 합류했다.

4

하삼도(下三道: 경상도 충청도 전라도) 관찰사는 삼도근왕병(三道勤王兵)을 구성했고, 군사를 합쳐 왜적 제3군과 싸우기로 했다. 삼도근왕병의 경상도근왕병 사령 김수는 조경을 구출한 정기룡의 합류를 크게 반겼고, 자신의 군사 50여 명을 보태서 그 군사를 보충해주고 경상도근왕병 돌격대로 삼았다.

삼도근왕병은 광주목사(光州牧使) 권율(權慄)을 중군장에 세우고 북상하며 왜적 제3군과 싸워서 많은 전과를 올렸다. 경상도근왕병 돌격장 정기룡 또한 수차례 돌격전을 벌여서 크고 작은 전공을 많이 세웠다. 하지만 왜적 제3군은 노략질로 확보한 군량을 빼앗기지 않으려 행군을 서둘렀고, 마침내 한강을 건너서 한양에 입성해 버렸다.

삼도근왕병은 6월 3일 수원에 진을 쳤고, 양천(陽川)과 북포(北浦)를 경유하여 한강을 건너고 한양을 수복하려는 계획을 세웠다. 경상도관찰사 김수와 전라도관찰사 이광(李洸), 충청도 관찰사 윤선각(尹先覺)은, 한양 북쪽을 치고 내려올 군사를 보내준다면 남북 협공으로 한양을 수복하겠다고 조정에 건의했다. 그러나 평양으로 옮겨간 행조(行朝)는 삼도근왕병의 요청에 신경 쓰지 않았고, 의주(義州)로의 파천과 임금의 명나라 망명타진, 명나라 원병요청 등의 논의에만 몰두했다.

경상도근왕군은 조정의 응답이 없자 수원의 독성산성(禿城山城)에 주둔하며 왜적과 대치했다. 왜장 와타나베 시치에몬(渡邊七右衛門)이 거느린 왜군과 싸워 이기고 용인으로 쫓아버렸는데, 정기룡은 돌격별장으로서 돌격대를 이끌고 가장 앞장서 적을 격파하여 승리에 큰 역할을 했다. 그러나 전라도관찰사 이광이 권율의 반대를 뿌리치고 수원에서 용인으로 쫓겨 온 와타나베 시치에몬의 왜적을 공격하였다가 왜장 와키자카 야스하루(脇坂安治)의 군사가 구원을 오는 바람에 크게 패했고, 경상도근왕병은 전라도근왕병을 도우러 달려가다가 수원 광교산에서 왜적을 만나 대패했다. 그 타격이 너무 커서 삼도근왕병은 병대의 기능을 거의 상실하고 말았다. 김수와 조경은 군사를 다시 모으기 위해 경상도로 돌아갔고, 정기룡 또한 그들을 따라갔다.

경상도로 돌아온 정기룡은 얼마 후 경상우방어영을 떠나기로 결심했다. 곤양군수(昆陽郡守) 이광악(李光岳)으로부터 곤양으로 와달라는 부탁을 받았기 때문이었다.

곤양은 정기룡의 고향이었다. 정기룡은 1562년(명종 17년) 곤양(지금의 경남 하동군 금남면)에서 몰락양반 소지주 정호(鄭浩)와 남양홍씨(南陽洪氏) 사이의 삼남으로 태어났고, 1573년(선조 6년) 5월 17일에 아버지를 잃었다. 아버지를 금오산 기슭에 장사지냈는데, 큰형이 아버지를 대신하여 가족들 생계를 책임져야 했기에 정기룡이 작은형 정인용과 함께 시묘살이를 했다.

아우의 일이라면 대신 죽어주는 것도 마다않고 희생했던 작은형 정인용. 그 작은형과의 추억들이 곳곳에 서려 있는 고향땅. 친인척과 다정한 이웃들이 살고 있는 그곳도 왜적의 창칼을 피할 수 없어서 많은 민인이 학살되고 집은 불 타 없어졌으며 농토는 짓밟혔다. 그런데 몇 되지 않는 관병으로 힘껏 곤양 땅을 지키고 있는 군수 이광악이 정기룡에게 급전(急傳)을 보내왔다.

왜적이 느닷없이 김해성에 2만 군사를 집결시켰다. 경상우도병마절도사 김성일(金誠一)은 매우 수상쩍다 여겼고, 이유를 파악하기 위해 정탐꾼들을 풀어서 진주성을 공격하려는 것임을 알아냈다. 그런데 왜적은 이 시점에 왜 진주성을 빼앗으려는 것일까?

왜적 주력군은 한양을 함락한 후 평양성을 향해 진격했지만 병량이 충분하지 않았다. 후방에서의 조선 의병과 영군(營軍: 지방 병영의 군사), 진군(鎭軍: 지방 병영에 소속된 각 진의 군사), 관병 등의 저항으로 육로를 통한 보급에 심각한 차질이 빚어지고 노략질 또한 수월하지 않았기 때문이다. 곡창지대 호남에 들어갈 수만 있다면 노략질로 거두어들인 병량을 해상로를 통해 최전선으로 올려 보낼 수 있을 것이지만 이순신 장군의 활약으로 전라도 땅 어느 곳에도 병선을 정박시킬 수 없었다.

그렇다면 왜적의 진짜 목표는 진주성이 아니라 이순신 장군의 전라좌수영(全羅左水營)이 아닐까?

김성일은 그렇게 추측했다. 진주성을 빼앗은 후 그곳에 군사를 주둔시키며 육지를 통해 내례만호진(內禮萬戶鎭: 지금의 여수)에 있는 이순신의 전라좌수영을 쳐부수고 이어서 호남 땅을 공략하려는 의도라고 본 것이다.

조선으로서는 왜적이 호남 땅에 들어서는 것을 필사적으로 막아야 했다. 김성일은 김해성에 집결한 왜적의 의지를 꺾어놓기로 하고 관할 내의 수령들에게는 물론이고 사방의 의병장들에게도 군사를 거느리고 진주성으로 와달라고 요청했다. 대병을 진주성에 집결시켜 군력을 과시함으로써 왜적으로 하여금 감히 도모할 엄두를 내지 못하게 하려는 것이었다. 이에 응하여 홍의장군 곽재우, 호남의병장 최경회(崔慶會), 고성 의병장 최강(崔堈) 등이 의병을 거느리고 진주성으로 달려갔고, 사천현감 정득열(鄭得說), 가배량(加背梁: 지금의 거제시) 권관(각 진의 무관) 주대청(朱大淸) 등도 군사를 거느리고 달려갔다.

곤양수령 이광악도 진주성으로 가기로 했다. 그러자니 관병도 의병도 없는 곤양 땅에 왜적이 쳐들어와 민인을 학살하지 않을까 걱정이었다. 그런데 때마침 삼도근왕병의 패퇴로 정기룡이 경상우도로 돌아왔다는 소식이 들려왔다. 이광악은 정기룡의 고향이 곤양임을 떠올렸고, 자신이 자리를 비운 동안 곤양성을 대신 지켜달라고 부탁하게 된 것이었다.

정기룡은 경상도관찰사 김수와 경상우도방어사 조경에게 고향 땅을 지키고 싶은 간절한 마음을 전하고 허락받았다. 돌격전사를 둘로 나누어서 절반을 김태허에게 돌려주었고, 김태허와 작별한 후 곤양으로 달려 갔다.

이광악은 정기룡보다 나이는 다섯 살 많았고, 정기룡보다 2년 앞선 1584년(선조 17년) 무과에 급제한 서반(西班)이었다. 충주 유동리(遊同

里)가 고향으로, 정기룡과는 예전 같은 병대에 있으며 알게 됐다. 왜란이 일어났을 때 이광악은 판관(判官)으로 봉직 중이었는데, 수령이 달아났음에도 관병을 거느리고 성을 굳게 지켰으므로 그 공을 인정받아 곤양군수에 제수됐다.

이광악은 절친한 후배 무관 정기룡을 곤양성 수성장(守城將)에 임명했고, 가수령(임시수령)의 지위를 부여하여 책무를 위임했다. 정기룡에게 곤양을 잘 지켜달라고 부탁한 후 관병을 거느리고 서둘러 진주성으로 향했다.

한편, 파천 중인 임금은 개성에 갔을 때 좌의정 겸 이조판서 겸 병조판서 류성룡을 영의정까지 겸하게 하고 군국의 일을 모두 위임했다. 그러나 류성룡이,

대가가 한 발짝이라도 동토(東土)를 벗어난다면 조선은 더 이상 우리 땅이 아닙니다.

라고 하며 임금의 망명에 극렬 반대했다. 요동으로 망명하려는 뜻이 강했던 임금은 류성룡을 모든 관직에서 폐했고, 평양성에 도착한 후 유배 중이던 서인 영수 정철을 사면하고 불러서 인성부원군(靷性) 작호를 내리고 삼도도체찰사(三道都體察使)에 임명하여 전쟁을 총지휘하게 했다. 망명반대를 돌파하기 위한 나름의 고육지책이었다.

서인 영수 정철은 유배에서 풀려나 복권되었을 뿐 아니라 군권까지 거머쥐고 화려하게 부활했다. 그는 임금이 자신을 왜 용서하고 다시 불러주었는지를 잘 알지만 망명 반대여론이 강해서 대놓고 찬성할 수 없는 분위기였다. 궁리 끝에 망명 반대여론을 우회하기로 하고 국정을 비변사(備邊司: 군국의 기무를 관장하는 기구) 중심으로 운영할 것을 건의하여 관철시켰다. 임금의 망명을 조정 공론이 아닌 서인 중심의 비변사 논의

를 통해 추진하려는 것이었다. 정철은 또,

만일 주상께서 압록강을 건넜을 때(망명할 경우) 이 나라에 조정이 없다면 어찌되겠습니까? 바로 왜국의 통치가 시작되는 것입니다.

라고 하며 임금이 망명하더라도 세자는 남아서 임시 나라를 다스려야 한다고 건의했고, 이를 받아들인 임금은 조정을 둘로 나누어서 동조(東朝: 동궁조정)를 설치하고 세자가 관할하는 분비변사(分備: 이듬해 윤11월에 무군 사로 개칭)를 두어 비변사와 그 역할을 분담하게 했다.

정철은 평양 민심이 극악하여 임금이 더 머물 수 없는데다, 왜적이 개성을 함락하고 평양성을 향해오자 그 다급함을 들어 행조를 다시 의주로 옮겨야 한다고 주장했다. 조정 대신들은 여차하면 대가가 압록강을 건너겠다는 의도인 것을 알았지만 평양성 수성을 장담하지 못하는 상황이었기에 감히 반대하지 못했다. 이에 대가는 평양성을 나서 의주로 향했고, 회양도호부(淮陽都護府: 지금의 강원도 회양군) 이천현(伊川縣)으로 피난했던 광해군도 성천(成川: 평안남도 성천군)으로 옮겨갔다.

삼도도체찰사 정철이 도원수 김명원과 좌의정 윤두수(尹斗壽) 등을 내세워 힘껏 방어했지만 평양성마저 왜적에 함락되었다. 임금은 정원사(請援使) 이덕형(李德馨: 설화『오성과 한음』의 한음)을 명나라에 보내 원군 파병을 재차 요청했다. 그 전에 이미 명나라 부총병(副摠兵) 조승훈(祖承訓)이 거느린 원군이 조선 땅에 들어오긴 했지만 겨우 5천 명 규모일 뿐이었기 때문이다.

그 얼마 후였다. 백성과 관원들 사이에 이상한 소문이 돌았고, 그 소문은 의주 행궁(行宮)의 임금 귀에도 들어갔다. 『조선왕조실록』「선조실록」에,

주상이 최흥원(崔興源)에게 하문했다.

왕자가 사로잡혔다는 말이 제일 먼저 성천(동궁)에서 돌았다고 하는데, 이것이 무슨 말인가?

흥원이 답했다.

유복(有福)이란 이름을 가진 자가 와서 전하기를, 임해군(臨海君)과 순화군(順和君), 그리고 대여섯 명의 재신이 모두 사로잡혔다고 했으나 정확한 근거가 없는 소식이기에 동궁도 감히 치계하지 못하고 우선 사람들을 강계 등지로 보내어 정탐하고 있습니다.

라고 기록돼 있다. 임해군과 순화군은 근왕병을 모집하기 위해 함경도 회령부성(會寧府城)에 가 있었다.

그런 중요한 일을 왜 내가 소문으로 들어야 하는가?

임금은 격노했다. 두 왕자가 사로잡혔는데, 그 사실을 미리 안 동궁은 행궁에 치계하지 않았다. 사실 확인을 위한 것이라지만 어쩌면 의도적으로 은폐했을지도 몰랐다. 임해군의 경우 선조의 첫째 서자로, 서열이 광해군에 앞섬에도 성질이 난폭하다는 이유로 세자에 책봉되지 못했지만 여전히 따르는 신하들이 존재했고, 순화군 또한 추종세력이 있었다. 따라서 아직 그 위가 튼실하지 못한 광해군으로서는 두 왕자를 위협적 경쟁자로 인식할 수 있을 것이었다. 임금이 동궁의 음모를 의심할 만한 상황이었다.

밀령(密令)

1

　임해군과 순화군이 사로잡힌 것은 사실이었고, 임금만 모르는 공공연한 비밀이었다. 함경도 회령(會寧) 아전 국경인(鞠景仁)과 김수량(金守良), 경성(鏡城: 지금의 함경북도 경성군)의 호장(戶長) 국세필(鞠世弼), 명천(明川) 아전 정말수(鄭末守) 등이 반란을 일으켰고, 임해군과 순화군, 그리고 그들을 호종하던 대신 김귀영(金貴榮), 황정욱(黃廷彧) 등을 사로잡았던 것이다. 국경인 등은 또 함경도로 왜적을 끌어들인 후 연합하여 회령부성과 경성, 명천성, 길주성(吉州城) 등을 함락했다. 그러나 임금의 의심처럼 두 왕자가 사로잡히는 과정에 동궁의 음모가 개입된 것은 아니었다. 오히려 동궁은 임금의 상심을 걱정하고 기밀 누설을 걱정해서 행궁에는 비밀로 하면서 분비변사를 통해 임해군과 순화군 구출을 시도하고 있었다.

　국경인 등의 반적이 임해군과 순화군을 왜적에 넘겨주게 되면 왜적은 두 왕자를 수레에 매달고 앞세워서 성을 공격할 가능성도 없지 않았다.

이를 우려한 광해군이 분비변사에 은밀한 구출을 하명한 것이 벌써 한 달 전이었다. 이에 분비변사는 구출작전 책임자에 칠계군(漆溪君) 윤탁연(尹卓然)을 발탁했고, 실행자를 물색해서 정기룡을 낙점했다. 정기룡이 왜적에 사로잡힌 경상우도방어사 조경을 구출했으므로 더 이상의 적임자는 없다는 판단이었다.

김성일이 진주성에 군사를 집결시키자 김해성의 왜적은 과연 쉽사리 진주성을 공격하지 못하고 오래 주저했다. 진주성 공격을 포기하고 흩어지는 척 기만술을 쓰기도 했지만 본국에서 오게 될 원군을 기다리는 눈치였다. 이에 비변사는 김성일이 원래 문신이므로 진주성을 능히 지켜내지 못할 것이라고 지적하며 교체를 청했고, 임금이 받아들여 김성일을 경상도초유사로 전임하고 전공 높은 함안군수(咸安郡守) 류숭인(柳崇仁)을 경상우도병마절도사에 특별히 제수했다.

신임 경상우병사 류숭인은 왜적이 김해성을 나선 이후에 군사가 진주성으로 집결해도 늦지 않다고 판단하고 관군과 의병을 일단 해산했다. 그래서 곤양군수 이광악은 곤양성으로 복귀했다.

정기룡은 진주성 주변 상황을 염탐하러 다니는 왜적을 무찌르는 등, 고향 땅을 지키고 백성을 돌보는 일에 혼신의 힘을 다하던 중 분비변사의 긴급한 소환을 받았다. 때마침 이광악이 돌아왔으므로 안심은 되었지만 고향을 다시 떠날 수밖에 없게 되어 못내 아쉬웠다.

더 많은 도움을 드리지 못해 죄송한 마음뿐입니다. 군사라도 남기고 가면 좋으련만, 무슨 일인지 몰라도 분비변사에서 군사까지 거느리고 오라고 하였습니다. 고향 분들께 인사도 드리지 못하고 떠나게 되었는데, 수령께서 대신 말씀 잘 드려주십시오.

정기룡은 이광악과 작별하고 자신의 군사와 함께 호남으로 갔고, 군량수송선을 얻어 타고 안주성(安州城)으로 향했다.

안주성은 직책 없이 군수물자 보급의 총감독 임무를 맡은 풍원부원군(豊原府院君) 류성룡이 수성을 책임진 성으로, 대반격을 위해 무기 등을 생산하거나 군량을 모으고 관리하는 곳이기도 했다. 정기룡은 안주성에 도착하자마자 류성룡부터 찾아뵈었다.

류성룡은 반갑게 정기룡을 맞이했고, 발군(撥軍: 공문서 전령)을 통해 정기룡의 도착 사실을 분비변사에 알렸다. 그리고는 좌우 사람들을 내보내고 정기룡과 단 둘이 마주 앉았다. 차를 마시며 두 왕자가 반적에 사로잡힌 사실을 말했고,

그대가 적진에 뛰어들어 방어사를 구출한 사실을 저하께서도 아실 터이니…….

아마도 분비변사가 그 일을 의논코자 소환했지 싶다고 귀띔했다.

이튿날, 정기룡은 분비변사로 달려갔다. 광해군은 친히 마중 나와 정기룡을 환영했고, 윤탁연을 불러서 회의했다. 정기룡에게 두 왕자 사건에 대해 자세하게 설명했고, 두 왕자를 구출할 수 있겠는지 물었다.

송구하오나 왕자 분들의 일은 조경 방어사 때와 경우가 달라서 능불능(能不能)을 단정 짓기 어렵사옵니다.

정기룡이 생각해보지도 않고 즉각 답했다.

무엄하게 저하의 말씀에 어찌 깊은 고민도 없이 함부로 답하는가! 자신이 없는 것인가?

윤탁연이 깜짝 놀라며 꾸짖었다.

제가 구출할 수 있다고 자신한다면, 그것이야 말로 저하께 거짓을 고하는 것입니다.

정기룡이 말했고,

두 왕자를 구출할 방법이 없다는 뜻인가?

광해군이 실망과 걱정이 뒤섞인 표정으로 물었다.

조경 방어사의 경우 구출하지 않으면 적의 칼에 죽을 것이기에 그리하였던 것이나, 두 왕자 분들의 경우 적들이 절대 살해하지는 않을 것인데 어찌 섣불리 칼을 들고 뛰어들 수 있겠나이까? 자칫 두 왕자 분들의 목숨만 위태롭게 할 수 있습니다.

어째서 적들이 두 왕자를 살려둘 것이라고 확신하는가?

윤탁연이 물었다.

지금 왜적은 우리 국토 깊숙한 곳까지 침입하였는데, 명나라는 대군을 파병한다고 하고 있습니다. 장차 싸워서 패할 경우를 생각하지 않을 수 없는 처지인데, 우리 군사와 의병이 전국에서 선전 중이라 퇴로가 완전히 차단될까 몹시 불안할 것입니다. 때문에 적장은 자신이 조선의 포로가 되었을 경우, 혹은 자신의 군사가 돌아갈 길이 막혀 멸살의 위기에 처했을 때에 대비해 무슨 수를 써서라도 반적에게서 두 분 왕자를 넘겨받으려 할 것입니다. 반적은 왜적 없이는 아무 것도 할 수 없으므로 두 분 왕자를 왜적에 넘겨주게 될 것이며, 왜적은 넘겨받은 두 분 왕자를 인질로 삼고 협상에 이용하려 할 것입니다. 왜적 입장에서 두 분 왕자만 있으면 협상을 크게 유리하게 이끌 수 있는데 무슨 이득이 있다고 굳이 해치겠나이까?

정기룡이 말했는데, 광해군은 수긍하며 고개를 주억거렸다.

하면 두 왕자와 관련하여 우리가 할 수 있는 일이 무엇이 있을꼬? 그대 생각을 말해보라.

광해군이 정기룡에게 물었다.

두 분 왕자께서 회령부성에 갇혀 있는 것이 확실한지가 중요합니다.

정기룡이 다시 확인하려고 말했고,

우리 정탐꾼들이 정탐한 내용으로는 확실하네.

윤탁연이 대답했다.

그 첩보를 신뢰한다는 전제 하에 말씀드리겠습니다. 두 분 왕자께서 아직 회령부성에 계신다는 것은 반적이 아직 왜적에 신병을 넘기지 않았다는 뜻일 것입니다. 그렇다면 회령부성의 반적(叛賊)들이 두 분 왕자를 다시 풀어줄 수밖에 없도록 하는 계책을 세우는 것이 어떨까 싶습니다.

그 계책을 구체적으로 말하라.

광해군이 기대 어린 표정으로 말했고, 정기룡은 목소리를 낮추고 소곤소곤 자신의 계책을 설명했다.

그 계책이 신통하다.

정기룡의 계책을 들어본 광해군은 흡족해했고, 윤탁연도 동의했다.

하나 두 왕자가 거기 계시지 않을 경우에도 대비를 해야 할 것입니다.

정기룡이 말했다.

그건 그때 가서 다시 고민할 일이고, 지금은 당장 할 수 있는 일부터 최대한 서두름이 옳지 싶네.

윤탁연이 말했다.

광해군은 정기룡에게 무관 10여 명과 군사 5백을 내어주어 기존의 군사와 합치게 하고 그 군사를 감사군(敢死軍: 죽기를 맹세한 특수부대 군사)으로 삼았다. 이때부터 정기룡과 운명을 함께하게 된 무관이 후일 용맹으로 백성들의 큰 찬사를 받게 되는 황치원(黃致遠), 김천남(金天男), 노함(盧涵), 이희춘(李希春), 김세빈(金世貧), 최윤(崔胤), 정범례(鄭範禮), 윤업(尹業), 김사종(金士宗) 등이었다.

광해군은 또 이조판서 이산보(李山甫)와 병조판서 이항복(李恒福)을

불러서 비밀리에 두 왕자 구출작전을 추진하려 한다고 귀띔했고,

감사군대장(敢死軍大將) 정기룡이 군사를 거느리고 회령에 들어가면 반적과 왜적이 눈치를 채고 임해군과 순화군을 깊이 숨겨버릴 것이오. 하여 직에 부임하는 형식을 취하려는 것이니 정기룡을 공석 중인 회령부사(會寧府使)에, 이 일을 통할(統轄)하게 될 윤탁연을 함경도관찰사 겸 순찰사에 임명될 수 있게 해주오.

정기룡과 윤탁연의 인사를 부탁했다.

회령도호부는 두 왕자의 일 때 전임부사 문몽헌(文夢軒) 또한 사고를 당하였으나, 지금 북도(동북면의 이칭) 병마평사(兵馬評事: 병마절도사 보좌관) 정문부(鄭文孚)와 종성부사(鍾城府使) 정현룡(鄭見龍)이 회령부 성 탈환을 계획하고 긴밀히 협력 중입니다. 이러한 때에 갑자기 정기룡을 회령부사에 임명하여 내려 보내면 그들의 계획에 차질이 빚어져 왜적과 반적만 좋아합니다.

이조판서 이산보는 난색을 표했다.

당시 임해군과 순화군 뿐 아니라 동북면 수장(守將)들이 모두 반란을 일으킨 무리에 잡혔지만 열에 한두 명은 경계가 허술한 틈을 타서 도망쳤다. 북평사(북도병마평사) 정문부도 반적에 사로잡혔다가 그렇게 탈출했다. 정문부는 동북면에 임관한 후 교생(校生)들에게 학문을 가르치고 덕치(德治)로 백성을 다스렸으므로 그 인망(人望)이 높았는데, 반란이 일어나자 제자들이 그를 도와 탈출시켰던 것이다.

반적들은 북평사 정문부가 탈출한 사실을 알고 추격했다. 정문부는 여러 번 반적에게 따라잡혀 죽을 고비를 넘기고서야 겨우 경성 해변의 외진 곳에 사는 제자 지달원(池達源)의 집으로 숨어들 수 있었다. 지달원은 최배천(崔配天)과 함께 정문부의 제자들, 그리고 무사들을 불러 모

아 정문부를 보호했고, 정문부의 지시로 격문을 돌려 의병을 모집했다. 이에 경성사람인 전(前) 만호 강문우(姜文佑)가 수백 명의 의병을 거느리고 달려왔다. 또, 종성의병장 김사주(金嗣朱)와 경성의병장 오박(吳璞) 등도 정문부의 격문을 받고 달려와 복속을 청했다. 뿐만 아니라 반란이 일어나자 산으로 달아나 숨었던 종성부사 정현룡, 경원부사(鏡源府使) 오응태(吳應台)와 경흥부사(慶興府使) 나정언(羅廷彦), 군관 오대남(吳大男) 등도 관병을 거느리고 달려와서 합류했다.

정문부가 모집한 군사였지만 그의 직급은 막관(幕官: 장군 보좌관)인 정6품 평사일 뿐으로, 정3품과 종3품의 부사(府使)들을 명으로 다스릴 위치가 아니었다. 그래서 정문부는 직급이 높은 정현룡에게 총사령을 맡으라고 양보했다. 정현룡은 욕심이 없지 않았다. 그러나 관병에 비해 의병의 수가 월등히 많고 의병장들이 모두 정문부를 따르고 있었으며, 많은 군사를 다스려본 경험도 없어서 자신이 없었다. 그래서,

의병 이름으로 봉기하였으니 그대가 군사를 총지휘하는 것이 옳소.

하고 사양했다. 이에 정문부가 의병을 거느리고 종성부사 정현룡은 관병을 거느리기로 했고, 정문부가 의병대장으로서 총사령을 맡아 함께 회령부성을 도모하기로 계획했던 것이다.

정문부와 정현룡이 잘하고 있다는 것은 나도 익히 아는 바라. 칠계군이 그들의 계획에 차질이 빚어지지 않도록 잘 조정할 것이니 내 지시대로 하오.

광해군이 이산보에게 분부했다.

하오나 저하, 정기룡은 작은 규모의 군사만 거느려본 무관일 뿐으로, 고을을 다스려본 경험이 없습니다. 여러 어려운 사건의 연속으로 상처가 큰 회령도호부 백성들을 다독이려면 덕망 높은 목민관을 보내 선정을

베풀어야 할 터인데, 한낱 별장을 부사에 임명하여 보내면 그 백성들이 서운히 여길 것입니다.

병조판서 이항복도 적절치 않은 인사라며 우려를 표했다.

지금 회령부성의 백성들은 반적과 왜적의 다스림을 받고 있는데 덕망 높은 목민관이 무슨 소용이란 말이오?

광해군은 어이없다는 표정으로 이항복을 질책했다.

이산보와 이항복은 감히 더는 토를 달지 못했고, 반적 토평과 왜적 토벌을 위한 세자의 뜻임을 내세워 이들의 인사를 추진하고 통과시켰다.

안주성에 대기 중이던 정기룡에게 회령부사 겸 감사군대장 임명 소식이 전해졌다. 류성룡은 정기룡을 불러서 축하와 격려를 해주었고,

백성 없는 나라가 어찌 존재할 수 있겠나? 두 왕자 구출 또한 백성을 지키는 일의 일환임을 잊지 않는다면 실수가 없을 것이네.

목민관 경험이 없는 정기룡에게 회령부사로서의 역할을 조언했다.

명심하겠습니다. 하나 정문부 북평사와 정현룡 종성부사가 회령부성을 도모하려고 많은 준비를 했다는데, 제가 회령에 부임하게 되면 남의 공을 가로채려는 것으로 비치지 않을까 걱정입니다.

이럴 때일수록 백성만 바라보며 정도를 간다면 순리가 스스로 따라서 꼬인 실마리도 저절로 풀릴 것이네.

류성룡이 말했다. 회령에 부임하여 임무를 수행할 때 밀령(密令)임을 이유로 정문부와 정현룡을 배제시키지 말고 긴밀히 정보를 교환하며 의논하면 그들도 이해하고 협력할 것이라는 뜻이었다.

꼭 그리하도록 하겠습니다.

한데…… 정 부사가 알지 못하는 문제가 하나 더 있네. 조경 방어사 휘하에서 좌군장으로 있던 홍길영이 지금 함경도에서 의병을 모아 의병

장 행세를 하며 북평사 의진에 있다는 소식이네. 그 자가 금산전투(추풍령전투)의 패배는 돌격장의 임무소홀과 전공조작사건 때문이었다고 비방하고 다닌다는 소문이니 대응을 잘해야 할 것이네.

홍길영은 정문부가 격문을 돌렸을 때 의병을 거느리고 달려간 의병장 중 한 명이었다.

아니, 금산전투에서 행방불명된 분이 어떻게······?

정기룡은 깜짝 놀라 눈이 휘둥그레졌다.

부상을 입고 산속에 쓰러진 것을 민인이 발견하고 데려가서 잘 치료해주었고, 부상에서 회복하자마자 왜적을 무찌르겠다는 일념으로 북쪽으로 달려와 의병을 일으켰다고 주장하는 모양이야. 그러나 그 자의 말을 다 믿을 수 없는 것이, 경상도에도 싸워 무찔러야 할 왜적은 많은데 왜 군이 자신의 소속병영을 이탈하고 벼슬을 버리면서까지 먼 북도(함경도)로 와서 의병장이 되었는지를 자기 스스로도 해명하지 못하고 있기 때문이네.

당시에는 벼슬을 버리고 의병으로 활동하는 사람이 많았다. 대부분은 왜적을 무찌르려는 순수한 의도에서 벼슬을 버려 업무의 부담을 덜고 의병활동에만 집중하려는 사람들이었지만 일부 지방관과 패장 등은 관아와 군사를 버리고 도망쳤다가 처벌을 면하기 위해 그렇게 하는 경우도 있었다.

홍길영을 의심하는 것은 류성룡 뿐이 아니었다. 일각에서는 조경이 왜적에 사로잡히는 것을 목격하고도 구하지 않고 도망쳤다고 의심했다. 또 그가 의병에 가담한 후 전투 중에 의병장을 활로 쏘아 죽이고 스스로 의병장에 올랐다는 소문도 있었다.

2

두 왕자 구출작전을 지휘하게 된 윤탁연은 서북보(西北堡) 만호 고경민(高敬民)을 반적의 소굴이 된 회령에 급파하여 현지 상황을 알아보게 하는 한편, 곧 명나라 군사가 들어올 것이며, 원군이 들어오면 가장 먼저 동북면의 반적과 왜적부터 토벌할 것이라는 소문도 내게 했다. 그리고는 감사군 호위를 받으며 정기룡과 함께 함경도로 갔다. 목적지는 북평사 정문부와 종성부사 정현룡이 의·관연합병대를 거느리고 주둔 중인 경성의 외딴 해변이었다.

신임 순찰사 겸 관찰사가 임지로 내려온다는 소식에 정문부와 정현룡, 경원부사 오응태, 경흥부사 나정언, 고령진(高嶺鎭) 첨절제사(僉節制使: 진군의 주장) 유경천 등은 멀리까지 나가서 윤탁연을 마중했다. 그러나 그들은 함께 온 회령부사 겸 감사군대장 정기룡과는 눈도 마주치지 않았다.

윤탁연은 의진에 도착하자마자 정기룡과 정문부, 정현룡만 남게 하고 나머지는 모두 내보냈다. 정문부와 정현룡에게 정기룡을 소개했고,

세자께서 회령부사 정기룡에게 감사군대장을 겸하게 하신 것은 임해군과 순화군이 적들에게 사로잡히셨기 때문이네. 그와 관련하여 정 대장에게 특별한 밀령을 내리셨으니, 그대들은 저하의 뜻을 잘 받들어 정 대장에게 적극 협조하여야 할 것이네.

하고 말했다.

혹…… 두 분 왕자를 구출이라도 하겠다는 것입니까?

정현룡이 눈이 휘둥그레져서 물었는데, 말도 안 된다는 표정이었다.

쉿! 조용히 하게. 밀령이라고 하지 않았나?

윤탁연이 정현룡에게 목소리를 낮추라고 주의를 주었다.

먼저 의병대장과 종성부사께 양해의 말씀부터 드리겠습니다. 제가 어쩌다보니 막중한 임무를 맡고 이곳으로 오게 되었는데, 보잘 것 없는 재주로 감히 수행하려니 두려움이 앞섭니다. 두 분께서 도와주신다면 각골난망(刻骨難忘)할 것입니다.

정기룡이 말했는데, 정문부는 그 겸손함을 보고 다소 곡해를 푸는 눈치였으나 정현룡은 여전히 못마땅한 눈치였다.

제가 두 분이 세우신 계획에 허락 없이 불쑥 끼어들게 되어 죄송합니다만, 두 분의 계획에 저의 계획을 결합할 수 있다면 그리하고 싶습니다. 혹시 두 분의 계획이 어느 정도 진행되고 있는지 그 대강을 말씀해주실 수 있겠는지요?

정기룡이 그들의 회령부성 탈환 계책을 물었다.

아시겠지만 북병영은 마천령(摩天嶺) 전투에서 반적과 왜적에 대패하고 회령부성에서 다시 싸워 패하는 바람에 병대가 완전히 무너졌고, 한극함(韓克誠) 북병사(당시에는 함경도 북쪽을 북병사가 관할하고 남쪽은 관찰사가 병마절도사를 겸하여 관할했다)께서는 군사를 잃고 달아나다가 경원(慶源)에서 추격해온 반적에게 붙잡혔으므로 제가 거느릴 수 있는 군사가 없었습니다. 하여 격문을 돌리게 되었는데, 회령의 유생 신세준(申世俊)을 비롯하여 최배천, 강문우, 김사주, 오박 등이 많은 의병을 모집해 거느리고 달려왔고, 경상우방어군 좌군장 출신의 의병장 홍길영도 군사를 거느리고 달려와 복속을 청했습니다.

정문부 입에서 홍길영의 이름이 나왔을 때 정기룡의 아미가 살짝 흔들렸다. 정문부가 계속 말했다.

내 그들 의병장들과 함께 의병을 통솔하여 종성도호부, 경원도호부,

경흥도호부 등의 관병과 힘을 합치고 회령부성을 쳐서 반적 국경인의 목을 베려 하였습니다. 그런데 분비변사에서 명하기를, 회령부성에 임해 군과 순화군이 갇혀 있는 것으로 보이니 왕자들이 다치지 않을 방법을 강구하고, 그 방법을 찾을 수 없다면 다른 성부터 탈환하라 하였습니다. 그로 인해 회령부성 도모가 늦어지고 있는 것입니다.

정문부는 비록 연배는 어려도 직급은 높았기에 정기룡을 상급자에 대한 예로 깍듯이 대했다.

두 분 왕자가 회령부성에 계시다는 사실이 언제까지 확인됐습니까?

정기룡이 물었고,

열흘 전까진 분명히 거기 계셨습니다. 우리 밀정이 두 눈으로 확인까지 했습니다.

정문부가 대답했다.

두 분 왕자의 얼굴을 그 전에도 본 적 있는 밀정이었습니까?

정기룡이 말했는데, 반적과 왜적이 가짜 왕자를 보여주어 첩보에 혼란을 주려 했을지도 모른다는 의심이었다.

그렇진 않습니다.

정문부는 정기룡의 예리함에 놀라는 표정이었다.

반적과 왜적이 두 분 왕자를 밀정의 눈에 띄게 했다면 그것은 의도된 행위로, 함경도 의·관연합병대가 회령부성을 도모할 엄두를 내지 못하게 하려는 것으로 보입니다. 그들이 가진 최고의 병기가 두 분 왕자일 테니까요.

정기룡이 말했다.

왜적이 반적으로부터 두 왕자를 넘겨받았다면 적국의 왕자를 둘이나 사로잡았으므로 더 큰 일에 이용하려고 하지 한낱 변성(邊城)을 지키는 일에 이용하려 하지는 않을 것이야. 그렇다면 두 왕자가 아직 반적의 손에 있다는 뜻이 되지 않겠나?

윤탁연은 두 왕자가 아직 회령부성에 있는 것이 분명하니 서두르라는 뜻으로 정기룡에게 말했다.

하나 밀정이 본 왕자가 가짜였다면 얘기는 달라집니다. 어쨌거나 계책을 실행하려면 회령부성을 도모한다는 계획은 보류할 수밖에 없으니 다른 성을 먼저 도모하는 것을 고려해주십시오.

정기룡이 정식으로 요청했다.

만일 우리가 어떤 성이든 성을 도모하게 된다면 감사군은 어떤 역할을 하게 되는 것이오?

정현룡이 물었는데, 정기룡에게 전공을 빼앗기는 것 아닐까 경계하는 발언이었다.

저희 감사군은 공개적으로 그 존재를 드러낼 수 없는 밀군(密軍)이라서 여기 올 때도 관찰사 반당(伴儻: 호위병)과 감영군으로 위장하고 왔습니다. 따라서 작전에 참가하더라도 의병대장의 지휘를 받게 될 것입니다.

정기룡은 감사군으로 함경도 의·관병의 공을 낚아채는 일은 없을 것이라고 약속했다. 그제야 정현룡은 안심을 하는 듯 표정이 다소 밝아졌다.

윤탁연은 노독으로 피곤하다며 오늘은 그만 회의를 끝내고 내일 다시 얘기하자고 했다.

회의를 끝내고 나온 정기룡은 정문부를 따로 면대하고서,

국경인과 친하면서도 믿을 수 있는 사람을 찾아서 제게 소개해주실 수 있겠습니까?

하고 정중히 부탁했다.

그리하겠습니다. 그런데 국경인과 친한 사람은 왜입니까?

국경인을 유인하여 사로잡은 후 두 왕자와 맞바꾸려는 것입니다. 이것이 저의 밀계(密計)이니 다른 사람에게는 말하지 말아주십시오.

국경인이 바보가 아닌 다음에야 유인한다고 스스로 성 밖으로 나올 리 없질 않습니까?

멧돼지는 농주를 좋아하여 농주를 놓아두면 그것이 함정인 것을 알면서도 구덩이에 뛰어듭니다. 멧돼지의 농주를 가진 사람으로 부탁하겠습니다.

정기룡이 말했는데, 정문부는 그 말뜻을 알아듣고 최선을 다해보겠다고 답했다.

홍길영 의병장으로부터 나리에 관한 얘기는 들었습니다. 나리가 온다는 소식을 듣고 제게 달려와 나리를 극력 공박하면서 군사의 일을 함께 의논하지 말라고 이간하였습니다. 하나 저는 그 사람 말을 믿지 않으니 안심하십시오.

정문부가 말했다.

어째서 그 분 말씀을 믿지 않으시는 것입니까?

정기룡이 물었다.

군장(軍將) 씩이나 되는 사람이 전장에서 살아남았으면 그 이유를 막론하고 소속 병영으로 귀영할 일이지 의병이 다 무엇이란 말입니까? 그것은 자신의 죄를 숨기기 위한 얄팍한 술수에 불과하다는 것을 세상 사람들이 다 아는 바. 그러나 당장 병사 하나가 아쉬운 실정이기에 속아주는 척하고 데리고 있는 것입니다. 그런데 말입니다. 아까 제가 나리를 떠보려고 의도적으로 그 사람 이름을 말했는데, 나리께서는 그를 알고 있으면서도 왜 아무 말 없었던 것입니까?

제가 그분에 대해 무어라 말할 수 있겠습니까?

저에게 듣기 전에 이미 그가 여기 와 있다는 사실을 아는 눈치였습니다. 그렇다면 그가 나라를 헐뜯고 다닌다는 얘기도 들었을 것 아닙니까?

그분은 과거에 저의 상관이었습니다. 그분이 그런다고 저도 같이 험언(險言)할 수는 없질 않겠습니까?

정기룡이 말했는데, 정문부는 그 말에서 그가 매우 속 깊은 사람임을 알 수 있었다. 어린 연배임에도 우러르는 마음이 절로 생겼다. 그런 사람이라면 아낌없이 신뢰해도 될 것이며, 장차 큰일을 함께 도모할 만하다는 생각이었다.

며칠 후 정문부는 은밀히 모처로 정기룡을 불러냈고,

감사군대장께서 말씀하신 그 일의 적임자일 듯하여 데려왔습니다.

제자 오윤적(吳允迪)을 소개했다. 정기룡은 오윤적과 오랫동안 이야기를 나누었고, 모종의 합의를 하고 헤어졌다.

그 얼마 후였다. 반군 지휘관급 한 명이 회령부성을 도망쳐 나와 정문부 의진에 항복했다. 윤탁연이 직접 불러 심문했는데, 순찰사가 부임하기 직전에 왜적이 두 왕자를 어딘가로 빼돌렸다는 진술이 나왔다. 반적 수괴 국경인이 함경도 의·관연합병대가 공격해오면 인질로 삼아야 한다며 다른 곳으로 옮기는 것을 반대했지만 왜적이 반군에 조총과 대조총을 대량 넘겨주겠다고 회유했고, 국경인이 이를 받아들였다는 구체적 내용이었다. 다만 직접 본 것은 아니고 반적장들끼리 나누는 대화를 엿들었다는 것이었다. 윤탁연은 당혹스러워하며 분비변사에 밀서를 올려서 이 같은 사실을 고했고, 분비변사는 더 많은 밀정을 풀고 반군 가담자와 순왜(順倭)를 매수하여 확인에 나섰다.

다시 며칠이 흘렀을 때 순찰사 윤탁연에게 분비변사의 밀서가 왔는데, 왜적이 임해군과 순화군을 갑산(甲山: 지금의 함경남도 갑산군) 깊은 곳으로 옮겨서 숨겼다는 신뢰할 만한 첩보가 들어왔다는 내용이었다. 그러나 왜적 중에도 그 위치를 아는 사람이 극히 소수라서 장소까지 파악하지는 못했다고 했다.

회령부성에서 전투가 벌어지면 두 왕자를 함경도 의·관연합병대에 빼앗길 수 있으므로 왜적이 갑산으로 옮겨서 숨긴 모양이야. 이제 어떡해야 할까?

윤탁연이 정기룡을 불러서 첩보를 전하고 물었다.

왕자 분들의 신병이 반적의 손을 떠나 왜적의 손에 완전히 넘어갔다는 뜻이 되니 반적수괴를 유인하여 사로잡고 두 왕자와 교환한다는 계책은 수정이 불가피하게 됐습니다.

정기룡은 그러나 국경인 유인작전을 포기하기는 아까우니 유인해내서 그 목을 베어버림으로써 우두머리를 잃은 회령부성의 반군이 스스로 무너지게 하는 것이 좋겠다고 말했다.

하면…… 두 왕자의 일은 이제 어떻게 되는가?

제가 갑산으로 가서 왕자 분들이 갇혀 있는 왜적 요새를 직접 찾아보겠습니다. 그곳을 발견한 후라야 무슨 말씀을 드릴 수 있을 것입니다.

그리할 수밖에 없겠지. 그럼 나는 의병대장에게 경성(鏡城)부터 도모하라고 지시하겠네.

그렇게 해주시면 저에게도 도움이 될 것입니다. 함경도 의·관연합병대가 회령부성에 두 왕자가 계시는 것으로 믿는 척하고 경성을 도모하면 왜적은 두 왕자를 숨기는 일보다 경성 방어에 더 치중하게 될 테니까요.

정기룡이 찬성했다.

윤탁연은 의병대장 정문부와 종성부사 정현룡을 불렀고, 회령부성에 임해군과 순화군이 있어 탈환이 쉽지 않으므로 포기하는 척하고 경성을 도모하라고 명했다.

회령부성이 반적본부로 쓰이고 있으므로 경성부터 탈환하여 회령부성의 반적을 고립시키려는 것이네.

윤탁연이 왜 경성인지를 설명했다.

경성은 회령과 길주, 온성과 길주를 잇는 요충지 중의 요충지입니다. 경성을 우리가 탈환하면 왜적은 경성 이북으로 구원병을 보내기 쉽지 않을 것입니다. 또한 경성 이북에 올라가 있는 왜적이 퇴로 차단을 걱정하지 않을 수 없고, 반적 무리도 서로 갈라져 뭉칠 수 없으니 아주 좋은 계책입니다.

정문부는 적극 찬동했다.

경성을 탈환하면 적도 불안하겠지만 우리 또한 적을 앞뒤에 두고 있는 꼴이므로 불안하긴 마찬가지입니다. 우리가 경성을 탈환하면 반적과 왜적은 반드시 다시 빼앗으려 할 것인데, 우리 군력으로 능히 지킬 수 있을지 모르겠습니다.

정현룡이 우려했다.

지키는 문제는 다른 복안이 있으니 걱정하지 말게.

윤탁연이 말했는데, 반적괴수 국경인의 참수를 염두에 두고 하는 말이었다.

정문부와 정현룡은 군사를 거느리고 경성으로 향했다. 그리고 정기룡은 감사군 3백을 함경도 의·관연합병대 선봉장인 고령첨사 유경천에게 보내 그 지휘를 받게 했고, 자신은 감사군 2백만 거느리고 한밤중에 왜적의 눈을 피해 은밀히 갑산으로 잠입했다.

3

9월 1일, 의·관연합병대 총사령 정문부는 도합 3천의 군사를 거느리고 경성 앞에 도착했다. 주변 성의 왜적들이 소식을 듣고 구원을 하러 달려갔다. 그러나 경성으로 향하는 길 대부분이 이미 의·관연합병대에 막혀서 갈 수 없었고, 다만 길주성의 왜병 1백여 명만이 길을 우회하여 도착할 수 있었다. 그런데 길주성 왜병이 경성 서쪽에 도착했을 땐 함경도 의·관연합병대가 이미 성에 들어가 있었다.

고령첨사 유경천이 지휘하는 선봉대는 동북면 6진 소속 병사들이 주축이었고, 돌기대(突騎隊)는 정기룡이 파견한 감사군이었다. 김세빈(金世貧) 돌기장은 기병을 거느리고 성벽을 따라 돌며 마상에서 각궁을 쏘아 반적과 왜적의 대응을 유도했다. 왜적이 돌기대를 상대하는 사이 선봉장 유경천은 선봉대를 이끌고 달려가 성문을 부수었고, 정현룡의 관병은 화전으로 성내에 불을 지른 후 활과 신기전으로 엄호했다. 그리고 정문부 의진은 성벽에 사다리를 기댐과 동시에 타고 올라 일시에 성벽 위의 적을 몰아쳤다. 창과 칼을 휘두르며 성곽을 점령했고, 성루 또한 점령했다.

유경천의 선봉대가 성문을 부수고 열어젖히자 왜적은 안쪽에 조총대를 늘어세우고 대항했다. 이에 김세빈의 돌기대가 말을 타고 성내로 진입하여 왜적 조총수들 머리 위로 뛰어넘었고, 빙글빙글 돌며 마구 쳐서 조총대를 흩어버렸다.

일사천리로 이루어진 의·관연합병대의 공격에 오합지졸 반군은 우왕좌왕하기만 하고 제대로 싸우지 못했고, 왜군만 제대로 싸웠다. 경성을 지키던 왜적 군장은 이길 수 없다 판단하고서 성벽을 뛰어내려 도망쳤고, 왜병들도 그 뒤를 따라서 줄행랑쳤다. 왜적이 먼저 달아났다는 것을 안 반군도 성벽을 넘어 도망쳤다.

구원을 위해 길주성에서 달려간 왜적 군관은 경성 앞에 도착하자마자 탐병을 보내 성내 상황을 엿보려 했다. 함경도 의·관연합병대 선봉장 유경천은 왜적 탐병을 발견하고 활을 쏴서 죽였고, 강문우(姜文祐) 등의 무사를 내보내서 싸우게 했다. 강문우 등은 성문 밖으로 달려 나가 거침 없이 왜적을 공격했고, 순식간에 수십 명의 목을 베었다. 놀란 왜적 군관은 황급히 군사를 돌려서 달아났다.

함경도관찰사 겸 순찰사 윤탁연은 경성 탈환 소식을 비변사와 분비변사에 보고했다.

선조임금이 임해군과 순화군 관련 소문을 듣고 동궁을 의심하게 된 것은 바로 이즈음이었다. 광해군은 임금의 근심걱정을 덜어주려고 비밀로 했던 것이 오히려 오해를 샀다는 사실을 알고 당혹스러워했다. 즉시 행궁으로 달려갔고, 임금께 관련 의혹을 해명하며 비밀리에 추진되고 있는 두 왕자 구출작전에 대해 아뢰었다. 두 왕자의 일로 애태우던 임금은 그제야 오해를 풀고 모처럼 소안(笑顔)을 보였고,

세자가 형제의 우애를 잊지 않고 이리 일을 추진해주니 내 마음 뿌듯하고 감격스럽구나.

하고 칭찬했다.

국경인과 이언우(李彦祐), 함인수(咸麟壽), 정석수(鄭石壽) 등 회령부성의 반적장들은 함경도 의·관연합병대가 경성을 쉽게 탈환했다는 소식을 듣고 크게 놀라 긴장했다. 반군을 단속하여 성 밖 출입을 금했고, 언제라도 토벌군과 싸울 수 있게 경계태세를 강화했다. 그러한 때에 회령

의 유생 오윤적은 수령 정기룡의 은밀한 지시를 받고 국경인에게 심부름 꾼을 보냈다. 구월 그믐날 밤에 오윤적이 은밀히 성으로 들어갈 것이며, 귀한 분과 동행할 것이니 암문(暗門: 성의 비밀통로)을 열어달라는 것이 었다.

'토벌군이 언제 회령부성에 들이닥칠지 모르므로 성내의 동지들이 초 긴장상태로 예민하고 상황이 긴박한데 어찌 나만 한가로이 손님을 맞이 하겠는가? 약속장소를 정해주면 내 동지들 몰래 살짝 성을 빠져나가 만 날 것이라고 전해주게.'라고 하였습니다.

회령부성으로 들어가서 국경인을 만나고 돌아온 심부름꾼이 말했다.

오윤적은 약속장소를 정해서 심부름꾼을 회령부성에 다시 들여보낸 후 의병대장 정문부를 모처로 불러서 은밀히 만났다.

구월 그믐에 국경인이 성문을 나와 구곡(溝谷)의 제 사촌 집으로 향 할 것입니다. 구곡은 칼바위 협곡이라 군사를 숨기기 좋고 입구를 막으 면 도망치기 어려우니 도모하기에 더없이 좋은 장소입니다.

오윤적이 말했다.

그놈은 겁이 많아서 혼자 밤길을 걷진 않을 텐데?

물론 무사들의 호위를 받겠지만 은밀한 야행인지라 그 수가 열을 넘 지는 않을 것입니다.

하면 굳이 많은 군사를 동원할 필요 없이 뛰어난 무사 1백이면 족하겠군.

국경인은 교활하므로 반드시 정탐을 하고 움직일 것이며, 길 또한 어 느 방향을 선택할지 알 수 없습니다. 그러므로 그 자가 약속장소에 도착 한 후 군사를 움직여 포위해야 할 것이며, 집 안에 있는 사람들은 목숨 이 위태롭다는 것을 알면서도 협조해주었으므로 다치지 않게 각별히 신 경 써야 할 것입니다.

두 사람은 치밀하게 계책을 세우고 헤어졌다.

그 이튿날이었다. 의병장 행세를 하고 있는 홍길영이 종성부사 정현룡을 찾아와서 휘하에 받아달라고 청했다. 정문부가 자신을 의심해서 다른 의병장들과 이간을 시키기 때문이라는 것이었다. 그러나 그것은 핑계일 뿐, 실은 다른 이유가 있었다. 정문부가 의병대장 자격으로 경성 탈환에 공을 세운 사람 명단을 작성하여 함경도관찰사 겸 순찰사 윤탁연에게 올렸는데, 홍길영을 명단에서 제외시켰기 때문이었다.

홍길영은 그 사실을 알자마자 정문부를 찾아가 따졌다. 하지만 정문부는,

내가 독단적으로 평가한 것이 아니라 의병장과 무관 하나하나, 병사 하나하나의 증언을 듣고 확인하여 평가한 것인데, 홍 의병장이 싸우는 것을 목격한 사람이 아무도 없었소.

라고 하며 재심을 거부했다. 홍길영은 억울함을 주장했고, 몇몇 관병을 재물로 매수하여 증언하게 했다. 정문부는 홍길영이 매수한 관병들에게 전투 당시 어느 위치에 있었는지를 물었는데, 각자 다른 위치에서 싸웠음을 알 수 있었다. 또한 증언한 관병과 함께 있던 병사들은 홍길영을 보지 못했다고 했다. 그래서 정문부는 홍길영이 내세운 관병들의 증언을 인정하지 않았다.

홍길영은 분해서 도저히 참을 수 없었고, 정문부를 떠나기로 하고 정현룡을 찾아갔던 것이다. 물론 정현룡도 그 내막을 알고 있었다. 그러나 그런 사정이든 저런 사정이든 상관하지 않았고, 군사가 필요하므로 홍길영을 휘하에 받아들였다.

홍길영은 정문부에게 앙심을 품고서 예전부터 따르고 섬겨온 순검사(巡檢使) 김명원에게 밀서를 보냈다. 북평사 정문부가 낮은 직급으로 높

은 직급의 종성부사 정현룡을 젖히고 멋대로 의병대장 행세를 하는 것
도 모자라 경성 탈환에 전공을 세운 사람을 선별할 때도 정현룡을 무시
하고 자기에게 아첨하는 자들로만 명단을 작성해 올렸으므로 엉터리라
는 공박이었다.

김명원은 이때 순안성(順安城: 지금의 평안남도 평원)을 지키고 있었
다. 과거 녹도(鹿島)를 침범한 왜구 소탕 임무를 띠고 도순찰사(都巡察
使)로 파견됐을 때 무관으로 있던 홍길영을 알게 됐고, 후일 조경에게
소개하여 그 휘하 좌군장에 임명되게 이끌어주었다. 홍길영이 금산전투
에서 패하고 행방불명됐다는 소식에 전사한 줄 알고 크게 안타까워했
는데, 느닷없이 함경도에서 의병장으로 활동하며 경성 탈환전투에 참가
했다니 어안이 벙벙했다. 어쨌거나 살아 있다니 반가웠고, 홍길영의 전
공을 챙겨주고 싶었다. 그래서 오랜 정치적 동지인 윤탁연에게 연락하여
정문부의 잘못을 꾸짖어달라고 청했다.

윤탁연은 김명원의 부탁을 거절할 수 없었고, 그래서 그 방법을 고민
했다. 그때 불현듯 한 가지 좋은 생각이 떠올랐다. 정문부가 작성한 전과
보고서를 문제 삼아 죄를 꾸며내고 국경인 참수작전을 추진하지 못하게
방해하자는 것이 그것이었다. 그런 다음 믿을 수 있는 사람에게 그 일을
대신 맡긴다면, 국경인의 목을 벤 공을 자신이 챙길 수 있을 것 같았다.

국경인 참수작전은 윤탁연 본인의 감독 하에 정기룡이 정문부와 오윤
적을 통해 추진하고 있었다. 성공한다면 윤탁연 본인도 약간의 공을 인
정받겠지만 최고의 찬사는 정기룡이 받게 될 터였다. 그런데 정기룡은
임해군과 순화군 구출도 시도하고 있었다. 두 왕자 구출까지 성공한다
면 그 공을 누가 따를 수 있으랴! 왜란의 가장 큰 공신은 정기룡이 될지
도 몰랐다.

정기룡에게는 두 왕자를 구출하여 공 세울 기회도 있지 않은가.

윤탁연은 정기룡에게는 국경인의 머리가 없어도 그 전공을 드높일 충분한 기회가 있기에 그것을 자신이 챙겨도 크게 미안하지는 않을 것 같았다. 정기룡이 폐기한 국경인 유인계책을 자기가 계속 추진해서 참수한 것으로 꾸미려면 정문부를 대신할 누군가가 필요했다. 윤탁연은 정현룡을 떠올렸다. 정문부 못지않은 군사를 거느리고 있고, 정문부와 공을 경쟁하는 사이인데다, 무엇보다 현직 부사로서 관찰사의 관리 하에 있으므로 믿을 수 있다는 장점이 있었다.

윤탁연은 정현룡을 낙점하고 불러서 정기룡이 세운 국경인 참수작전에 대해 털어놓았다. 예상대로 정현룡은 낯빛이 좋지 않았다. 정기룡이 그 큰 공이 걸린 일을 자신을 빼고 정문부하고만 의논한 것에 대한 배신감 때문이었다.

그래서 말인데…… 국경인의 목을 그들이 베도록 내버려둘 것인가?

윤탁연이 물었는데, 정현룡은 무슨 말인지 몰라 어리둥절한 표정을 지었다.

국경인의 목에 임자가 있는 건 아니지 않은가? 누가 먼저 베느냐의 문제일 뿐이라는 얘기지.

윤탁연은 국경인의 목을 먼저 베는 사람이 임자라고 말했다. 정기룡과 정문부가 추진한 그 일을 자기들이 따로 추진해서 먼저 성공하자는 뜻이었다. 그제야 말귀를 알아들은 정현룡은,

저를 믿어주신다면 반드시 성공하겠습니다.

라고 하며 강한 의욕을 보였다.

윤탁연은 정현룡과 의논하고 경성 탈환 관련 전과보고서를 새로 작성했다. 그리고는 정문부가 올린 보고서를 돌려보내면서 관문(關文: 상급 기관이 하달하는 문서)을 통해,

일개 막관(幕官)인 평사는 마땅히 관찰사의 통제와 부사의 통제를 받아야 함에도 감히 의병대장이라 스스로 칭하며 부사를 통하지 않고 멋대로 관찰사인 나에게 전공보고서를 작성해 올리니 인정할 수 없다. 어찌 일개 막관과 부사를 대등하게 대할 수 있으리.

하고 꾸짖었다. 위계를 어지럽힌 죄를 조정에 고할 것이니 의병대장에서 물러나 처벌을 기다리라고도 했다. 그런 다음 정문부가 제멋대로 의병대장 행세를 하며 전공을 조작하고 상급 수령들을 위압하였으므로 죄주어야 한다고 비변사와 분비변사에 치계했고, 자신이 새로 작성한 전과보고서도 함께 올렸다.

윤탁연이 작성한 경성 탈환 관련 전과보고서에는 정문부 이름만 겨우 올랐을 뿐, 그 의진의 의병장들은 단 한 사람도 포함되지 않고 모두 제외됐다. 의병의 전공이 관찰사 겸 순찰사에 의해 탈취되어 별 역할 없이 숫자만 채워주었던 수령과 관병들에게 돌아간 것이다. 심지어 홍길영의 이름이 정문부 위에 올라가 있기까지 했다.

경성전투에서 목숨을 걸고 싸운 것은 고령첨사 유경천이 거느린 선봉대와 정기룡이 보낸 감사군, 그리고 정문부와 그 의진이었다. 관병은 뒤에서 활이나 쏘며 몸을 사렸고, 성문이 열린 후에도 즉시 성내로 진입하지 않고 있다가 의병과 선봉대가 성내의 적을 상당히 쳐부순 후에야 들어갔다. 그런데도 몸을 사린 자들이 높이 평가받고 정작 힘껏 싸운 의병

은 배척됐다. 그 사실을 알게 된 정문부는 격노했고,

나에게만 오명을 씌웠다면 참았을 것이다. 그러나 목숨을 돌보지 않고 힘껏 싸워준 우리 의병들의 전공을 인정하지 않는 건 용납할 수 없다.

즉각 의병해산을 선포하고 지달원의 집으로 가버렸다.

윤탁연은 정문부의 반발이 예상보다 강해서 당황했지만 국경인 참수 후에 달래면 정문부도 의병도 제자리로 돌아올 것이라 생각했고, 그때 까지만 외면하기로 했다. 반적수괴 국경인 참수만 성공한다면, 비록 의병이 돌아오지 않더라도 정기룡의 감사군을 끌어들여 반적소굴이 된 회령부성을 탈환할 수 있다는 계산도 깔려 있었다.

정문부 휘하 의병장들은 행조와 동조로 달려가 등장(等狀: 연명청원)을 올리며 억울함을 호소했다. 또 회령의병장 신세준은 회령부사 정기룡의 행방을 알 수 없으므로 감사군관 김세빈을 찾아갔고, 앞으로는 그 어떤 일에도 협조할 수 없다는 뜻을 정기룡에게 전하라고 했다. 그 이유는 정기룡도 윤탁연과 한통속이기 때문이라는 것이었다.

정기룡은 갑산에 가서 임해군과 순화군이 갇힌 왜적 요새를 수색하던 중 김세빈으로부터 그 소식을 전해 들었고, 충격에 빠졌다. 오윤적의 역할로 반적수괴 국경인을 유인해 죽이고 회령부성의 잔당을 토평한다는 계획이 순조롭게 진행되고 있었는데, 갑작스런 돌발 사태로 차질이 빚어지게 생긴 것이다. 정문부와 신세준이 협조를 않는다면 오윤적 또한 목숨 걸고 정기룡을 도우려 하지 않을 것이었다.

정문부 의진의 의병 대부분은 정문부의 제자들이거나 제자들이 불러 모은 사람들이었다. 정문부의 두터운 인망에 감복하여 의기한 사람들이기에 정문부의 분노는 곧 의병의 분노라 할 수 있었다. 오윤적도 정문부의 제자였고, 그를 국경인 참수작전에 끌어들인 것은 정문부였다. 그렇기에 오윤적 또한 정문부의 분노에 공감하며 의병들과 행동을 통일할 가능성이 높았다.

정기룡은 오윤적이 발을 빼는 것 아닐까 우려했고, 왜적 요새 수색을 잠시 보류하고 급히 오윤적을 만나러 갔다. 그러나 출타중이어서 만날 수 없었다. 오윤적이 가족들에게도 행선지를 말하지 않고 집을 나가서 며칠 째 돌아오지 않고 있다는 것이었다. 불안감이 더해진 정기룡은 기왕 온 김에 경성으로 가서 정문부도 만나보기로 했다. 왕자들 구출보다 더 급한 것이 국경인 참수와 함경도 반란군 토평이라고 생각했기 때문이었다. 반적에 점령된 지역 백성들은 반란군과 왜적의 착취와 폭압으로 그 고통이 이만저만 아니었다. 비록 왜적의 눈을 속이기 위해 임명된 자리여도 그는 엄연한 회령부사였다. 두 왕자를 구출하는 것은 그의 임무이고 회령 백성을 보호하는 것은 그의 의무인 것이다. 회령부사로서 고을 백성의 고통을 외면한 채 왕자들 구출에만 매달릴 수는 없었다.

정기룡은 밤새 쉬지 않고 말달려 경성으로 갔고, 의병장들부터 만나서 자세한 내막을 알아보았다.

우리 의병대장께서는 처음 반란이 일어났을 때 반적에 포로로 잡혔다가 탈출했지만 정현룡 부사를 비롯한 다른 수령과 관병은 가장 먼저 달아나 숨었던 사람들입니다. 우리가 대가를 바라고서 봉기한 것은 아니지만 그런 비겁한 짓을 했던 사람들이 명예회복에 만족하지 않고 우리의 전공을 가로채갔는데 어찌 참겠습니까?

그렇습니다. 의병대장께서는 우리를 볼 낯이 없다 하시며 의병해산을 선포하셨지만 그렇다고 고통 받는 백성들을 외면할 수는 없기에 우리는 흩어지지 않을 것입니다. 다만 그 모든 일을 꾸민 것이 윤탁연 관찰사와 정현룡 부사이므로 앞으로 그들과는 군사의 일을 의논하지 않기로 했습니다. 아울러 감사군대장도 회령부사의 직을 겸하고 계시기에 그들과 다를 바 없다고 판단되어 일체 협력하지 않기로 결정한 것입니다.

의병장들이 원망의 말을 쏟아내며 하소연했다. 정기룡은 그들의 얘기를 묵묵히 듣기만 했고, 더 말하려는 사람이 없는 것을 확인한 후에 입을 열었다.

의병장들이 말한 대로 나 또한 함경감사의 지도를 받는 회령부사의 직에 있는지라 운신의 폭이 크진 않지만 그대들을 위해 내가 할 수 있는 일이 무엇인지 찾아보려고 달려왔소. 의병대장을 만나 앞일을 의논하고 싶은데, 누가 나와 함께 가주겠소?

정기룡은 말한 후 의병장들을 둘러보았다. 그러나 누구 하나 같이 가겠다고 나서는 사람 없었다. 정기룡은 한숨을 내쉬었고, 자리에서 일어났다. 혼자서 지만원의 집으로 갔고, 정문부에게 면담을 요청했다. 하지만 정문부는 아무도 만나고 싶지 않다면서 문을 열어주지 않았다.

종성부사 정현룡에게도 정기룡이 정문부를 만나러 왔다는 소식이 전해졌다. 정현룡은 정기룡이 국경인 참수작전의 차질을 걱정해서 왔음을 직감했다. 그렇다면 정기룡이 정문부를 설득하지 못하도록 방해할 필요가 있었다. 그래서 정기룡이 나쁜 저의를 갖고 의병과 연대하려는 것으로 여론을 몰아가기로 했고,

자기 임무를 성공시키기 위해 의병을 이용하겠다는 수작이 분명하오. 백성의 안위는 안중에도 없고 무슨 수를 써서라도 자기 임무만 성공시키겠다는 그 이기심이 일을 다 망칠 것이오.

수령들과 관인들을 모아놓고 정기룡을 성토했다.

정기룡에게 토왜(討倭: 왜적 토벌)와 반적 토평의 임무 외에 또 다른 임무가 있었던 것입니까?

의병장 자격으로 참가한 홍길영이 물었다.

그렇소. 그는 지금 의병으로 백성을 구하자는 싸움을 하려는 것이 아니라 왕자들을 구하자는 싸움을……

정현룡은 말하다가 아차, 실수를 깨닫고 중단했다. 말이 잘못 나온 것일 뿐, 그런 일을 실제 추진하고 있다는 것은 아니니 못 들은 것으로 하라고 수습했다. 그러나 사람들은 그럴수록 더 의심하는 눈치였다.

홍길영은 속으로 깜짝 놀랐다. 만일 정기룡이 두 왕자 구출에 성공한다면 상으로 높은 벼슬이 내려질 것이 자명했다. 정기룡의 벼슬이 높아질수록 자신의 앞길에 드리워진 그림자는 짙어질 것 또한 확실했다. 금산전투에서의 비밀을 숨기려고 멀리 함경도까지 왔는데 정기룡이 그곳에 나타날 줄이야. 악연이 분명한 이상 앞날의 그림자를 미리 제거하는 차원에서라도 정기룡의 임무를 방해할 필요가 있었다.

5

정기룡은 정문부를 꼭 만나고 돌아가기 위해 수하 김세빈의 경성 막사로 가서 쉬며 묵묵히 장고했다. 고민이 길어지자 무사 장상헌(張尙獻)이 차를 준비해 들어가서 권하며,

무슨 일인지는 알겠으나 시름이 지나치게 길어지시는 것 같습니다.

하고 걱정했다. 그리고는 고민도 쉬어가면서 해야 몸이 상하지 않는다는 말을 덧붙였다.

잔적(殘賊: 의를 해치는 적신)에 대해 고민하고 있음이라.

정기룡이 미소를 지어보이고 차를 들며 말했다.

잔적이라니, 누가 잔적이란 말씀입니까?

장상헌이 어리둥절해서 물었다.

의병은 의로움에 스스로 목숨을 건 지사(志士)들이다. 어떠한 대가도 바라지 않은 순수한 충성심의 발로이지만, 그러하기에 더욱 그 전공을 챙겨주어야 하는 것. 의병을 독려해야 할 순찰사가 의병대장의 뜻을 반영하지 않고 전공을 왜곡한 것은 권력으로 의로움의 가치를 훼손한 것이니, 이는 불의이다.

지당하신 말씀입니다.

불의에 저항하지 않는 것은 비겁하지만 저항한다고 다 정의는 아닌 것.

비겁함이 곧 불의인데, 비겁하지 않으려는 행동이 어째서 정의가 아니라는 말씀입니까?

장상헌은 도무지 이해할 수 없는 말만 늘어놓는 정기룡을 이상한 눈으로 쳐다보았다. 삼도근왕병이 구성될 때 측근무사에 합류한 후 한 순간도 떨어져 지낸 적 없지만 정기룡의 그런 모습은 처음이었다. 뭔가 중대한 결심을 고민 중인 게 분명했다.

단순히 불의에 저항하는 것은 '단지 분노'일 뿐이며, 동기의 순수성이 확보된 후라야 비로소 분노가 정의일 수 있기 때문이다. 따라서 분명한 불의에 저항하더라도 불순한 의도가 조금이라도 섞였다면 그 저항 또한 불의인 것. 나는 과연 사사로운 욕심이 전혀 없는 순수한 동기로써 분노하려는 것인가, 아니면 일말의 사욕이라도 섞인 분노일까? 나의 고민을 끝내기엔 하룻밤도 짧구나.

사욕이란 무엇을 두고 하시는 말씀입니까?

내가 의병의 전공을 챙겨주려는 것이 행여 나의 이익에 도움이 되기 때문이라면, 이는 사욕이 아니겠나?

나라의 이익에 도움이 되는 것입니다. 그것이 어찌 사욕일 수 있겠습니까?

모두가 충성을 말하고 모두가 충신인데 나라는 이 꼴이다. 사사로운 욕심에 대한 깊은 고민이 없어서 이 지경이 된 것 아니겠는가?

도대체 무슨 궁리를 하고 계시기에……?

맹자께서 말씀하시기를, 인(仁)을 해치는 자를 '적(賊)'이라 하고 의(義)를 해치는 자를 '잔(殘)'이라 하며, 잔적지인(殘賊之人)은 '단지 놈(필부)'에 지나지 않는다, 라고 하시면서, 인과 의를 함께 해치는 폭군을 죽이는 것은 '단지 놈을 죽이는 것일 뿐 반역이 아니라 하셨다. 그 정의가 옳다면 배신은 불의이지만 잔적지인에 대한 배신은 의리를 저버리는 행위가 아니라 '단지 놈'을 멀리하는 것일 뿐이지 않겠나?

의병을 위해 순찰사를 배신할 생각을 하고 계시는 것입니까?

장상헌이 짚이는 것이 있어서 물었다.

그는 정의를 죽일 수 있는 힘을 가졌고, 나는 정의를 지킬 힘을 갖지 못하였다. 그렇기에 그를 배신할 때엔 반드시 죽음을 각오해야 할 것이다. 그런데 살아서 한 놈의 왜적이라도 더 무찔러야 할 내가 '단지 놈'일 뿐인 하찮은 자를 배신한 일로 죽임을 당하면 억울하지 않겠는가? 그러나 불의는 모두 적이고 정의는 모두 동지인 것. 마땅히 불의와 싸워야 함에도 어찌 이리 마음이 무거운 것일까?

정의를 위한 배신이든 불의에 굴복한 배신이든, 어떠한 배신이라도 그것이 배신인 이상 마음은 불편할 수밖에 없습니다.

그래, 그렇겠구나. 그게 현답이다. 네가 내게 답을 주었도다. 자, 결심이 섰으니 이제 가볼까?

정기룡은 마침내 결단을 내린 듯 자리에서 일어났고, 장상헌 등의 측근 무사들을 거느리고 정문부에게 달려갔다. 그러나 정문부는 여전히 문을 열어주지 않았다.

경성 탈환의 공을 저들이 모두 챙겼으니 의병대장께서는 국경인의 머리라도 잘라서 의병들 노고를 보상해주셔야 하지 않겠습니까? 그것마저 빼앗길 것입니까?

정기룡이 문밖에 서서 문에 대고 말했다.

무슨 뜻으로 하시는 말씀입니까?

회령의병장 신세준이 옆에서 듣고 있다가 깜짝 놀라는 표정을 지으며 정기룡에게 물었다. 관찰사의 통제를 받는 부사가 할 수 있는 말이 아니기 때문이었다.

말 그대로 순찰사를 배제시키고 국경인을 참수하자는 뜻이오.

순찰사를 배신하겠다는 말씀입니까?

신세준은 경악했다. 권신에 대한 배신의 결과가 어떠할지를 한 번이라도 생각해보았다면 결코 할 수 없는 행동이었다.

순찰사를 배신하려는 것이 아니라 불의와 갈라서려는 것이오.

성공하지 못하면 회령부성의 반적 및 왜적과 전투도 각오해야 합니다. 우리 의병만으로는 이기지 못할 것입니다.

우리 감사군이 도울 것이오. 함경도의병과 감사군이 연합하고 계책을 잘 세운다면 능히 이길 수 있소.

실패할 경우 조정의 계획을 방해하여 반적 토평과 토왜의 기회를 무산시킨 것에 대한 책임 또한 무거울 것입니다.

그렇기에 반드시 성공해야지요.

그때 문이 벌컥 열렸고,

성공한다고 문제가 없는 것은 아닙니다. 순찰사는 틀림없이 나리가 관병과 의병을 이간질한 것으로 몰아갈 것이고, 세상은 나라를 욕하게 될 것입니다.

정문부가 문밖으로 고개를 내밀며 말했다.

나는 세상의 평가가 두렵지 않고 오로지 나 자신을 속이는 것이 두려울 뿐입니다.

정기룡이 굳센 표정으로 말했다.

이렇게 오셨으니 들어오셔서 차나 한 잔 하시지요.

정문부는 그제야 표정이 밝아져서 정기룡을 안으로 맞아들였다. 정기룡이 방안으로 들어갔고, 정문부 곁을 지키던 몇몇 의병장들도 따라서 들어갔다.

정기룡은 앞으로 국경인 참수작전을 정문부가 전적으로 책임지고 진행하라고 권했다. 그와 관련된 공에 일체 손을 대지 않고 돕기만 하겠다는 뜻이었다. 자기 공을 탐내지 않고 의병을 챙겨주려는 그 모습에 의병장들은 감동했고, 정기룡을 다시 믿기로 했다. 그래서 정문부에게 의병해산령 취소를 건의했다. 그런데 뜻밖에도 정기룡은,

아닙니다.

하고 반대했다.

의병장들은 물론 정문부조차도 의아한 표정으로 정기룡을 쳐다보았다.

의병이 완전히 해산된 것처럼 꾸미고 흩어졌다가 날짜에 맞춰 회령에 집결해야 합니다. 그래야 순찰사와 종성부사가 의심을 않을 뿐더러 반적과 왜적의 눈도 속일 수 있습니다.

정기룡이 그 이유를 설명했는데, 모두는 납득하며 고개를 주억거렸다.

왜장 가토 기요마사는 특별임무를 부여받은 정기룡의 군사가 임해군

과 순화군 구출을 시도할 것이라는 첩보를 접하고 가슴이 철렁 내려앉았다. 왜적에 사로잡힌 방어사를 적진에 뛰어들어 구출하여 왜장들 사이에도 그 이름이 널리 알려진 정기룡이 왕자 구출이라는 특별임무를 띠고 왔다니……. 그 첩보가 사실이라면 지금 두 왕자를 숨겨둔 장소는 결코 안심할 수 없었다.

정기룡은 포로 구출에 탁월한 실력자로 알려진 인물이다. 조선국이 그를 보냈다면 모험을 걸었다는 얘기인데, 조선의 두 왕자를 빼앗기지 않으려다 자칫 더 큰 피해를 입게 되는 것 아닐까?

가토 기요마사는 상황이 심각하다 판단하고 참모들과 대책을 의논했다.

정기룡에게 조선국 왕자들을 빼앗기느니 우리 공격에 이용하는 것을 포기하고 후방으로 내려 보내는 것이 낫습니다. 전선에 두나 후방에 두나 인질효과는 크게 차이나지 않을 테니까요.

부하들 의견은 일치했다.

어디로든 옮기긴 해야겠지만 문제는 정기룡이 두 왕자를 찾아다니고 있다는 점이다. 과연 정기룡에게 들키지 않고 빼돌릴 수 있을까?

저들의 눈을 완전하게 피하는 것은 불가능합니다. 그러니 가짜를 여럿 만들고 여러 갈래로 갈라져 이동해서 행선지에 혼동을 주는 것이 어떻겠습니까?

그것도 하나의 방법이겠지.

세작의 말로, 정기룡의 특별임무에 관한 얘기를 최초로 퍼트린 자는 의병장인 홍길영인데, 그 자는 매우 간사하고 비겁하며 탐심이 강하다고 합니다.

부장(副將) 가토 키요베에(加藤淸兵衛)가 말했다.

지금 이 상황에 그 얘기가 왜 나오는 것이야?

가토 기요마사가 약간의 짜증이 묻은 눈빛으로 가토 키요베에를 쳐다보며 물었다.

그런 자라면 우리가 황금으로 매수하기 어렵지 않을 것입니다. 그 자가 그만한 고급정보에 접근 가능한 위치에 있다면 매수해서 요긴하게 써먹을 수도 있지 않을까 해서 하는 말입니다.

바로 그것이다.

가토 기요마사는 뭔가 좋은 생각이 떠오른 듯 무릎을 탁 쳤다. 그는 정기룡 관련 첩보를 빼온 세작에게 많은 황금을 들려 보내 홍길영을 매수하게 했다. 세작은 즉시 경성 근처로 가서 은밀히 홍길영과 접촉했고, 어렵지 않게 매수에 성공하여 모종의 거래를 하고 돌아갔다.

홍길영은 원래 정기룡과 사이가 좋지 않습니다. 홍길영이 말하기를, 조선의 반군을 의병으로 위장시키면 자신이 와서 의병장 행세를 해줄 것이며, 두 왕자에게 왜병 복장을 입히고 사로잡은 포로인 양 하여 명천 근처까지 데려다주겠다고 했습니다. 성공하면 이미 준 것만큼 보수를 더 주는 조건입니다.

세작이 가토 기요마사에게 가서 홍길영과 거래한 내용을 보고했다.

홍길영이라는 자가 두 왕자를 빼돌려서 자기가 구출한 것으로 하려는 술수일지도 모릅니다.

부하 장수 하나가 의심했다.

아니, 해볼 만한 방법이다. 우리 병사들도 조선의병으로 위장시켜서 일부 포함시켜놓으면 홍길영이 엉뚱한 마음을 품지 못할 것이다.

가토 기요마사가 말했다.

6

함경도관찰사 겸 순찰사 윤탁연은 정문부가 의병을 해산하더라도 정기룡은 상관하지 않을 것으로 예상했다. 임해군과 순화군 구출이라는 막중한 임무를 띠고 갑산으로 갔기에 다른 일에 신경 쓸 여력이 없다고 본 것이다. 그래서 정기룡에 대해서는 안심한 채 국경인 참수작전을 서둘렀다.

물론 정문부가 의병을 해산해버리면 정문부 제자인 오윤적의 협력은 기대하기 어려울 것이었다. 그래서 오윤적을 이용한 국경인 유인 대신 국경인의 사위를 이용한 유인을 대안으로 마련했다. 국경인이 오윤적보다는 자기 사위를 더 믿을 것이므로 보다 확실한 방법이라고 자신했다. 오윤적이라는 도구를 사용하지 않는다면 그 누구도 정기룡과 정문부의 공을 훔쳤다고 말하지 못할 것이었다. 그런데 정현룡으로부터, 정기룡이 경성에 와서 정문부를 만나 의병을 해산하지 말아달라고 설득했지만 실패했고, 의병은 결국 해산하여 흩어져버렸다는 보고가 올라왔다.

윤탁연은 의병 해산을 막으려는 정기룡의 행동을 납득할 수 없어 고개를 갸웃거렸다. 정기룡의 임무는 두 왕자 구출이었지 토왜와 반적 토평이 아니었다. 함경도 의병활동은 토왜 및 반적 토평과 관련 있지 두 왕자 구출과는 관련 없으므로 정문부가 의병을 해산하든 말든 정기룡이 상관할 바는 아닌 것이다. 그런데 정문부가 의병을 해산한다고 하자 득달 같이 달려가서 만류했다. 반적수괴 국경인 참수의 실패를 걱정했기 때문일 수는 있겠지만 그 또한 두 왕자가 회령부성에 없는 것이 밝혀졌으므로 정기룡의 임무와는 상관없는 일이 되었고, 따라서 정기룡으로서는 실패의 책임을 걱정할 필요 없었다. 어쩌면 처음 국경인 유인 및 참수

계책을 세우고 추진한 것이 자신이었기에 그 공을 챙기려는 욕심일지도 모른다는 의심이 들었다.

윤탁연은 정기룡의 속내를 알아보려고 호출했다. 그런데 정기룡이 경성에 있던 감사군까지 거느리고 이미 갑산으로 돌아갔고, 현재는 연락이 닿지 않고 있다는 것이었다. 어쨌거나 의병들이 관아의 일에 일체 협조하지 않겠다고 선언했으므로 의병 편인 오윤적도 정기룡에게 협조하지 않을 것이었다. 그렇다면 정기룡이 추진한 국경인 참수작전은 물 건너갔다고 보아도 될 것이었다. 그래서 윤탁연은 안심했고, 굳이 정기룡을 더 찾지 않았다.

한편, 비변사와 분비변사는 억울함을 호소하는 동북면 의병들의 등장(等狀)을 받고 함경도에서의 반적 및 왜적 토벌이 어려워지는 건 아닐까 걱정하면서도 진상파악은 등한시했고, 문제의 심각성을 깨닫지 못한 채 정문부와 윤탁연에게 화해를 권하며 안이하게 대처했다. 하지만 정문부도 윤탁연도 비변사와 분비변사의 화해 조정에 응하지 않았다. 그리고 그 일이 일어났다.

정현룡은 9월 26일을 기다리고 있었다. 그 날짜에 국경인의 사위가 국경인을 성 밖으로 유인하기로 한 것이다. 오윤적이 국경인을 유인하려 한 날짜가 그보다 뒤이고 실행여부도 불확실해졌으므로 그쪽은 이제 신경을 쓰지 않고 있었다. 그런데 정현룡이 계획한 날보다 닷새 앞선 날짜에 회령의병장 신세준 의진이 반적 국경인을 죽였고, 즉시 그 머리를 잘라서 직접 들고 의주로 올라갔다. 정기룡의 감사군 중 좌초감사군이 신세준 일행을 호위했다.

국경인은 죄를 짓고 회령에 유배된 인물이었다. 어쩌다가 회령도호부 아전이 되었고, 온갖 비리로 큰 재물을 모았다. 재물이 불어나 못 가질 것이 없게 되자 반가의 여식이고 나이도 딸보다 어린 회령의 절세미인을 넘봤고, 재물을 미끼로 끈질기게 구애해서 그 마음을 얻고 애첩으로 삼아 성 밖에 살림을 차렸다. 그런데 그 얼마 후 국경인은 반란을 일으켜 회령부성으로 들어가게 됐다. 그러자 예의 애첩 오진(吳眞)은 국경인이 본처를 내치겠다는 약속을 지키지 않는다는 것을 빌미로 성으로 따라 들어가지 않고 어디론가 숨어버렸다. 오윤적은 바로 그 오진의 사촌오빠였다.

애가 탄 국경인은 여러 차례 오윤적에게 사람을 보내서, 오진을 찾아 설득하여 성으로 데리고 들어와 달라고 간절히 부탁했다. 그랬기에 사촌누이가 마음을 바꾸었다는 오윤적의 말을 듣고 마음이 동하지 않을 수 없었다. 그런데 하필 그때 함경도 의·관연합병대가 경성을 탈환해버렸다. 의·관연합병대는 공공연히 다음은 회령부성을 탈환할 것이라고 엄포를 놓았고, 회령부성의 반군들은 동요했다. 그래서 국경인은 반군들을 단속하여 성 밖으로 나가지 못하게까지 했다. 그런데 그 대장인 국경인이 애첩을 성에 들인다면 반군들이 반발할 것은 불 보듯 뻔했다. 오윤적은 그 점을 이용하여 예의 애첩을 데리고 성에 들어가겠다고 함으로써 의심을 피하려 했던 것이고, 예상대로 국경인은 의심하지 않고 자신이 성을 나가서 만나겠다고 했던 것이다.

그렇지만 국경인이 전혀 의심을 않은 것은 아니었다. 여러 차례 염탐꾼을 보내 오윤적의 말이 사실인지 확인했다. 염탐꾼은 오진의 주변 사람들이 다 입을 맞춰 그렇다고 했으므로 그렇게 믿을 수밖에 없었고, 국경인에게 사실인 것 같다고 고했다. 국경인은 그러나 여러 번 약속장소를 변경하고 약속날짜도 바꾸며 염탐을 계속했고, 오윤적이 보낸 심부름꾼으로부터 오진이 짜증을 낸다는 전갈을 받고서야 앞당겨진 날짜에 10

여 명의 호위무사를 거느리고 한밤에 성을 빠져나와 약속장소로 갔다.

회령의병장 신세준은 민인으로 변장한 의병들을 거느리고 오진이 국경인을 기다리는 곳 근처로 은밀히 잠입했다. 이때 정기룡도 감사군을 거느리고 회령으로 갔고, 모처에 군사를 숨기고 만일의 사태에 대비했다. 정문부 의진에 소속된 각 의병장들도 의병을 거느리고 모처에 은밀히 집결하여 정기룡의 감사군과 함께 초조히 결과를 기다렸다.

성을 나선 국경인이 오진이 기다리는 약속장소에 도착했을 때였다. 숨어 있던 의병이 국경인 일당을 급습했고, 두 겹 세 겹 에워싸고 칼을 휘둘러서 모두 죽였다. 국경인은 오진의 얼굴도 보지 못하고 그 집 울타리 밖에서 목이 잘렸다.

왜장 가토 기요마사는 국경인이 조선 의병에게 참살됐다는 보고를 받았다. 그런데 그 배후가 정기룡으로 의심된다는 것이었다.

그렇다면 정기룡이 지금 갑산이 아닌 회령에 있다는 것 아닌가?

가토 기요마사는 정기룡이 갑산에 없는 틈에 임해군과 순화군을 다른 곳으로 옮겨서 숨기라고 명했다. 그리고는 수괴를 잃은 반적의 동요를 막고 정기룡의 발도 회령에 묶어두기 위해 길주성에 주둔하고 있는 왜병 일부를 회령부성으로 급파했다.

가토 기요마사의 지시를 받은 부장 가토 키요베에는 홍길영과 인근의 반적을 불러서 의병으로 위장시켰고, 조선 왕자들에게 왜병 옷을 입힌 뒤 재갈까지 물려서 안개 짙은 새벽에 명천성으로의 이송작전에 돌입했다. 안개에 몸을 묻고 요새를 나선 왜적은 도중에 두 왕자를 반군과 왜병으로 이루어진 가짜 의병에게 넘겼다. 홍길영이 그 의병을 거느리고 의병장 행세를 했다.

홍길영은 두 왕자를 사로잡은 왜적 포로인 양 끌고서 조선 의병과 관병을 속이며 길주 방면으로 향했고, 길주성 근처에서 마중 나온 명천성의 왜적에게 넘겨주었다.

명천성도 국경인과 함께 반란을 일으킨 반적 정말수(鄭末守)가 왜적과 함께 점거하고 있었다. 정말수도 명천성의 왜적 군장으로부터 정기룡이 두 왕자 구출을 위해 감사군을 거느리고 비밀리에 함경도로 들어왔으며 국경인의 목을 벤 배후라는 얘기를 들은 터였다. 두 왕자가 명천성에 들어오자 정말수는 펄펄 뛰었고,

저들을 여기 두면 정기룡이 이리로 올 것이오.

당장 두 왕자를 다른 곳으로 옮겨줄 것을 왜적 군장에게 요구했다. 자기 또한 국경인 꼴을 당할까봐 두려웠던 것이다. 그러나 왜적 군장은 정말수의 요구를 거부했고, 두 사람은 말다툼을 벌였다.

한편, 순찰사 윤탁연은 회령의병장 신세준에게 선수를 당하고 분해서 온 몸을 부들부들 떨었다. 신세준이 관찰사 겸 순찰사를 거쳐야 하는 절차까지 어기고 국경인의 머리를 들고 직접 의주 행조로 갔기에 더욱 약이 올랐다. 그런데 그 신세준 일행을 김세빈이 거느린 좌초감사군이 호위하고 있다는 것이었다. 윤탁연은 정기룡의 배신을 알고 더욱 노발대발했고, 정기룡의 임무소홀과 임무지 무단이탈을 분비변사에 즉시 치계하며 엄벌을 청했다. 그리고는 정현룡을 불러서,

감히 나를 능멸해? 내 그 자를 반드시 응징할 것이니 두고 보게.

하고 정기룡을 성토했다.

듣자니 정기룡의 감사군과 정문부 의진 의병들이 회령에 집결하여 만일의 사태에 대비했다고 합니다. 정기룡이 설득에 실패했다는 것도, 정문부가 의병을 해산시킨 것도 다 거짓이었던 것입니다. 국경인이 제거되었으므로 회령부성 탈환은 이제 식은 죽 먹기입니다. 정기룡은 우리를

배제시키고 회령부성까지 탈환해서 정문부에게 그 공을 넘겨주려 할 것입니다.

정현룡 또한 약이 오르고 분해서 이를 뽀득뽀득 갈았다.

그들이 지금은 어디에 있는가?

수괴를 잃은 반군이 크게 동요하여 스스로 무너질지도 모르므로 부령(富寧) 근처까지 물러나 회령부성을 예의주시하고 있는 것으로 알고 있습니다.

정기룡과 정문부가 회령부성까지 탈환하게 해서는 안 되네. 그대가 동원할 수 있는 군사만으로 회령부성을 도모할 수 있는지 검토해보고, 가하면 출격하게.

윤탁연이 명했다.

정현룡은 경성으로 돌아가는 즉시 경원부사 오응태, 경흥부사 나정언, 의병장 홍길영 등을 불러서 회령부성을 탈환하자고 제안했다.

의병도 함께하겠다고 한 것이오?

선봉장 유경천이 물었다.

가까운 곳에 있으니 뜻이 있으면 스스로 와서 돕겠지요.

정현룡이 시큰둥하게 답했다. 그러자 유경천은,

회령부성에 반적만 있는 것이 아니오. 반적은 그저 왜적을 돕고 있을 뿐, 실질적으로는 왜적이 주축인데 의병 없이 관병만으로 도모하는 것은 떼죽음을 자초하는 꼴이오.

라고 하며 반대했다. 회령부성을 꼭 도모해야겠거든 의병의 협력부터 이끌어내라는 것이었다. 정현룡은 가장 강한 선봉대 없이는 성 탈환에 자신이 없었고, 그래서 유경천 핑계를 대며 출격을 포기했다.

분비변사는 정기룡이 두 왕자 구출임무를 수행하지 않고 감사군을 엉뚱한 일에 동원했다는 윤탁연의 치계에 강력한 경고와 징계를 준비하고 있었다. 그런데 그때 명천성에 심어둔 밀정으로부터 임해군과 순화군이 명천성으로 왔다는 첩보가 올라왔다. 왜적이 임해군과 순화군을 명천성으로 데려왔지만 정말수가 다른 곳으로 옮기라 하여 왜적 수성장과 크게 다투었다는 사실을 여러 명의 반군들로부터 확인했다는 것이었다. 분비변사는 그 첩보를 지체 없이 광해군에게 고했고,

정기룡의 죄는 나중에 물을 것이니 일단 명천성으로 가라고 하라.

광해군은 다급히 명했다.

정기룡은 이때 감사군을 거느리고 갑산으로 다시 가고 있었다. 회령부성의 반적이 수괴를 잃고 분열하는 것이 아니라 오히려 위기를 느끼고 더욱 단결하는 모습이었고, 왜병까지 증파되었다. 때문에 당장은 도모하기 어렵다는 판단이었고, 머잖아 반군 스스로 무너질 가능성이 있으니 기다려보기로 한 것이다. 따라서 정문부 또한 군사를 거두어 경성 해안으로 돌아가고 있었다.

정기룡은 갑산으로 향하던 중 분비변사에서 보낸 사자를 만났고, 명천성으로 가라는 세자의 명을 전달받았다. 두 왕자가 명천성에 있다는 소식에 깜짝 놀랐고, 급히 군사를 돌려세우고 정문부에게 달려갔다.

지금 우리는 명천성으로 가는 길입니다.

정기룡은 정문부에게 바뀐 상황에 대해 설명했고, 군사를 거느리고 길주성으로 와줄 수 있겠느냐고 물었다.

두 왕자 분이 명천성에 있다면서 길주성은 왜입니까?

정문부가 어리둥절해서 물었다.

길주성의 왜병 상당수가 회령부성으로 갔으므로 방어가 부실할 것입니다. 의병이 길주로 향하면 명천성의 왜병은 위기를 느끼고 두 왕자를

다른 곳으로 옮기려 할 것 아닙니까? 그때 우리 감사군이 두 왕자의 구출 기회를 만들어보려는 것입니다.

정기룡이 말했고,

마땅히 돕겠습니다.

정문부는 의리를 지키기 위해 흔쾌히 승낙했다. 정기룡은 의주로 향한 김세빈에게 급족을 보내서 좌초감사군을 거느리고 명천성으로 오라는 연락도 취해달라고 부탁했고, 정문부는 그 또한 들어주었다.

정기룡이 감사군을 거느리고 급히 명천성을 향해 말달려간 후 정문부는 고령첨사 유경천에게 군사를 거느리고 길주로 와달라고 요청했다. 감사군의 두 왕자 구출작전을 도우려는 것이라고는 말하지 않고 길주성과 명천성 중 한 곳을 도모하려는 것이라고 했다. 함경도의병이 회령에서 국경인을 성 밖으로 유인해 목을 쳤으므로 반적과 왜적은 회령부성을 주목할 것이었다. 그럴 때에 은밀히 군사를 남쪽으로 이동시켜서 길주성과 명천성 두 곳 중 한 곳을 급습한다면, 허를 찔린 반적과 왜적이 능히 막지 못할 것이라는 설명이었다.

유경천은 정분부의 요청에 두 말 않고 응했고, 자신의 군사를 거느리고 경성을 나섰다. 그러자 경원부사 오응태와 방원만호 한인제(韓仁濟), 서북보만호 고경민 등은,

우리가 함께 출격하지 않은 것을 조정에서 알면 문책이 있을 것이오.

하고 걱정했고, 스스로 각자의 군사를 거느리고 유경천을 따라붙었다.

정기룡의 감사군은 쉬지 않고 말달려서 명천성 동쪽 바닷가로 갔고, 해창(海倉: 바닷가 창고)으로 노략질에 나선 왜적부터 쳐서 죽였다. 일부를 사로잡아 명천성에 조선국 왕자들이 간혀 있는지 물었는데, 두 왕자

가 이미 마초수레에 숨겨져 남쪽으로 향했다는 진술이었다. 명천성 밀정이 전달한 성내 상황도 다르지 않았다. 명천성의 왜적 대부분이 두 왕자 이송작전에 동원되어 떠났으므로 최소한의 병력만 남았으며, 성은 정말 수가 거느린 반군이 지키고 있다는 것이었다.

우리가 한 발 늦은 것 같습니다. 이제 어찌하실 생각입니까?

우초감사군관 김사종이 걱정스럽게 물었다.

최대한 서둘러서 왜적 이송행렬을 쫓아가봐야지 어쩌겠나.

정기룡 또한 난감함을 감추지 못하며 말했다. 그렇게 해보는 것 외에는 방법이 없었다.

정기룡은 정문부에게 사람을 보내 감사군의 사정을 전했고, 명천성에 반군만 남았으므로 길주성보다는 명천성을 도모하면 성공할 것임도 알렸다. 그리고는 왜적 이송행렬을 쫓아 고원(高原: 함경도 고원군)으로 향했다.

정문부 의진과 유경천의 선봉대, 오응태의 관병 등은 화성(化成: 지금의 명간군) 어랑천(漁郎川)에서 만났고, 명천성 탈환을 상의했다.

명천성에 왜적이 없다면 길주성의 왜적이 반드시 구원할 것이오. 그렇다면 명천성을 쳐들어가는 척하여 길주성 반적과 왜적을 유인해내고 성 밖에서 쳐부수는 것이 어떻겠소?

선봉장 유경천이 말했다.

우리의 군사 규모도 상당하니 계책만 잘 세운다면 승산 있소.

오응태와 한인제 등도 찬성했다.

때마침 의주로 가서 비변사에 국경인의 머리를 바친 신세준 일행이 김세빈의 좌초감사군과 함께 급히 돌아왔다. 김세빈은 좌초감사군을 거느리고 정기룡을 쫓아갔고, 신세준 일행은 의진에 합류했다.

정문부는 신세준이 이끄는 회령의병과 오응태의 경원관병 등을 고참역(古站驛)으로 보내서 왜적과 싸우게 했다. 의·관연합병대가 명천성으로 향하는 척한 것이다. 그리고 정문부 자신은 본대를 거느리고 길주 남촌(南村)으로 갔다. 남촌은 길주성에서 명천성으로 향하는 길목으로, 반적과 왜적이 명천성을 구원하러 갈 때 급습하려는 것이었다.

회령의병과 경원관병 등이 고참역을 공격하자 길주성의 반적과 왜적은 유인에 말려들어 성을 나섰고, 명천성으로 가기 위해 길주성 동쪽 5리 지점의 장덕산(長德山) 방면으로 향했다. 유경천은 정문부와 의논한 후 선봉대를 이끌고 산으로 올라갔고, 서북보만호 고경민은 서쪽 산 밑에 군사를 숨겼다. 그리고 정문부는 의병을 거느리고 반적과 왜적의 뒤쪽으로 갔다.

마침내 반적과 왜적이 장덕산을 넘기 위해 비탈길에 들어섰다. 유경천의 선봉대는 적에게 달려들어 맹공격을 퍼부었고, 예상치 못한 습격에 깜짝 놀란 왜적이 조총을 쏘며 맞섰다. 유경천의 선봉대는 흙주머니를 날려 왜적 조총수의 눈을 쓸 수 없게 만들고는 바위를 굴리고 활을 쏘며 노도 같은 공격을 이어갔다.

왜적 부장(副將)은 절대적으로 불리한 지형 탓에 제대로 싸울 수 없다고 판단하고 군사를 돌려세웠다. 그런데 어느 새 산 아래에 정문부가 거느린 함경도의병이 새까맣게 몰려와서 진을 펼치고 있었다.

산 아래의 의병도 공격을 개시했다. 상하협공에 당황한 반적과 왜적은 서쪽으로 방향을 틀어 달아났다. 그러나 그곳에도 고경민이 거느린 복병이 달려오는 적을 기다렸다가 포를 쏘며 급습했다.

7

신세준이 이끄는 회령의병 중심의 의·관연합병대는 고참역의 몇 안 되는 왜적을 쉽게 쳐부쉈고, 내친 김에 명천성으로 진격했다. 의·관연합병대의 규모가 크지 않음에도 명천성의 정말수는 반군을 내보내 싸우지 않고 지키기만 하며 원병을 기다렸다. 신세준 의병장은 반군을 향해, 함경도 의·관연합병대가 길주성 반적과 왜적을 포위했으므로 원병은 오지 않을 것이라고 소리쳤고, 성을 공격했다.

명천성 반군들은 기다려도 원군이 오지 않자 동요했고, 정말수는 신세준의 말이 거짓이 아닌 것을 알고 반군 몰래 혼자서만 도망치려고 암문을 빠져나갔다. 그러나 암문 밖에는 신세준이 숨겨둔 복병이 그를 기다리고 있었다.

복병이 정말수를 잡아왔고, 신세준은 사로잡은 정말수를 성내의 반군들에게 보여주며 성문을 열고 항복하면 처벌하지 않겠다고 소리쳤다. 그러자 대부분의 반군과 몇 안 되는 왜적은 성벽을 넘어 도망쳤고, 일부 반군이 남아서 성문을 열고 회령의병 중심의 의·관연합병대를 맞아들였다.

정문부가 지휘하는 함경도 의·관연합병대는 이때 장덕산에서 반군과 왜적을 포위하고 거세게 몰아치고 있었다. 처음부터 일방적으로 밀리기만 하며 힘겹게 전투를 치르던 왜적 부장(副將)은 도저히 이길 수 없다고 판단했고, 3방이 포위됐으므로 길이 막히지 않은 북쪽으로 달아나기로 결심했다. 하지만 반군과 함께 달아나면 의·관연합병대가 끝까지 쫓아와 뒤를 칠 것이 분명했다. 그래서 조선인 반군장 국세필(鞠世弼: 국경인의 작은아버지)을 불렀고,

이대로는 안 되겠소. 지금 서쪽에 있는 적병이 가장 약한 것 같소. 우리가 북쪽 골짜기 위로 먼저 올라가서 조총을 쏘며 서쪽의 조선군을 위에서 아래로 공격할 것이니 그쪽 군사는 여기서 대기했다가 총소리가 들리거든 서진하여 협공을 펼쳐주시오. 그렇게 해서 합동으로 포위망을 뚫읍시다.

하고 말했다.

적의 공격이 예리한데, 군사를 나누면 힘을 쓸 수 없소.

국세필은 지금은 전력(戰力)을 모아야 할 때라며 반대했다.

우리가 움직이는 것을 알면 저들은 우리를 추격할 것이오. 가면서 계속 총을 쏘아서 적을 우리 쪽으로 유인할 것이니 안심하오.

왜적 부장이 말했는데, 국세필은 그 말을 믿고 더는 붙잡지 않았다. 그런데 아무리 기다려도 왜병의 조총소리는 들려오지 않았다. 왜적이 반적을 따돌리고 자기들만 도망친 것이었다. 뒤늦게 그 사실을 눈치 챈 국세필은 배신감에 이를 갈았고, 반군을 거느리고 왜적이 달아난 방향으로 뒤따라갔다.

반군이 달아나는 것을 본 함경도 의·관연합병대 선봉장 유경천은 선봉대를 이끌고 길을 앞질러 달려가서 북쪽 골짜기 위를 선점하고 공격했다. 정문부의 본대도 포위망을 좁히며 반군을 몰아갔다. 우왕좌왕하던 국세필의 반군은 더는 달아날 길을 찾지 못하고 골짜기 안에 갇혀버렸다.

밤이 되자 날씨가 갑자기 추워져서 눈이 내리고 찬바람이 거세게 몰아쳤다. 반군은 화살이 날아들까 두려워 불을 피우지도 못하고 달달 떨었다.

동이 틀 무렵, 정문부는 밤새 추위에 뜬 반군을 공격했다. 국세필은 잡히면 죽을 것이 뻔하므로 항복하지 않고 끝까지 대항하려 했다. 그러나 몰살이 두려워진 반군이 국세필을 비롯한 지도자 12명을 스스로 잡아서 포박한 후 정문부에게 바치고 항복했다. 정문부는 사로잡은 국세필 등을 일단 명천성으로 압송하여 가두었다.

『조선왕조실록』「선조수정실록」은 그날의 일을 이렇게 기록하고 있다.

이날 밤에 눈에 내리고 추위가 심해서 적병은 몸이 얼어 쓰러져 싸우지 못했다. 해가 뜰 무렵 수색하며 공격하여 6백 명의 수급을 베었다.

왜적 부장은 성문을 닫고 감히 나오지 못하였다. 정문부가 군사를 진출시켜 포위하니 적이 성에 올라 총을 쏘았다. 관병이 가까이 갈 수 없으므로 퇴각하여 사면으로 포위하고 그들의 땔감 공급로를 끊었다.

왜적의 한 병대가 마천령(摩天嶺) 아래 영동관책성(嶺東館柵城)에 주둔하고 있었는데, 임명촌(臨溟村)을 불태우고 노략질하므로 정문부가 군사를 돌려 공격하였다. 쌍포(雙捕)에서 전투했고, 적병이 패주하였으므로 60여 명의 수급을 베었다. 이때부터 두 곳에 주둔한 적이 모두 굳게 지키고 나오지 않으므로 정문부가 군사를 나누어 포위하였다.

그 얼마 후 정문부가 이끄는 함경도 의·관연합병대는 길주성에서 왜적을 완전히 내몰고 성을 회복했다. 정문부는 반군지도자들을 끌고 길주성으로 들어갔다. 성내 백성들을 불러 모았고, 국세필과 정말수 등 13명의 주동자 외의 단순가담자는 반란군이라도 그 죄를 묻지 않겠다고 선포했다. 그러자 백성들이 크게 안도했고, 감복해서 그를 믿고 따르며 섬겼다.

정문부는 국세필과 정말수 등의 반란 주동자들을 조리돌림하고 그 목을 쳤다. 그리고는 동북면에 남은 왜적을 차례로 소탕했다. 그러나 윤탁연은 정현룡이 길주성 탈환 계책을 수립하고 총지휘한 것처럼 전공보고서를 꾸며 조정에 올렸고, 정문부는 반란에 가담한 민인을 처벌한 공만 있는 것으로 했다. 하지만 조정은 윤탁연의 보고서를 인정하지 않았고, 정문부의 길주성 탈환 전공을 인정하여 11월 1일 통정대부로 가자(加資: 품계를 올림)했다. 그 외의 많은 사람들에게도 포상이 내려졌다.

정문부는 윤탁연과 끝내 화해하지 않았다. 윤탁연이 얼마나 보기 싫었든지, 함흥(咸興) 감영 근처까지 왜적을 추격해 갔는데 왜적이 함흥으로 들어가자 더 쫓지 않고 돌아가 버렸다. 이에 격노한 윤탁연은 적을 놓아 보낸 죄를 묻겠다며 정문부를 잡아들이라고 명했다. 그러나 정문부는 전령(傳令)에 반발하여,

순찰사가 적이 들어오는 것을 막지 않고 방임하였기에 의병장도 적을 놓아 보낸 것이니 죄를 물을 이유가 없다.

라고 하며 응하지 않았다. 더욱 화가 난 윤탁연은 행조에 장계(狀啓)를 올려서 정문부의 죄를 물어야 한다고 청했다. 그러나 행조는 죄를 물을 수 없다는 답변을 돌려보냈다.

윤탁연은 정문부를 도저히 용서할 수 없었다. 그래서 정문부의 수하가 수급을 갖고 함흥 근처를 지나면 모두 빼앗아서 정현룡에게 주었다.

윤탁연이 정문부에게서 수급을 빼앗아주고 전공도 부풀려준 덕분에 정현룡은 이듬해 정월 초하루 함경도병마절도사에 임명된다. 그러나 정문부는 윤탁연의 견제로 겨우 길주부사(吉州府使)에 제수된다. 『조선왕조실록』은, 북계 사람들은 정문부가 병마절도사가 되기를 바랐고 당연

히 그렇게 될 줄 알았다가 크게 실망했다고 기록하고 있다.

그 이전인 임진년(1592년) 10월 16일, 선조임금은 종성부사 정현룡을 회령부사에 임명한다. 종성부사가 회령도호부도 함께 다스리게 한 것이다. 그것은 반군이 아직 토포되지 않았고 왜적이 아직 남아 있는 회령지역에 부사가 부재중이기 때문이었다.

그렇다면 회령부사 정기룡은 어디로 간 것일까?

임금이냐, 백성이냐

1

　분비변사는 임해군과 순화군이 상주성으로 옮겨졌을 가능성을 높게 보았다. 충주 쪽 밀정들은 왜적이 한강 뱃길을 통해 강원도 쪽에서 실어 온 수상한 짐들을 충주에서 하역한 후 수레에 옮겨 싣고 조령을 넘어갔는데, 조령을 넘어간 그 짐들이 모두 상주성으로 들어갔다고 고했다. 왜적이 남쪽으로 짐을 나르는 경우는 약탈한 물품을 본국으로 보내는 것 외에는 거의 없는데, 그 짐들 다수가 병량으로 보였다고 했다.

　왜적은 최전선 북쪽으로 군수물자를 올려 보내고 그 수레와 배가 내려올 때엔 부상병과 시신, 전리품 등을 실어 보냈다. 그런데 철군을 하는 것도 아니면서 병량을 남쪽으로 실어 보냈다니……. 여간 수상하지 않았다. 그뿐 아니었다. 왜병들 사이에서 조선의 두 왕자가 상주성에 왔다는 소문이 돌고 있다는 첩보도 있었다. 그러나 두 왕자를 목격한 사람이 없으므로 좀 더 확인이 필요했고, 그래서 순왜로 위장한 밀정을 상주성에 더 많이 들여보냈다. 그리고 정기룡의 감사군은 경상우도로 내려

보내서 상황이 발생하면 즉시 상주로 달려갈 수 있게 하기로 했다. 그러자 광해군은 경상우도 진주성에서 큰 전투가 벌어졌으니 감사군을 그곳으로 보내 전투를 도우며 다음 명을 기다리게 하라고 분부했다. 그래서 정기룡은 감사군을 거느리고 평안도로 갔고, 안주에서 배를 타고 내려가 사천(泗川)에 도착했다.

지난 9월 말경이었다. 왜장 하세가와 히데카즈(長谷川秀一), 나가오카 다다오키(長岡忠興) 등이 마침내 군사를 나누어 거느리고 김해성을 나섰고, 진주성으로 향했다. 이에 경상우병사 류숭인과 초유사 김성일은 사방의 의병과 수령들에게 군사를 거느리고 진주성으로 모일 것을 명했다. 그래서 류숭인이 거느린 경상우영군과 김성일이 거느린 의·관병연합부대가 진주성 앞에 집결하게 됐지만 진주목사 김시민(金時敏)은 성문을 열지 않았다. 많은 군사가 성안에 들어오면 혼란이 가중되어 성병(城兵)이 전투력을 제대로 발휘할 수 없다면서, 성은 자신과 진주성병 3천8백여 명이 지킬 것이니 원군은 성 밖에서 싸워달라고 했다. 그래서 경상우병사 류숭인과 초유사 김성일은 성내로 들어가지 못하고 성 밖에 진을 친 채 적을 기다렸다.

10월 6일, 왜적이 진주성으로 쳐들어왔다. 진주목사 김시민과 그 군사는 성 안에서 싸우고 나머지 원군은 성 밖에서 싸웠다. 6일간의 치열한 전투에서 왜적은 엄청난 수의 군사를 잃고 성은 함락하지 못한 채 도망쳤다. 하지만 조선군의 피해도 만만찮아서, 경상우병사 류숭인과 사천현감 정득열, 가배량 권관 주대청 등이 전사했다.

왜란이 처음 발발했을 때 류숭인은 함안군수로 봉직 중이었다. 대부분의 수령들이 성과 관아를 버리고 도망쳤지만 류숭인은 군민을 모아서 끝까지 항전했고, 곽재우 의진과 군사를 합치고 싸워서 왜적 47급(1급은

20명)을 참획한 전공을 올렸다. 또한 당항포에서 이순신의 수군과 연대하여 왜적을 무찔렀고, 직산현감 박의(朴誼)와 군사를 합쳐 금강에서 왜적을 무찌르는 등 많은 전공을 세우고 경상우병사에 특별히 임명되었다가 이때 그만 안타깝게 전사하고 말았다. 이에 임금은 류숭인 전의 경상우병사였던 초유사 김성일에게 일단 그 직을 겸하게 했다.

정기룡이 사천에 도착했을 때는 진주성전투가 막 끝나고 왜적 잔병소탕작전이 펼쳐지고 있었다. 아직도 왜적 잔병이 진주와 그 주변지역 곳곳에 남아 있어서 수시로 전투가 벌어졌다. 정기룡은 배에서 내리자마자 서둘러 진주성을 향해 달려갔다.

정기룡이 감사군을 거느리고 진주 땅에 들어섰을 때였다. 관병을 거느리고 어딘가를 향해 바삐 달려가고 있는 진해현감 조경형(曹慶亨)을 만났다. 병량미 부족으로 굶주린 왜적 잔병 일대가 의병군량을 노리고 살천창(薩川倉)으로 향하고 있으므로 구원을 간다는 것이었다. 정기룡은 감사군을 거느리고 조경형을 따라서 살천창으로 달려갔고, 오고 있는 왜적의 앞을 가로막고 싸웠다. 왜적은 감사군이 강해서 이길 수 없자 달아났다. 정기룡과 조경형은 날이 저물 때까지 추격하며 왜적을 계속 죽이다가 어둠이 짙어진 후에야 멈추고 돌아갔다.

정기룡은 치열한 전투가 벌어졌던 진주성으로 갔고, 김성일을 찾아뵈었다.

조금 더 일찍 와서 전투를 도왔으면 좋았을 텐데 그러지 못해 송구합니다.

정기룡이 예를 갖춘 후 말했다.

그대 군사가 살천창에서 왜적을 무찔러주었다고 보고받았네. 먼 길 오느라 몹시 고단할 텐데도 수고를 아끼지 않고 싸워줘서 참으로 고맙네.

김성일이 감사를 뜻을 표했다.

저에게도 임무를 주시면 최선을 다해 적을 무찌르겠습니다.

세자께서 그대의 군사를 감사군으로 삼은 것으로 알고 있는데, 그 군사를 여기로 보내라 명하셨다니 참으로 감격스럽네. 그러잖아도 많은 군사가 전사하여 잔병소탕에 애를 먹고 있으니 그대의 군사가 우리 경상우병영의 유병(遊兵: 유군) 역할을 맡아주면 고맙겠네.

김성일은 감사군을 경상우영군 유군으로 삼고 임무를 맡겼다.

정기룡은 이튿날부터 왜적 잔병소탕에 나섰다. 왜적이 나타났다는 신고가 들어오면 즉시 말을 타고 달려가 무찔렀고, 관병과 연합하여 민인을 보호했다.

그 즈음 비변사에 한 통의 밀서가 올라왔는데, 상주에서 정경세(鄭經世)가 올린 것이었다.

정경세는 예문관대교(藝文館待敎) 벼슬을 지내다가 부친상을 당하고 고향 상주로 내려갔다. 삼년상을 치르던 중 왜란을 맞았고, 동생과 함께 의병을 일으켰다. 의병장으로 활동하던 중 동생과 어머니를 왜적의 칼에 잃었고, 그 자신도 큰 부상을 당해서 싸울 수 없는 몸이 되자 김각(金覺) 의진에 들어가서 소모장(召募將: 군사모집과 군량, 무기 등의 보급담당자)으로 활동하고 있었다.

지금 상주는 김각 의병장이 이끄는 상의군(尙義軍), 이봉(李逢)과 이천두(李天斗) 의병장의 창의군, 김홍민(金弘敏) 의병장의 충보군(忠報軍) 등이 왜적과 맞서 힘겹게 싸우고 있습니다. 저 또한 이전(李㙉)·이준(李埈) 형제(「형제급난도」의 주인공이며, 정경세와 함께 류성룡 문하에서 수학했다) 등의 동지들과 함께 미약한 힘이나마 보태고자 김각 의병장 휘하에 들어가 있습니다.

상주는 왜적이 성을 빼앗아 보급기지로 이용하고 있고 그 수가 많으므로 매우 위태로운 실정입니다. 왜적이 안동과 선산, 성주, 김산, 예산 등지의 평원에서 노략질로 군량을 모아 낙강(낙동강) 뱃길을 이용하여 상주읍성에 쌓아두고 시시때때로 북방으로 실어 나르는 것으로 보아, 충주까지 수레로 나르고 충주에서 다시 한강 뱃길을 이용해 한양으로 나른 후 북쪽으로 올라간 왜적 주력군의 병량으로 보급하는 듯합니다. 상주는 사통팔달로 길이 통하여 옛부터 크게 번성하였던 고을이기에 군사적으로도 요충지 중의 요충지인데 왜적이 저토록 마음껏 활보하고 있어 안타깝기 그지없습니다. 왜적이 흉포하여 백성들이 모두 산속으로 피난하였기에 의병은 왜적으로부터 그들을 지키기에도 버거운 실정인데 나라의 군사는 보이지 않으니 상주가 왜적 천지가 되고 말았습니다.

그런데 근래에 상주읍성에 들여보낸 밀정으로부터 이상한 첩보가 들어왔습니다. 정확히 어느 왕자를 지칭하는 것인지는 몰라도 '조선의 두 왕자가 사로잡혀서 상주성으로 왔고, 지금 상주성에 갇혀 있다'라는 얘기가 왜병들 사이에서 돌고 있다는 것입니다. 혹여 두 왕자께서 상주성에 와 계신 것이 사실이라면 반드시 조정의 조치가 뒤따를 것으로 여겨지는 바, 기왕이면 상주성에서 왜적을 완전히 내몰고 성을 회복하여 왜적의 보급로를 차단할 수 있도록 강한 군사를 보내시어 저희 지역 여러 의진과 협력할 수 있게 해주시기를 간청하옵니다.

비변사는 정경세의 밀서에 중요한 내용이 포함돼 있다고 보고 임금께 올렸다. 임금은 그것을 읽어본 후 분비변사로 내려 보내며 합당한 조치를 하교했고, 상주는 전략적으로 매우 중요한 요충지인데 지금 왜적의 영남지역 보급로가 대부분 차단되고 상주를 통하는 길만 남았다고 하니 상주성을 탈환하여 그 길을 끊을 수 있는지도 검토하라고 하명했다.

분비변사는 두 왕자가 상주성에 있다고 확신하지 못했기에 보다 확실한 첩보가 올라오기만 기다렸다. 그러나 별다른 첩보는 없었고, 초조해진 광해군은 더 기다릴 수 없다며 감사군을 일단 상주로 보내서 두 왕자 구출 문제뿐 아니라 상주성 탈환에 대해서도 정기룡에게 판단과 계책을 맡기라고 지시했다. 이에 분비변사는 회령에서 그랬던 것처럼 왜적의 경계심을 자극하지 않기 위해 정기룡에게 가판관(假判官: 임시 판관)의 벼슬을 주고 그 군사는 경상우영군 유군(遊軍: 유격대)으로 위장시켜 상주로 보내기로 결정했다. 당시 조정에서는 난중의 다급함을 들어 감사와 병사, 각 지방 수령 등이 공석 중인 지방 관직에 임시 대행을 임명할 수 있도록 했는데, 과거 정기룡이 이광악에 의해 곤양가수령에 임명된 것이 그런 경우였다.

분비변사의 특지(特旨)를 받은 경상우병사 김성일은 정기룡을 불렀고,

감사군의 임무와 관련하여 분비변사의 영이 따로 있을 것이라고 하니 상주로 가서 가판관에 부임하게.

하고 분비변사의 명을 전했다. 곧바로 상주목사 김해(金澥)와 각 의진 등에 부첩(簿牒: 관청에서 보낸 편지)을 띄워 정기룡의 가판관 임명 사실을 통보할 것이라고 했고, 상주 사람들에게는 감사군이 경상우영군 유군인 것으로 하라고 덧붙였다.

전(前) 대교 정경세가 상주 김각 의진의 소모장으로 있으니 그 도움을 받으면 될 것이네.

김성일이 다시 말했고,

정경세 말입니까?

정기룡은 그 이름을 듣고 무척이나 반가운 표정을 지었다.

상주에 살던 시절 정경세는 많은 의지가 되어주었던 친구였다. 1562년 (명종 17년) 생인 정기룡보다 한 살 어린 또래였고, 둘 다 진주정씨(晉州鄭氏, 진양정씨)였다. 본관이 같다는 인연이 작용하여 정기룡의 아버지 정호와 정경세의 아버지 정여관(鄭汝寬)이 서로 친했고, 그 인연이 자식 대까지 이어져 정기룡과 정경세도 친구가 되었다.

정호는 첨정공파 14세손이고 정여관은 어사공파 9세손으로, 파는 달랐지만 대종회 일을 보면서 서로 알게 되었다. 통하는 바가 많아서 자주 서찰을 주고받으며 깊은 우정을 나누었는데, 그 중에서도 기울어진 가문을 다시 일으켜 세우려는 남다른 의지로 자식 교육에 관심이 많다는 공통점이 그들을 더욱 돈독한 사이로 만들었다.

정호는 똑똑한 3남 정무수(정기룡의 초명)에게, 정여관은 정경세에게 기대를 걸었다. 지역적 영향으로 정호는 셋째아들을 남명학을 계승한 조식(曺植)의 제자에게 맡겨서 학문을 익히게 하는 것이 꿈이었고, 정여관은 퇴계학을 계승한 이황(李滉)의 제자 문하에 정경세를 들여보내는 것이 꿈이었다. 두 사람은 그와 관련된 많은 정보를 주고받으며 진지하게 상의했는데, 주로 인(仁)을 강조한 퇴계와 의(義)를 강조한 남명의 학문, 그 제자들의 활동 등에 관한 내용이 많았다. 그랬기에 정호가 세상을 떠났을 때 정여관은 그 먼 길 마다않고 달려가서 누구보다 애통해하며 곡했고,

앞으로 많은 어려움이 있을 것으로 예상되네. 내 도움이 필요하거든 무엇이든 말해주게. 자네 아버지께서 평소 셋째 무수의 학문에 기대가 많았는데, 내게도 그 아이 또래의 아들이 있음이야.

하고 정호의 맏아들 정몽룡에게 말했었다. 후일 정기룡의 큰형 정몽

룡은 정여관의 그 말을 기억하고 정기룡에게 상주행을 권하게 된다.

정기룡은 옛 시절을 떠올렸다. 어머니 홍씨부인이 처음 상주로 가자는 말을 꺼냈을 때 정기룡은 어리둥절했다. 대체 상주에 무슨 인연이 있다고. 인연이라야 고작 아버지의 친구 한 분이 계실 뿐이지 않은가?

그래, 그분을 찾아가자. 그분께 네 또래의 아들이 있는데, 퇴계선생의 제자인 상주목사 류성룡 나리 문하에 들었다는구나. 그분께서 말씀하시기를, 류성룡 나리는 장차 나라의 큰일을 하실 분이고 퇴계선생의 수제자로 그 학문이 깊어 영남의 먼 곳에서도 가르침을 받고자 선비들이 몰려들고 있는데, 당신께서 나리께 간곡히 청하여 방석 하나를 비워두셨다는구나. 이 좋은 기회를 어찌 놓칠 수 있으리.

하나 어머니, 작은형의 목숨으로 만들어진 학비에 제가 어찌 더 손을 대겠습니까?

학비는 걱정할 것 없다 말씀하시더라. 류성룡 나리께서는 성의를 보이는 유생으로부터 학량(學糧)을 받아 가난한 유생이 배곯지 않고 학문에만 전념하도록 배려하신다는구나. 다만 그 인물 됨됨이와 학문의 깊이를 보고 제자를 받고 계시는데, 향시에 장원한 너이기에 기다려주시겠다 하셨다는구나.

정기룡은 그러나 낯선 타향으로 유학을 간다는 것이 내키지 않았다. 어머니는 상주로 이사하여 뒷바라지하시겠다지만 어머니인들 객지생활이 쉽겠는가. 가난한 살림에 고생할 것은 불 보듯 뻔했다. 자기 때문에 가족들이 희생하는 모습을 더는 보고 싶지 않았다.

정기룡이 가지 않으려 하자 어머니 홍씨부인은,

네가 가지 않겠다면 나도 네 작은형을 따를 수밖에.

하고 모진소리를 했다. 죽은 작은아들은 정기룡의 입신에 모든 것을 걸었다. 그리고 그것은 작은아들의 소망이기만 한 것이 아니라 죽은 남편의 소망이기도 했다. 남편도 생전에 아들 셋 중 가장 영특한 셋째에게 큰 기대를 걸었고, 그래서 어릴 적부터 힘이 장사이고 또래에 비해 키가 훤칠한 셋째가 무장의 꿈을 가졌음에도 가난한 형편에 악착같이 서당에 보내지 않았던가. 또한 남편이 정여관과 깊이 교우한 것도 아들들에 대한 교육열망 때문이었다.

어쩌면 돌아가신 너의 아버지와 작은형이 지성으로 하늘을 움직여서 만들어준 기회일지도 모르나니.

홍씨부인은 반드시 상주로 가겠다는 의지를 내비쳤다. 부인이 그러는 데는 다른 이유도 있었다. 작은형의 죽음에 대한 충격과 상심에서 헤어나지 못하고 있는 막내아들 정기룡을 더 방치했다가는 작은형을 따라서 죽을지도 모른다는 생각이 들었기 때문이었다. 날마다 작은형의 유분이 뿌려진 강가를 찾아 우두망찰하고 강물만 바라보고 앉은 막내아들 머릿속에 무슨 생각이 들었는지 알 것 같았다. 작은형이 자기 때문에 죽었다고 자책하고 있을 터였고, 형의 목숨과 맞바꾼 벼슬이 무슨 소용이냐는 생각을 하고 있을 터였다. 그 생각이 너무 깊어 그립고 또 그리운 작은형을 따라가려고 할지도 몰랐다. 세 아들 중 이미 하나를 잃었는데 막내아들까지 잃을 수는 없었다.

홍씨부인의 짐작은 틀리지 않았다. 정기룡은 단순한 여독이라는 작은형의 말을 그대로 믿었던 탓에 살릴 수 있는 기회를 놓쳤다. 향시장에 따라온 작은형은 죽도록 아프면서도 아우의 향시에 지장을 줄세라 내색하지 않았다. 그때 작은형이 흘리는 진땀을 보고도 왜 급병을 눈치 채지 못했을까. 작은형은 아우의 노자를 손대지 않으려고 가까운 고성의 의원을 찾지 않고 상한 몸을 이끌고 먼 길 걸어서 집으로 돌아갔다. 만일 작은형이 아프다는 것을 알았더라면 향시를 포기하더라도 형을 가까운 의원에 데려갔을 것이고, 그랬더라면 어쩌면 살릴 수 있었을지도 몰랐다.

나의 이기심이 작은형을 죽인 것이다.

정기룡은 작은형 생각만 하면 부끄러워서 죽고 싶었다. 그러나 어머니 때문에 그리할 수 없었다. 부모를 앞서는 것보다 더한 불효는 없기에 이러지도 저러지도 못하고 하염없이 눈물만 흘렸다.

오라버니도 죽을 작정이오?

명숙 또한 정기룡이 엉뚱한 마음을 품을지도 모른다고 생각한 듯 날마다 찾아와 곁을 지켰다. 아무래도 어머니가 그녀에게 그리 하라고 부탁을 한 듯했다.

죽지 않을 것이니 귀찮게 하지 마라.

정기룡은 혼자 있게 해달라고 했고, 그래도 그녀는 찾아왔다.

도대체 왜 나를 가만 내버려 두지 못하는 것이냐!

정기룡은 짜증을 냈다.

나를 지키려는 것이오. 오라버니가 죽으면 나도 따라죽을 것 같기에…….

네가 나와 무슨 상관이라고……!

이제 와서 외면해도 소용없소. 나는 이미 내 마음 오라버니에게 주었으니.

그녀가 말한 후 원망의 눈길을 던졌고,

나는 네가 친누이 같을 뿐이라.

정기룡은 차갑게 말했다.

곤양에 살던 어린 시절, 이웃사촌 그 소녀가 너무 어여뻐서 서당 가는 길에 들꽃을 꺾어 소녀의 집 사립문에 꽂아두고 지나곤 했다. 그러던 어느 하루, 꽃을 꽂아두고 돌아서는 눈앞에 소녀가 서 있었다. 그 후 그는 부끄러워서 소녀의 집 앞을 지나다니지 못하고 먼 길 돌아서 다녔다. 그런데 언제부턴가 그네 집 사립문에 들꽃이 꽂혀 있는 것을 발견했다. 그는 두근거리는 가슴을 어찌할 수 없었고, 글이 눈에 들어오지 않아서 아버지께 여러 번 혼이 났다. 그는 도저히 견딜 수 없어서 다시 소녀의 집 앞을 지나다녔다. 소녀는 그를 기다렸다가 그가 집 앞을 지나면 아무 말 없이 그의 집 근처까지 뒤따르곤 했다. 그랬는데, 그는 어느 순간부터 소녀와 나란히 걸으며 자연스럽게 이야기 나누고 있는 자신을 발견했다. 때론 들길에 앉아 꽃반지를 만들었고, 시냇물에 발 담그고 송사리를 잡으며 놀기도 했다.

하지만 얼마 후 그녀네 가족이 진주로 이사를 갔다. 그녀의 아버지 강세정이 진주관아의 향리가 되었기 때문이었다. 정기룡은 크게 상심했고, 다시 그녀를 만나지 못했다. 아버지가 돌아가셔서 작은형과 함께 3년 동안 여묘살이했고, 아우를 남명학을 계승한 학자 문하에 들게 하려는 작은형의 고집으로 진주로 이사했다. 강세정은 옛 이웃이었던 그네 가족이 진주로 이사했다는 사실을 알고는 자신의 처와 처녀가 된 딸을 보내서 도울 일이 없는지 물었다. 정기룡은 그때 명숙을 다시 만나고 얼마나 가슴 설레었던가.

강세정은 그 후로도 정기룡네 가족을 각별히 신경써주었고, 덕분에 그네 가족은 관아의 횡포나 주변의 텃세를 받지 않고 빠르게 정착할 수 있었다.

내 마음을 먼저 흔든 것은 오라버니였소. 오라버니가 내 손가락에 꽃반지를 끼워줄 때 내 마음은 이미 내 것이 아니었소. 마음 없는 몸이 무슨 소용이리.

그녀가 서운한 마음에 눈물을 글썽이며 말했다.

그때는 내가 얼마나 쓸모없는 인간인 줄을 나 자신도 몰랐기 때문이리. 이제 알았으므로 네 마음 다시는 흔들지 않을 것이다.

정기룡은 다시 찾아오지 말라고 매몰차게 말하고는 먼저 자리를 떠버렸다. 뒤에서 그녀가 흐느끼는 소리 들렸지만 돌아보지 않았다. 그런데 정말 그녀는 다시 오지 않았다. 정기룡은 마음속으로 은근히 기다렸다. 그러나 그녀는 오지 않았다.

그 며칠 후였다. 강세정이 심부름꾼을 보내서 정기룡에게 만남을 청해왔다. 강세정은 당시 진주관아의 호장으로, 상당한 부를 축적하여 진주에서 가장 부자라고 소문이 나 있었다.

내 딸이 죽기를 작정하고 곡기를 끊은 지가 벌써 닷새가 넘었네. 저러다가 정말 죽을 것 같으니 내 여식을 좀 살려주게.

강세정이 정기룡에게 간곡히 애원했다. 정기룡은 속으로 크게 놀라면서도,

나와는 상관없는 일이오.

하고 차갑게 말했다. 솔직히 마음을 흔든 여자가 있다면 그녀가 유일했다. 그러나 자기 코가 석자인데 지금 누가 누구를 살릴 수 있으리. 그래서 안타까운 마음 꼭꼭 숨긴 채 그냥 돌아갔다.

네가 상주 유학에만 응한다면 나는 마다하지 않을 생각이다.

어머니 홍씨부인이 돌아온 정기룡을 붙잡고 말했다. 명숙을 며느릿감으로 받아들이고 싶다는 뜻이었다. 그녀와 혼약한다면, 강세정은 정기룡이 상주에 가서 아무 근심걱정 없이 학문만 매진할 수 있게 도울 것이었다. 하지만 정기룡은 처가 덕으로 출세하고 싶지 않았고, 그래서 별다른 반응을 보이지 않았다. 그러자 어머니마저 곡기를 끊고 자리에 누워버렸

다. 정기룡이 미음을 들여가면 등을 돌리고 돌아누웠고,

네 마음 밖에 내가 있으니 나 또한 너를 내 마음에서 내보내는 중이다.

라고 하며 거부했다. 정기룡은 불효하는 것이 마음 아팠고, 자신으로 인해 여러 사람이 힘들어하는 것도 괴로웠다. 그래서 고민 고민하다가 마음을 바꾸어 먹고 강세정의 집으로 달려갔다.

내가 잘못했다. 그러니 이제 그만하라.

정기룡이 그녀의 손을 찾아 쥐며 말했고,

알았소.

그녀는 엷은 미소를 머금으며 힘없이 대답했다. 그녀 어머니가 숟가락에 약을 떠서 그녀의 입에 가져다대고 안으로 흘려보냈는데, 그녀는 거부하지 않고 넘겼다.

우여곡절 끝에 정기룡은 어머니와 함께 상주로 향하게 됐다. 정여관은 아들 정경세를 멀리까지 마중 보내서 정기룡 모자를 모셔오게 했다. 정기룡은 그때 처음 정경세를 만났는데, 몸에 익은 예절과 따뜻한 품성이 성리학을 익힌 선비의 자태 그 자체였다.

정여관은 정기룡 모자가 지낼 오막을 미리 마련해두었고, 정경세는 그곳으로 두 사람을 안내했다. 오막의 단지에는 두 사람이 먹을 양식이 들어 있었고, 땔감은 물론이고 반찬재료와 간장, 소금까지 마련해놓아서 당장의 생활에 불편함이 없었다. 정기룡과 홍씨부인은 정여관의 그 세심한 배려에 감탄하지 않을 수 없었다.

이튿날, 정기룡은 감사의 마음을 전하기 위해 정여관을 찾아갔다. 정여관은 반갑게 정기룡을 맞이하여 푸짐한 음식을 대접했고,

경세가 늦게 돌아올 것이긴 하지만 만나서 학문의 길을 안내받고 가도록 하게.

아들이 돌아오기를 기다렸다가 만나보고 갈 것을 권했다.

정기룡과 정경세의 두 번째 만남. 둘은 아버지들이 그랬듯이 관심사가 비슷하고 말도 잘 통해서 한 번 시작된 대화는 끝이 날 줄을 몰랐다. 서로가 살아온 이야기며 가문의 일, 성정(性情)과 리기(理氣), 체용(體用)에 대한 학문 강론까지…… 밤이 새는 줄도 모르고 이야기 나누었다. 그러다가 새벽닭이 울 즈음,

내 자네에게 털어놓을 것이 있네. 어머니께서 하도 졸라 여기까지 왔고 곧 수령 나리를 찾아뵐 것이네만, 실은 내 꿈은 무인의 길이기에 무과를 준비하고 싶네.

정기룡이 마음 깊은 곳에 숨긴 속내를 털어놓았다.

『대학』에 이르기를, 임금이 되어서는 인(仁)에 머물고 신하가 되어서는 공경에 머물며 자식이 되어서는 효에 머문다고 하였는데, 어찌 자식의 도리로 부모님 뜻을 거역하려 하오?

정경세가 말했는데, 그것은 불효이니 자신의 꿈을 접는 게 옳다는 뜻이었다. 정기룡의 얼굴에 실망의 빛이 어렸다.

하나 그것은 나의 소견일 뿐으로, 수령 나리께서는 달리 생각하실지도 모르겠소.

잠시 후 정경세가 다시 말했다.

그건 또 무슨 말인가?

수령 나리는 우리 범인과 그 생각의 깊이가 달라서 같은 눈으로 같은 사물을 보고도 전혀 다른 해석을 내놓으실 때가 있소.

이를테면?

수령 나리께서 일전 형을 때린 아우를 잡아들여 판결하신 예를 들며 우리에게 가르침을 주셨는데, '그 형이 아버지에게 함부로 하였으므로

아우가 형을 때렸다면 어떤 벌을 주어야 하는가?'라고 물으셨소. 그때 우리는 모두 아무리 형이 잘못하였기로 아우가 형을 때리는 것은 예가 아니므로 엄히 다스려야한다 답하였소. 그런데 수령 나리께서는 고개를 가로저으시며, '그 아비가 자식을 잘못 가르쳐 큰아들이 아비에게 함부로 했고, 형 되는 자가 모범을 보이지 않아 아우가 예를 잃었으니 어찌 그 아우만 벌할 것인가. 아비에게 가장 큰 벌을, 큰아들에게 중간의 벌을, 아우에게 작은 벌을 줌이 마땅하지 않겠는가?' 하고 다시 물으셨소. 우리는 그 말씀이 옳다 여겨져 크게 고개를 끄덕였는데, 수령 나리께서는 다시 고개를 저으셨소. 그리고는 '이는 그 고을에 예법이 바로 서도록 계도하지 않은 수령의 잘못이 가장 큰 것. 어찌 나부터 벌을 자청하지 않을 수 있으리. 그래서 내 그 아비로 하여금 매를 들고 나를 치라 명하였는데, 그 아비가 한사코 죽기를 원하며 행하지 않으므로 호장으로 하여금 나를 치게 하였다. 그러나 그 또한 명에 따르지 아니하여 하는 수 없이 내가 나를 쳤음이라.' 하시며 당신께서 직접 당신을 매질한 종아리를 보여줍디다.

진정 배운 바를 실천하시는 분이로다.

형이 만일 무관으로의 뜻이 확고하여 학문에 집중하지 못할 것 같거든 수령 나리께 있는 그대로 고하고 의논을 드려보오. 수령 나리라면 형의 마음을 이해하고 좋은 가르침을 주실 것이오.

그랬다가 문하에 받아들이지 않겠다고 하시면 어찌할꼬?

대책 없이 무작정 내치진 않을 분이니 나를 믿고 그리 해보오.

며칠 후, 정여관은 정기룡을 데리고 류성룡을 찾아갔다. 정기룡은 정경세가 시킨 대로,

저는 학자의 기질보다는 무인의 기질을 타고 태어났으나 돌아가신 아

버지의 뜻이 문관으로의 입신이었고, 어머니께서 또 간곡히 권하시므로 여기까지 오게 되었습니다. 저는 무인의 길을 걷고 싶은데 어찌해야 할지 모르겠습니다.

하고 자신의 생각을 솔직하게 밝혔다. 그런데 화를 낼 줄 알았던 류성룡은 껄껄 웃더니,

『순자』「해폐편(解蔽篇)」에 이르기를, '학문이란 진실로 머물 곳을 배우는 것'이라고 했고, '몸이 늙고 자식들이 장성하도록 학문해도 이루지 못하면서 끝내 그만둘 줄을 모른다면 그런 사람이 바로 망인'이라고 하였느니.

하고 다소 뜬금없는 소리를 했다.

저의 모자라는 머리로는 무슨 말씀인지 헤아리지 못하겠습니다.

자네가 부모님의 뜻을 좇더라도 이루지 못한다면 천하의 망인이 될 것이나, 자네가 부모님 뜻을 거슬러서라도 이룬다면 그냥 불효자일 뿐이라는 뜻일세.

류성룡은 그렇게 말한 후 정여관을 돌아보았고,

저 청년의 모친을 설득하시어 무인의 길로 인도해주심이 어떠할는지요?

하고 권했다.

하나…….

정여관이 곤혹스러워했는데,

필요하다면 제가 무인의 길로 인도해줄 사람을 소개할 수도 있습니다.

류성룡은 못을 박듯 말했다. 정여관은 어쩔 수 없이 정기룡과 함께 물러나 홍씨부인에게 갔다.

류성룡 나리께서 부인의 자제를 무인의 길로 인도해주시겠다 하시니 이것 또한 천금 같은 기회가 아닐까 싶습니다. 부인께서는 자제를 못 믿

더라도 류성룡 나리는 믿어보십시오.

정여관이 설득했지만 홍씨부인은 묵묵부답이었다. 이에 정경세가 가서 다시 홍씨부인을 설득했고, 홍씨부인은 불안해하면서 소극적으로 승낙했다.

정기룡은 류성룡의 소개로 훈련대장(訓鍊大將: 훈련도감의 주장)을 역임하고 낙향한 분을 만나 가르침을 받았다. 산속에서 동굴생활을 하며 무예를 익혔는데, 정경세는 틈이 날 때마다 병서와 먹을 것을 싸들고 찾아가서 어머니 소식과 세상 소식을 전해주었다. 그래서 5년 뒤 정기룡은 무과에, 정경세는 문과에 급제했다.

어렵던 시절 심신을 크게 의지했던 친구이기에 정기룡에겐 정경세가 형제나 다름없었다. 그래서 2년 전 정경세가 부친상을 당했을 때도 누구보다 먼저 달려가 곡했는데, 왜란이 발발하여 생사를 넘나들며 왜적과 싸우다보니 그 후의 소식은 듣지 못했다. 그런데 이 난중에 그를 다시 만날 수 있게 되다니, 꿈만 같았다.

때는 초거울이었다. 정기룡은 상주가판관에 임명되어 상주 백화산(白華山) 산중의 용화동(龍華洞)으로 달려갔다. 상주목사 김해가 김각 의병장의 상의군과 함께 피난민을 그곳으로 불러 모아서 왜적으로부터 보호하고 있었던 것이다.

정기룡이 5백여 명의 감사군을 거느리고 용화동에 도착했다. 이젠 살았다고 생각한 백성들의 환호와 의병들의 환호로 산이 떠나갈 듯했다. 또한 정기룡이 온다는 소식을 듣고 버선발로 달려 나온 정경세는,

고맙소. 정말 고맙소.

말에서 내리는 정기룡을 덥석 끌어안으며 눈시울을 붉혔다.

난중에 아우와 모친을 잃었다는 얘길 들었네. 얼마나 상심이 컸겠나?

정기룡도 눈시울이 뜨거워져서 말했다.

나보다는 형이 더 고생이 많소. 형의 활약은 소문으로 듣고 있소만, 전장의 일선에서 왜적의 창칼과 맞서고 있는 형이기에 늘 조마조마한 마음이오.

자넨 언제까지 나를 형이라 부를 텐가. 우리 친우 아니었던가?

정기룡은 정경세를 친구로 생각하며 격의 없이 대하려 했지만 정경세는 늘 정기룡을 존대하며 친구 같은 형으로 대했다. 그것은 정경세의 몸에 밴 예절 때문이었다. 후일 정경세는 영남예학의 종장인 정구(鄭逑)의 예학을 계승하여 영남예학의 종사(宗師)로 평가받게 된다.

정기룡은 정경세의 소개로 상주목사 김해, 의병장 김각 등과도 인사를 나누었고,

자, 일단 들어가서 남은 얘기를 마저 나눕시다.

정경세가 말하며 정기룡을 임시 동헌으로 안내하려 할 때였다. 용화동으로 통하는 산골짜기 길목을 지키던 초병이 급히 달려오며 숨 가쁜 소리로 왜적이 오고 있다고 외쳤다.

2

왜적이 쳐들어온다는 초병의 보고에 용화동 의병과 관병들은 크게 긴장했고, 백성들은 동요했다.

왜적은 진주성전투에 패하여 호남 진출에 실패했으므로 군량 확보에 비상이 걸렸다. 왜국 관백 도요토미 히데요시는 조선 침공에 나선 후방 왜장들에게 더 많은 병량을 확보하여 최전선의 병사들이 굶주리지 않

고 겨울을 나게 하라고 독촉했다. 북으로 올라간 주력군 왜장들도 병사들이 굶주리고 손발이 얼어 제대로 싸울 수 없다며 병량과 의복 부족을 호소했다. 그래서 후방의 왜장들은 더 많은 왜병을 풀어 노략질에 혈안이었다.

조선 농민들은 왜적의 침범으로 제대로 농사를 짓지 못했고, 따라서 왜적이 쳐들어온 지역은 거두어들일 곡식이 거의 없는 형편이었다. 때문에 조선의 백성들도 굶주릴 수밖에 없었고, 왜적을 피해 산으로 모두 피난했다. 그러자 왜적은 피난지를 찾아가서 난민을 학살하여 양식과 의복을 빼앗았고, 입은 옷까지 벗겨갔다. 그런데 그 흉악한 왜적이 이번엔 용화동 피난민을 겨냥하고 쳐들어온다는 것이었다.

왜적 수가 얼마나 되는가?

의병장 김각이 물었고,

5백이 넘는 규모로 보였습니다.

초병이 숨을 헐떡이며 대답했다.

김산 개령(지금의 김천시 개령면)에 주둔하고 있던 왜장 모리 데루모토(毛利輝元)는 휘하 부장 가토 미쓰야스(加藤光泰)에게 군사 2천여 명을 주어 상주성으로 보냈고, 성을 지키며 병량을 모으게 했다. 용화동으로 쳐들어오고 있는 왜적은 바로 그 가토 미쓰야스의 군사 중 일대(一隊)였다.

적은 우리 의병이 무기가 없고 수가 적으므로 쉽게 격파할 수 있다고 생각하여 5백의 군사만 보낸 것이오. 우리에게 형의 군사 5백이 더해져 6백 넘는 군사가 있으니 급습하면 이길 수 있을 것이오.

정경세는 정기룡이 때맞춰 군사를 거느리고 와주었다며 자신 있는 목소리로 말했다.

그렇소. 적은 경상우병영 유군이 온 사실을 모르고 있소. 적이 오고 있는 길목에 매복하여 쳐부숩시다.

김각 의병장이 말했다.

수령(상주목사 김해)께서는 관병을 거느리고 왜적이 오고 있는 앞쪽 산 위로 올라가 있다가 적이 오거든 함성을 지르며 돌을 굴리십시오. 왜적은 관병이 많지 않으므로 거침없이 달려들 것입니다. 그때 수령께서는 관병을 거느리고 도망쳐서 산 아래 계곡으로 유인해주십시오. 그리고 상의군 의병장(김각)께서는 계곡 양쪽 산등성이에 군사를 숨겼다가 적이 골짜기로 들어서거든 큰 함성을 지르며 돌을 굴리고 활을 쏘아 공격하십시오. 그렇게 하면 적은 아마도 사격 각도를 확보하기 위해 뒤로 물러나 산비탈에 설 것입니다. 왜적은 그 편제의 특성상 비탈에 진을 치기 어렵습니다. 조총수의 전대가 가장 앞쪽에 나열해야 하는데, 뒤에 선 중대와 후대의 병사에 의해 돌이 굴러 내릴 수밖에 없고, 또한 발이 미끄러울 것이기 때문입니다. 적이 진을 제대로 치지 못하고 있을 그때 저희 감사군이 좌우에서 급습할 것입니다. 그러면 적은 예상치 못한 돌발상황에 당황하고, 또 군사의 수에서도 불리하므로 도망칠 수밖에 없습니다. 왜적은 조직화된 편제로 싸우는 것이 장점인데, 그 군사가 흩어지면 힘을 쓰지 못합니다. 우린 흩어진 적병을 뒤쫓으며 모두 참살할 것입니다.

정기룡이 작전을 지시했고, 오랜만에 만난 친구와 우정을 나눌 시간도 없이 말에 다시 올랐다.

죽지 말고 꼭 살아서 다시 만나세.

정기룡은 정경세의 손을 굳게 잡아주었다.

형이 있어 두려움 없소. 이번만큼은 우리가 반드시 이길 것이오.

정경세는 말하며 환하게 웃어 보였고, 김각을 따라갔다.

김해와 김각은 군사를 거느리고 각자의 위치에 가서 오고 있는 적을 기다렸고, 정기룡의 감사군 역시 좌우대로 나뉘어 왜적의 눈에 띄지 않는 곳으로 가서 숨었다.

왜적은 정기룡의 예상에서 한 치 어긋남 없이 움직였다. 정기룡의 감사군이 온 것을 모르고 있었으므로 나약한 상주관병을 업신여기고 거침없이 추격해서 골짜기로 들어섰다. 그런데 골짜기 양쪽에서 의병이 돌을 굴리며 저항하는 것이었다.

변변한 무장도 갖추지 못한 것들이니 조총 몇 방이면 달아날 것이다.

왜적 군장은 즉각 전투대형을 갖추라고 명했다. 하지만 왜적 전대장과 중대장은 계곡에 바위가 많고 지형이 좁은데다 양쪽 절벽이 가팔라서 조선의병이 위치한 곳으로의 사격 각도가 나오지 않는다며 난색을 표했다. 조총도 왜궁도 쏠 수 없다는 것이었다. 이에 왜적 군장은 대형을 흩트리지 말고 사격 각도가 나오는 곳까지 물러나라고 다시 명했다. 그래서 왜적은 오던 대형 그대로 뒤로 돌기만 해서 계곡 바깥의 산비탈에 위치하게 됐다.

왜적이 막 전투대형을 갖추기 시작할 때였다. 말발굽소리들이 울리더니 양쪽 산비탈에서 뿌연 먼지가 일어 높이 피어올랐다.

적이다! 적 기병이 나타났다!

조선 감사군을 발견한 왜병들이 소리쳤다. 왜적 군장이 보았는데, 과연 수백의 기병이 좌우에서 비호처럼 달려오고 있었다. 그 중에서도 특히 눈에 띄는 것은 검은 투구에 검은 갑옷을 입고 좌측 조선 기병의 가장 앞쪽에서 달려오고 있는 대장이었다. 작고 가벼우면서도 강한 각궁을 들고 있었는데, 말을 타고 산길을 달리면서도 활을 쏘아 왜병을 맞혀 쓰러뜨리고 있었다.

적장이 가장 앞쪽에 있다. 준비된 조총수와 궁수는 적장을 쏘아라!

왜적 군장이 기뻐하며 소리쳤다. 왜병들이 조선군 대장을 향해 조총과 화살을 겨누었다. 그런데 분명 투구에 달린 붉은 술을 휘날리며 달려오던 조선군 대장이 큰 소나무를 지나는 사이 갑자기 마상에서 사라지고 보이지 않았고, 그 말만 주인 없이 혼자서 달려오고 있었다. 놀란 왜병들이 어리둥절해 있는데, 조선군 대장이 사라진 그 소나무 위에서 화살이 날아와 왜병 조총수를 쓰러뜨렸다. 또, 주인 없이 달리던 조선군 대장의 말은 방향을 틀더니 조선군 병마들 사이를 뚫고 왔던 길을 되돌아갔고, 큰 소나무 아래에 가서 멈추었다.

뭐지?

왜병들이 놀라고 있는데, 나무 위에서 조선군 대장이 가벼이 뛰어내려 아래에 대기하고 있는 말안장에 착석했다.

달리는 말에서 순식간에 나무로 뛰어올랐다?

왜적 군장은 자기 눈으로 보고도 믿기지 않아서 혼잣말로 중얼거렸다. 그러다가 문득 조선 기병이 코앞까지 닥쳤음을 깨닫고는,

적을 쏴라! 적을 쳐라!

크게 고함쳤다. 왜적 전대와 중대는 조총과 활로 달려오는 조선 기병을 겨누었지만 제대로 쏠 수 없었다. 조선 기병이 워낙 빠르게 달리는데다, 비탈에서는 발이 미끄러워서 제대로 대형을 갖출 수 없었고, 위쪽에선 보병이 움직이면서 계속 돌이 굴러 내렸으므로 아래쪽의 조총수와 궁수는 굴러오는 돌을 피하기에도 바빴다. 그러는 사이 어느 새 양쪽에서 달려온 조선 기병이 왜병을 몰아치고 있었다.

왜적은 그 편제상 백병전일 땐 전대와 중대의 주무기인 조총과 활이 무용지물이 될 수밖에 없었다. 그래서 단검을 따로 지급하고 있었는데,

단검은 그 길이가 짧아서 조선군 기병이 지닌 긴 환도의 상대가 되지 않았다.

적의 수가 너무 많아 우리 병사의 피해가 많습니다. 거기에다 적 의병도 이쪽을 향해 오고 있습니다.

왜적 후대장이 군장에게 보고했다.

용화동에는 의병과 관병뿐이라고 하지 않았더냐?

왜적 군장이 물었는데, 어디에서 나타난 조선 기병이냐는 뜻이었다.

조선 기병을 거느린 대장의 기마술과 무예가 예사롭지 않습니다. 어쩌면 소문으로만 듣던 정기룡이라는 자가 아닐까 싶습니다.

정기룡이 왔다고?

왜적 군장은 정기룡이라는 이름만 듣고도 간이 오그라들었다. 적진에 뛰어들어 포로가 된 장수를 구출했다는 돌격전의 천재 정기룡에 대한 얘기를 숱하게 들었기 때문이었다. 한동안 보이지 않는다는 소식이기에 죽었나하고 안심했는데 여기서 만날 줄이야! 정기룡이 확실하다면 피하는 것이 대수였다.

후퇴하라! 군사들은 즉시 후퇴하라!

왜적 군장은 소리치면서 가장 앞장서 달아나기 시작했다. 그 뒤를 왜병들이 오로지 걸음과 운에 목숨을 맡기고 따라 달렸다.

유군은 추격을 멈추고 나를 따르라!

왜적이 달아나는 것을 보고 정기룡이 외쳤다.

지금 추격하면 적을 멸살할 수 있는데 왜 멈추신 것입니까?

감사군 무관들이 어리둥절해서 정기룡을 쳐다보며 물었다.

의병은 왜적과 싸워 크게 이겨본 적 없고, 왜적이 쳐들어오면 피난민을 거느리고 다른 곳으로 피하며 보호하기에 바빴을 것이므로 아마 왜적에 대한 두려움이 있을 것이다. 의병에게 적을 쳐부술 기회를 주어 자신감을 얻게 함이 좋을 듯하다.

하면, 우리는 무엇을 해야 합니까?

우리는 모두 말을 타고 있지만 적은 군장과 무사만 말을 타고 있다. 적이 달아나는 앞쪽으로 가서 달아날 길을 막음으로써 의병이 적을 따라잡을 수 있게 할 것이다.

알겠습니다.

감사군의 각 무관들은 정기룡의 뜻에 맞게 각자의 병사를 지휘하여 왜적을 앞질러갔고, 달아나는 왜적의 앞을 가로막고 싸웠다. 달아날 길이 막힌 왜적들은 허둥거리며 이리저리 흩어졌고, 뒤쫓아 온 의병들은 감사군과 힘을 합쳐 흩어진 왜적들을 쫓아다니며 모두 격멸했다.

과연 형의 계책은 빈틈이 없었소. 적에 대해 예상한 것이 모두 적중했기에 쉽게 이길 수 있었던 것이오.

왜적을 완전히 격파한 후 정경세가 정기룡에게 다가가서 말했다.

유군이 적을 모두 죽일 수 있었음에도 우리 의병에게도 기회를 주려고 길을 막고 일부러 기다려준 것을 알고 있소. 우리의 기를 살려주시려는 뜻이었겠지요?

김각이 감사의 뜻으로 말했다.

이번에 왜적으로부터 노획한 무기가 많으니 그것으로 의병을 무장시켜 체계적으로 습진하면 강력한 군사가 될 것입니다.

정기룡은 쑥스러워하며 말을 돌렸다.

분비변사는 정기룡에게 밀지를 내려서, 상주성에 두 왕자가 있다는 가정 하에 계책을 세우라고 지시했고, 상주성 탈환이 가능한지 검토하고 가능하다는 판단이 서면 함께 추진하라고도 지시했다. 이에 정기룡은 김각 의병장과 정경세 소모장에게만 분비변사의 밀령을 말했고, 그 문제를 두고 그들과 긴밀히 의논했다. 그래서 상주성 탈환과 두 왕자 구출을 동시에 추진하는 것이 좋겠다는 결론을 내렸다. 감사군과 상주 의·관연합병대로 상주성의 왜적을 크게 흔들며 두 왕자 구출 기회를 만들어가겠다는 구상이었다.

상주성을 도모하기 위해서는 준비를 철저하게 해야 하므로 시일이 제법 걸릴 것입니다. 준비기간에 왜적이 성문을 나서지 못하도록 단속부터 해야 합니다.

정기룡이 말했다.

상주성의 부장 가토 미쓰야스가 군사 일대를 잃었으므로 복수하려 할 것이오. 저들의 습성으로 볼 때 피난촌을 하나 습격하여 민인들을 인질로 삼고 감사군을 유인할 것이 뻔하니 서두르는 것이 좋소.

정경세가 말했다.

김산 개령에 왜장 모리 데루모토의 왜적 본진이 있습니다. 제가 그곳의 왜적을 유인해내고 격멸하여 진문 밖이 결코 안전하지 않다는 것을 보여줌으로써 상주성 왜적의 발을 성내에 묶어둘까 합니다.

정기룡이 자신의 계책을 말했다.

이미 감사군을 저들에게 한 번 노출했는데 또 노출하면 왜적이 정 대장의 임무를 눈치 채고 상주성 병력을 증강할 것이오. 좋은 계책이 아니오.

김각 의병장이 반대했다.

상주성의 왜적 수가 늘어난다고 반드시 우리에게 불리한 건 아닙니다. 성내가 혼란스러워져서 우리에게 더 많은 기회가 올 수도 있을 테니까요.

정기룡이 말했다.

왜적을 떠볼 수도 있으니 저는 나쁘지 않다고 생각합니다.

정경세가 말했고,

그건 또 무슨 말인가?

김각 의병장이 정경세에게 물었다.

만일 왜적이 상주성에 두 왕자를 숨기고 있다면, 감사군의 존재를 확인한 모리 데루모토가 지레 겁을 먹고 상주성의 군사를 증강하지 않겠습니까? 그러므로 상주성에 왜병이 추가 배치된다면 두 왕자가 거기 계실 확률이 더욱 높아지는 것입니다.

음, 그렇기도 하겠군. 그렇다면 일단 왜적 본진부터 흔들어놓고 그 대응을 봐서 다음 단계를 의논하는 것이 좋겠소.

김각 의병장이 말했다.

그 이튿날이었다. 정기룡은 상주가판관 자격으로 목사 김해를 만나 목정(牧政)을 의논했다. 상주목 백성에 대한 대책과 왜적 토벌, 토적 토평 등에 대한 일을 의논한 후 예전 북천전투의 조선군 희생자 유골수습 문제를 의논하려는데,

저기······.

김해가 몹시 어두운 표정으로 정기룡의 눈치를 살피며 우물거렸다.

무슨 하실 말씀이라도 있으신 것입니까?

정기룡이 이상하다고 생각하며 물었다.

그대도 알겠지만 내 전란 초기에 왜적이 너무 두려워 나라에 큰 죄를 짓고 말았으니 부끄러워 낯을 들고 살 수 없네. 하지만 내게도 죄 씻을 기회는 주어야 하지 않겠나?

김해가 어렵고도 조심스럽게 말했다. 지난날 경상도순변사 이일이 대구와 그 주변 관병을 불러 거느리고 조령을 방어하러 달려가고 있을 때,

상주성을 지키고 있던 김해는 이일을 마중 간다고 하고서 성을 빠져나가 도망쳐버렸다. 그 죄를 말하고 있는 듯했다.

무슨 말씀이신지 저로서는 잘 알아들을 수 없습니다.

조정에서 그대를 상주가판관에 임명해 보낸 것은 나의 처벌을 염두에 둔 조치로, 나를 대신해 상주를 다스리라는 뜻임을 내 어찌 모르겠나. 그것은 이미 각오하고 있으나…….

김해는 거기까지 말한 후 더 말을 잇지 못하고 고개를 떨구었다.

있으나…… 그리고 무엇입니까?

혹여 나를 죽이라는 밀명이 있었더라도 전장에서 죽게 해주면 고맙겠네.

김해가 두려워한 것은 그것이었다. 혹여 행조에서 정기룡에게 자신을 참하라는 밀명을 내려 상주로 보낸 것은 아닐까? 정기룡이 상주목사인 자기를 빼놓고 김각, 그리고 정경세하고만 은밀히 뭔가를 상의한 것을 보고 그렇게 오해한 것이다. 그는 죽더라도 정기룡의 손이 아닌 전투 중에 전사하여 명예라도 회복하고 싶었다.

통신부사로 왜국에 다녀오신 김성일 영감께서 왜침은 없을 것이라고 주상께 잘못 고한 죄로 파면되었지만 주상께서는 곧 초유사(招諭使)로 삼아 죄 씻을 기회를 주셨습니다. 어찌 수령 나리의 죄만 크게 묻겠습니까?

정기룡이 말했는데, 그런 밀명은 받지 않았으니 안심하라는 뜻이었다. 김해는 그 말을 듣고 크게 안도하며 가슴을 쓸어내렸다.

그렇지만…….

옆에서 듣고 있던 우초감사군관 김사종이 토를 달았고, 김해는 눈을 크게 뜨고 김사종을 돌아보았다.

안심하지는 마십시오. 제가 와서 잠깐 들은 바로도 나리에 대한 고을 백성들의 마음이 상당히 불편하다는 것을 알 수 있겠더이다. 다시 또 그런 모습을 보이시면 조정이 아니라 백성들이 나리를 쏘아버릴지도 모릅니다. 그러니 앞으로는 왜적과 조정을 두려워하지 마시고 백성을 두려워하십시오.

김사종이 말했는데, 또 비겁한 모습을 보이면 민심이 용서치 않을 것이라는 얘기였다. 김해는 모욕감을 견디지 못하고 얼굴이 붉으락푸르락했다.

김 초관은 수령께 어찌 그런 무엄한 말씀을 올리는가!

정기룡이 꾸짖었다.

송구하옵니다. 민심을 제대로 읽으시라고 충언한다는 것이…….

김사종이 사과했고, 김해는 어색하게 억지미소를 지으며 사과를 받아들였다.

정기룡은 며칠 후 감사군을 거느리고 김산 개령현으로 달려갔고, 일지군을 보내 모리 데루모토의 왜적 본진에 싸움을 걸게 했다. 왜장 모리 데루모토는 조선군이 많지 않은 것을 보고 5백여 명의 왜병을 내보내 싸우게 했고, 정기룡의 감사군 일지군은 왜적의 약을 올려서 목통현 쪽으로 유인했다.

정기룡은 좌우에 기병을 숨겼다가 급습하여 적병 50여 명을 죽였다. 왜적은 감사군의 유인에 말려든 것을 알고 달아났다. 정기룡의 감사군은 달아나는 왜적을 추격하여 상주 남청리와 장국지(章國旨) 등지에서 따라잡고 많은 적병의 목을 베었다. 30명의 잔적이 달아나자 계속 추격하여 화령현(化寧縣: 지금의 상주시 화동면과 화서면, 화북면 일대)에서 참살했고, 도합 3백여 명의 수급을 베어 도체찰사영에 바쳤다.

왜장 모리 데루모토는 조선군을 치러 나간 군사가 유인책에 말려들어 크게 당했다는 보고에 격분했고, 당장 추가병력을 내보내 지친 조선군을 쳐부수라고 명했다.

탐병들의 보고를 들어보니 이번에 우리 군사를 유인해서 친 조선군 대장이 지난 번 상주에 나타나서 가토 미쓰야스 부장의 군사 일대를 전멸시킨 자와 용모가 비슷합니다. 정기룡의 군사가 상주에 들어왔다는 첩보도 있습니다. 만일 정기룡이 온 것이 확실하다면 그 수가 적다고 만만히 보아선 안 될 것입니다.

정찰군장이 황망히 말렸다.

뭐야, 정기룡? 포로가 된 조선 장수를 구출해갔다는 그 자 말인가?

예, 바로 그 자입니다.

그렇다면 혹시……?

모리 데루모토는 짚이는 것이 있어서 군사를 더 내보내 싸우게 하는 대신 왜병 1천5백과 대조총 수십 문을 상주성에 추가 배치했고, 상주성의 부장 가토 미쓰야스에게 무슨 일이 있어도 성을 사수해야 한다고 엄중히 명했다.

3

정기룡은 경상우병사 김성일에게 달려갔고, 공성(攻城)에 필요한 무기를 요청했다. 이에 김성일은 급한 대로 비격진천뢰(飛擊震天雷) 3백 환을 당장 내주었고, 화차(火車: 수레 위에 총통기나 신기전기를 장착한 화약무기)와 신기전은 보유한 것이 많지 않으니 최대한 확보해서 보내겠다고 약속했다.

정기룡은 정경세, 김각과 다시 머리를 맞대고 다음 단계를 상의했다.

상주지역에서 활동하는 모든 의병이 연합해야 합니다. 날이 찹니다. 왜적이 밤새 잠 못 자고 경계하게 만들어서 그 몸을 병들게 한다면 여러 가능성이 열릴 겁니다.

정기룡이 상주성 탈환과 두 왕자 구출 계책을 말했다.

내가 의병장들을 만나보겠소.

정경세가 말했고, 정기룡이 허락했다. 하지만 다른 사람들에게는 분비변사의 밀령을 비밀로 하고 다만 상주성 탈환 계획일 뿐인 것처럼 하기로 했다.

정경세는 이전·이준 형제 등과 함께 백화산과 갑장산(甲長山), 함창 등지에서 활동 중인 의병장들을 찾아가 만났다.

얘기 들으셨겠지만, 상주성 탈환을 위해 경상우도병마절도사께서 정기룡 유군별장을 상주가관관에 임명하여 보냈습니다.

정경세 등이 이봉, 조정(趙靖), 이천두, 김홍민, 전식(全湜) 등의 의병장들을 차례로 만나고서 말했다.

왜적이 상주성 병력을 크게 늘렸고 철환 스무 개 이상을 넣어 발사하는 대조총 수백 문을 성곽에 올려놓고 있는데, 뚫을 계책은 있는 것이오?

의병장들은 조심스러운 반응들이었다.

물론입니다. 그것을 설명 드리기 위해 의병장들을 모시려는 것입니다. 의병장께서 도와주신다면 필승의 계책이 될 것이니 부디 회합에 참석하여 가관관의 말을 직접 들어봐 주십시오.

이전이 말했고,

정기룡 별장은 왜적의 수에 연연하지 않았습니다. 그만큼 자신 있다는 얘기 아니겠습니까?

이준이 덧붙였다.

계책이 아무리 좋아도 무기에서 뒤지는데 가능하겠소?

박의장(朴毅長) 경주판관(慶州判官), 박진(朴晉) 경상좌병사, 이수일(李守一) 장기군수(長鬐郡守) 등이 화차와 비격진천뢰를 사용하여 경주성을 탈환한 예가 있습니다. 우리라고 어찌 못하겠습니까?

정경세가 말했다.

하나 경주성 탈환까지는 50여 차례의 전투가 이어졌고 수많은 사상자가 발생했다고 들었소.

감사군대장에게 희생을 최소화할 계책이 있다고 합니다.

이준이 말했다.

우리는 왜적이 피난촌에 쳐들어올 때마다 무기가 없어 쇠스랑과 거름대, 심지어 못을 박은 몽둥이까지 동원하고 있는 실정이오.

유군이 상주에 들어온 후 두 번의 전투가 있었고, 다 이겼으므로 왜적으로부터 노획한 무기가 상당합니다. 정기룡 가판관이 그것을 참가 의병들에게 나누어 지급할 것으로 예상됩니다.

그렇다면 좋소. 우린 조총을 든 왜적을 상대로 맨손으로 싸우다가 허망하게 죽는 것이 두려운 것이지 적이 두려운 것은 아니오. 우리에게 적을 상대할 무기만 주어진다면 죽음 따위 두렵지 않소.

의병장들은 모두 참석을 약속했다. 그래서 며칠 후 깊은 밤 갑장산에 있는 암자 영수암(永修庵)에서 정기룡과 각 의진 의병장들이 모여 회합했다. 정기룡의 계책을 들어본 의병장들은 필승할 수 있는 아주 좋은 계책이라고 찬동했고,

정 가판관의 얘기를 들으니 없던 용기가 샘솟는구려. 가판관의 군사가 용맹하여 왜적이 몹시 두려워한다는데, 지피지기(知彼知己)의 지략(智

略)이 그 힘의 원천임을 이제 알겠소.

찬사를 아끼지 않았다. 다만 함창과 용궁 등지의 흩어진 관병을 모아 이끌고 있는 관병장(官兵將) 김광복(金光復)은,

아무리 계책이 완전하더라도 화력대의 지원 없는 공성전투는 많은 전사자가 발생할 수밖에 없소. 우리의 군사를 하나라도 더 아끼려면 경주성전투에 사용했다는 화차와 비격진천뢰가 꼭 필요하오.

라고 하며 '계책보다 무기'를 강조했다.

화차의 경우 경상우병사께서 최대한으로 확보해보겠다고 약속하셨습니다.

정기룡이 말했다.

경주성 탈환에 화차보다 진천뢰가 더 큰 파괴력을 보였다고 하니 진천뢰도 확보하면 금상첨화일 것이오.

전식 의병장이 말했다.

진천뢰는 심지로 폭발시기를 조절하는데, 심지가 타들어가 철환 속의 화약이 폭발하면 그 속에 채워진 수백 개의 빙철(馮鐵)이 사방으로 튀어 적을 살상한다고 들었소. 그것만 있다면 칼에 피 묻히지 않고도 적을 쳐부술 수 있을 것이오.

이봉 의병장이 거들었다.

진천뢰도 3백 환이 이미 확보되어 있습니다. 한데 대완구(大碗口: 진천뢰를 쏘아서 날리는 화포)는 평양성 탈환을 위해 최전선으로 모두 올려 보냈으므로…….

정기룡이 말했다.

명나라는 이때 청원사 이덕형의 요청에 응하여 이여송(李如松)을 방해어왜총병관(防海禦倭總兵官)에 세우고 4만3천의 군사를 조선에 파병

하기로 결정했다. 이에 명나라 원군을 기다리며 대반격을 준비하고 있던 류성룡은 필요한 군수물자를 바다를 통해 수송하여 안주성에 쌓고 있었다. 대부분의 물자가 모자랐지만 그중에서도 공성무기 대완구가 가장 모자랐다. 무쇠로 만들면 화약폭발 때 깨지기 쉬우므로 청동으로 주조해야 했는데, 청동이 모자라서 충분한 량을 만들 수 없었던 것이다. 반면 진천뢰는 무쇠가 주재료이므로 상대적으로 쉽게 많이 만들어서 각 군에 보급할 수 있었다.

그렇다면 포거(투석기)를 만들어서 진천뢰를 날립시다. 포거라면 우리가 산의 나무를 베어 금방 수십 기를 만들 수 있소.

김각 의병장이 말했다.

대완구는 진천뢰를 쏘아 5백 보 날릴 수 있다고 들었는데, 포거는 기껏해야 2백 보를 넘지 못할 것이오. 적은 5백 보 이상까지 포환을 날리는 대조총을 보유하고 있는데, 그 3백 보의 차이를 어떻게 극복할 것이오?

충보군 의병장 김홍민이 말했다.

그 문제는 걱정하지 않으셔도 될 것입니다. 저희 유군이 진천뢰 심지에 불을 붙여 줄이 달린 주머니에 담아 들고서 왜적 대조총의 포환을 뚫고 말을 달릴 것이며, 상주성 성벽 가까이 접근하여 진천뢰가 담긴 주머니를 그 너머로 날리고 빠질 것입니다.

정기룡이 말했다.

유군의 말이 빨라서 왜적의 대조총 포환은 피할 수 있을지 모르겠으나 조총 탄환은 피할 수 없을 것이오.

이봉이 걱정했다.

그렇기에 우리는 야간에 성에 불을 질러서 반드시 적을 밝은 곳에 두고 우리는 어두운 곳에 위치하여 싸워야 합니다. 적의 조총이 아무리 위력적인들 우리가 보이지 않는다면 무슨 수로 맞히겠습니까.

정기룡이었다.

아, 그래서 군이 야간에 적을 치겠다하였던 것이군요?

의병장들은 그제야 정기룡이 야간전투를 고집하는 이유를 알고 고개를 주억거렸다.

그렇더라도 포거는 필요합니다. 상의군 의병장께서는 포거를 준비해주시고, 포거에 실어 날릴 수 있는 물항아리도 충분히 준비해주십시오.

정기룡이 말했고, 김각은 그렇게 하겠다고 답했다.

정기룡은 의병장들에게 작전의 세세한 부분을 설명하여 이해시켰고, 각자 임무와 역할을 나누어 맡겼다.

이때, 경상우도병마절도사 김성일이 병들어 군사를 지휘할 수 없게 되었다. 임금은 김성일을 경상우도관찰사로 전임하고 의병장 김면(金沔)을 그 후임에 제수했다.

정기룡은 신임 우병사 김면이 부임하자 직접 경상우병영으로 달려가 인사를 올렸고, 상주성 탈환을 계획하고 계책을 실행 중이라며 진행상황을 보고했다. 김면은 업무 인수인계 때 전임 우병사 김성일로부터 정기룡의 감사군과 분비변사의 지시에 의한 상주가판관 임명 등에 대해 자세히 얘기 들었으므로 최대한의 지원을 약속했다. 그리고는 영남의병장 정인홍(鄭仁弘)에게 정기룡의 상주성 탈환을 돕자고 제안했다.

정인홍은 곽재우와 함께 남명(南冥) 조식 문하에서 수학했으나 급제하지 못했고, 1573년(선조 6년) 학행으로 천거되어 벼슬길에 올랐다. 황간 현감, 지평, 장령 등을 역임한 후 시골로 내려가 지내다가 임진왜란이 발발하자 58세의 고령으로 의병을 일으켜 많은 공을 세웠다. 당시 초유사였던 김성일의 치계에 의하면, 정인홍이 전 좌랑 김면, 전 군수 곽율(郭

慄), 전 좌랑 박성(朴惺), 유학 권양(權瀁) 등과 더불어 향병(鄕兵)을 모집했는데, 정예병이 수백 명 수준이며 창군(槍軍)은 수천 명이었다고 한다. 정인홍은 그 전공이 인정되어 1594년(선조 27년) 가자(加資)하라는 전교가 내려졌고, 1599년 형조참의에 제수됐으며, 1602년(선조 35년) 대사헌에 올라 북인을 이끌며 중앙 정계에 막강한 영향력을 행사하게 된다.

정인홍은 정기룡의 상주성 탈환 계획 소식을 듣고 긴장했다. 그는 당시 경상우도에서 의병활동으로 강력한 재지적(在地的) 기반을 확보한 후 그 지지를 바탕으로 중앙 정계로 영향력을 확대하려는 정치구상을 펼치고 있었다. 그러한 때에 활동지역이 동일한 경상우도에 정기룡이라는 젊은 무관이 (그 특별임무가 무엇인지는 몰라도)세자의 명으로 움직이는 감사군을 거느리고 나타나 자기가 하지 못한 상주성을 탈환하려 한다는 것이었다.

정인홍은 예전에도 정기룡에 대한 얘기는 많이 들었지만 그다지 견제할 필요는 느끼지 않았다. 벼슬이 낮고 나이도 젊은 무관인데다, 조경을 구출했다는 것 외에는 자신의 전공을 앞지를 만한 전과(戰果)가 없기 때문이었다. 그렇지만 그가 상주성 탈환에 성공한다면 얘기가 달라질 것이었다. 자신의 전공을 훌쩍 뛰어넘어 경상우도의 가장 큰 영웅으로 떠오를 것이고, 자신을 지원하던 재지사족(在地士族: 지역 지배세력)의 마음은 정기룡에게로 돌아설 것이었다. 정기룡이 세자의 명으로 움직이는 감사군을 거느렸다는 사실까지 알려지면 추종 재지사족이 급속히 늘어나 경상우도의 신진주류로 자리 잡을 것이고, 정인홍 자신은 설자리를 잃게 될 것이 뻔했다. 그것을 걱정한 정인홍은 경상우병사 김면에게 달려갔고,

지난 8월과 9월 우병사와 내가 의진을 연합하여 두 차례 상주성 탈환

을 시도했지만 모두 실패했소. 그런데 우리가 실패한 성 탈환을 정기룡이 성공하도록 도와서 스스로 체면을 구기자는 얘기요?

라고 말하며 정기룡을 도울 수 없다는 뜻을 밝혔다.

무슨 말인지는 알겠소. 하지만 영남의병장(정인홍)께서 정기룡을 도와 상주성 탈환에 성공한다면 그 전공을 나누게 되는데, 성 탈환에 실패한 의병장으로 남는 것보다는 성공을 도운 의병장으로 자리매김하는 것이 낫지 않겠소?

김면이 설득했다.

새파랗게 어리고 벼슬도 낮은 주장 휘하에서 약간 거들어 전공을 구걸하는 의병장이 되란 말이오?

세자의 명을 수행하는 감사군대장인데 그 벼슬이 낮다고 어찌 얕볼 수 있으리.

그러지 말고 우리가 한 번 더 상주성 탈환을 시도합시다. 예전과 달리 지금은 그대가 우병사이질 않소. 경상우영군을 동원할 수 있으니 이번엔 틀림없이 성공할 수 있을 것이오.

정인홍이 다시 말했는데, 정기룡의 계획을 중단시키고 자기들이 하자는 뜻이었다.

정기룡의 군사를 상주로 보낸 것은 분비변사였소. 그렇다면 상주성 탈환 계획도 분비변사의 명이 있었기 때문일 텐데, 어찌 감히 우리가 주도할 것이니 감사군은 도우라 할 수 있겠소?

김면은 그건 분비변사의 전략을 방해하는 것이 될 수 있다며 곤란하다고 말했고, 정인홍은 그렇다면 자신은 정기룡을 돕지 않겠다고 하고 돌아갔다.

그런데 이때, 분비변사에 임해군과 순화군에 관련된 믿을 만한 새로운 첩보가 올라왔다. 두 왕자가 상주성이 아닌 안변부(安邊府: 지금의 함경남도 안변군)의 왜장 가토 기요마사 막부에 갇혀 있다는 것이었다. 두 왕자가 상주성으로 갔다는 것은 왜적이 낸 거짓 소문이고, 사실은 가토 기요마사가 두 왕자를 토굴에 가두고 직접 관리하고 있다고 했다. 분비변사에서 즉시 확인에 나섰는데, 명나라 세작의 첩보로도 두 왕자가 안변에 있는 것으로 파악되고 있었다. 왜적은 명천성에서 두 왕자를 이송할 때 처음부터 안변을 목표로 떠났으며, 한양과 상주로 향하는 가짜 이송행렬을 여럿 보낸 후 단천(丹川)에서 두 왕자를 배에 태우고 동해안을 따라 내려가 안변에 도착한 것으로 보였다.

안변에는 왜장 가토 기요마사의 본진이 있었는데, 위치적으로 여차하면 동해에 배를 띄워서 두 왕자를 왜국으로 보낼 수 있는 곳이었다. 분비변사는 행궁에 이 사실을 알리며 정기룡을 안변으로 보내겠다고 아뢰었다. 그러면서 경상우병사 김면에게 정기룡을 대신해 상주성을 탈환할 장수와 군사를 보내라고 명했다.

4

겨울이 깊어 11월 중순이었다.

의병장들께서는 오늘 밤 백성과 의병을 동원하여 남천(南川)과 홍치구루(洪治舊樓: 상주읍성 남문) 밖의 남산 향교봉(鄕校奉)과 빙고지(氷庫旨)에 나뭇가리를 높이 쌓고 불을 질러주십시오. 또한 동서북쪽 삼문(三門)으로 통하는 길에도 횃불을 밝혀주시고요. 그러는 동안 우리 유군은 마치 오늘 밤 당장 공격할 것처럼 말을 몰아 성 주변을 돌며 소란을 일으키겠습니다. 상주성의 왜적은 우리 유군이 상주성을 도모하려 한다는 것을 알고 굳게 지키며 나오지 않고 있으므로 큰 위험은 없을 것입니다.

정기룡이 의병장들에게 지시했다.

당장 쳐들어갈 것처럼 위협만 하고 날이 새면 돌아온다는 계책인 것은 알지만, 왜적이 우리 계책을 간파하고 달려 나와 싸울지도 모르니 이에 대해서도 대비해야 할 것이오.

정경세가 말했다.

적은 개령의 왜진에서 군사를 내보냈다가 우리에게 크게 패하였으므로 쉽게 싸우러 나오지 못할 것으로 예상되네만, 그렇더라도 혹시 모를 일이니 대비는 해야겠지.

정기룡은 정경세에게 말한 후 여러 의병장들을 돌아보았고,

만에 하나 전투가 벌어지게 된다면 우리 유군이 싸울 것이니 각 의병장들은 의병과 백성을 데리고 속히 피하십시오.

하고 말했다.

그날 밤, 의병장들은 피난민과 의병 4백여 명을 동원하여 산을 내려갔고, 정기룡이 지시한 것들을 행했다.

마침내 조선 감사군과 의·관연합병대가 움직이자 상주성을 지키던 왜적 부장 가토 미쓰야스는 크게 긴장했다. 모든 군사를 성곽에 올려 보내 전투태세를 갖추게 했고, 자신도 성루에 올라 성 밖의 조선군 움직임을 지켜보았다. 상주 의·관연합병대는 성으로 향하는 길가에 횃불을 밝혀놓았고, 향교봉과 빙고지에도 나뭇단을 높이 쌓아 큰 불을 피웠다. 큰 불 주변으로 수백 명의 의·관병이 모여서 함성을 지르는 모습이 눈에 들어왔다. 그런데 잠시 후, 말을 탄 조선군 병사들이 바람을 가르며 달려오더니 어둠에 휩싸인 성벽 주변을 빠르게 돌며 함성을 질렀다. 왜적 부

장 가토 미쓰야스는 더욱 긴장하며 마른침을 삼켰고,

적이 보이면 발사하라!

하고 각 대조총대와 조총대에 명했다.

왜적 조총수들은 조총에 탄환을 장전하고 조선군이 모습을 드러내기만 기다렸다. 그런데 일부 조총대는 어둠속의 감사군 함성과 말발굽소리를 더듬어 조총을 쏘려 했고, 화승에 불을 댕겼다. 그 순간 어디선가 수백 발의 화살이 조총수들에게 날아들었다.

적이 불빛을 보고 활을 쏘고 있다. 적이 밝은 곳에 있을 때만 조총을 쏴라!

가토 미쓰야스가 깜짝 놀라 소리쳤다.

잠시 후, 성벽 아래를 돌던 조선 기병이 돌연 말머리를 돌려서 횃불이 밝혀진 곳을 향해 달렸다. 조선군이 횃불 앞에 모습을 드러내자 왜적 대조총과 조총이 일제히 불을 뿜었다. 그러나 단 한 발의 탄환도 조선군을 맞히지 못했다. 횃불이 대조총과 조총 사거리 밖에 밝혀져 있었기 때문이었다.

그리고 고요가 찾아왔다. 산꼭대기에 밝혀진 나뭇가리의 불도 사그라지고, 횃불도 꺼졌다.

그렇게 두 시진 쯤 지났다. 왜적은 살을 에는 추위에 전투태세를 갖춘 상태로 긴장하고 있었으므로 몹시도 떨리고 괴로웠다. 왜적 부장 가토 미쓰야스는 병사들의 손이 곱아서 적이 쳐들어와도 대조총과 조총을 격발할 수 없고 활시위도 당길 수 없을 것이라는 부하들의 보고를 받고 성 안에 모닥불을 피워서 병사들이 돌아가며 몸을 녹이라고 지시했다.

그때 갑자기 꺼진 횃불이 다시 밝혀지고 산꼭대기의 불도 다시 피워졌다. 그리고 천지가 떠나갈 듯한 함성이 일었고, 역시나 말을 탄 조선 기병이 횃불 사이로 빠르게 말을 달려서 성벽에 접근했다. 그리고는 어둠속에서 성벽 너머로 뭔가를 던져 넣었는데, 비격진천뢰였다. 진천뢰는 성내의 모닥불 주변에 떨어져 폭발했고, 불을 쬐려고 몰려든 왜병들이 폭음과 함께 튄 빙철에 맞아 쓰러졌다.

가토 마쓰야스는 불을 쬐고 있던 왜병들을 급히 성곽으로 돌려보냈고,

불을 꺼라! 불빛이 적의 표적이 되고 있으니 모든 불을 꺼라!

하고 긴급히 명했다.

왜병이 모닥불을 끄고 모두 전투태세에 돌입했다. 그러자 조선기병은 말머리를 돌려 돌아갔고, 횃불과 산꼭대기 불도 다시 꺼졌다. 그러다가도 왜병이 몸을 녹이고 쉬려고 할라치면 다시 성 밖에 횃불이 밝혀졌고, 왜적 부장이 병사들을 돌려세우면 불은 다시 꺼지기를 반복했다. 때문에 왜병들은 성곽 위에서 한겨울 찬바람을 맞으며 긴장한 채 밤을 꼬박 지새워야 했다.

아침이 밝아오자 조선군과 의·관병, 백성들은 사라지고 단 한 명도 보이지 않았다.

정기룡은 밤새 군사를 지휘하여 작전을 전개하고 새벽에 산으로 돌아갔다. 병사들과 함께 밥을 먹고 잠자리에 들려하는데 분비변사에서 보낸 사자가 도착하여 밀령을 전달했다. 정기룡은 두 왕자 구출이 주임무였지만 이미 상주성 탈환작전에 돌입했기에 마음이 혼란스러웠다. 그래서 정경세에게 달려가 의논했다.

아무리 왕자들 구출이 중대하다지만 이미 작전이 개시되어 계책이 실행 중인데 갑자기 주장(主將)과 그 군사를 다른 곳으로 이동시키다니…… 이건 너무도 상식 밖의 일이오.

정경세가 한숨을 길게 내쉬며 말했다.

대안을 마련하고 내린 명이니 분비변사를 탓할 수만도 없지. 정인홍 의병장이 와서 나를 대신하게 될 것이라.

왜적이 두려워하는 것은 형인데, 형이 없다는 것을 알면 성문을 열고 쏟아져 나올 것이 뻔하오. 성내의 저 많은 왜적이 한꺼번에 쏟아져 나오면 우리 의병과 백성들이 모두 크게 위태로울 것이고, 괜히 적을 자극하여 피해만 키웠다고 형을 원망하게 될 것이오.

정경세는 참말 큰일이라며 다시 한숨을 쉬었다.

정인홍 의병장의 영남의병은 수도 많고 잘 싸운다고 들었네.

다른 지역에서는 어떠한지 몰라도 상주성의 왜적은 정인홍 의병장을 그다지 두려워하지 않소. 정인홍 의병장이 이미 두 번이나 상주성 탈환을 시도했다가 실패했기 때문이오. 그렇기에 정인홍 의병장이 왔다고 하면 상주성 왜적은 오히려 만만히 보고 원군까지 불러서 총공격을 감행할 것이오.

이를 어쩐다? 이럴 바엔 차라리 시작을 하지 말았어야 했어.

정기룡은 난감해서 어쩔 줄 몰라 했다.

두 사람 사이엔 한동안 침묵이 흘렀다.

이럴 것이 아니라 의병장들 의견을 물어보는 것이 좋겠소.

침묵을 깬 것은 정경세였다.

안변으로 가야 한다는 것은 기밀이네.

기밀을 밝히고 의논할 수는 없다는 뜻으로 정기룡이 말했다.

중대하고도 긴박한 군사의 일이라고만 밝히는 것이 좋을 듯하오.

정경세가 말했고, 정기룡은 고개를 끄덕였다.

정경세는 즉시 긴급 의병장회의를 소집했다. 의병장들이 모이자 정기

룡은 사정을 말했고,

나를 대신해서 정인홍 의병장이 올 듯합니다. 정 의병장이 경상우병영의 지원을 받아 대병을 거느리고 올 것으로 예상되니 오히려 더 잘된 일 아닌가 싶습니다.

하고 의병장들을 설득했다.

정 가판관도 알고 있겠지만 정인홍 의병장은 이미 상주성 탈환을 두 번이나 시도해서 모두 실패했소. 우리 상주지역 의·관연합병대도 그때 함께 싸워보았기에 그의 전법을 잘 아오. 그는 나이가 많아서 직접 싸우지 못하고 명으로만 군사를 부리는데, 성안의 적을 성 밖으로 유인하여 쳐서 그 수를 줄인 후 쏟아지는 총탄을 방패차로 막으며 돌진하여 강하게 몰아치는 것이오. 이는 적병을 피곤하게 한 후 전광석화처럼 빠르게 쳐서 섬멸한다는 정 가판관의 전법과 큰 차이가 있소. 때문에 우리가 미리 준비한 것들을 폐기하고 다시 계책을 수립할 수밖에 없는데, 새 계책을 수립하는 사이 적이 성문을 열고 달려 나오고 적의 원병까지 합세한다면 오히려 우리가 크게 당할 것이오.

김각 의병장의 우려도 정경세와 다르지 않았다.

신임 김면 우병사가 정인홍 의병장에게 저의 계책을 잘 이해시켜서 보낼 것이므로 계책의 수정은 없을 것입니다.

정기룡이 말했다.

같은 계책이라도 누가 실행하느냐에 따라 그 성패가 갈릴 수 있소. 정 가판관이 거느린 군사는 정예로워서 잘 싸우지만 정인홍 의병장이 거느린 군사는 의병이라서 일사분란하지 못하므로 계책 실행이 순조롭지 못할 것이오. 상주성 탈환은 애초 정 가판관이 계책을 세우고 주도한 것이고, 우린 정 가판관을 믿고 따라온 것이오. 그런데 계책을 가장 잘 이해하고 있는 주장과 그 군사가 결전 목전에서 갑자기 빠지게 되면 실행에 크고 작은 차질이 빚어질 수밖에 없고, 이는 곧 필패이오.

전식 의병장은 정기룡 없이는 무의미한 전투라며 포기의 뜻을 내비쳤다.

정인홍 의병장이 얼마나 많은 군사를 거느리고 올지는 모르겠으나, 우리와 의논도 없이 갑자기 와서 '내가 의병대장이니 나를 따르라!'라고 한다면 누가 따르겠소?

이천두 의병장이 불평했다.

주장이 정인홍 의병장으로 바뀌고 주력군이 영남의병으로 바뀌었다는 사실을 왜적이 안다면 반드시 총포를 앞세우고 몰려나올 것이고, 그러면 우리는 모두 죽소. 나라의 군사가 백성을 지켜주지 못하는 때에 그나마 우리라도 있어 백성의 희생을 줄일 수 있었는데, 우리까지 사라지면 누가 그들을 지키겠소? 죽기를 각오하고 싸우는 전쟁이지만 모두가 죽자는 싸움은 있을 수 없소. 내 목숨을 바쳐 백성을 지키자는 지사들의 의지가 뭉쳐 의진으로 꾸려졌는데, 내 목숨 바치고도 오히려 백성을 위태롭게 한다면 그 의군이 무슨 소용이리. 하므로 가판관이 빠진다면 우리 의군도 빠지겠소.

조정 의병장이 짜증스럽게 말했다.

우리는 정 가판관의 계책에 동의한 것이고 그 능력을 믿고 동참한 것이오. 정 가판관이 아니라면 우리도 빠지겠소.

김홍민 의병장이 말했는데, 김광복과 이봉 등의 의병장들도 이에 동조하여 상주성 탈환을 포기하고 빠지겠다고 했다.

정기룡은 회의를 끝내고 분비변사에서 온 사자에게 갔고, 회의 결과를 전하며 말미를 달라고 했다. 그러나 사자는 허락할 수 없다고 하면서 당장 길을 나설 것을 재촉했다.

허락하지 않아도 어쩔 수 없습니다. 남은 전투를 끝내고 밀령을 받들 겠습니다.

정기룡은 처벌을 각오하겠다고 했고, 사자는 당장 군사를 거두어서 안변으로 가지 않으면 크게 후회하게 될 거라고 호통쳤다. 그러나 정기룡은 아랑곳하지 않고 좌초감사군관과 우초감사군관을 불렀다.

우리의 계책은 당장이라도 적을 공격할 것처럼 밤마다 불을 밝히고 함성을 지르며, 또 성 주변을 말달려 소란을 일으킴으로써 적을 긴장시키는 것이다. 그러다가 며칠 동안 찬바람에 몸이 얼고 잠을 설친 적이 피곤에 지쳐 방심할 때 한 번 크게 몰아쳐 성에서 적을 내몰고 야지에서 멸살하는 것이다. 그러나 내게 또 다른 사정이 생겼으므로 오래 기다릴 여유가 없다. 적을 더욱 빠르게 지치게 하려면 낮에도 쉴 수 없게 해야 한다. 좌초감사군과 우초감사군은 번갈아가며 낮에도 위협을 가하여 적을 더욱 괴롭혀라.

정기룡이 명했는데, 지금은 전투 중이라는 것을 사자에게 보여주려는 의도된 행동이었다. 정기룡은 그런 다음 경상우병사 김면에게도 전령사를 보내서 이미 성 탈환 계책이 실행되어 중단하기 어렵다는 뜻을 전했다.

사자는 감히 분비변사의 명을 거역하는 정기룡에게 분개했고, 즉시 발군을 띄워서 그 사실을 분비변사에 고했다.

5

좌초감사군과 우초감사군은 오전과 오후로 나누어 한 차례씩 상주성 앞으로 달려갔고, 성 밖을 돌며 화전을 날려 성내에 불을 지르고 소신기전을 성벽 너머로 날려 보내며 적을 유인하러 온 척했다. 때문에 왜병들은 낮에도 제대로 쉬지 못하고 자기 위치를 지켜야 했다.

왜병들은 추위와 긴장의 연속에 지쳤고, 차라리 나아가 싸우게 해달라고 했다. 뛰어다니며 싸우면 몸에 열이 나서 적어도 추위에 떨지는 않아도 될 것이기 때문이었다. 그러나 왜적 부장 가토 미쓰야스는 감사군의 유인격멸책을 걱정하여 허락하지 않았다.

적의 화살이 힘차던가? 적의 조총은 목표물을 정확히 명중시키던가?

마음이 조급해진 정기룡이 낮에 상주성의 왜적을 위협하고 돌아온 우초감사군관 김사종에게 물었다.

화살은 아직 힘이 있고 조총 또한 정확하나, 우리가 나타나자 사거리가 미치지 못한다는 것을 알면서도 대조총을 마구 쏘고 조총을 난사하며 신경질적인 반응을 보였습니다.

김사종이 대답했다.

그렇다면 아직 때가 아니다.

정기룡이 말했고,

적이 신경질적인 반응을 보인다는 것 또한 지친 징후인데 어째서 아직 때가 아니라는 것이오?

김각 의병장이 물었다.

적의 군사가 우리 군사의 세 배가 넘는데다, 훈련이 잘 되어 있고 무기 또한 좋습니다. 더군다나 적은 성 안에서 지키고 우리는 성 밖에서 공격해야 하므로 절대적으로 불리한 형세인데 어찌 섣불리 승부를 걸겠습니까? 적이 신경질을 부릴 힘조차 없을 때를 기다려야 합니다.

내 생각에는 신경질적일 때 적을 공격하는 것도 나쁘지 않을 것 같소. 적이 이성을 잃고 흥분하여 날뛰면 그만큼 허점도 많을 것이기 때문이오.

192

흥분 다음 단계가 의욕상실입니다. 이제 때가 멀지 않았으니 며칠만 더 고생해주십시오.

정기룡은 말한 후 야간작전을 준비하기 위해 감사군 군중으로 향했다.

형은 갈 길이 바쁘지 않소.

정경세가 따라붙으며 말했는데, 서둘러 상주성을 탈환하고 안변으로 가야 하는 것 아니냐는 뜻이었다.

바쁘다고 서둘러서 일을 그르칠 수는 없네.

분비변사의 명은 곧 국명(國命)이오. 형이 참형에 처해질 수도 있단 말이오.

적을 자극하여 백성을 위태롭게 만들어놓았으면 그 책임을 지는 것은 당연한 일이라. 참형에 처해지나 적의 칼에 죽으나 죽긴 마찬가지인 것. 백성을 죽음으로 몰고 충신이 되어야 한다면, 내 차라리 상주성에서 죽어 적신(賊臣: 반역하거나 불충한 신하)의 죗값을 스스로 치르리.

정기룡은 임금과 백성 중에서 백성을 선택했다.

밤이 되었다. 정기룡은 여느 때처럼 군사와 의병을 거느리고 출격했고, 공격 위협을 가하며 직접 적세를 살폈다. 적은 지친 기색이 확연했지만 그 대항은 아직 강했다.

성천의 분비변사는 정기룡이 안변으로 가라는 명을 거부했다는 사자의 보고에 격앙했고, 그 사실을 행궁에 고했다. 임금 또한 격노했고,

즉각 선전관(宣傳官)을 보내서 정기룡을 잡아오라!

하고 추상같이 명했다. 정기룡을 이용한 두 왕자 구출을 포기할지언정 용서는 않겠다는 것이었다.

선전관이 어명을 받들고 상주로 내려오고 있을 때, 상주성의 왜적을

위협하고 돌아온 좌초감사군관 김세빈은 감사군대장 정기룡에게,

오늘의 적은 화살이 세차지 못하고 조총도 빗나가는 것이 확연했습니다. 화염이 일 때 적의 조총구가 크게 흔들리는 것으로 보아 몸이 얼고 손은 곱았으며, 또한 동상으로 고통 받고 있음이 분명합니다.

하고 고했다.

정기룡은 드디어 때가 왔다고 판단했고,

모든 군사는 총공격을 준비하라.

결연한 의지로 명했다.

그날 밤, 정기룡은 상주성 5백보 밖에 수십 대의 화차를 배치하고 감사군에 비격진천뢰를 지급했다. 또한 의·관연합병대는 서정(西亭)에 진을 치게 했고, 후초감사군은 동문 밖 멀리 떨어진 숲속에 소나무가지와 낙엽으로 위장하고 숨어 있게 했다. 그리고 김세빈의 좌초감사군은 서문, 김사종의 우초감사군은 남문, 여대세의 전초감사군은 북문에 배치했다.

밤이 깊었다. 정기룡은 직접 중초감사군 1백여 명과 무사를 거느리고 바람처럼 달려서 상주성으로 쳐들어갔고, 화전과 화살을 쏘며 왜적을 탐색했다. 왜적은 감사군이 공격하는데도 아무런 반응을 보이지 않았다. 이번에도 감사군이 공격할 것처럼 위협만 하다가 돌아갈 것이라 생각하는 것 같았다. 일일이 대응하기도 귀찮은 듯 성곽에 오르지도 않은 채 날아오는 화살이나 피하며 납작 엎드려 있었다.

왜적이 완전히 지쳤고, 또한 방심하고 있다는 것을 안 정기룡은 군사를 거두어 일정거리를 벗어난 후 총공격을 명했다. 고각소리를 신호로 신기전기를 얹은 조선 화차가 천지를 뒤흔드는 폭음과 함께 불을 뿜었다. 화차 1대 당 1백 발 씩, 수천 발의 중신기전이 불을 뿜으며 하늘 높이 날아올랐고, 상주성을 향해 날아갔다. 상주성 안은 마치 비처럼 쏟아

져 내린 중신기전에 의해 불바다가 되었고, 많은 왜적이 신기전에 맞아 죽었다. 연이어 화차에서 소신기전 수천 발이 일시에 발사됐다.

화들짝 놀란 왜적은 그제야 부랴부랴 성곽에 올라 전투태세에 돌입했다. 그런데 이번엔 총통기를 장착한 조선 화차에서 대당 40발의 승자총이 발사됐다. 왜적이 대조총으로 응사하려 했지만 이미 때늦었다. 왜병들은 성곽에 오르자마자 상주 의·관연합병대가 쏜 승자총탄에 맞아 줄줄이 쓰러졌다. 일부 왜병 장탄수(裝彈手)가 어렵게 대조총 앞에 서고 장전에 들어갔지만 그마저도 대부분은 발사까지 이루어지지 못했다. 조선 감사군이 빠른 말을 타고 주변을 돌며 환한 성내의 불빛을 등진 왜병을 발견하는 즉시 정확히 겨냥하고 활을 쏘아 쓰러뜨렸기 때문이다. 왜적 조총수들 사정도 별반 다를 바 없었다. 성벽 뒤에 숨어서 장전을 끝내고 성곽에 오르긴 했지만 어둠속의 조선 기병을 볼 수 없는데다, 보고 격발을 하더라도 손이 곱고 몸이 떨려서 명중시킬 수 없었다.

조선군 화차에서 중신기전과 소신기전이 계속 날아들어 성내의 왜적 군막은 빠짐없이 불탔다. 불을 끄는데 동원된 많은 왜병이 불에 타거나 신기전에 맞아 죽었고, 성곽에 오른 왜병은 화차에서 발사된 승자총탄과 감사군 화살에 맞아 죽었다. 뿐만 아니라 동문을 제외한 3문이 상주 의·관연합병대의 현자총통(玄字銃筒: 유통식 화포) 포격에 부서졌고, 성벽 바로 밑까지 바짝 접근한 조선 감사군이 끈 달린 주머니에 담아 성벽 너머로 날려 보낸 비격진천뢰가 폭발하면서 또 수많은 사상자가 발생했다. 왜적은 부서진 성문을 막을 생각도, 성벽 아래쪽을 돌며 비격진천뢰를 날리는 조선 감사군을 쏠 생각도 하지 못하고 우왕좌왕할 뿐이었다.

드디어 감사군에 의해 3방의 성문이 열렸다. 정기룡은 군사를 거느리고 가장 앞장서서 성내로 뛰어들었고,

나는 조선의 별장 정기룡이다. 막아서는 자는 죽을 것이고 항복하는 자만 살 것이다!

천둥 같이 소리친 후 막아서는 왜병을 향해 칼을 휘둘렀다. 좌초감사 군과 우초감사군, 전초감사군도 연달아 성내로 진입했다. 감사군은 닥치는 대로 적을 쳐서 동문 쪽으로 몰아갔다.

조선군을 피해 동문 쪽으로 조금씩 물러나며 군사를 지휘하던 왜적 부장 가토 미쓰야스는 그 많은 왜병이 아무 것도 해보지 못하고 속수무책 죽어나가거나 흩어지는 것을 보고는 전열을 정비하라고 목이 터져라 외쳤다. 그러나 명을 받아 수행할 부하 군관은 보이지 않았고, 병사들이 스스로 동문을 열고 탈출 중이라는 보고만 올라왔다. 가토 미쓰야스는 병사들 탈출을 막아야 한다고 소리치며 발을 동동 굴렀지만,

적장은 우리가 예상했던 대로 정기룡입니다. 그가 스스로 정기룡임을 밝히며 가장 앞장서서 우리 병사들을 치고 있고, 장군을 향해 다가오고 있습니다. 곧 그 칼끝이 장군께 미칠 것이니 지금 탈출하셔야 합니다.

하고 좌우 무사들이 권했다.

우리 조총수들은 왜 보이지 않는가? 조총대는 대열을 갖추고 적을 막아라!

가토 미쓰야스가 미련을 버리지 못하고 소리쳤다.

조총수 대부분이 적의 공격에 이미 죽었고, 남은 조총수도 동상으로 손을 쓸 수 없습니다. 적은 그 기세가 등등하고 칼끝이 예리한데, 우리 병사들은 강추위 속에서 며칠 째 잠도 못자고 적을 경계하느라 몸이 병들어 쇠잔하였으니 어찌 제대로 싸우겠습니까? 막아서는 병사마다 칼 한 번 제대로 못 휘두르고 적의 칼에 목이 달아나고 있습니다.

그때였다.

가토 미쓰야스는 어디 숨었는가? 대장부라면 나와서 나와 검을 겨뤄보지 않겠는가!

멀지 않은 곳에서 외치는 정기룡의 목소리가 들려왔다. 등골이 오싹해진 가토 미쓰야스는 얼굴빛이 새파래졌고, 말없이 몸을 돌리더니 앞장서서 동문을 향해 달렸다.

동문 밖의 숲에 매복했던 후초감사군은 상주성을 빠져나와 달려오는 왜적을 급습하여 척살했다. 놀란 왜적이 서정 쪽으로 방향을 틀어 달아났다. 그러나 서정에도 의·관연합병대가 진을 치고 기다리고 있었다. 의·관연합병대는 후초감사군을 피해서 달려오는 왜적을 포거에 돌을 실어 날리고 물항아리를 실어 날려서 공격했다. 수많은 왜병이 돌에 맞아 죽거나 다쳤고, 공중에서 쏟아진 물에 몸이 젖었다. 의병은 또 양쪽 산에도 숨어 있다가 돌과 물을 피해 숲으로 뛰어든 왜병을 마구 베었다.

전투는 밤새 이어졌고, 이튿날 낮에도 계속됐다. 왜적이 당교로 달아나자 감사군과 의·관연합병대가 쫓아가서 쳤는데, 감사군이 왜적 30급(1급은 20수급)을, 의병이 50급을 베었다.

왜적 부장 가토 미쓰야스는 패잔병을 거느리고 대승산(大乘山)으로 달아나 피난민을 인질로 삼으려했다. 보고를 받은 정기룡은 감사군을 거느리고 급히 달려갔고, 앞을 가로막고 싸워서 왜적 4백여 명의 목을 베었다. 겨우 살아남은 나머지 왜적은 산속으로 달아나 숨었지만 한겨울 물에 젖은 몸이 얼면서 얼어 죽을 처지가 되자 스스로 걸어 나와 투항했다.

정기룡은 완벽한 계책으로 상주성 탈환에 성공했다. 성내는 왜적의 시체가 즐비했고, 성 밖에도 곳곳에 적의 시체가 산더미처럼 쌓였다. 이 전투로 조선 감사군과 의·관연합병대는 상주성의 왜적 3천5백 중 3천여 명을 살획했다. 그러나 적장 가토 미쓰야스는 전투의 혼란을 틈타 달아나버려서 죽이지 못했다.

정기룡은 병사를 풀어서 성내의 불을 끄게 했고, 의병장들을 불러 모았다.

우리가 성을 탈환하긴 했습니다만 왜적이 되찾기 위해 군사를 보낼 것입니다. 그러나 왜적의 피해가 막대하기에 당장은 도모하지 못할 것으로 짐작되는 바, 어렵게 회복한 성이니만큼 의병장들께서 잘 대비하셔서 굳건히 지켜주길 바랍니다.

정기룡이 무거운 목소리로 당부했고, 자신과 감사군은 길이 바빠서 곧바로 떠나야 할 것 같다고 말했다.

우리가 큰 피해 없이 이렇듯 큰 승리를 거두었는데 자축도 못하고 떠나다니, 참으로 아쉽소.

의병장들은 너나없이 아쉬움을 표했다.

곧 다시 만날 날 있겠지요.

정기룡은 각 의병장들에게 고생 많았다고 격려했고, 정경세와도 작별 인사를 나누고 바삐 성을 나섰다. 그런데 감사군을 거느리고 성문을 나서는 정기룡의 앞을 행재소에서 내려온 선전관 일행이 막아섰다.

죄인 정기룡은 어명을 받들라!

선전관이 표신(標信)과 밀부(密符: 부신)를 보여주며 소리쳤다.

임진년 11월 24일, 정기룡은 긴 전투를 치르고 쉬지도 못한 채 안변으로 향하려던 발길을 돌려 선전관을 따라갔다. 목적지는 멀고 먼 의주였고, 감사군은 상주성에 남겨졌다.

6

정기룡은 행조에 도착하자마자 의금부에 연행됐고, 차디 찬 금부옥(禁府獄)에 갇혔다. 감사군을 사사로이 운용하고 임무지를 무단이탈하여 두 왕자 구출 기회를 놓친 죄, 분비변사의 명을 거역하여 조정을 능멸한 죄였다.

이 소식은 정기룡에게 앙갚음할 기회만 노리고 있던 함경도관찰사 겸 순찰사 윤탁연에게도 전해졌다. 윤탁연은 드디어 기회가 왔다고 기뻐했고, 임해군과 순화군 구출에 실패한 것은 정기룡이 임무 외적인 일에만 치중하고 멋대로 감사군을 운용했기 때문이므로 엄벌에 처해야 한다는 계사(啓辭: 논죄에 관해 임금께 아뢰는 말과 글)를 올렸다. 또한 사헌부와 사간원 등에도 영향력을 행사하여 정기룡의 참형을 상소하게 했다. 윤탁연 뿐 아니라 정기룡의 고집으로 상주성 탈환의 기회를 얻지 못한 정인홍도 자신의 영향력이 미치는 재지사족과 관원들을 동원하여 강력한 처벌을 청하는 상소를 올렸다. 정기룡이 정인홍 의병장의 능력을 믿지 못하고 무시하였으므로 영남의병을 비롯한 많은 의병들 사기가 크게 저하되었고, 그 분노는 하늘을 찌른다는 것이었다.

지난 날 분비변사가 긴요하게 쓸 일이 있어 정기룡을 회령부사 겸 감사군대장에 임명하고 군사를 내어주어 감사군으로 삼았소. 그런데 분비변사가 기룡에게 특별한 임무를 맡기고 여러 차례 명을 내렸음에도 기룡은 온갖 핑계를 대며 임무를 성실히 수행하지 않거나 아예 명에 응하지 않기까지 했소. 분비변사는 전시에 비변사가 기능하지 못할 경우에 대비한 비상기구이기에 기룡이 분비변사의 명을 거역한 것은 국명(國命)을 능멸한 것이라 볼 수밖에 없소. 그렇다면 적신의 죄로 다스림이 마땅하지 않겠소?

임금이 조회에서 신하들에게 친히 정기룡의 치죄를 물었다.

무엄하기 짝이 없는 자입니다. 급할 것도 없는 전투를 핑계로 분비변사의 명에 즉시 응하지 않은 것은 상주성만 탈환하면 지은 죄를 다 용서받을 수 있을 것으로 여겼기 때문입니다. 적신이 아니고서는 이러할 수는 없는 것입니다.

먼저 대간(臺諫: 간언을 맡은 관리)들이 나아가 정기룡의 죄를 극력 공박했다.

전란을 핑계로 불충하는 신하를 그냥 두시면 전하의 명이 서지 않아 그 같은 자가 계속 나타날 것입니다. 일벌백계하소서.

비변사당상(備邊司堂上)도 참형을 주장했다.

나라가 혼란스러울수록 국법이 바로서야 하는 것입니다. 이를 위해 신료는 임금의 권위를 더욱 두려워하며 만백성의 모범을 보여야 마땅함에도 기룡이 거짓전투를 꾸미면서까지 분비변사의 명에 즉시 응하지 않았으니 어찌 용서가 있겠습니까? 그 자는 회령에 있을 때도 함경감사 겸 순찰사 윤탁연에게 보고도 않고 의병대장 정문부와 짜고서 국경인 참수에 감사군을 멋대로 동원함으로써 임해군과 순화군을 구출할 수 있는 절호의 기회를 놓치는 결과를 초래하였습니다. 만일 그때 감사군이 왜적 요새를 찾아내기만 했더라도 왜적은 임해군과 순화군을 안변으로 보낼 수 없었을 것이고, 구출의 기회도 있었을 것입니다.

동조의 대신들도 마땅히 참형으로 다스려야 한다고 아뢰었다.

정기룡이 밀령 수행을 중단하고 현장을 벗어난 것은 정문부가 의병해산을 선포했기 때문이고, 정문부가 의병을 해산하려 한 것은 윤탁연 순찰사가 의병의 전공을 인정하지 않고 엉뚱한 자들에게 돌렸기 때문입니다. 그 원인을 제공한 것은 윤탁연 순찰사였으며, 임해군과 순화군 구출의 총책임자도 윤탁연 순찰사였으니 윤탁연도 함께 죄를 물어야 할 것입니다.

윤탁연의 정적들은 이참에 윤탁연도 퇴출시키려 했다.

정기룡이 현장을 이탈한 잘못은 있으나, 만일 그때 의병해산을 막지 못했다면 국경인을 참수하지 못했을 것이고, 함경도 의·관연합병대가 명천성을 탈환할 수도, 길주전투에서 승리할 수도 없었을 것입니다. 아무리 정기룡의 죄가 무겁더라도 그가 이룬 공적까지 폄훼해서는 아니 될 것입니다.

대신들 중에서 류성룡 혼자만 정상을 참작하여 선처해야 한다고 아뢰었다.

하나 그 자는 상주성 탈환을 핑계로 없는 전투를 만들어서 벌이며 분비변사의 명에 즉시 응하지 않았질 않소?

임금이 류성룡의 의견에 반박했다.

전투는 계책이 수립되는 순간 이미 시작된 것인데 어찌 그것이 없는 전투를 만들어서 벌인 것이겠습니까? 전장에서 싸우고 있는 장수에게 다른 장수와 군사를 보낼 테니 전투를 중단하고 즉시 다른 곳으로 이동하라 한 것은 분비변사의 무리한 명이었으며, 그러한 명에 응하는 장수는 필시 무능한 장수일 것입니다.

류성룡이 아뢰었다.

다른 것은 젖혀두고서라도, 기룡이 분비변사의 밀령을 성실히 수행하지 않아 두 왕자를 놓친 것만은 분명한 사실이니 어찌 그 죄가 가볍다하겠습니까? 반드시 금부의 추국(推鞫)이 있어야 할 것이옵니다.

분비변사당상이 아뢰었다.

한편, 왜의 다이묘(大名)로서 경상우도 지역에 군사를 주둔시키고 지휘하던 왜장 모리 데루모토는 상주성전투에서 너무 많은 군사를 잃고 분하여 화병으로 앓아누웠는데, 얼마 후에는 관백 도요토미 히데요시의 소환장까지 받게 된다. 무능한 장수에 대한 문책이었다. 이에 모리 데루모토는 정기룡에 대한 분루를 삼키며 본국으로 향하는 배에 오르는 신세가 된다.

부인 강 씨의 순절

1

1592년 12월 25일 명나라 장수 이여송(李如松)이 4만3천의 군사를 거느리고 압록강 건너왔다. 선조임금은 류성룡을 평안도도체찰사에 임명하여 군사의 일을 총독(總督)하게 했고, 명나라 제독 이여송과 의논하여 평양성을 탈환하라고 명했다. 이에 류성룡은 이듬해 1월 9일 명나라 군사와 연합하여 평양성을 수복했고, 달아나는 왜적을 몰며 남진했다. 그러나 명나라 제독 이여송은 내친김에 한양까지 수복해야 한다는 류성룡의 요청에 응하지 않고 임진강 동파(東坡)로 가서 주둔하며 움직이지 않았다. 류성룡이 찾아가 간절한 마음으로 설득했지만 소용없었다. 설득에 실패한 류성룡은 명나라 원군 도움 없이 조선군 단독으로 한양을 수복한다는 계획을 세우고 임금의 윤허를 받았다.

류성룡이 경기방어사 고언백(高彦伯)을 선봉장으로 삼아 북쪽에서 밀고 내려오고, 권율이 행주대첩을 승리로 이끌며 남쪽에서 치고 올라가 경성(京城: 한양)을 포위했다. 다급해진 왜장 가토 기요마사는 후퇴하면서 임해군과 순화군을 부산으로 이송했고, 친필편지를 쓰게 한 후 그 편지를 명나라 제독 이여송에게 보내 강화를 요청했다. 하지만 류성룡은 강화는 있을 수 없다며 강경했고, 임금은 류성룡의 뜻을 존중하여 강화를 입에 담는 자는 효수하라는 유지를 내렸다.

임해군과 순화군 구출에 실패한 광해군은 류성룡에게 은과 명주를 보내 두 왕자 구출자금으로 사용하라고 했다. 류성룡은 그 사실을 행궁에 알렸고,

자금으로 왕자들을 구출하려다가 잘못되면 오히려 더한 화를 당할 수 있으니 사용에 신중을 기하겠습니다.

라고 아뢰었다. 자금을 이용한 구출은 성공 가능성도 높지 않았고, 공작을 펼치려면 밀정을 동원할 수밖에 없는데 섣불리 행하다가는 자칫 조직 전체가 적에게 발각되어 죽임을 당할 수 있기 때문이었다.

류성룡은 자신의 구상대로 한양의 왜적을 포위한 채 공격했고, 다른 한 편으로는 왜와 조선을 중재하고 있는 명나라 신기삼영유격장군(神機三營游擊將軍) 심유경(沈惟敬)을 통해서,

조선의 분노를 조금이라도 누그러뜨리려면 두 왕자부터 석방해야 할 것이다.

라고 왜적을 압박했다. 두 왕자를 풀어주지 않으면 한양의 왜적도 살아서 갈 수 없다는 뜻이었다.

심유경으로부터 류성룡의 말을 전해들은 왜장들은 두 왕자를 왜국으로 데려갈 수도 있음을 내비치며 먼저 강화에 응할 것을 요구했다. 하지만 류성룡은 일언지하에 거부했고, 한양의 왜적을 더욱 가열하게 공격하며 두 왕자 석방을 계속 압박했다.

한양성에 갇힌 왜적은 조선이 강화에 응하지 않아서 철군조차 할 수

없었다. 왜장들은 사면초가의 몰살 위기에서 벗어나기 위해 명군 제독 이여송을 구워삶았다. 어마어마한 뇌물을 제시하며 한양성에 갇힌 왜적이 한강을 넘어 남하할 수 있게 도와달라고 했던 것이다.

왜적에 매수된 명나라 제독 이여송은 뒤늦게 한양 수복을 돕는 척 군사를 거느리고 내려와 한양성 포위에 끼어들었다. 그것은 왜적과 싸우려는 포위가 아니라 왜적의 퇴로를 열어주려는 포위였다. 이여송은 한강으로 통하는 남산과 숭례문 남쪽구간을 명군이 담당하겠다고 고집했고, 류성룡은 이여송이 왜적에 매수된 사실을 모르고 허락했다. 그런데 왜적이 한밤중에 한강을 건너고 있음에도 한양성 남쪽을 막고 있는 명군이 지켜만 보고 있다는 보고가 올라왔다. 류성룡은 크게 당황하면서 권율과 고언백에게 달아나는 왜적을 추격하여 죽이라고 명했다.

이여송은 조선군이 움직인다는 보고를 받고 한밤중임에도 급히 전령사를 보내서 출격에 나선 권율과 고언백을 소환했다. 긴히 의논할 것이 있다는 것이었다. 권율과 고언백은 이여송이 따로 왜적을 멸살하려는 계책을 세우고 의도적으로 포위를 풀었을 가능성도 없지 않으므로 얘기를 들어보려고 전령사를 따라갔다. 그러나 이여송은 모습을 드러내지 않았고, 휘하 장수를 부려서 권율과 고언백을 감금하다시피 막부에 붙잡아 두었다. 그리고는 명나라 군사로 조선군의 앞을 가로막았다. 권율 휘하의 이빈(李薲) 군진 중위선봉장(中衛先鋒將) 변양준(邊良俊)이 항의했는데, 명군은 변양준의 목에 칼을 씌워 끌고 가서 피를 토할 때까지 때리기까지 했다. 그러는 사이 왜장들은 명군 도움을 받으며 많은 왜병을 거느리고 줄줄이 한양성을 빠져나갔고, 한강을 건너버렸다.

류성룡은 대로했고, 이여송에게 강력히 항의했다. 이여송의 사과와 재발방지 약속에도 불구하고 명나라 군사의 철군을 의논해달라고 행궁에 요청했다.

정기룡은 이때까지도 금부옥에 구금되어 있었다. 류성룡 도체찰사가 한양성을 포위했다는 소식을 듣고는, 이 중요한 시기에 옥에 갇혀 아무 것도 못하는 자신의 처지를 한탄했다. 무인이 전쟁에서 적과 싸울 기회를 박탈당하는 것만큼 슬픈 일이 또 있을까. 죽을죄를 지었으니 전장에 나가 죽으라 한다면 차라리 기쁠 것 같았다.

얼마 전 황여일이 찾아와서,

금부에서는 감사군대장이 분비변사의 명을 지체한 죄와 두 왕자 구출에 소홀한 죄가 있으나 회령부사를 겸하는 입장에서 불가피한 사정이 있었다는 결론을 내리고 이를 주상께 아뢰었소. 또한 세자께서도 함경도 유생의병장들의 선처를 호소하는 상소문을 접하시고, 자세한 사정을 세밀히 살피지 못한 면이 없지 않다며 주상께 선처를 청하시었소. 주상의 노기도 많이 누그러지셔서 예전 같지 않으시니 조금만 더 참고 기다리면 좋은 소식이 있을 것 같소.

라고 은밀히 귀띔했다. 그러면서 자신이 곧 형조정랑에 임명될 것이며, 형조에 부임하는 대로 형조옥(刑曹獄)으로 이감될 수 있도록 힘을 써보겠다고 했다.

정기룡은 완전한 사면을 기대하지는 않았다. 다만 충군역(充軍役: 죄를 진 벼슬아치에게 일반 병사로서 군에 복무하게 하는 벌)에 처해져 왜적과 싸울 기회만이라도 주어지길 바랄 뿐이었다. 하지만 황여일은 그후 다시 오지 않았고, 형조옥으로 이감도 되지 않았다. 황여일이 명나라화전(火戰: 총포를 이용한 전투)의 뛰어난 비방(秘方)을 알아내라는 도체찰사 류성룡의 명을 받고 명군 장수 이영춘(李榮春)을 상대로 공작하느라 행조를 떠나 있었기 때문이었다. 그런데 그가 마침내 명나라 화전의 비방을 빼내는데 성공하여 류성룡에게 그것을 전달한 후 행조로 돌아와 형조정랑에 부임했다.

기룡은 3천5백이나 되는 왜적이 지키는 상주성을 5백의 감사군과 4백의 의·관연합병대로 큰 희생자 없이 탈환했습니다. 어찌 행주산성에서 1만에 미치지 못하는 군사로 3만의 왜적을 쳐부순 권율만 영웅이겠나이까? 싸워서 이긴 영웅을 상하지 않고 벌하는 것은 군사의 사기를 크게 저하시키는 것일 뿐, 결코 불충에 대한 경종이 될 수 없나이다. 더군다나 한 사람의 무관이라도 아껴서 전투에 활용해야 하는 난중인데 어찌 전투 때문에 밀령을 수행하지 못한 무관의 목을 벤단 말입니까?

황여일이 목에 핏대를 세우고 역설했다. 임금의 최측근이었음에도 기축옥사(己丑獄事) 때 누명을 쓰고 유배됐다가 얼마 전에야 사면을 받고 복관한 동지중추부사 김우옹(金宇顒) 또한 정기룡의 상주성 탈환으로 그동안 왜적에 길이 막혔던 김산과 예천이 상주와 서로 통하게 되었고, 정기룡이 아직 상주성에 있는 줄 아는 백성들이 그 보호를 받고자 상주로 몰려들고 있으니 얼마나 큰일을 해낸 거냐며 용서를 호소했다. 또, 조선에서 가장 용맹한 것으로 알려진 감사군이 정기룡을 기다리며 상주성을 지키는 일에만 활용되고 있는 것은 크나큰 군사력 손실이라며 정기룡과 그 군사를 한양수복에 활용해야 한다고도 청했다.

지금 도체찰사 풍원대원군(류성룡)이 군사를 지휘하여 남쪽으로 내려갔는데, 명나라 군사가 싸우기는커녕 오히려 왜적 편을 들어 우리 군사 작전을 방해하므로 종전의 꿈이 자꾸 멀어지고 있습니다. 한 사람의 군사가 아쉬운 이때 무재 있는 무관이 싸우지 못하고 옥에 갇혀 허송세월하고 있으니 이 어찌 안타깝지 않을 수 있겠나이까? 정기룡이 임무수행 현장을 이탈한 것은 회령부사로서의 업무와 밀령에 따른 임무가 겹치므로 죄가 성립될 수 없습니다. 분비변사의 명을 지체한 죄가 남았으나 작량감경(酌量減輕)의 사유가 충분하므로 석방하더라도 법에 어긋나지 않습니다.

금부에서도 정기룡의 방면을 청했다. 도체찰사 류성룡 또한 정기룡을 석방하여 보내주면 권율을 한 명 더 얻고 이순신을 한 명 더 얻는 것과 같을 것이라며 정기룡이 꼭 필요하다는 장계를 올렸다.

이때는 바람의 방향이 바뀌어 서인이 권력의 중심에서 밀려나고 임금이 총애하는 신하 김우옹이 간신들의 간언(間言)을 차단하여 임금의 혜안(慧眼)을 밝히려 애쓴 덕분에 용심(龍心)도 정기룡의 사면 쪽으로 기울고 있었다. 참형을 주장했던 대간들은 방면 여론이 강하여 막을 수 없게 되자,

죄가 있는 자를 풀어주실 때는 반드시 상응하는 대가를 치르라는 것이 국법입니다. 명나라 군사가 들어와 있는데, 그 장수들이 자꾸만 왜적을 놓아 보내므로 그들을 설득하고 감시할 접반사(接伴使)가 많이 필요합니다. 듣자니 기룡은 중국말에 능하고 말재주 또한 뛰어나다하더이다. 그를 그냥 풀어주면 충성을 다한 신하들의 불만을 살 것이오니 접반사로 보내어 죄를 뉘우치게 하소서.

라고 아뢰어 죄벌 대신 근신을 청했다. 임금은 대간들의 절충안을 받아들였고, 그래서 정기룡을 방면하여 명나라 장수 유정(劉綎)의 접반사로 보내라고 하교했다.

1593년(선조 26년) 4월 1일, 류성룡은 한양에 남아 있던 왜적 잔병을 모두 토벌하고 마침내 군사를 거느리고 한양에 입성했고, 불타버린 종묘터에 엎드려 통곡했다. 한양을 수복한 것이다.

명군 도움으로 간신히 한양을 빠져나간 왜적은 쳐들어올 때처럼 대형

을 유지하고 후퇴할 수 없었다. 하삼도(경상도 전라도 충청도) 곳곳에 의병과 영군, 진군(鎭軍), 관병이 길을 막고 있었기 때문이었다. 거기에다 류성룡과 권율이 대병을 거느리고 뒤를 쫓고 있었다. 무작정 후퇴하다가는 의병과 영군, 진군 등의 복병과 맞닥뜨릴 것이고 뒤쫓는 대병에도 따라잡혀 몰살의 위기에 몰릴 것이었다. 이에 왜장 가토 기요마사와 고니시 유키나가, 우키타 히데이에(宇喜多秀家) 등은 휘하 무장들에게 소규모 병대별로 흩어져 각자도생할 것을 명했다.

왜적이 소규모 병대로 흩어져 달아났으므로 조선군도 각 장수들의 판단에 따라 각자 왜적을 추격했다. 권율과 이빈이 군사를 휘몰아 함양(咸陽)까지 내려갔고, 박진(朴晉), 고언백, 이시언(李時彦) 등의 군사는 경주와 양산까지 내려갔으며, 한때 조경 휘하에서 정기룡과 함께 활동했던 김태허는 울산군수로서 관병을 거느리고 안동까지 올라가 퇴각하는 적을 쳤고, 경상도순찰사 한효순(韓孝純)은 비장 김광조(金光祖) 등을 동래부에 보내 복병으로 적을 참획하고 있었다. 그리고 김성일은 끝내 병을 털고 일어나지 못하고 56세의 나이로 세상을 떠났다.

그 전에, 임금은 김성일이 병들어 스스로 체직을 요청하자 김성일을 경상우도관찰사로 전임하고 의병장 김면을 경상우도병마절도사로 삼았다. 그런데 김면이 3월 11일 세상을 떠나버렸다. 이에 임금은 의병장 최경회를 그 후임으로 임명했다. 그러나 최경회의 전과(戰果)가 기대에 미치지 못했다. 임금은 최경회를 체직하고 많은 전공이 있는 곤양군수 이광악을 경상우병사에 제수했다.

이광악은 과거 정기룡을 불러 임시 곤양수령을 맡길 정도로 정기룡과 각별한 사이였다. 그래서 임명절차가 진행 중일 때 도체찰사 류성룡에게 정기룡을 경상우영군 유군장으로 보내달라고 강력히 요청했다. 그런데

분비변사가,

최경회는 의병장인데, 그를 체직하시면 의병들의 사기가 꺾여 싸우려 하지 않을 것입니다. 단순히 경회의 전과만 살피지 마시고, 누구나 잘 싸우면 높은 벼슬에 오를 수 있음을 경회를 통해 보여줌으로써 의병 사기를 북돋우소서.

라고 청했다. 임금이 이를 받아들여 이광악의 경상우병사 제수를 취소했고, 때문에 정기룡의 경상우도 복귀는 무산되고 말았다. 그러자 류성룡은 상주와 그 주변지역 곳곳에 왜적 잔병이 남아있어 토왜가 시급함을 아뢰며 정기룡을 상주로 보내달라고 청했다. 임금은 이를 받아들여 정기룡을 중훈대부(中訓大夫: 종3품 하계 품계명) 상주 정식판관 겸 진관병마절제도위(鎭官兵馬節制都尉)에 제수했고, 임명절차를 마치기도 전에 서둘러 상주로 보냈다.

정기룡은 상주판관에 부임하여 감사군을 다시 지휘했고, 관병을 합쳐 거느리고 곳곳에 숨어 있는 왜적을 찾아서 토멸했다. 그런데 이조와 병조에서 정기룡의 상주판관 겸 진관병마절제도위 임명절차를 진행하자 지난 번 정기룡을 죄주는데 실패한 세력들이 강력히 저지하고 나섰다. 또, 권력 이동기에 뛰어난 처세술로 광해군의 신임을 얻고 중앙 정계에 상당한 영향력을 확보한 정인홍은 상주성 탈환의 기회를 양보하지 않은 것에 대한 앙심에, 활동지역이 겹치는 경상우도에서의 전공경쟁 견제심리까지 더해져 누구보다 극렬히 반대했다.

정기룡은 그 죄를 씻을 만한 전공이 없음에도 상주판관에 제수됐습니다. 잘못된 인사이오니 물리심이 마땅하옵니다.

반대하는 대간들이 아뢰었다.

기룡은 무재 있는 무인이다. 공을 세워 죄 씻을 기회조차 주지 말라는 것인가?

임금은 취소할 이유가 없다며 받아들이지 않았다.

기룡이 상주판관에 이미 부임하였으나 임명절차가 마무리되지 않았으므로 법적으로는 아직 회령부사인 것이 맞습니다. 지금 반란으로 황폐해진 회령도호부에 적호(賊胡: 여진족)까지 침범하여 백성들이 살 수 없다고 합니다. 기룡에게 공 세울 기회를 주시려거든 회령으로 보내소서.

대간들의 상소는 집요하게 이어졌고,

아뢴대로 하라.

지친 임금은 결국 윤허하고 말았다. 그 바람에 정기룡은 상주판관에 부임한 지 얼마 되지 않아 회령으로 가야 했다.

회령부사로 정식 부임한 정기룡은 부성을 정비하고 백성을 돌보는 일에 진력했다. 왜적 대신 오랑캐와 싸워야 했고, 오랑캐를 내쫓은 땅에 백성들이 돌아와 생업에 열중할 수 있도록 방비를 튼튼히 했다.

2

류성룡은 왜적 잔병의 퇴로를 차단하고 더욱 옥죄며 강력한 토벌을 이어갔다. 조선이 강화에 응하지 않고 토왜를 더욱 강화하자 왜적은 퇴각에 성공한 군사를 모으고 왜국에서 새로운 병력까지 충원하여 10만 군사로 반격했다. 항복하지 않고 철군하면 조명연합군이 전함을 띄워 왜국을 정벌(征伐)할 태세인데다, 아직 퇴각하지 못하고 조선 땅 곳곳에 갇혀 있는 왜적 잔병의 퇴로를 열어주는 것도 시급했기 때문이었다.

6월 15일, 왜적이 함안(咸安)과 반성(班城), 의령(宜寧) 방면으로 진격했다. 진주성을 공략하려는 것이었다. 경상우병사 최경회와 충청병사 황진(黃進), 김해부사 이종인(李宗仁), 사천현감 장윤(張潤), 창의사 김천일(金千鎰), 의병장 고종후(高從厚)와 홍계남(洪季男), 강희열(姜希悅) 등이 군사를 거느리고 진주성으로 들어갔다. 권율과 이빈, 곽재우도 군사를 거느리고 달려갔고, 이들은 성 밖에 진을 펼쳤다.

경상우병사 최경회는 명군 제독 이여송에게도 군사지원을 요청했다. 이여송은 왜적과 한 약속이 있어 군사를 움직이지 않으려 했다. 그러나 류성룡이 이미 명군 철수까지 요청했으므로 군사를 움직이지 않으면 본국 소환에 직면할 것 같았다. 그래서 마지못해 휘하의 사대수(査大受), 오유충(吳惟忠), 낙상지(駱尙志) 등의 장수들에게 출병을 명하면서,

군이 우리 군사를 희생시킬 필요 없고, 싸우는 척만 하다가 뒤로 물러나 있으라.

하고 따로 지시했다.

21일에 왜적이 진주성을 수십 겹으로 포위했고, 22일 공격을 개시했다. 조선은 의병과 영군, 관병 뿐 아니라 백성들까지 합세하여 항전했고, 일단 방어에 성공했다.

왜적은 어둠이 내리길 기다렸다가 다시 공격했고, 새벽까지 공방이 이어졌다. 23일에도 왜적이 낮에 세 차례, 밤에 네 차례 공격했으나 조선군은 다 막아냈다. 24일에는 쉬지 않고 치열한 공방을 주고받았고, 양쪽의 피해가 엄청나서 성 안팎의 시신이 헤아릴 수 없을 만큼이었다. 그런데 구원을 위해 달려간 명나라 군사는 몇 번 성 밖에서 싸우는 척하더니 멀찌감치 물러나 움직이지 않았다. 최경회가 명나라 군진으로 사람을 보내서 함께 싸워달라고 요청했다. 그러나 사대수 등의 명나라 장수

들은 조선이 강화요청에 응하기만 하면 왜적이 싸우지 않고 물러갈 것이라고 주장하며 강화를 압박할 뿐, 군사를 움직이지 않았다.

25일, 왜적은 동문 밖에 토산옥(土山屋)을 짓고 위에서 성 안을 내려다보며 총포를 쏘았다. 충청병사 황진은 성내의 부녀자들을 동원하여 흙을 져 나르고 방호토산을 쌓았는데, 자신도 직접 지게를 지고 흙을 져날라서 하룻밤에 적의 토산옥보다 더 높은 토산을 완성했다. 정기룡의 아내 진주 강씨와 정기룡의 누이, 그리고 진주 강씨의 친정어머니도 이때 날아오는 적탄을 피하며 황진을 도와 흙을 져 날랐다.

황진은 완성된 토산 위로 현자총통을 끌어올리고 쏘아서 왜적의 토옥(土屋)을 부숴버렸다. 그러자 왜적은 소가죽을 입힌 방패를 만들어 조선군의 화살과 탄환을 막으며 성벽에 접근했고, 성벽 밑을 파기 시작했다. 구덩이를 깊이 파서 성벽을 무너뜨리겠다는 발상이었다.

조선의 백성과 의병, 군사가 모두 성벽 위로 올라가서 돌을 굴리고 화살과 총포를 쏘았는데, 부녀자와 어린아이들까지 돌을 나르고 물을 끓여서 성벽 밖으로 퍼부으며 함께 싸웠다. 정기룡의 아내와 누이, 그리고 장모도 역시 거기 있었다. 그래서 왜적이 판 구덩이 속의 왜병 시체가 1천이 넘게 쌓였다.

왜적은 일단 후퇴했고, 동문 밖에 통나무로 높은 망루를 만들고 판옥으로 앞을 가린 뒤 그 위에 궁수를 올려 보내 화전으로 성내 초가에 불을 지르며 공격했다. 이에 맞서 충청병사 황진은 성벽 위에 나무를 세워 방벽을 설치하고 막았다.

왜적의 공격은 날마다 계속됐고, 그때마다 조선의 민·관·군은 합동하여 막아냈다. 그러나 하늘이 돕지 않아서 억수 같은 비가 쏟아졌다. 왜적은 쇠말뚝을 동원하여 동문 밖 성벽 아래에 파던 구덩이를 다시 팠다. 조선의 민·관·군은 솜에 기름을 적셔 불을 붙이고 던져서 왜적의 방패를 불태우며 필사적으로 막았고, 엄청난 적병을 죽였다. 왜적도 조총과 대조총으로 엄호했으므로 조선 민인과 병사도 엄청나게 희생됐다.

비는 계속됐고, 왜적은 성벽 아래 구덩이를 계속 파면서 진주성 동문과 서문을 집중 공격했다. 이에 맞서 충청병사 황진은 대나무로 방책을 만들어 세우고 그 뒤에 군사를 배치하여 싸웠다. 그러던 중 황진이 왜적의 총탄에 맞아 전사하고 말았고, 황진을 대신해 장윤(張潤)이 충청영군을 지휘했다. 그러나 장윤마저도 왜적의 총탄에 전사했고, 다시 김해부사 이종인(李宗仁)이 충청영군을 지휘했다.

계속되는 비로 왜적이 파놓은 구덩이에 물이 가득 고였고, 지반이 약해지면서 성벽이 붕괴되어버렸다. 왜적은 이때다 하고 무너진 성벽을 넘어 공격해왔다. 조선의 모든 군사와 백성이 온 몸을 던져 백병전을 벌였지만 계속 밀고 들어오는 왜적을 다 막을 수 없었다.

정기룡은 이때 머나 먼 북방 회령에 있었다. 오랑캐와 반적잔당을 소탕하고 백성을 구휼하느라 바쁜 날들을 이어가던 중 비보가 날아들었다. 아내와 누이, 그리고 장모가 진주 남강(南江)에 투신했다는 것이었다.

3

왜적이 무너진 성벽을 통해 진주성으로 밀고 들어갔고, 성내의 백성과 의병, 영군, 관병은 모두 성 밖으로 밀려났다. 성 밖에서 지원하던 권율과 이빈은 함양으로 물러났고, 곽재우는 의령의 정진(鼎津: 정암진)에서 싸우다가 진을 버리고 후퇴했다.

패색이 짙어지자 경상우병사 최경회와 의병장 고종후(高從厚), 양산숙(梁山璹), 김천일과 그 아들 김상건(金象乾) 등은 북쪽을 향해 두 번 절하고 남강에 몸을 던져 목숨을 끊었다. 김해부사 이종인도 충청영군을 지휘하여 계속 싸웠으나 왜적에 밀려 남강에 이르자 강물에 몸을 던져 순절했다. 의기(義妓) 논개(論介: 최경회의 후처이기도 하다)가 의암에서 적장을 안고 남강에 투신한 것도 이때였다.

정기룡의 아내 강씨는 손가락을 깨물어 피를 냈고, 입고 있던 적삼을 찢어 그 위에 혈서를 썼다. 당신의 아내여서 행복했으며, 먼저 가서 미안하다는 내용이었다. 그것을 몸종 걸이(傑伊)에게 주어 정기룡에게 전하게 했다. 그리고는 시누이와 친정엄마를 부둥켜안고 강물에 몸을 던졌다.

당신께서 내 마음을 가져가셨으므로 이제 내겐 마음이 없습니다. 당신의 마음을 내게 조금 나눠주신다면 내게도 작은 마음이 생기지 않을까 싶습니다.

당신 마음이 내 마음이면, 내 마음은 당연히 당신 것이리.

당신의 그 마음 내가 다 가져도 되겠는지요?

정기룡은 남편의 마음을 확인하고 마냥 행복해하던 아내의 천진난만하던 그 얼굴을 떠올리며 통곡하고 또 통곡했다.

이 꽃반지가 시들어도 오라버니 마음은 시들지 않을 거지요?

정기룡이 끼워준 꽃반지를 바라보며 생긋거리던 그 소녀는 지금 없다.

오라버니가 죽으면 나도 죽소.

단호하게 외치며 울먹이던 그 처녀도 지금 없다. 부부의 연을 맺고도 겨우 2년여 함께 지냈을 뿐이었다. 이 전쟁이 끝나면 절대 떨어져 지내지 않고 함께 살며 사랑만 주겠다고 수없이 다짐했는데, 그녀는 기다려주지 않고 먼저 떠나버렸다. 왜적에게 수모를 당하느니 세상을 버리겠다고 강물에 몸을 던진 절의의 여인 진주 강씨. 정기룡과 그녀 사이엔 아직 아이도 없었다.

아, 내가 진주성에서 싸울 수만 있었어도…….

정기룡은 가족조차 지키지 못한 자신을 책망했다.

부디 못난 남편을 용서하시오. 그리고 내 사랑하는 누이도 못난 오라비를 용서해다오.

정기룡은 아내와 누이, 장모의 목숨을 앗아간 원수에게 복수를 다짐했다. 그러나 그가 있는 곳은 왜적이 없고 오랑캐와 반적잔당이 있을 뿐이었다.

정기룡은 아내 잃은 슬픔을 억누른 채 과거 국경인과 함께 반란을 주동했음에도 아직 체포되지 않은 자들을 잡아들여 문초하고 그 죄와 벌을 정했다. 그들을 상대로 왜적이 임해군과 순화군을 어떻게 안변으로 빼돌릴 수 있었는지도 조사했는데, 홍길영이라는 의병장이 왜적을 도왔다는 소문이 반군들 사이에 떠돌았음을 확인할 수 있었다. 왜적을 도와서 두 왕자를 이송했던 반군으로부터 나온 말이라는 것이었다. 그러나 직접 그 일에 관여한 반군을 찾아내지는 못했다.

정기룡은 홍길영을 체포하고 심문하여 소문의 진위를 확인하려 했다. 그러나 홍길영이 이미 달아나 자취를 감춰버려서 체포할 수 없었다.

정기룡은 체포한 반적잔당을 법에 따라 처결하고 치계를 올렸다. 『조선왕조실록』 「선조실록」에 다음과 같은 기사가 있다.

회령부사 정기룡이 치계하였는데, 그 대략은 다음과 같다.
'본도의 반민(反民) 급제 김수량 등 16인은 왜적에게 투항하여 여러 재신(宰臣)들을 결박하거나 왕자들을 왜적에게 넘겨주었던 자들이

므로 이들을 모두 체포하여 효시하고 그 머리와 손발을 상자에 담아 관찰사에게 보냈습니다.'

선조임금은 2차 진주성전투 패배의 책임이 있는 도원수 김명원을 해임하고 행주대첩을 승리로 이끈 권율 장군을 도원수로 삼았다. 그 얼마 후에는 류성룡을 영의정에 임명하고 한양으로 귀환했다. 그러나 경복궁(景福宮)과 창덕궁(昌德宮), 창경궁(昌慶宮) 등이 모두 불타버려서 정릉에 있는 월산대군(月山大君)의 집을 행궁으로 삼았다.

영의정 류성룡은 왜적이 진주성을 빼앗은 의도를 정확히 파악하고서 권율과 이빈의 군사를 남원으로 보냈다. 퇴로가 막혀 퇴각하지 못하고 있는 왜의 잔병들이 호남을 통해 남하하여 진주성에 집결하는 것도 막고 왜적의 호남 진출도 막으려는 것이었다.

왜적은 진주성 함락으로도 조선의 강화를 이끌어내지 못하고 잔병의 퇴로도 열지 못하자 그제야 임해군과 순화군을 풀어주었고, 두 왕자와 함께 사로잡았던 대신들도 모두 풀어주며 다시 한 번 강화를 요청했다. 하지만 류성룡은 요지부동이었고, 퇴로를 더욱 견고히 차단한 채 잔병을 마저 치겠다는 의지로 팔도의 수령 60여 명을 젊고 무재가 있는 인물로 전격 교체했다.

류성룡의 파격은 거기서 그치지 않았다. 정기룡을 상주목사 겸 토왜대장(討倭大將: 왜적 토벌군 대장)에 천거했는데, 단순한 상주목사가 아니라 토왜대장으로서 경상우도 28개 군(郡)의 관병을 그 휘하에 소속시키겠다는 것이었다. 경상우도의 모든 관병을 정기룡 휘하에 소속시키겠다는 것은 그 활동지역을 상주로 국한하지 않고 경상우도 전체로 하겠다는 뜻이었고, 모든 수령들이 그 명에 따르도록 하겠다는 뜻이었다.

임금은 류성룡의 건의를 수정 없이 윤허하여 정기룡을 상주목사 겸 토왜대장에 제수했다. 그러자 조정이 발칵 뒤집혔다. 그러잖아도 60여 명의 수령을 전격 교체한 것에 불만을 품고 있던 세력들은 정기룡을 토왜대장에 세우고 경상우도 모든 수령이 그 지휘를 받도록 함으로써 사실상 방어사 이상의 권한을 부여하겠다는 류성룡의 발상에 경악했다. 이에 이조와 병조는 물론이고 언론을 담당한 삼사(三司: 홍문관, 사헌부, 사간원)도 일제히 들고 일어났다.

기룡은 국명을 거역한 중죄의 전과가 있습니다. 죄인에게 공을 세워 죄 씻을 기회를 주는 것에서 그치지 않고 벼슬까지 높여준다면 누가 죄 짓는 것을 두려워하겠나이까?

듣자니 기룡은 지난 날 상주성의 왜적이 지칠 때를 기다려 공격한다는 핑계로 싸우지 않고 성 밖에 불만 피우고 있으면서도 분비변사에는 전투 중이라 거짓을 고했다하더이다. 결국 충성을 잊고 주상을 기망할 자이오니 높이 등용하지 마소서.

금부의 죄인은 비록 사면을 받더라도 본직으로 돌아갈 수 없는 것이 법인데, 정기룡이 이미 회령부사에 복직하였으니 이는 잘못된 인사였나이다. 지금이라도 파직하시고 백의종군을 명하시어 죄에 합당한 공을 세우게 한 후에나 다시 직을 정하심이 옳을 것입니다.

대간들은 영의정의 독단이 지나치다며 한목소리로 비판했고, 일부 대신들도 이에 동조했다.

왜적은 완전철군을 거부한 채 부산포(釜山浦)와 경상좌·우도 동해안과 남해안 등지에 왜성(倭城)을 쌓고 버텼다. 조선의 항복이 없는 한 철군도 없으며, 대군으로 다시 한 번 조선을 공격하겠다고 협박했다. 하지만 류성룡은 아랑곳 않고 고집스럽게 토왜를 이어갔다. 왜국이 무조건 항복하지 않으면 조선 땅에 침공한 왜적을 모두 죽이고 곧바로 전함을 띄워서 왜국으로 쳐들어가겠다는 것이었다.

왜병 몰살과 조명연합군의 왜국 정벌을 걱정한 관백 도요토미 히데요시는 명나라에 휴전협상 중재를 요청했다.

정기룡을 죽여라!

1

인사검증을 담당한 대간들의 반대로 정기룡의 상주목사 겸 토왜대장 임명이 미루어지고 있었다. 영의정 류성룡은 경상우도의 토왜가 시급해서 더 기다릴 수 없었고, 그래서 정기룡을 상주가목사에 임명하며 조정을 압박했다. 정기룡을 반드시 상주로 보내야겠다는 강한 의지였다. 이에 임금은 대신들을 편전(便殿)으로 불러서 의견을 물었다. 영의정 류성룡과 동지중추부사 박진(朴晉), 심충겸(沈忠謙) 등의 의견을 두루 듣고는, 정기룡에게 결격사유가 없는 것으로 확인되었으니 빠른 시일 내에 제수한 대로 임명하라고 강하게 독촉했다. 그 우여곡절을 겪고서야 정기룡의 상주목사 임명 교지가 발급됐다.

정기룡이 먼 북방 회령에서 다시 상주로 돌아왔을 때 정경세는 그곳에 없었다. 류성룡이 정경세를 조정으로 불러올렸기 때문이었다. 정경세는 상경 즉시 홍문관수찬 겸 세자시강원문학에 제수됐다.

경상우도로 귀환한 정기룡은 감사군을 다시 거느렸고, 군진을 새롭게 정비했다. 이제부터 그는 감사군대장이 아니라 토왜대장이었고, 그 군사는 감사군이 아니라 토왜군이었다. 정기룡 휘하에는 토왜군 외에도 28개 군 관병이 소속돼 있었다. 그 관병을 직접 거느린 것은 각 고을 수령이므로 28개 군의 수령들 또한 정기룡의 휘하에 소속되어 있는 셈이었다. 하지만 정기룡은 수령이나 관병을 한곳에 불러 모아서 작전을 펼치지 않았다. 왜적이 곳곳에 숨어 있어서 언제 어느 고을에 쳐들어올지 알수 없었다. 왜적이 있는 곳 주변지역 수령들에게 군사를 거느리고 달려와서 작전에 참가할 것을 명하거나, 수령들이 요청하면 토왜군을 거느리고 특정지역으로 달려가 작전을 펼치는 형태로 군사를 운용했다.

왜적은 소규모 병대로 나뉘어 산속에 숨어 있었다. 정기룡은 왜적이 있는 곳이면 경상우도 어디든 토왜군을 거느리고 달려갔고, 가차 없이 처부수었다. 대규모 왜적은 관병을 불러 합치고 대병으로 포위하여 몰아쳤다. 정기룡의 토왜군 활약으로 더는 숨을 곳을 찾을 수 없게 된 왜적은 스스로 무기를 버리고 걸어 나와 투항했다.

정기룡은 항복한 왜적을 죽이지 않고 사로잡아 둔전노비로 삼고 둔전을 일구었다. 그러자 백성들이 원망했다. 그토록 잔인하게 살육을 일삼던 왜적인데 투항했다고 살려두면 어떡하느냐는 것이었다. 투항한 왜적이라도 모두 죽여야 한다고 조정에 등장(等狀)을 올리기도 했다.

선조임금은 조정에 올라온 관련 등장을 읽고,

항왜(降倭: 항복한 왜적)를 살려두는 것을 백성들이 불안해한다는데, 죽이면 안 되는 것이오?

하고 하문했다.

그것 또한 정기룡의 책략으로, 투항하는 왜적을 죽이면 우리는 아주 중요한 전략 하나를 잃게 됩니다.

영의정 류성룡이 아뢰었다.

중요한 전략이라?

그러하옵니다. 왜국의 병사가 조선 땅에 와서 무수히 죽었으므로 그 가족들은 전쟁을 일으킨 관백을 깊이 원망하고 있을 것입니다. 그리고 죽지는 않았으나 왜국으로 돌아가지 못하고 포로가 된 왜병의 가족들은 오매불망 무사귀환을 빌며 애타게 기다리고 있습니다. 그래서 정기룡은 사로잡은 왜병들로 하여금 본국의 가족들에게 전할 서신을 작성하게 하여 그것을 왜적에게 넘겨주고 있습니다. 서신의 말미에, '왜국의 조선국 재침이 있으면 우리는 모두 죽는다.'라는 글귀를 써넣게 했으니, 서신을 받아 읽은 왜병의 가족들은 전쟁의 지속을 한사코 반대할 것입니다. 민심은 천심(天心)인데, 왜의 관백인들 민심을 잃고 전쟁을 계속할 수 있겠나이까?

정기룡이 그런 훌륭한 책략을 준비하였다니 놀랍구려. 하나 투항한 왜병이 왜적의 재침에 맞춰 반란을 일으킬 수 있다는 백성들의 염려도 새겨들어야 할 것이오.

임금이 하교했고, 류성룡은 그에 대한 대책도 충분히 세웠다고 아뢰었다. 임금은 우리 백성의 민심도 있으니 포로들에게 너무 관대하지는 말 것을 당부했다.

토왜대장 정기룡은 왜적 포로를 둔전의 노비로 삼아 농사를 짓게 하여 거기서 나오는 곡식으로 백성을 구휼하고 명나라 원군의 군량도 충당하고 있습니다. 정기룡이 잘하고 있으니 심려치 않으셔도 될 것입니다.

류성룡이 아뢰었고, 임금은 고개를 주억거렸다.

명나라 중재의 휴전협상으로 전쟁은 소강상태에 접어들었다. 양측의 군사충돌이 없지는 않았지만 전면전으로 확대되지는 않았다.

이듬해인 1594년(선조 27년) 8월 21일 영의정 류성룡은,

상주목사 정기룡은 민심을 얻었고 싸움도 잘하니 당상관으로 올리어 토포사(討捕使)로 삼을 만합니다. 만약 왜적이 다시 침공하면 상주의 낙강을 막아 지키고 혹은 물러나 토기(兔機: 요새)를 지켜야 하는데, 왜적이 움직이기 전에 도내의 토적부터 잡아 없애야 이러한 일이 제대로 될 것입니다. 이러한 일은 기룡이 아니고는 할 수 없습니다.

하고 아뢰었다. 비변사 또한,

경상도의 밀양 이북은 백성이 텅 비고 관할하는 곳이 없어 토적이 성행하고 사람들이 통행할 수 없는데 토포하는 이조차 없습니다. 상주목사 정기룡은 비록 나이는 젊어도 무재가 있고 많은 군공이 있으며 목민관으로서의 일도 잘 처리하여 아전과 백성들의 마음을 얻었습니다. 정기룡을 당상관으로 올리고 토포사란 칭호를 주어서 평시에는 토적을 잡고 왜변이 있을 때는 즉시 이 군사로 적병의 길을 끊게 하소서.

하고 아뢰었다. 임금은 매우 온당하다고 했고, 정기룡을 통정대부(通政大夫: 정3품 상계)로 가자(加資)하고 토포사를 겸하게 했다.

전쟁 초기 왜적으로 위장하고 도적질을 일삼던 토적이 진화하여 의병으로 위장하고 떼로 몰려다니면서 그렇잖아도 힘든 백성들을 더욱 괴롭히고 있었다. 하여 백성들 사이에서는 왜적보다 토적이 더 무섭다는 말이 돌았다. 이에 각 군영과 관아는 왜적 대신 토적을 토평하느라 애를 먹고 있었다.

대대적 토적 토평이 전개되면서 의병이 토적으로 오인되어 체포되는 일까지 심심찮게 벌어졌다. 김산 의병장 여대로(呂大老)의 경우가 그 한 예였다. 송유진(宋儒眞)과 오원종(吳元宗), 홍근(洪瑾) 등의 토적이 의병

으로 위장하고 평택과 아산의 군기고 무기를 약탈한 후 도적질을 일삼다가 충청도병마절도사 변양준(邊良俊)에게 체포됐다. 임금이 친히 국문했는데, 그 과정에서 가야산(伽倻山) 민란군 우두머리가 여대로라는 소문을 들었다는 진술이 나왔다. 여대로는 토적괴수로 오해받았고, 류성룡이 승지(承旨) 윤승길(尹承吉)에게 조사하게 해서 여대로가 진짜 의병장임을 확인하고 누명을 벗겨주었다.

토적의 상당수는 순왜 전력으로 이웃의 원망을 사서 살던 곳으로 돌아갈 수 없는 사람들이었다. 그들은 전력이 드러나 이웃들에게 맞아죽거나 처벌받을 것이 두려웠고, 그래서 뭉쳐 다니며 도적질로 양식을 구했다. 토포사 정기룡은 군사를 거느리고 경상우도 곳곳을 돌며 그들을 사로잡아 건장한 사람은 군사로 삼고 나머지는 군노로 삼았다. 그래서 경상우도 중에서 왜적이 물러간 대부분의 지역은 전쟁 전의 모습을 회복했고, 백성들은 살던 곳으로 돌아가 안심하고 생업에 종사할 수 있게 됐다.

1596년(선조 29년) 8월 18일, 조선 통신정사 황신(黃愼)과 부사 박홍장(朴弘長)은 명나라의 책봉사 양방형(楊方亨), 부사 심유경(沈惟敬)과 함께 왜국으로 건너갔고, 왜국 관백 도요토미 히데요시와 협상했다. 황신과 박홍장은 류성룡의 협상 지침에 따라 왜국의 무조건적 항복을 요구했다. 그러나 도요토미 히데요시는 황신과 박홍장을 숯불 위에 올려서 불태워 죽이겠다고 야만적인 협박을 했고, 조선의 항복 없이는 군사를 철수시킬 수 없다고 버텼다. 황신과 박홍장은 도요토미 히데요시의 협박에 굴하지 않고 의연히 대처하며 왜국이 항복하여 스스로 전쟁을 끝내지 않으면 조선이 대군으로 왜국을 정벌하게 될 것이라고 맞받았다. 협상은 결렬됐고, 도요토미 히데요시는 조선 재침을 결정했다.

1597년 7월 7일, 왜국에서 미리 건너와 부산에 정박 중이던 왜적 병선 5백여 척이 바다로 나아갔고, 9일에 대마도에서 온 병선과 바다 위에서 합쳤다. 그리고는 칠천량(漆川梁)에 주둔 중이던 조선 수군을 급습했다. 이때는 이순신이 백의종군 중이었다. 원균(元均)이 이끄는 조선수군은 칠천량해전에서 참패했고, 원균은 배를 버리고 육지로 달아났다.

정유재란(丁酉再亂) 발발 소식에 정기룡은 군사를 거느리고 선산(善山: 지금의 구미)으로 갔고, 금오산성(金烏山城)에 주둔하며 추풍령으로 향하는 길과 낙강을 지켰다.

왜장 모리 히데모토(毛利秀元) 휘하의 선봉대가 병선을 이용해 낙강으로 올라왔다. 낙강이 뚫리면 속수무책 상주까지의 길이 열릴 것이며, 또한 추풍령 방어도 어려워질 것이었다. 정기룡은 인근 9개 군 수령들에게도 관병을 거느리고 달려올 것을 명했고, 오고 있는 왜적을 기다렸다.

2

내일 새벽이면 출전할 것이고, 치열한 전투가 벌어질 터였다. 정기룡은 병사들을 배불리 먹이고 잠도 푹 자게 했고, 자신도 일찍 잠자리에 들었다. 그런데 도무지 잠이 오지 않았다. 오랜만에 큰 전투를 앞두고 있기 때문이지 싶었다.

휴전기간 동안 정기룡의 관할지인 경상우도에서는 큰 전투가 벌어지지 않았다. 그런데 정유년의 재란으로 다시 전면전이 벌어졌다. 백성들은 또 피난보따리를 싸야 하는가? 임진년에 야만적인 왜적은 피난촌까지 찾아다니며 무지막지하게 양민을 학살했고, 온 산천에 피의 냇물이 흘렀다. 백성들에게 다시 그 고통을 겪게 하지 않으려면 임진년의 실수를 되풀이하지 않아야 한다.

정기룡은 이런저런 생각을 하느라 좀처럼 잠들지 못하고 뒤척이다가 결국 잠을 포기했고, 잠자리에서 일어나 밖으로 나갔다. 산성을 비추는 달빛이 유난히 밝았다. 임박한 전투의 계책을 구상하며 성내를 산보하는데, 문득 죽은 아내 진주 강씨가 보고 싶었다. 꽃 같던 소녀. 토끼풀 꽃반지를 바라보며 해맑게 웃던 그 소녀가 그리워 울컥했고, 눈시울이 뜨거워졌다. 약해지지 않으려 심호흡을 하고 있을 때 어디선가 한숨소리가 들렸다. 그 소리를 좇아 눈길을 돌렸는데, 저쪽 잔디 위에 앉아서 달을 쳐다보고 있는 한 병사가 눈에 들어왔다. 정기룡은 헛기침하여 인기척을 냈고, 살짝 놀라며 인사하는 병사 곁으로 천천히 다가가서 얼굴을 살폈다. 황찬용이었다.

황찬용은 경상우방어영에서 처음 정기룡을 만나 맹세한 후 줄곧 운명을 함께했다. 원소속이 밀성(밀양성)의 성병이었음에도 정기룡과 김태허가 헤어질 때 김태허 허락을 구하고 정기룡을 따라갔었다.

잠이 오지 않는 겐가?

정기룡이 황찬용 옆에 엉덩이를 내려놓고 앉으며 물었다.

싸움엔 이골이 났다고 생각했는데 오늘은 왜 이리 떨리는지 모르겠습니다. 나리를 따라서 치른 전투가 손에 꼽을 수도 없을 만큼 많은데, 단 한 번도 패한 적이 없어 여태 무사할 수 있었습니다. 그런데 이번 전투는 왠지 두렵습니다.

오랜만에 왜적을 만나기 때문일 게야. 나도 오늘은 그대만큼이나 떨리네.

나리도 두려울 때가 있습니까?

나라고 어찌 두려움이 없겠나. 우리가 왜적과 처음 정면대결을 펼쳤던 신창에서의 전투를 기억하겠지?

그 전투를 어찌 잊을 수 있겠습니까?

그땐 참말로 두렵고 떨렸다네. 적의 조총 따위 겁낼 것 없다는 것을 보여주겠다고 큰소리치고 달려가 60보 떨어진 거리의 적 조총구 앞에 섰지만 내가 계산했던 사거리 50보를 넘으면 어쩌나 얼마나 두렵고 떨리던지……. 내가 잘못 파악한 것이면 바로 죽음이기에 도망치고 싶다는 생각밖에 들지 않았어. 이윽고 총소리가 들렸을 땐 얼마나 놀랐든지 오줌까지 지렸다네.

저희도 그땐 참말 떨렸습니다. 저희에게도 그것이 첫 전투였으니까요. 왜적에게 화살 몇 번 쏜 후 쫓겨 달아나본 적은 있었어도 감히 정면 대결할 생각은 못했는데, 나리께서 홀로 적진 앞으로 달려가서 천둥 같은 조총 소리에도 움찔 않고 당당히 각궁을 쏘는 모습을 보고 어찌나 감명을 받았던지……. 그래서 저희는 나리가 두려움을 모르시는 분인 줄 알았습니다.

두려움은 생존본능이 만드는 감정인데 어찌 없는 사람이 있을 수 있겠는가? 다만 어떻게 그것을 극복하느냐의 문제인 것이네.

처자식이 보고 싶습니다. 이번 전쟁도 무사히 넘겨야 할 터인데…….

우리가 그들을 지키고자 이 고생을 하고 있는 것 아니겠나? 나도 오늘 따라 유난히 죽은 아내가 보고 싶네. 내가 더욱 열심히 싸웠더라면 그 사람은 어쩌면 죽지 않았을 수도 있지 않았을까 싶은 것이……. 다시 그 불행을 겪지 않으려면 이번 전투를 반드시 승리하여야 할 것이네.

정기룡은 황찬용의 어깨에 손을 얹고 힘주어 끌어안았다.

이튿날 새벽, 토포군은 출정을 위해 성루 앞에 도열했다.

나는 그대들을 믿는다. 우리의 칼은 정의롭고 왜적의 칼은 비겁하니, 하늘은 우리 편이다. 왜적이 비록 도의(道義)를 모르는 야만인이라지만 남의 나라를 함부로 쳐들어와 짓밟고 있으므로 양지(良知)가 있다면 스스로 부끄러울 것이며, 무모한 살육에 죄책감을 느낄 것이다. 같은 피를 뿌려도 우리는 하늘이 지켜줄 것이나, 저들은 죽은 자의 원혼에 시달릴 것이다. 우리의 칼은 정의이고 저들의 칼은 죄악인데 어찌 질 수 있겠는가! 부디 힘껏 싸워서 우리의 가족친지가 왜적의 칼에 희생되지 않도록 반드시 이겨주기 바란다.

성루에 모습을 드러낸 정기룡은 우렁찬 목소리로 병사들을 격려했다. 이에 병사들은 하늘이 떠나갈 듯한 함성으로 화답하고 필승의지를 다졌다.

적은 앞과 양쪽 측방을 경계하며 올라올 것이다. 우리 군사는 적이 칠곡을 통과하도록 두었다가 강폭이 좁은 석적(石積)에 들어서면 경계가 허술한 후미를 공격할 것이다. 그러면 적은 앞에 더 많은 우리 복병이 있을 것이라 예상하고 앞으로 나아가지 않고 돌아서서 싸울 것이다. 그때 우리는 재빨리 빠져서 강 양쪽 절벽 위로 올라갈 것이며, 이번엔 화전으로 적 병선에 불을 지르고 투석을 날려서 공격할 것이다.

정기룡은 휘하 무관들에게 작전을 지시한 후 군사를 거느리고 성문을 나섰고, 적이 오고 있는 곳으로 갔다. 강 양쪽에 군사를 숨기고 기다렸다가 적이 앞을 완전히 통과한 후 전광석화처럼 빠르게 그 후미를 공격했다.

왜적은 예상치 못한 조선군의 후미 공격에 당황했고, 허둥지둥 뱃머리를 돌려서 대조총으로 맞대응했다. 그런데 왜적 병선 전체가 뱃머리를 돌렸을 즈음 후미를 공격하던 조선 기병이 순식간에 사라지고 보이지 않았다.

왜적 선봉군장은 뱃머리를 되돌리지 못하고 그 상태로 잠시 대기했고, 조선군이 다시 나타나기를 기다렸다. 잠시 후 양쪽 강 옆 산꼭대기에 조선 기병이 모습을 드러내고 화전을 쏘아 병선에 불을 질렀다. 보이지 않는 곳에 포거를 세우고 굵은 돌을 날려서 병선을 부수고 왜병을 죽였다. 왜적 선봉군장은 배를 정박하고 내려서 싸우려 했으나 양쪽이 절벽인데다 물살도 빠르고 깊어서 내릴 수 없었다. 대조총을 쏘려 해도 절벽에 막혀서 그 또한 쏠 수 없었다.

병선을 하류 쪽으로 이동시켜라! 강폭이 넓은 곳까지 내려가라!

왜적 선봉군장이 소리쳤고, 병선은 일제히 하류로 내려가기 시작했다.

왜적이 더는 상류로 올라가려 하지 않을 것이라는 정기룡의 예상이 적중했다. 정기룡의 군사는 하류로 내려가는 왜적 병선을 뒤쫓으며 그 후미를 계속 공격했다. 앞장서서 군사를 이끌며 활을 쏘던 정기룡이 문득 뒤를 돌아보았는데, 황찬용이 가장 용감하게 싸우고 있었다. 정기룡은 말머리를 돌려서 황찬용에게 달려갔고,

두렵지 않은가?

소리쳐 물었다.

하늘이 우리 편인데 어찌 공포감 따위에 굴복하겠습니까?

황찬용이 환하게 웃으며 대답했다. 정기룡은 마음 든든한 표정을 지었고, 황찬용의 어깨를 두드려 격려했다.

왜적은 칠곡의 강폭이 넓은 곳에 병선을 정박하고 내려서 싸우려 했다. 그러나 그곳에는 이미 정기룡이 불러서 숨겨둔 인근 9개 군의 관병이 왜적을 기다리고 있었다.

왜적이 병선에서 내려 강변에 진을 펼쳤다. 정기룡의 토포군과 경상우

도 9개 군 관병은 멀리서 화살을 쏘며 공격했다. 그러는 사이 토포군 화력대는 강변에 화차와 현자총을 끌어다놓고 병선만 집중적으로 부수고 불을 질렀다. 그리고 조선 백성들도 굵은 통나무를 강물에 흘려보내 왜적 병선에 충격을 가했다.

왜적 선봉군장은 정기룡이 병선을 모두 부수거나 불살라서 왜병을 경상우도 내륙에 고립시키고 원군을 불러 멸살하려는 것이라고 의심했다. 조선군 주력병력이 가까이 다가오지 않고 조금씩 뒷걸음질 치며 각궁으로 싸우는 것도 왜병을 병선에서 떨어뜨리려는 유인책일 터였다. 왜병의 수가 많으므로 싸우면 이길 수 있겠으나 조선군이 정면대결을 피하며 계속 뒷걸음질 친다면 병선과 너무 멀리 떨어지게 될 것이고, 그 사이 병선이 모두 불타거나 부서질지도 몰랐다. 왜적 선봉군장은 그것을 걱정하지 않을 수 없었다. 그래서 싸움을 포기하고 군사를 돌려세웠고, 병선에 다시 올라 싸우며 불을 끄게 했다.

왜병 다수가 불을 끄느라 무기를 들 수 없었고, 조선군의 공격은 거셌다. 왜적 선봉군장은 불 끄는 것을 중단할 수도, 그렇다고 다시 내려서 싸울 수도 없었으므로 후퇴를 명했다. 하류로 이동하며 병선에 붙은 불을 끄겠다는 생각이었다. 그러나 조선 백성들이 강물에 떠내려 보낸 통나무들이 병선과 부딪히며 엉켜 있어서 출발이 쉽지 않았다. 왜병들이 그것을 치우느라 지체하는 사이에도 조선군의 공격은 계속됐고, 왜적은 제대로 싸워보지도 못하고 상당한 피해를 입었다.

초반에 기세가 꺾인 왜적은 결국 싸움을 포기하고 도주했다. 정기룡은 달아나는 왜적을 뒤쫓으며 계속 공격했고, 많은 왜적을 죽이고 여러 척의 병선을 침몰시켰다. 대부분의 왜적 병선은 조선군의 계속된 공격에 상당히 망가져서 약간의 공격만 더 받아도 쉽게 부서질 것 같았다. 때문에 왜적은 멈추어 싸울 생각도 못해보고 쉼 없이 달아났고, 왜장 모리 히데모토의 본진이 있는 합천까지 가서야 멈추었다.

정기룡이라 하였나?

선봉군장으로부터 토포사 정기룡의 깃발을 보았다는 보고를 받은 모리 히데모토의 눈이 빛을 뿜었다.

정기룡이다, 정기룡. 그 이름을 꼭 기억해다오.

양아버지인 다이묘(大名) 모리 데루모토(毛利輝元)는 출정에 나서는 양아들 모리 히데모토의 손을 잡고 신신당부했었다.

모리 데루모토 휘하 부장 가토 미쓰야스는 상주성전투에서 정기룡의 감사군에게 대패하여 많은 군사를 잃고도 상주성을 지키지 못했다. 패장은 가토 미쓰야스였지만 그 책임은 온전히 주장인 모리 데루모토의 몫이었다. 상주성을 잃은 왜적은 보급로가 완전히 차단되어 본국에서 보내온 화약과 무기류는 물론이고 경상도지역에서 노략질한 병량과 의복 등도 최전선으로 올려 보낼 수 없었다. 화약과 총탄이 떨어지고 추위에 떨며 굶주리기까지 한 최전선의 왜적은 조명연합군의 반격에 제대로 대응할 수 없었다. 야밤에 평양성을 빠져나가 달아나기 바빴고, 속절없이 밀려서 후퇴에 후퇴를 거듭해야 했다.

만일 모리 데루모토가 상주성을 지켜냈더라면 우리가 그토록 처참하게 패하지는 않았을 것입니다.

조선국에 출병한 왜장들은 한결같이 패배의 책임을 모리 데루모토에게 돌렸다. 왜국 관백 도요토미 히데요시는 대로했고, 모리 데루모토를 본국으로 소환하고 책임을 물었다.

모리 데루모토는 자신에게 그 수모를 안긴 정기룡을 잊을 수 없었다. 다이묘로서의 체면만 구겼다면 그토록 이를 갈지는 않았을 것이다. 도요토미 히데요시는 모리 데루모토의 영지까지 빼앗아서 모리가문을 아주 없애려 했다. 모리 데루모토는 무릎을 꿇고 엎드려 눈물로 빌었고, 더 많은 군사를 모집하여 반드시 응징하겠다는 약조를 하고서야 겨우 용서받을 수 있었다.

모리 데루모토는 그 후 많은 재물을 풀어서 조선으로 보낼 군사를 모집했고, 그 군사를 양자인 무사 모리 히데모토에게 맡겨 조선으로 출병시키며 반드시 정기룡에게 복수하여 가문을 지켜달라고 신신당부했던 것이다.

모리 히데모토의 손에 모리가문의 명운이 걸려 있었다. 그가 3만5천의 군사를 거느리고 경상우도로 진격한 이유도 정기룡을 만나기 위해서였다. 그런데 첫 대결은 패배였다.

3

모리 히데모토가 거느린 왜군은 경상우도 내륙으로, 가토 기요마사가 거느린 왜군은 경상우도 함양을 통과하여 호남으로, 고니시 유키나가(小西行長)가 거느린 왜군은 병선을 이용해 호남으로 수륙병진했다. 그리고 명나라는 마귀(麻貴)와, 유정, 진린(陳璘), 양호(楊鎬), 두사충(杜思忠), 천만리(千萬里), 만세덕(萬世德) 등의 장수와 군사를 조선으로 보내 구원케 했다.

당시 조선의 4도체찰사(四道都體察使)는 이원익(李元翼)이었고, 도원수는 권율이었다. 영의정 류성룡은 도원수 권율로 하여금 충청도 한진(漢津: 지금의 아산만 한진포구)으로 가서 바다를 건너오게 될 명나라

232

원군과 군사를 합치고 연합작전을 의논하라고 명했다. 그리고 4도체찰사 이원익은 경상도로 가서 권율의 빈자리를 메우게 했다. 그래서 권율은 군사를 거느리고 초계(草溪: 지금의 합천) 원수부를 떠나 충청도로 올라가고 이원익은 경상도로 내려오게 됐다.

이원익은 경상우도병마절도사 김응서(金應瑞)로 하여금 19개 군 관병을 불러 경상우영군과 합치고 함양으로 향한 가토 기요마사의 왜적을 막게 했다. 그리고 경상감사 이용순(李用淳)과 토포사 겸 상주목사 정기룡, 경상도방어사 고언백(高彦伯) 등에게 군사를 거느리고 가서 경상우도 내륙으로 올라오고 있는 모리 히데모토의 왜적을 막게 했고, 이원익 자신도 고령으로 가서 대마평(大馬坪)에 영채를 세웠다. 정기룡은 9개 군 수령의 군사와 5백여 명의 토포군을 거느리고 고령으로 달려갔고, 7월 15일 녹가전(綠價田)에 영채를 세웠다.

왜장 모리 히데모토는 3만5천의 군사를 거느리고 성주와 고령 사이로 치고 올라왔고, 용담천(龍潭川: 지금의 안림천)에 목책을 세우고 진쳤다.

정기룡은 무사 10여 명을 거느리고 직접 정찰을 나가서 주변 지형을 살펴두었다. 또, 토포군 척후장 이희춘(李希春)과 돌격장 황치원(黃致遠)에게 밤에 각각의 군사 1백여 명씩을 거느리고 나가서 적의 동태를 살피고 오게 했다. 정기룡은 그들이 진문을 나서기 전,

적진이 가까우므로 적 정찰군과 맞닥뜨릴 가능성이 있다. 척후장이 군사를 거느리고 앞서가고, 돌격장은 몇 백 보 떨어져서 따라가라. 척후장은 적과 맞닥뜨리거든 휘파람을 불어 신호하고, 돌격장은 군사를 숨기고 매복하라.

하고 지시했다.

이희춘과 황치원은 군사를 거느리고 척후를 나갔다. 그런데 앞서가던

이희춘이 숲속에서 5백여 명의 왜적 정찰군과 맞닥뜨렸다. 정기룡의 예상이 이번에도 적중한 것이다. 이희춘은 즉시 휘파람으로 신호를 보냈고, 왜적이 두려워 달아나는 척하며 군사를 돌려서 달렸다.

왜적 정찰군은 수적 우세를 확인하고 토포군 척후대를 맹추격했다. 이희춘은 황치원 돌격장이 군사를 숨기고 기다리고 있을 것으로 예상되는 지점으로 왜적을 유인했고, 황치원의 돌격대는 왜적을 기다렸다가 급습했다. 달아나던 이희춘도 군사를 돌려서 왜적과 싸웠다.

조선 토포군의 급습에 왜병들이 놀라 흩어졌고, 순식간에 수십 명이 죽어나갔다. 왜적 정찰군장은 속은 것을 알고 급히 후퇴를 명했다. 토포군 돌격대는 큰소리로 명을 내리는 자가 왜적 정찰군장임을 알고 그곳을 향해 올가미를 던졌고, 목을 거는데 성공했다. 올가미에 목이 걸린 왜적 정찰군장은 칼로 밧줄을 끊으려 했다. 그러나 토포군이 말을 달려 밧줄을 끌어당겼으므로 마상에서 굴러 떨어지며 손에서 칼을 놓쳤다.

왜적 정찰군장은 자신의 몸이 어디론가 끌려가고 있다는 것을 알았지만 확인할 틈이 없었다. 목을 조여 오는 밧줄 때문에 숨이 막혔고, 두 손을 올가미 사이에 밀어 넣어 숨을 확보하기에 바빴다. 그런데 어느 순간 밧줄이 느슨해지며 숨이 확 트였다. 이제 살았구나, 하고 막혔던 숨을 몰아쉬며 고개를 들었는데, 어두운 중에도 자신이 조선군 병사들에게 둘러싸여 있다는 것을 알 수 있었다. 달아나려고 하면 사방에서 창칼이 날아들 것이었다.

왜적 정찰군장은 자기 병사들이 구해줄 것이라고 기대하며 뒤를 돌아보았는데, 살려달라는 왜병들의 울부짖음이 숲에 가득 울려 퍼지고 있었다. 조선군 칼에 맞은 왜적 부상병들의 울부짖음이었다. 그리고 저 멀리서도 계속해서 비명소리가 들려오고 있었는데, 조선군이 달아나는 왜병을 추격하며 계속 목을 베고 있는 듯했다.

이희춘과 황치원은 그날 밤 왜적 1백여 명의 목을 베고 정찰군장을 사로잡아서 녹가전 군영으로 돌아왔다. 정기룡은 왜적 정찰군장으로부터 정보를 캐내기 위해 도체찰사 이원익이 있는 대마평 영채로 끌고 갔다. 이원익은 크게 기뻐하며 토포군을 찬했고,

그대가 비록 젊으나 그 지략이 여느 장수 못지않다는 것을 잘 알고 있네. 내 큰 전투를 앞두고 군사를 집결시켰는데, 무작정 쳐서는 이기더라도 피해가 커서 전사자 가족들의 원망이 높을 것이라. 그렇다고 싸우지 않으면 임진년처럼 될 터인데, 우리의 피해를 최소로 하여 적을 무찌르려면 어떻게 해야 할까?

정기룡에게 차를 대접하며 계책을 물었다.

적만 죽이고 우리는 사는 계책으로 유인격멸책만한 것이 있겠습니까?

정기룡이 말했다.

뻔한 전법에는 적이 쉽사리 말려들지 않을 것이라.

뻔하지 않을 수도 있습니다. 적장 모리 히데모토는 왜의 다이묘 모리 데루모토의 양자로, 그 가문을 대표하여 군사를 거느리고 왔습니다. 그런데 그 양부가 저에게 큰 원한을 품고 있습니다. 그러므로 제가 나타나면 모리 히데모토는 반드시 죽이려할 것입니다. 그 점을 이용해서 제가 적을 유인해보겠습니다.

그래? 그렇다면 시도해볼 만한 계책이겠군. 하면…… 적을 유인해서 격멸할 장소는 어디인가?

이원익이 반색하며 말했다.

제가 정찰을 다니며 살펴보았는데, 이동현(李同峴)고개가 적당하더이다.

내가 그곳에 군사를 숨기고 기다리기만 하면 되는 것인가?

유인을 할 때 추격에 나선 적이 잔뜩 경계한다면 효과를 보기 어렵습니다. 밀고 밀리는 공방전으로 적을 바짝 약올려놓아야 오로지 앞만 보고 달립니다. 우리가 화차와 총통, 대완구를 총동원하여 강 건너에서 공격하면 적은 대조총과 조총으로 대응할 것입니다. 수차례의 공방전이 있은 후 적진 방책이 일부 무너졌을 때 저희 토포군이 말을 타고 빠르게 도하하여 적진으로 치고 들어가겠습니다. 체찰사께서는 그때 군사를 물려서 이동현으로 이동하고 숨겨주십시오.

겨우 5백의 군사로 3만5천의 적이 도사리고 있는 적진에 뛰어들겠다는 것인가?

이원익은 제정신인지 의심하는 눈으로 정기룡을 바라보았다.

적은 그것을 예상하지 못할 것이므로 막지도 못합니다.

세상 사람들이 토포군을 일컬어 하늘이 보낸 군사라 한다지만, 아무리 그래도 그건 너무 무모하네.

이원익은 말도 안 된다며 고개를 절레절레 저었다.

무모해야 적이 우릴 얕봅니다. 얕보았던 상대에게 당하면 약이 오르는 법이구요. 저희 토포군이 신속히 치고 빠지기를 반복하며 무너진 방책을 수리하지 못하게 방해하면, 적은 밤이 오기 전에 방책을 수리하기 위해서라도 진문을 열고 달려 나올 것입니다.

그러다가 잘못 돼서 토포사의 군사가 전멸하면?

전투에서 전멸당하지 않을 거라고 어느 누가 감히 장담할 수 있겠습니까? 다만 싸워도 죽고 싸우지 않아도 죽는 것이라면, 저희는 싸우다가 죽기를 원합니다.

정기룡이 굳세게 말했는데, 위풍당당한 그 모습이 보는 이를 압도했다.

꼭 영상대감처럼 말하는군.

이원익이 '싸워도 죽고 싸우지 않아도 죽는다!'라는 류성룡의 말을 떠올리며 말했는데, 정기룡의 기개에 감탄해서 하는 칭찬이었다.

이원익은 정기룡의 계책을 채택했고, 이튿날 아침 일찍 용담천 월변 (越邊)에 진을 펼치고 공격을 명했다. 조선군의 공격이 개시됐지만 적은 호남으로 향한 왜적과 날짜를 맞추어 진격하려는 듯 진문을 나서지 않고 군기 지키기만 했다. 이원익도 무리하지 않았으므로 양측은 총포를 주고받으며 탐색만 하는 선에서 첫 전투를 끝냈다.

이즈음, 왜적의 재침에 다급해진 선조임금은 백의종군 중이던 이순신을 전라좌도수군절도사 겸 삼도통제사에 임명했다. 그러자 호남으로 쳐들어간 왜적은 이순신이 수군을 재건하기 전에 호남 땅에서 충분한 병량을 확보하고 한양으로 치고 올라가기 위해 더욱 서둘렀다. 경상우도로 들어선 왜장 모리 히데모토도 이에 발맞춰 진격하려는 움직임이었다.

왜적이 곧 진문을 열고 스스로 움직일 것 같습니다. 그 전에 도모해야 합니다.

정기룡이 왜적의 수상한 동태를 감지하고 이원익에게 가서 말했다.

그리 하세. 내일 계책에 맞게 군사를 배치하겠네.

이원익은 이튿날 모든 화기를 총동원하여 왜진을 공격했다. 신기전이 새까맣게 하늘을 뒤덮고 총통과 대완구가 불을 뿜으며 포환과 비격진천뢰를 날렸다. 왜적도 대조총을 쏘며 맞섰다. 용담천을 사이에 두고 조선군과 왜적은 수차례 공방을 주고받았다.

오전 내내 공격을 퍼부은 이원익은 점심때가 되어 잠시 전투를 중단하고 군사를 뒤로 물렸고, 병사들의 배를 불리고 무기를 정비했다. 충분히 쉰 다음 다시 공격을 명했다. 화차와 총통, 대완구 등의 화기가 쉴 새 없이 불을 뿜었고, 적진 방책은 곳곳이 부서지고 불탔다. 경상감영군 기병은 말을 타고 천변을 달리며 금방이라도 도하할 듯 말 듯 시위했고, 기병이 물을 건너려 할 때마다 왜적의 화력은 천으로 집중됐다.

그러기를 수차례 반복했을 때였다. 조선군이 갑자기 화기를 뒤로 물리더니 철수를 시작했다. 왜장 모리 히데모토는 조선군의 화약이 다 떨어져서 도망치려는 모양이라고 생각했고, 진문을 열고 나가 추격하려 했다. 그런데 그때 정기룡의 토포군 5백여 기병이 토포사 깃발을 앞세우고 말을 달려 천변에 나타났다. 망대에 올라 망을 보던 왜적 망루병이 토포사 깃발을 발견했고,

정기룡이다! 정기룡의 토포군이 왔다!

하고 소리쳤다. 막부로부터 조선군 토포군이 나타나면 바로 알릴 것을 지시받았던 것이다.

왜장 모리 히데모토는 사실인지 확인하기 위해 직접 높은 곳으로 올라갔고, 용담천 건너 조선군을 바라보았다. 정기룡의 토포군이 뿌연 먼지를 일으키며 말을 달려 하류 쪽으로 향하는 모습이 눈에 들어왔다.

드디어 저놈을 만나게 되었군.

모리 히데모토가 회심의 미소를 지으며 중얼거렸고, 조선군 본대는 퇴각하게 두고 정기룡의 토포군부터 치라고 명했다.

하류 쪽으로 얼마간 내려간 정기룡의 토포군은 망설임 하나 없이 용담천에 뛰어들어 도하를 시작했다. 모리 히데모토는 대조총 방향을 용담천 하류 쪽으로 틀어 도하 중인 토포군을 쏘게 했다.

왜진에서 토포군을 향해 대조총 백여 발이 발사됐다. 그러나 날아간 포환은 토포군에 미치지 못하고 냇물로 떨어졌다. 포환에 물길이 치솟았지만 토포사 깃발을 앞세운 토포군은 움찔하는 기색도 없이 태연히 천을 건넜다. 대조총 사거리가 미치지 못한다는 것을 알기 때문이었다.

천을 건넌 조선 토포군은 전열을 정비했다. 기수가 뒤로 빠졌고, 검은 갑옷을 입고 환도를 찬 채 늠름하게 마상에 앉은 7척 신장의 정기룡 토포사가 대열 앞쪽으로 와서 섰다.

정기룡이 천을 건너왔다. 저들을 공격하라!

왜장 모리 히데모토는 정기룡이 제 발로 무덤을 찾아왔다고 기뻐하며 즉각 공격을 명했다. 이에 조총대와 궁수대, 보병으로 이루어진 왜적 1개 군진이 진문을 열고 달려 나가기 위해 출격대형을 갖추었다. 그때 정기룡의 토포군이 갑자기 말을 달려 번개 같은 속도로 왜진 방책으로 붙었고, 말을 타고 방책을 따라 돌며 뭔가가 든 주머니를 목책 너머로 던져 넣었다. 그것은 진문을 열고 나가기 위해 모였던 왜병들 사이에 떨어졌고, 큰 폭음을 내며 폭발했다. 비격진천뢰였다. 폭음과 함께 터져 나온 빙철이 사방으로 퍼졌고, 빙철에 맞은 왜병들이 피를 쏟으며 쓰러졌다. 바로 뒤이어 백여 발의 화살이 무너진 방책 사이로 날아들어 왜병들 몸에 꽂혔다. 토포군이 이번에는 각궁으로 공격하고 있었다.

왜적 조총수와 궁수들이 급히 장전하고 토포군을 향해 수백 발의 총탄과 화살을 쏘며 대응했다. 그런데 토포군은 어느 새 80보 밖으로 물러나 있었고, 계속해서 각궁을 쏘았다. 토포군이 왜궁의 최대사거리인 80보 밖에서 공격했으므로 왜병만 죽고 토포군은 멀쩡했다. 그것을 본 왜장 모리 히데모토는 방패수를 앞으로 내보내 궁수와 조총수를 숨기게 했고, 토포군이 사거리 내로 접근하길 기다렸다가 쏘게 했다. 그러자 정기룡은 병사들에게 화전을 준비시키고 일제히 쏘게 해서 방패에 불을 붙였다. 그리고 다음 순간,

용맹한 전사들이여, 돌격하라!

정기룡이 우렁차게 소리쳤는데, 왜진 내에까지 그 소리가 들렸다.

토포군이 뿌연 먼지를 일으키며 바람처럼 빠르게 말달려 왜진에 접근했다. 왜장 모리 히데모토는 빨리 정기룡을 쏴 죽이라고 바락바락 악을 썼다. 그러나 방패가 불타면서 피어오른 연기 때문에 왜적 조총수와 궁수들은 눈이 매워서 제대로 사격을 할 수 없었다. 그 사이 토포군은 이미 무너진 방책을 통해 진내로 뛰어들어 닥치는 왜적을 쳐부수고 있었다. 겨우 5백에 불과한 토포군이었지만 말을 타고 이리저리 정신없이 돌아치며 칼과 각궁을 번갈아 사용해 공격을 퍼부었으므로 왜적은 효과적 대응을 할 수 없었다.

정기룡을 죽이는 사람을 나의 장수로 삼을 것이다!

왜장 모리 히데모토는 대조총대를 제외한 나머지 모든 군사를 투입해 정기룡을 죽이게 했다. 그러자 정기룡은 후퇴를 명했고, 군사를 거두어서 재빨리 왜진을 빠져나갔다. 토포군이 후퇴하면서도 마상에서 상체를 돌려 각궁을 계속 쏘았으므로 왜적 보병은 추격할 수 없었다. 왜적이 왜궁과 조총으로 토포군을 공격했다. 그러나 토포군은 이미 사거리 밖으로 멀어져 있었다.

약이 오를 대로 올라서 더는 인내할 수 없는 한계에 이른 왜장 모리 히데모토는 기마부장에게,

진문을 열고 나가 정기룡을 죽일 때까지 추격하라!

하고 명했다.

조선 토포군의 열 배가 넘는 왜적 기병이 새까맣게 진문 밖으로 쏟아져 나왔다. 토포군은 화살을 쏘며 왜적을 공격하다가 달아나고, 달아나다가 유리한 지형이 나오면 돌아서서 공격했다. 공격하다 지치면 달아나고, 달아나다가도 돌연 돌아서 싸우기를 반복하며 이동현고개로 향했다.

수천의 왜적 기병이 정기룡의 토포군을 좇아서 이동현고개 아래 골짜

기로 들어섰다. 그때 문득 골짜기 양쪽 위에서 큰 함성이 일었고, 굵은 돌이 머리 위로 쏟아졌다. 왜적 기마부장은 아차 싶어서 고개를 들고 좌우 골짜기 위를 쳐다보았다. 조선군이 새까맣게 늘어서 있었다.

조선군은 산둥성이에 수백 대의 포거를 늘어세우고 돌을 날려서 공격을 퍼부었고, 혹은 지렛대로 바윗돌을 뽑아 절벽 아래로 굴리기도 했다. 왜적 기병은 조총으로 힘껏 맞섰지만 조선군이 있는 곳까지 사거리가 미치지 못했다. 조선군의 공격은 계속돼서, 돌이 멈추면 화살이 날아들었고, 화살이 멈추면 화차가 불을 뿜고 비격진천뢰가 날아들었다. 또한 달아나던 정기룡의 토포군도 돌아서서 공격을 퍼부었다.

왜적 기마부장은 유인에 말려든 것을 알고 군사를 돌려서 달아나려 했다. 그러나 뒤쪽에도 조선군이 가로막고 있었다. 저마다 나뭇단을 하나씩 짊어지고 온 조선군이 곳곳에 집채만 한 높이로 나뭇가리를 쌓고 불을 질러두었고, 그 불길과 연기 뒤에서 왜적을 기다렸다가 다가오면 공격했다.

왜적 기병은 후퇴할 길조차 없자 말에서 뛰어내렸고, 말을 버려두고 사방으로 흩어져 달아났다. 기마부장이 아무리 돌아오라고 소리쳐도 듣지 않았다.

왜병들이 조선군의 칼과 화살에 맞아 쓰러지며 지르는 비명소리가 골짜기를 가득 메웠다. 왜적 기마부장은 전세를 뒤집을 수 없다는 것을 깨닫고 도망칠 길을 찾아보려고 무사와 호위병들을 거느리고 계곡 입구 쪽으로 달려갔다. 그런데 앞쪽의 자욱한 연기 속에서 말발굽소리가 일어 점점 가까이 다가오더니 검은 갑옷을 입은 조선 무관이 단신으로 연기 속에서 불쑥 나타났다. 왜적 기마부장은 그가 정기룡임을 알아보았고, 무사들을 내보내 싸우게 했다. 그런데 정기룡의 환도가 바람을 가르는 순간 단칼에 두 명의 왜적 무사 머리가 몸과 분리되어 땅바닥에 나뒹굴었다. 그것을 본 왜적 무사들은 감히 더 칼을 휘두르지 못하고 벌벌 떨며 뒤로 물러났고, 호위왜병들은 아예 줄행랑쳐버렸다.

이랴!

정기룡은 떨고 있는 왜적 무사들을 지나쳐 반은 넋이 나간 기마부장에게 달려갔다. 왜적 기마부장이 화들짝 놀라며 말머리를 돌려 달아났다. 정기룡은 더욱 빠르게 말을 달려 왜적 기마부장의 말을 따라잡았고, 나란히 달리며 자신의 말에서 몸을 훌쩍 날려 적장의 말로 옮겨 앉았다. 워낙 순식간에 일어난 일이었기에 왜적 기마부장은 싸울 생각조차 해보지 못했다.

정기룡은 적장의 등 뒤에 앉아서 그 목에 칼을 들이댔고, 말고삐를 빼앗아 왼손에 거머쥐었다. 그리고는 말의 속도를 늦추고 방향을 돌려세웠다.

나는 조선의 토포사 정기룡이다. 혹여 살아서 돌아가거든 너희 장군에게, '모리 히데모토는 반드시 내 손에 죽는다.'라고 전하라!

정기룡은 왜적 기마부장을 호위하던 무사들에게 소리친 후 말을 몰아 연기 속으로 사라졌다. 그 뒤를 정기룡의 말이 스스로 따라갔다.

고령 이동현전투에서 왜적은 수천여 명 중 겨우 5백여 명만 살아서 돌아가고 나머지는 모두 죽었다. 조선군이 왜적 시체를 모아서 쌓았는데, 왕릉 같은 높이로 여섯 무더기나 됐다. 4도체찰사 이원익은 정기룡의 활약에 크게 감동을 받았고,

그대는 과연 하늘이 내린 무인이다.

하고 극찬했다.

반면, 겨우 도망쳐 살아 돌아온 무사로부터 정기룡의 말을 전해들은 왜장 모리 히데모토는 살이 떨리고 현기증이 일어 서 있을 수조차 없었

다. 비틀거리는 몸을 가누려 막부 기둥을 잡았고,

정기룡이 나의 발목을 잘라버렸구나.

창백한 얼굴로 혼이 나간 사람처럼 중얼거렸다. 빠른 말로 치고 빠지는 전법에 능한 정기룡의 군사를 상대하기 위해 야심차게 준비해온 기병대를 단 한 번의 전투로 잃어버렸다.

정기룡을 넘지 못하면 갈 수 없는 길인데, 그를 상대하려고 준비한 군사를 다 잃었으니 이제 어떡한다?

모리 히데모토는 정기룡이 두려워지면서 자신감을 완전히 상실했다.

호남에 상륙한 왜장 고니시 유키나가는 5만6천의 군사로 남원성(南原城)을 함락했고, 함양으로 향한 가토 기요마사는 2만7천의 군사로 황석산성(黃石山城)을 함락했다. 황석산성 전투에서 함양군수 조종도(趙宗道)와 안음현감 곽준(郭遫)이 전사했고, 김해부사 백사림(白士霖)은 도망쳤다.

왜장 가토 기요마사와 고니시 유키나가는 전주에서 만나 군사를 합치기로 하고 전주성(全州城)으로 향했다. 그러나 핵심전력인 기병을 모두 잃은 모리 히데모토는 이원익과 정기룡에게 길이 막혀 더는 전진하지 못하고 있었다.

경상우도병마절도사가 되다

1

전주성이 함락됐다. 왜적은 호남 땅에서 거두어들인 충분한 병량을 전주성에 보관하며 직산(稷山: 지금의 충남 천안)으로 향했다. 경상우도를 통과하여 추풍령을 넘게 될 왜장 모리 히데모토의 군사와 직산에서 합류하기로 약속돼 있었던 것이다. 가토 기요마사와 고니시 유키나가는 모리 히데모토의 군사가 고령에서 길이 막혔다는 소식을 듣긴 했지만 곧 헤치고 나아가 추풍령을 넘을 것으로 믿었다. 앞을 막아선 조선군이 관병연합 중심이라서 강하지 않을 것으로 예상되는데다, 그 수도 많지 않기 때문이었다.

조선 주력군을 거느린 도원수 권율은 이때 한진에 있었다. 북상 중인 왜적을 무찌르기 위해 명나라 부총병 해생(解生)과 머리를 맞대고 계책을 상의했고, 각자의 군사를 거느리고 직산으로 향했다. 직산 북쪽 소사평(素沙坪: 안성과 평택, 천안 경계에 있는 들)에서 왜적의 앞을 가로막고 싸우려는 것이었다.

왜적 가토 기요마사와 고니시 유키나가는 직산에서 멈추어 움직이지 않았다. 조명연합군이 앞을 가로막고 있음에도 싸우려 들지도 않았는데, 모리 히데모토의 군사가 아직 오지 않았기 때문이었다. 모리 히데모토의 군사가 끝내 오지 않는다면 그 전술적 공백을 어떻게 극복할 것인가? 가토 기요마사와 고니시 유키나가는 그것을 고민하며 대안을 찾고 있었다.

권율은 왜적의 고민을 간파했고, 때를 놓치지 않고 군사를 휘몰아 노도와 같이 왜적을 몰아쳤다. 왜적도 힘껏 맞서 싸웠으나 임진년 침공 때와 달리 조선군이 조총을 전혀 두려워하지 않고 그 기세 또한 강해서 당적할 수 없었다. 대조총으로 공격한 후 조총대를 앞세워 달려오는 조선군을 쏘아 쓰러뜨리고, 궁수가 그 뒤를 받쳐주며, 조선군이 주춤하면 보병이 달려가서 싸우는 병법은 더 이상 조선군을 상대로는 통하지 않았다. 조선군은 대조총 사거리 밖에 화차와 총통을 배치해 포격하고 기병으로 왜적의 뒤를 공격하여 혼란에 빠뜨리는 전술로 왜적 전열을 무너뜨렸다. 더군다나 조선군도 이제는 조선조총으로 무장한 총대(銃隊)를 앞세우고 있었고, 조선조총의 우월한 성능으로 왜군 조총대를 무력화시켰다. 조총의 장점이 통하지 않는 왜적은 더 이상 두려움의 대상이 아니었다.

왜적이 밀리는 것을 본 명나라 부총병 해생도 공격을 명했다. 왜장 가토 기요마사와 고니시 유키나가는 모든 화력을 쏟아 부으며 힘껏 막았다. 그러나 이미 약점을 보였기에 이길 수 없었고, 군사만 크게 잃고 대패해서 달아났다.

우리의 대승은 정기룡 토포사 덕분이다.

전투가 끝난 후 권율이 말했다. 정기룡이 왜장 모리 히데모토의 왜군을 막아서 통과시키지 않았기에 이길 수 있었다는 뜻이었다.

이원익과 정기룡에게 길이 막혀 더는 북상하지 못한 왜장 모리 히데모토는 왜적의 직산전투 대패 소식을 듣고 군사를 돌려서 왜성이 있는 남해안으로 후퇴했다. 정기룡은 불렀던 수령과 관병을 모두 돌려보내서 각자의 고을을 지키게 했고, 토포사 자격으로 고령 관아에서 활쏘기 대회를 개최했다. 경상우도의 강건함을 과시하여 왜적이 감히 침범할 엄두를 내지 못하게 하는 한편, 명궁수를 뽑아서 특별히 무관으로 등용될 기회를 주려는 행사였다. 무관 등용 특혜는 부족한 무관을 충당하기 위한 전시의 임시 조치였다.

활쏘기 재주가 있는 많은 장정들이 대회 참가를 위해 고령으로 몰려들었고, 재지사족도 대회 참관을 위해 몰려들었다.

토포사 나리가 아니었던들 어찌 우리가 이 자리에 있을 수 있었겠습니까? 왜적의 창칼로부터 목숨을 보존할 수 있었던 것은 오로지 나리 덕분입니다.

재지사족은 앞 다투어 정기룡에게 사례했고, 더 가까운 자리에 앉으려 경쟁했다.

이때는 영남의병장 출신 정인홍이 경상우도 재지사족의 지지를 등에 업고 당상의 반열에 올라 막강 권력자로 부상해 있었다. 정인홍은 류성룡이 재란을 막지 못했음을 맹렬히 성토했고, 명나라 장수들의 지원을 받아서 자신이 삼도(경상도, 충청도, 전라도) 군무를 관장하고 군권을 거머쥐려는 시도를 하고 있었다. 그런 때에 정기룡이 활쏘기대회를 열어 경상우도 재지사족을 한자리에 불러 모으고 협조를 당부했다는 소식이 전해졌다. 정인홍이 가장 우려했던 일이 결국 벌어지고 만 것이다.

정인홍은 경상우도의 재지적 기반을 정기룡에게 빼앗기지 않기 위해 부랴부랴 경상우도로 내려갔고, 명나라 원군의 군량조달을 핑계로 재지사족 단속에 나섰다.

비변사는 황석산성 방어의 실패 책임과 왜장 고니시 유키나가의 부하로서 이중세작으로 활동한 요시라(要時羅)가 흘린 거짓첩보를 믿을 만한 첩보로 조정에 올려 이순신을 곤경에 빠뜨린 책임을 물어 경상우병사 김응서를 소환해야 한다고 아뢨다. 그 소식을 들은 도원수 권율은,

경상우병영이 칠천량해전 패배 후 이어진 전투로 대부분의 군사를 잃고 병대가 거의 소멸하여 겨우 2백여 명의 군사만 남았음에도 김응서가 그 군사로 결사항전하여 적을 참획한 전공이 없지는 않은데, 단지 왜적의 대세를 꺾지 못했다고 그 책임을 묻는 것은 가혹합니다.

라고 하며 황석산성 방어 실패의 책임을 김응서에게 물어서는 안 된다고 아뢨다. 이에 임금은 김응서를 파직하지 않은 채 직무만 정지시켰고, 정기룡을 대행에 임명했다. 정기룡이 겨우 서른여섯 살밖에 되지 않았지만 3만5천으로 추정되는 왜장 모리 히데모토의 왜적을 완벽히 막았으므로 그 무재에 반한 도체찰사 이원익이 강력히 천거했던 것이다.

대행일지라도 정기룡은 서른여섯 살에 직급을 훌쩍 뛰어넘어 장군의 반열에 올랐다. 실로 파격적인 인사였다. 그런데도 정기룡을 극히 견제하던 정인홍은 반대하지 못했다. 정유재란 초기 대응에서 왜적의 진격을 완벽히 차단한 것은 정기룡이 유일했다. 그 전공을 어찌 인정하지 않을 수 있을까.

정기룡은 경상우병영의 몇 안 남은 군사와 토포군을 합쳐서 경상우영군을 정비했고, 군사를 더욱 모집했다. 성주에 군영(軍營)을 두었고, 고령 활쏘기대회에서 입상한 명궁수들을 경상우영군 무관으로 특별히 기용했다. 별장 한명련(韓明璉)을 선봉장으로 세워서 무재 있는 무관과 건장한 병사를 소속시켰고, 토포군을 경상우영군 유군으로 삼아서 직접 거느렸다.

직산 전투에서 패한 왜적 일대가 연합군에 쫓겨 영동현(永同縣: 지금의 충북 영동군)으로 내려왔고, 굶주림을 면하기 위해 민인을 학살하고 노략질했다. 정기룡은 군사를 거느리고 달려가서 왜적을 쳐부수고 3백여 수급을 베었다.

왜장 가토 기요마사가 패잔병 1만여 명을 거느리고 후퇴하여 보은현(報恩縣)으로 향하고 있었다. 비변사에서는 경상우병사 직무대행 정기룡에게 퇴로를 차단하고 모두 멸살하라고 명했다. 그러나 정기룡은,

왜적의 퇴로를 막고 치면 반드시 이길 것이지만, 지난 예에서 알 수 있듯이 소규모 병대로 흩어진 왜병이 굶주림을 모면하기 위해 백성을 해치고 양식을 빼앗으려 할 것이므로 그 피해가 만만찮을 것입니다. 퇴로를 열어주고 뒤를 쳐서 쫓음으로써 왜적의 창칼이 백성에게로 미치지 않게 하는 것이 진정으로 나라를 지키는 길이라 사려 되오니 재고하여 주십시오.

하고 요청했다. 조정의 대간들은 경상우병사 직무대행이 싸우기 싫어서 백성 핑계를 댄다고 공박했고, 정기룡의 체직을 상소했다. 반면 도체찰사 이원익, 도원수 권율 등 전장의 장수들은 정기룡의 말이 백번 옳다고 지지했고, 일단 왜적을 최대한 남쪽으로 밀어낸 후 왜성에 고립시키고 전멸시키는 전략을 택해야 백성의 피해를 줄일 수 있다고 아뢰었다. 양측 주장을 들어본 임금은 정기룡의 요구가 타당하다고 하면서 직산전투에서 패한 왜적의 퇴로를 열어주라고 전교했다.

보은현에서 속리산을 넘으면 경상우도 상주였다. 왜적이 상주로 가서 상주성을 점령하고 버틴다면 많은 피해가 예상됐다. 정기룡은 경상우영군을 보내서 왜적의 예상퇴로인 상주와 예천, 김산, 지례, 성주 등지의 주민을 소개하는 한편, 자신은 유군을 거느리고 충청도 보은현으로 달려

갔다. 왜적 패잔병을 백성이 많지 않은 길로 몰아서 피해를 최소화하려는 것이었다.

정기룡은 왜장 가토 기요마사와 그 군사가 보은현 적암(赤岩: 지금의 마로면 적암천) 쪽으로 향했다는 탐병의 보고를 받고는, 속리산에 군사를 대기시키고 이명동과 황영철 등의 무사 10여 명만 거느린 채 왜적이 있는 곳으로 달려갔다. 안개가 짙은데 모든 군사를 거느리고 가다가 왜적 복병의 습격을 받으면 크게 당할 것이기 때문이었다.

정기룡이 갔을 때, 왜장 가토 기요마사는 적암천변에서 병사들에게 밥을 지어 먹이려 하고 있었다. 곡창지대 보은현을 지나며 노략질한 양식일 터였다. 정기룡은 짙은 안개에 몸을 묻고 왜적이 보이는 곳까지 접근했고, 높은 곳 바위 위에 말을 멈춘 채 적들을 내려다보았다.

적이다!

왜적 초병이 정기룡을 발견하고 소리쳤다.

2

왜장 가토 기요마사는 안개 속에 모습을 드러낸 마상의 조선 장수를 보았다. 그러나 군사를 내보내지 않고 다만 사격을 명했다. 왜적 조총대가 즉시 조총을 장전하기 시작했다. 정기룡은 움쩍도 않은 채 활을 들고 화살을 장전했고, 시위를 당겨서 조총대를 지휘하는 왜적 군관을 향해 한 발 쏘았다. 왜적 군관이 화살에 맞아 쓰러졌다. 정기룡은 연거푸 활을 쏘아 왜적 조총수들을 쓰러뜨렸고, 좌우 무사들 또한 활을 쏘아 조총수들을 집중적으로 공격했다.

장전을 끝낸 왜적 조총수들이 조총을 격발했다. 그러자 정기룡과 무사들은 얼른 말에서 내려 바위 뒤로 몸을 숨겼다.

적들은 겨우 열 명 남짓입니다. 군사를 내보내서 쳐버리는 것이 좋겠습니다.

왜적 부장 가토 키요베에가 말했다.

저기 있는 조선의 장수가 붉은 갑옷을 입었는데, 장군이 어찌 겨우 10여 명의 무사만 거느리고 직접 왔겠는가? 저건 가짜 장군이다. 조선군이 가짜를 보낸 이유는 조선의 장군이 나타나면 우리가 잡으려고 달려갈 것이라 생각했기 때문이고 우릴 유인하려는 것인데, 거기에 말려들겠다는 것인가?

가토 기요마사는 짜증을 부리며 소리쳤고, 밥 짓는 것을 중단하고 즉시 이동을 준비하라고 명령했다. 조선군이 가까이 와 있으며, 왜적이 밥을 지어서 먹는 사이에 급습할 것이라고 생각한 것이다.

병사들이 오래 굶주렸습니다. 굶주린 병사로 행군하다가 적의 복병을 만나면 더 위험합니다.

가토 키요베에는 병사들에게 밥부터 먹여야 한다고 말했다.

우리가 여기서 밥을 지어먹으려고 한 것은 안개가 짙어 적이 밥 짓는 연기를 볼 수 없다고 생각했기 때문이다. 그런데 적이 우리의 위치를 알아버렸다. 적은 우리 위치를 아는데 우리는 안개가 짙어서 적이 가까이 다가와도 알 수 없으므로 급습에 대처할 수 없다. 일단은 지키기 유리한 산으로 올라가야 한다. 병사들에게 생쌀을 한 줌씩 지급하여 이동하면서 씹게 하라.

차라리 병대를 갈라서 길을 나누어 퇴각하는 것이 어떻겠습니까?

지난날의 경험을 벌써 잊은 것인가?

가토 기요마사는 계사년(1593년)의 악몽을 떠올리며 호통쳤다. 그때 조선군에 퇴로가 막혀 퇴각이 여의치 않으므로 소규모 병대별로 흩어져 퇴각하게 했는데, 왜병은 퇴각 중 곳곳에서 조선 의병을 만나고 토왜군, 영군, 진군, 관병을 만나서 몰살당했다. 그 뼈아픈 실수를 되풀이하지 않기 위해 이번엔 패잔병을 모아서 1만의 규모를 유지하며 조심스럽게 퇴각하고 있었던 것이다.

왜적은 밥 짓던 것을 중단하고 이동을 준비했다. 그것을 지켜보던 정기룡도 말머리를 돌려서 군사들이 있는 곳으로 돌아갔다.

적이 이동하는데, 그 진로를 백성이 많지 않은 곳으로 한정시켜야 할 것이다. 적이 상주 읍내로 향하면 그 앞을 막아 싸울 것이며, 김산 읍내로 향하면 그 앞을 막아서서 싸울 것이다.

정기룡은 무관들에게 작전을 설명했고, 군사를 거느리고 왜적 뒤쪽으로 갔다.

왜장 가토 기요마사는 높은 산에 올라 전열을 갖추고 조선군의 공격에 대비했다. 그러나 아무리 기다려도 조선군은 나타나지 않았다. 그래서 서둘러 병사들에게 밥을 해먹이고 다시 이동했다.

조선군 기병 일대가 멀리서 뒤따르고 있다는 보고가 올라왔다. 가토 기요마사는 일체 응하지 않고 계속 행군했다. 뒤따르는 조선군 규모가 5백으로 보인다지만 틀림없이 더 많은 대군이 그 뒤에 있을 것이라 생각했기 때문이다.

가토 기요마사가 지친 왜병을 거느리고 행군을 계속하고 있을 때였다. 평지의 들판을 가로질러서 가려는데, 조선군이 불쑥 나타나 앞을 가로막았다. 가토 기요마사는 조선군을 피해서 험한 산길로 돌아가려니 엄두가 나지 않았다. 앞을 가로막은 조선군이 많지 않다는 보고를 받고는,

차라리 뚫고 나아가기로 하고 공격을 명했다. 그런데 실수였다. 조선 기병이 조총과 왜궁의 공격을 빠른 말로 피하며 달려오더니 왜적 한가운데로 뛰어들었고, 마구 창칼을 휘둘렀다. 순식간에 수십 명의 왜병이 피를 흘리며 쓰러졌다.

왜병들은 큰 전투에 패하고 퇴각 중이기에 크고 작은 부상을 입은 상태였고, 오랜 행군으로 지쳐 있었다. 반면에 조선군은 힘이 넘쳐서 싸워 이기더라도 막대한 피해가 예상됐다. 가토 기요마사는 병사를 더 희생시키지 않으려 후퇴를 명했고, 군사를 거느리고 황망히 산으로 올라갔다. 그러자 조선 기병은 추격하지 않고 말을 달려 어디론가 사라졌다.

가토 기요마사는 그때부터 들판에 내려서는 것이 두려워서 산길로만 행군했다.

정기룡이 거느린 유군은 모두가 말을 타고 움직였으므로 걸어 다니는 왜적에 비해 수십 배 빠르게 움직였다. 그래서 왜적의 움직임을 탐병으로 감시하며 느긋하게 밥을 지어먹고 말에게 풀을 먹인 후 빠른 말로 따라잡거나 앞지를 수 있었다.

왜장 가토 기요마사는 군사를 이끌고 화령을 넘고 나서야 계속 쫓아오는 조선군 장수가 정기룡임을 알 수 있었다. 보발(步撥)을 통해서 모리 히데모토가 전해준 내용이었다. 모리 히데모토는 경상우도의 토포사였던 정기룡이 병마절도사 대행이 되었으며, 왜적 패잔병을 쫓고 있으니 혹여 만나거든 싸움을 피하는 것이 좋을 것이라고 조언했다.

가토 기요마사는 정기룡 이름을 듣는 순간 간담이 서늘해졌다. 임진년에 정기룡은 임해군과 순화군을 구출하기 위해 감사군을 거느리고 함경도에 들어와 비밀리에 활동하며 가토 기요마사의 군사가 점령한 경성 탈환을 도왔고, 왜적을 돕던 반적 국경인의 목을 베는 데도 결정적 역할을 했다. 그로 인해 가토 기요마사의 군사는 함경도 대부분의 지역에서 철수해야 했고, 임해군과 순화군을 급히 안변으로 이동시켜야 했다. 정기룡은 또 상주성을 탈환하여 왜적의 보급지원에 치명적 타격을 입힘으로써 최전선 주력군을 곤경에 빠뜨렸고, 이번의 재침공 때도 고령에서 모리 히데모토의 군사를 가로막고 싸워 패퇴시킴으로써 왜적의 한양진격을 무산시키는데 결정적 역할을 했다. 바로 그 정기룡이 지금 자신을 뒤쫓고 있다는 것이다.

정기룡이 경상우병사 대행이라면, 경상우도만 벗어나면 뒤쫓지 않을 것이었다. 그러나 과연 정기룡의 칼을 피해 무사히 경상우도를 빠져나갈 수 있을 것인가? 가토 기요마사는 자신 없었다. 어쨌거나 최대한 빨리 경상우도를 벗어나서 정기룡으로부터 멀어지는 것이 상책이었다. 원래는 상주까지 가서 낙강을 따라 남하할 계획이었지만 그러자면 정기룡의 관할구역인 경상우도를 종단해야 했다. 정기룡에 대한 부담감 때문에 낙강을 따라가는 길을 포기했고, 목적지를 경상우도 김해성에서 경상좌도 울산왜성(蔚山倭城)으로 변경했다.

가토 기요마사는 패잔병을 거느리고 험악한 산길을 걸어서 동쪽으로 계속 행군했다. 상주 달미현(達美縣)을 지나 낙강을 건너고 만경산과 청화산 사이를 통과하려 할 때였다. 정기룡의 군사가 앞을 가로막고 길을 열어주지 않는다는 정찰군장의 보고가 올라왔다.

한동안 뒤따르기만 하더니 왜 앞을 가로막은 것일까?

가토 기요마사가 의아해서 물었다.

우리가 남쪽으로 향할 것으로 예상하였는데, 낙강을 따라가지 않고 건너서 동쪽으로 향하고 있는 것이 못마땅한 모양입니다.

부장 가토 키요베에가 말했는데, 낙강 주변에 복병을 숨겨놓고 그쪽으로 몰려는 의도라는 추측이었다.

그때 가토 기요마사의 머릿속에 예전에 조선인 세작이 했던 말이 떠올랐다.

정기룡은 백성을 지키는 것이 곧 나라를 지키는 것이라 생각하는 무인입니다.

정기룡이 상주성 탈환 계책을 실행 중일 때 분비변사가 임해군과 순화군 위치를 뒤늦게 파악하고 안변으로의 이동을 명했는데, 정기룡은 지금 계책을 중단하고 이동하면 백성이 큰 피해를 입는다며 불응했다는 얘기였다.

그렇다면…….

가토 기요마사는 묘안을 떠올리고 무릎을 쳤고, 휘하 장수들을 불렀다.

우리 앞을 가로막고 있는 조선군 장수는 경상우도병마절도사 직무대행인 정기룡이다. 그는 백성 지키는 것을 무인의 가장 큰 임무로 여기므로 우리가 조선 백성을 인질로 삼아서 끌고 가면 공격하지 못할 것이다. 지금부터 나는 전군과 중군을 거느리고 나아가 적군에 싸움을 걸어서 정기룡의 발을 묶어둘 것이니 후군은 부장 가토 키요베의 지휘로 민가가 많은 곳을 습격하고 민인들을 인질로 잡아서 돌아오라.

가토 기요마사가 명했는데, 조선인 인질이 많으면 정기룡이 절대로 공격하지 못할 것이라는 생각이었다.

3

충청도병마절도사 이시언과 충청도방어사 박명현(朴名賢), 평안도병마절도사 이경준(李慶濬) 등은 가토 기요마사의 왜적이 상주 달미현을 지난 후에야 군사를 거느리고 달려왔다. 충청도의 잔적을 정리하느라 늦어진 것이다. 정기룡은 그들을 크게 반겼고, 그들에게 왜적의 앞길을 막아달라고 부탁하고 자신은 유군을 거느리고 비안현(比安縣: 지금의 경북 의성군 비안면)으로 달려갔다. 왜적 일대가 비안현으로 향하고 있다는 탐병의 보고를 받았기 때문이었다.

왜장 가토 기요마사는 약 7천의 군사를 거느리고 정기룡이 길을 가로막고 있는 곳으로 달려갔다. 보고받은 것보다 몇 배나 많은 수의 조선군이 앞을 가로막고 있어서 깜짝 놀랐고, 멀리서 위협만 가하고 정면대결은 피했다. 하지만 3천의 왜병을 거느리고 비안현을 습격한 부장 가토 키요베에는 정기룡의 군사가 가토 기요마사의 왜군과 싸우고 있으리라 생각했고, 그래서 주의하지 않고 읍내로 쳐들어갔다. 그런데 가토 기요마사와 싸우고 있어야 할 정기룡의 군사가 어느 새 먼저 와서 민가에 몸을 숨기고 있다가 일시에 뛰쳐나와 공격을 퍼붓는 것이었다. 가토 키요베에는 어쩔 줄 몰라 허둥거렸고, 처참히 죽어나가는 부하 왜병들을 보고는 황급히 군사를 돌려서 달아났다. 그러나 왜병은 힘껏 달아나지 못했고, 정기룡의 기병에게 바로 따라잡혀서 박살이 났다.

순식간에 수백 명의 왜병이 목이 달아나 들판에 나뒹굴었다. 가토 키요베에는 병사들에게 알아서 살 길을 찾으라고 명하고 자신도 허둥지둥 정신없이 달아났다. 사방으로 흩어진 왜병은 경상우영군 유군의 말발굽에 밟히고 칼에 베어 죽어갔고, 날아온 활에 맞아 비명을 지르며 고꾸라졌다.

가토 키요베에는 잠깐 사이 1천에 가까운 군사만 잃고 아무 소득 없이 돌아갔고, 가토 기요마사 앞에 무릎을 꿇고 죽여줄 것을 청했다. 그

러나 가토 기요마사는,

　내가 오판을 한 것 같다.

　라고 말했고, 용서를 구해야 할 사람은 자신이라고 하면서 가토 키요베에를 부축하여 일으켰다.

　정기룡은 우리를 치려 한 것이 아니라 백성을 구하려 했을 뿐인데, 우리가 그 백성을 인질로 삼으려 하였으니 화가 난 것이다.

　가토 기요마사가 다시 말했다.

　무슨 말씀을 하시는지 모르겠습니다.

　우리가 경상우도에 들어선 후 단 한 명의 조선 민인이라도 마주친 적 있던가?

　가토 기요마사가 물었는데, 가토 키요베에를 비롯한 부하 장수들은 마주친 기억이 없다며 고개를 저었다.

　그것은 정기룡이 우리가 지나갈 것으로 예상되는 지역의 백성을 모두 소개했기 때문이다. 그런데 우리가 도중에 진로를 변경하였으므로 정기룡이 놀라서 앞을 가로막았던 것이고, 미처 소개하지 못한 지역의 백성을 소개시키고 있었던 것이다.

　가토 기요마사가 다시 말했고, 부하들은 그럴 수도 있겠다며 고개를 주억거렸다.

　가토 기요마사의 짐작은 사실이었다. 정기룡은 왜적이 예상경로를 벗어나자 깜짝 놀랐고, 급히 경상우영군을 보내서 왜적이 향할 것으로 예상되는 의성(義城)과 군위(軍威), 대구(大邱) 등지의 민인을 소개했다. 그 시간을 벌기 위해 가까운 지역 의병과 관병을 불러 합치고 왜적의 앞을 막아섰던 것이다.

　우리는 뒤로 물러나 머물며 적이 길을 열어줄 때를 기다린다.

가토 기요마사가 말했고, 군사를 거두어 5리 뒤로 물러났다.

이튿날 오후가 되자 앞쪽 길을 막고 있던 조선군이 모두 사라지고 보이지 않았다. 도체찰사 이원익이 충청병사 이시언과 평안병사 이경준 등에게 군사를 거느리고 대구로 오라고 명하고, 충청방어사 박명현에게는 속히 본도로 복귀하여 도원수 권율의 명을 따르라고 지시했기 때문이었다.

가토 기요마사는 그때부터 의식적으로 민가를 피해서 행군했다. 예상대로 정기룡은 민인이 없는 산길로만 이동하는 왜적을 공격하지 않았다.

가토 기요마사는 대구에 조선군이 집결해 있다는 탐병의 보고를 받고 그 군사가 정기룡의 임무를 넘겨받았음을 알 수 있었다. 과연 언제부턴가 정기룡의 군사가 뒤따르지 않고 있다는 보고였다.

정기룡은 가토 기요마사의 왜적이 경상좌도로 깊이 들어가자 이원익에게 고하고 경상우도로 돌아갔다. 경상우도 남쪽으로 물러난 왜장 모리 히데모토가 가토 기요마사의 부탁을 받고 군사를 보내서 성주의 경상우병영을 치게 했기 때문이었다. 정기룡의 군사를 경상우도로 불러들여서 가토 기요마사의 안전한 퇴각을 도우려는 것이었다.

정기룡의 군사가 본도로 복귀하자 모리 히데모토가 보낸 왜적은 더 올라오지 않고 도중에 돌아갔다.

정기룡은 군사를 더욱 모집하여 병대를 보강했고, 남쪽으로 내려가서 토왜를 시작했다.

9월 16일, 전라좌수사 겸 삼도통제사 이순신은 13척의 전선으로 왜적 병선 133척 중 31척을 격파하고 명량대첩을 승리로 이끌었다. 그런 후 명나라 수군도독 진린(陳璘)과 함께 남해안 왜성의 왜적을 공격했고, 동시에 왜국으로 통하는 뱃길을 완전히 봉쇄했다. 또 도원수 권율은 직산 전투에서 패하고 호남으로 퇴각한 왜장 고니시 유키나가의 왜군을 순천

왜성(順天倭城)으로 몰아넣는다는 계획을 세우고 거세게 추격했다. 그러
자 이순신의 조선 수군에 쫓겨 남원성에 들어가 있던 왜적 수군장수 시
마즈 요시히로(島津義弘)가 고니시 유키나가 군사의 안전한 퇴각을 도우
려는 의도로 군사를 보내 충청도 공주(公州)를 침공했다.

도원수 권율은 경상우도는 정기룡이 있어 든든하므로 군사의 여유가
있다 판단하고 경상우영군 선봉별장 한명련에게 군사를 거느리고 충청
도 공주로 가서 충청도방어사 박명현과 합동하여 시마즈 요시히로의 왜
적을 무찌르라고 명했다. 한명련은 경상우영군 선봉대를 거느리고 공주
로 달려갔고, 충청방어사 박명현과 상의한 후 회덕(懷德)에 진쳤다.

한명련과 박명현은 왜적이 진산(珍山)으로 오고 있다는 보고를 받고
아침에 나아가 왜적 선봉과 교전했다. 한참 싸우고 있을 때 뒤따라온 왜
적 본진이 선봉대와 합쳤다. 경상우영군 선봉대와 충청방어군은 왜적의
수가 몇 배나 많음에도 길을 열어주지 않고 하루 종일 싸워서 2백여 명
의 적을 사살하고 날이 어두워져서 철수했다. 이튿날 새벽 다시 나아가
백병전을 벌이고 수많은 왜적의 목을 베었다.

왜적이 패퇴하여 달아났다. 한명련과 박명현은 달아나는 왜적을 쫓아
가며 계속 죽였고, 추격을 늦출 수 없어서 수급을 베지 못했다. 권율은
그 사실을 치계하며 한명련과 박명현의 군사를 입이 닳도록 칭찬했다.

왜국 관백 도요토미 히데요시는 조선 침략으로 국력을 모두 소진했
고, 전쟁터에 자식을 보냈다가 잃은 백성들의 원망조차 깊어서 정권이
위태로웠다. 들끓는 민심에 반란의 조짐까지 보였고, 배신하는 다이묘들
이 속출했다. 그런데다 조선을 재침공한 왜군까지 대패하여서 철귀(撤
歸)가 아니고는 방법이 없다는 보고였다. 이대로 철귀한다면, 국력을 전

부 쏟아 부어 전쟁하고도 얻은 것 하나 없이 백성만 죽였다는 비난이 들불처럼 번질 것이고, 다이묘들이 들고 일어나 도요토미 히데요시를 축출할 것이 자명했다. 그래서 도요토미 히데요시는 조선에 있는 왜장들에게, 지금 철귀하면 왜국 본토가 조명연합군의 반격을 받을 것이니 버틸 수 있는 데까지 최대한 버티라고 명했다. 그렇지만 그것은 어디까지나 임시조치였지 완전한 방편이 아니었다. 도요토미 히데요시는 어떻게 수습을 해야 하나 속을 태웠고, 급기야 병이 나서 자리에 누웠다.

관백의 명에 따라 왜장 모리 히데모토의 군사는 사천왜성(泗川倭城)과 진주성 등지의 경상우도에, 가토 기요마사의 군사는 울산왜성과 서생포왜성(西生浦倭城) 등지의 경상좌도에, 고니시 유키나가와 시마즈 요시히로의 군사는 순천왜성과 남원성 등지의 호남에 둔치고 버티기에 들어갔다. 그러나 왜국에서의 보급이 끊겨 군사가 굶주렸다. 왜적들은 굶주림을 해결하기 위해 저마다 노략질에 나섰다.

조선 조정은 왜적을 단 한 명도 살려서 돌려보내지 않는다는 전략을 고수하면서 이순신에게 해상봉쇄를 더욱 강화하라고 명했다. 그리고 정기룡을 정식으로 절충장군(折衝將軍: 정삼품의 상계 품계명) 경상우도병마절도사에 임명했고, 경상우도의 왜적을 완전히 토멸할 것을 명했다.

모리 히데모토의 군사는 재란 초기에 정기룡에게 패하고 후퇴하였으므로 왜군 중에서는 가장 건재했다. 때문에 경상우영군만으로는 토멸이 쉽지 않았다. 그 사정을 알고 비변사에서는 황해도 군병을 정기룡 휘하에 소속시킬 것을 청했다. 그러나 임금은 장수들끼리 충돌이 일어날 가능성이 있다며 윤허하지 않았다.

도원수 권율은 호남 땅으로 퇴각한 왜적 잔병을 쳐서 순천성으로 몰아넣은 후 전황을 살필 겸, 본영으로 복귀하는 한명련과 동행하여 경상우병영으로 갔다. 정기룡은 황망히 달려 나가 도원수를 맞이하고 동헌으로 모셨다.

먼 길 오시느라 시장하실 것 같아 식사를 준비했는데, 전진(戰陣)이라 마땅히 대접해드릴 만한 것은 없고 조밥에 나물이 전부입니다. 용서하십시오.

정기룡이 군노가 들여온 식사를 권하며 민망한 얼굴로 말했다.

모두가 굶주리는 난중인데 당연한 것 아닌가? 대접이 푸짐했다면 내가 그대를 혼냈을 것이네. 그건 그렇고…… 정 장군이 현재 거느린 군사는 얼마인가?

조촐한 밥상을 받아 식사를 하며 권율이 물었다.

군관이 80명이고, 무사가 1백여 명이며, 아병(牙兵: 대장 수행병) 2백여 명, 속오군(束伍軍: 양인과 양반으로 조직된 정예군) 2천이 있습니다.

정기룡도 같이 숟가락을 들며 대답했다.

정 장군의 군사가 2천5백에도 채 미치지 못하는데 상대해야 할 왜적은 3만이라. 군사의 규모가 열 배 넘게 차이나니 토왜를 명하기도 민망하군.

저는 적의 수를 보지 않습니다. 오로지 눈앞의 적을 무찌를 뿐입니다.

옳은 말일세. 무장은 때로 단순할 필요가 있어. 듣자니 곧 남쪽으로 가서 주둔할 것이라고?

왜적이 우도 남쪽지역을 점령하고 물러나지 않고 있습니다. 일일이 출격할 수 없으므로 가까이 가서 주둔하며 사방을 토왜할까 합니다.

적과 너무 가까운 곳에 군사를 주둔시키면 기습을 받을 수 있지 않겠나?

무인이 어찌 적이 있는 곳을 회피하겠습니까.

역시 정 장군은 믿음직하군.

권율은 식사를 마치고도 한참을 더 경상우병영에 머물며 정기룡과 군사의 일을 의논한 후 자리에서 일어났다. 정기룡은 예를 갖춰 권율을 배웅했고, 돌아서면서 바로 지휘관회의를 소집했다.

지휘관들이 동헌으로 모여들었고,

모레 새벽 남쪽으로 출병할 것이오. 유군장과 선봉별장은 출병을 준비하고, 우후(아장)는 경계를 철저히 하며 군영을 잘 지켜야 할 것이오.

정기룡이 지시했다.

유군과 선봉대만 가는 것입니까?

유군장 백홍제(白弘悌)가 물었다. 백홍제는 임진년 노모와 함께 왜적에 사로잡혀서 왜국으로 끌려가기 직전 병선에서 왜병의 칼을 빼앗아 왜적을 모두 죽이고 70여 명의 포로와 함께 탈출한 공으로 군자감봉사(軍資監奉事)에 제수되었는데, 이즈음 정기룡이 유군장에 발탁하여 휘하에 두었다. 유군은 정기룡이 아병을 포함시켜 직접 거느리는 병대이기도 했다.

유군과 선봉대가 먼저 가서 토왜한 후 본영이 옮겨가게 될 것이오.

야로(冶爐: 지금의 합천군 야로면)에 왜적이 들어와 있다는데, 그곳부터 토왜하는 것이 어떻겠습니까?

선봉별장 한명련이 말했다.

나도 삼가(三嘉: 지금의 합천군 삼가면)로 갈까, 야로로 갈까 고민 중이오. 야로의 적을 섬멸한 후 그곳에 영채를 세우고 토왜지역을 넓혀가는 것도 괜찮을 것 같소만, 일단 내려가서 상황을 보고 판단하는 것이 좋겠소.

왜노들이 벼랑 끝까지 몰렸으므로 물불 가리지 않고 망동을 부리고 있습니다. 예전의 적과 다르니 신중히 계책을 세워야합니다.

아장 박대수(朴大壽)가 걱정했다.

적은 왜국으로부터의 보급이 끊겼으므로 다가오는 겨울을 나기 위한 병량 확보에 혈안이 되어 있소. 우리는 그 점을 역이용해야 할 것이오.

정기룡이 말했다.

4

황금들판에는 베어놓은 볏단이 세워져 있었고, 볏단을 실은 수레가 농로를 따라 바삐 움직이고 있었다. 추수하는 농부들 곁에는 그들을 지키러 나온 관병이 늘 따라다니고 있었다. 왜적의 노략질 때문이었다. 농부들은 최악의 여건에서 애써 농사를 짓고도 왜적 때문에 제때 거두어들이지 못하고 관병이 보호해줄 수 있을 때만 들판에 나가서 추수할 수 있었다. 그래서 들판엔 아직도 추수를 기다리는 곡식이 곳곳에 눈에 띄었다.

경상우병사 정기룡은 경상우영군 선봉대를 앞세우고 유군을 직접 거느린 채 야로로 달려갔다. 선봉대 척후장이 군사를 거느리고 돌아다니며 야로의 왜적을 찾아내고 그 규모와 위치, 우리 백성의 피해 등을 파악하여 보고했다. 백성들이 추수를 중단하고 피난한 들판에 왜적이 낫을 들고 달려들어 곡식을 수확하고 수레를 이용해서 진주성과 사천왜성, 황석산성 등지로 가져간다고 했다. 야로에는 현재 1천여 명의 왜병이 들판의 곡식을 베러 다니는데, 절반은 무기를 들고 경계를 서고 절반은 수확을 하고 있다고 했다. 또 5백여 명의 왜적 정찰군이 돌아다니며 곡식이 남아 있는 곳을 찾고 조선군의 위치도 살피고 있으며, 수확하는 왜병이 조선군 공격을 받으면 달려가 구원하는 역할도 수행한다고 했다.
그 외에도 1천여 명의 병력과 2백여 대의 수레가 곡식 수송에 동원되고
있다고 했다.

왜적은 조선 의병과 군사의 토왜를 의식하여 야간에 주로 활동하고
있었습니다.

선봉대 척후장이 말했다.

정기룡은 유군과 선봉대를 거느리고 왜적이 아직 들어오지 않았으면
서도 추수가 끝나지 않은 들판으로 달려갔고, 각자 두세 아름씩의 벼를
베어서 단으로 묶을 것을 명했다. 그것을 물을 뺀 마른 논바닥에 세워두
게 했고, 주변에 탐병을 심어서 왜적 정찰군이 오면 알리게 했다.

마침내 왜적 정찰군이 와서 세워둔 볏단을 살펴보고 갔다는 탐병 보
고가 올라왔다. 정기룡은 저녁 무렵에 군사를 거느리고 예의 들판 근처
로 갔고,

들판의 왜적은 유군이 다 감당할 수 있을 것이오. 한 별장은 길목에
선봉대를 숨기고 기다렸다가 구원을 하러 달려오는 왜적 정찰군을 상대
해주오.

선봉별장 한명련에게 말했다.

제 생각에는 군사의 힘을 한 곳에 모으는 편이 낫지 않을까 싶은데,
장군께서는 어찌 따로 작전을 펼치시려는 것입니까?

한명련이 물었다.

들판의 왜적이 너무 쉽게 패해버리면 정찰군이 구원을 오지 않을 것
이기 때문이오. 허를 찌르는 계책이라면 우리 군력이 분산되어도 능히
이길 수 있을 것이오.

알겠습니다, 장군. 즉시 명을 받들겠습니다.

한명령은 군사를 거느리고 왜적 정찰군이 올 것으로 예상되는 길목으로 달려갔다.

정기룡은 유군 병사들에게 칼과 각궁만 소지하게 했고, 말은 멀리 묶어두고 걸어서 예의 들판으로 갔다. 각자 웅크리고 앉을 만큼의 깊이와 넓이로 논바닥을 파고 흙을 펼쳐서 고른 후 구덩이에 들어앉을 것, 볏단으로 무기와 몸을 위장할 것을 지시했다.

시간이 흘러 달이 떠올랐다. 왜적이 시끄러운 소음을 내며 달빛 밝은 들판에 나타났다. 왜적 군장은 낮에 정찰군이 와서 논바닥에 세워진 볏단을 살펴보고 갔으므로 전혀 의심을 않고 있었다. 왜병 일대가 무기를 들고 사방을 경계했고, 일대는 낫을 들고 아직 추수하지 않은 논으로 들어가서 벼를 베었다.

경상우영군 유군 병사들은 볏단 밑에 웅크린 채 조용히 각궁을 손에 들었고, 화살을 꽂고 대기했다. 정기룡도 병사들과 함께 볏단으로 상체를 위장하고 구덩이 속에 웅크린 채 왜적을 예의주시했다.

낫을 든 왜병들은 벼 베기 작업에 열중하고 있었고, 경계하는 왜병들은 논둑에 줄지어 늘어서 있었다. 한참동안 벼를 베었음에도 아무 일 없자 논둑의 경계 왜병들은 자세가 흐트러지기 시작했고, 무기를 내려놓고 오줌을 누거나 잡담을 하기도 했다. 정기룡은 이때다 판단하고 휘파람을 불었다. 순간 5백여 발의 화살이 달빛 아래의 논둑에 늘어서 있는 경계 왜병의 몸을 향해 날아갔다. 화살에 맞은 경계 왜병들이 비명을 지르며 쓰러지자 벼를 베던 왜병들은 놀라서 허둥지둥 논바닥을 빠져나갔다.

무슨 일이냐! 화살이 어디서 날아온 것이냐?

왜적 군장이 소리쳐 물었지만 아무도 아는 병사가 없었다. 그런데 그 소리가 왜적 군장의 위치를 노출시켜서 수십 발의 화살이 군장을 향해 날아들었다. 군장이 화살에 맞아 쓰러졌고, 호위병들도 여럿 화살에 맞아 쓰러졌다.

논바닥을 빠져나간 벼 베던 왜병들이 낫을 던지고 창칼을 주워들었다. 왜적의 각 대장들이 부하들을 통솔하여 화살이 날아온 방향으로 달려가며 조선군을 찾았다. 왜병들은 조선군의 위치조차 파악하지 못한 채 볏단이 세워진 논바닥으로 들어섰다. 그때 큰 함성이 일면서 논바닥에 펼쳐진 볏단 밑에서 5백여 명의 조선 군사가 벌떡 일어났고, 바로 옆을 지나는 왜병들을 칼로 베고 찔렀다. 그곳에 조선군이 있으리라고는 상상도 하지 못하고 볏단 옆을 지나가던 왜병들은 아무 저항도 못해보고 피를 흘리며 쓰러졌다. 당황한 왜적 대장들은 군사를 돌려세우고 달아나기 시작했다. 경상우영군 유군은 달아나는 왜적의 뒤를 쫓아가며 계속 쳐서 죽였다.

왜적 대장들은 달아나면서 급족을 보내 정찰군에 구원을 요청했다. 정찰군은 낮에 돌아다니며 정찰하고 밤에 자야 하기에 가까운 곳에서 잠을 자고 있었다. 정찰군장은 조선 유군이 5백여 명밖에 되지 않는다는 소리를 듣고는,

1천의 군사가 겨우 5백의 조선군에 쫓기고 있단 말이냐?

어이없어했고, 잠든 병사들을 깨워서 거느리고 황급히 달려갔다. 얼마 가지 않아서 비명소리와 창칼 부딪히는 소리, 양쪽 군사가 내지르는 기합소리를 들을 수 있었다. 왜적 정찰군장은 냇가에 일단 멈춘 후 말에게 물부터 먹일 것을 지시했다. 그 다음 전속력으로 달려가서 조선군 뒤를 치겠다는 생각이었다.

왜적 정찰군이 달빛에 반짝이는 냇가에 줄지어 서서 말에게 물을 먹이고 있을 때였다. 어둠 속에서 10여 발의 화살이 날아와 왜병을 맞혀

쓰러뜨렸다.

적이다!

왜병들이 소리쳤다. 정찰군장은 날아온 화살이 많지 않은 것을 보고 몇 안 되는 복병이 숲에 숨어 있다고 판단했고, 즉시 공격을 명했다.

5백의 왜적 정찰병이 일시에 말에 올랐고, 말을 달려서 조선군이 숨어 있을 것으로 예상되는 숲으로 뛰어들었다. 말을 탄 몇 명의 조선 기병이 숲 깊숙한 곳으로 달아나는 소리가 들렸다. 왜적 정찰군은 조선 기병이 내는 말발굽소리를 쫓아 숲속 더 깊은 곳으로 달려갔다. 그런데 달빛이 차단된 숲의 어둠 속에서 5백여 명의 조선 기병이 불쑥 나타나 공격을 퍼부었다.

왜적 정찰군장은 조선군의 수가 많지 않을 것이라 예상했다가 5백이나 되는 것을 보고 깜짝 놀랐고, 속은 것을 알고 급히 후퇴를 명했다. 그러자 조선군 기병이 뒤쪽으로 가서 돌아갈 길을 막아버렸다. 왜적 정찰군은 조선군이 없는 좌측으로 갈 수밖에 없었다. 그런데 조선군은 좌측 숲속 곳곳의 나무와 나무 사이에 동아줄을 쳐서 말만 빠져나가고 마상의 병사는 동아줄에 걸려 떨어지게 해놓았고, 함정과 덫도 여러 곳에 설치해놓았다. 앞만 보고 달리던 왜적은 줄줄이 동아줄에 몸이 걸려 낙마했고, 혹은 덫에 걸리거나 함정에 빠졌다. 바로 뒤쫓아 온 조선군이 낙마하거나 함정에 빠진 왜병, 덫에 걸린 왜병을 칼로 베고 창으로 찔러 죽였다. 당황한 왜적 정찰군 조총수들이 아무 곳으로나 마구 조총을 쏘았다. 어둠속 곳곳에서 화염이 일었다. 경상우영군 선봉대는 그 불꽃이 이는 곳으로 달려가서 숨어 있는 왜병을 찾아내고 척살했다.

치열한 전투가 계속되던 중 경상우영군 선봉별장 한명련은 숨어 있던 왜적의 급습에 오른 팔을 칼에 베였고, 오른쪽 볼기에도 적탄을 맞았다.

그런데도 전투를 멈추지 않았고, 부상당한 몸으로 계속 싸우며 군사를 지휘했다.

이날 전투로 경상우영군 유군과 선봉대는 8백여 명의 수급을 베는 대승을 거두었다. 그러나 적탄에 맞은 한명련은 그 부상이 심각했다. 정기룡은 크게 안타까워하면서 한명련을 한양으로 올려 보내 치료받게 했다.

한명련이 부상을 입고 치료를 위해 한양에 올라왔다는 소식을 들은 선조임금은,

한명련의 상처가 가볍지 않으니 아무 의원에게 치료받게 할 수 없다. 급히 내의(內醫)를 보내 병을 간호하되, 성심을 다하여 구제토록 하라.

하고 전교했다. 또,

한명련이 올라왔다기에 사람을 보내서 살펴보게 했는데, 거처하는 집이 바람도 가리지 못하고 급료도 공급받지 못했다고 한다. 그 급료를 적지 않게 공급하라. 그리고 쌀 다섯 석과 공석(空石) 수 삼십(數三十) 잎을 속히 제급하라.

라고도 명했다. 그리고는 한명련을 종2품 동지중추부사(同知中樞府事)로 삼았다. 그러자 이를 시기한 조정의 벼슬아치들은 정기룡과 한명련이 경상우도에서 토왜를 명분으로 백성을 못살게 군다는 민원이 폭주한다고 무함했다.

적을 죽인 공이 조금 있다 하더라도 백성을 못살게 군 폐단이 극심했다면 그 공으로 죄를 덮을 수는 없는 것입니다.

그들은 한명련을 동지중추부사에서 폐하고 죄주어야 한다고 상소했다. 그러나 임금은,

윤허하지 않는다.

하고 딱 잘랐다. 하지만 반대세력의 음모는 집요하게 계속됐다. 한명

련이 전투를 핑계로 경상우도의 무고한 백성들을 살해했다고 무함했고, 그 직속상관인 정기룡 또한 왜적에 사로잡힌 백성들을 구출하지 않고 오히려 왜적 취급을 하며 살해했다고 음해했다. 그러나 그들이 말하는 백성은 나라를 배반하고 왜적을 돕던 역민(逆民)이었다.

왜적은 귀순한 조선인을 향도(嚮導: 길잡이)와 첩자로 이용했다. 정기룡과 한명련은 그들로 인해 토왜에 막대한 방해를 받았고, 백성들 또한 그들이 왜병을 이끌고 와서 노략질하도록 돕는 바람에 큰 피해를 보아야 했다. 그래서 정기룡과 한명련은 왜적보다 더 조선 백성과 군사에 해를 끼치는 그들을 사로잡아 죽임으로써 같은 짓을 하는 조선인들에게 경고하려 했던 것이다.

조정 대간 일부가 임금의 눈과 귀를 어지럽히며 한명련을 죄인으로 몰아서 탄핵하려 한다는 사실을 알게 된 도원수 권율은 극선(極選)한 정병 2백 명을 거느리고 급히 한양으로 올라갔다. 한명련의 부상이 어느 정도 치료된 것을 확인하고는 거느리고 온 정병을 한명련에게 맡겼고, 한명련과 함께 입시하여 임금께 전장으로 돌아갈 뜻을 아뢰려 했다. 그러나 한명련 탄핵에 앞장선 대간들이 한명련을 들여보내지 않으려고 술수를 부려서 권율만 들어가 임금을 알현할 수 있었다.

한명련은 경상도방어사 고언백처럼 경상우영군 선봉대를 이끌고 관할을 넘나들며 싸웠는데, 수많은 왜적을 베었기에 왜적이 그 이름만 들어도 벌벌 떨고 있습니다. 지금 신이 사력을 다하여 왜적과 싸우고 있으나 수가 많아 그 분탕질을 다 막지 못하고 있습니다. 하여 신이 특별히 선발한 정병 2백을 명련에게 맡기고 나와 함께 내려가서 왜적을 무찔러 달라고 부탁했습니다. 명련이 주상께 숙배(肅拜)하고자 지금 성 밖에 와 있는데, 대관(大官: 내자시)이 길을 막아서 숙배할 수 없습니다. 당장 그를 대신할 다른 사람이 없으니 그의 죄를 논하는 일을 늦추고 오늘 데려갈 수 있게 하소서.

권율이 엎드려 간청했다.

명련이 무고한 백성들을 죽였다는데, 사실이오?

임금이 하문했다.

전장에 나가보면 왜적이 우리 백성에게 왜병의 복장을 입히고 앞세워 화살받이로 삼는 경우가 허다하고, 왜적에게 귀순한 역민도 숱하게 만나게 됩니다. 그럴 때마다 장수가 현장에서 판단하고 처단하거나 구출하는데, 어쩌다 실수가 있을 수는 있겠지만 고의로 무고한 백성을 살해할 무인이 어디 있겠습니까? 우리는 모두 주상의 백성들을 살리고자 목숨 걸고 싸우고 있는 것입니다.

권율의 말에 임금은 고개를 끄덕였고, 한명련의 죄를 물어야 한다고 집요하게 간한 사헌부장령 이함(李諴), 집의 이병(李覺), 지평 성이문(成以文) 등의 대관(臺官: 사헌부 관리)들을 불러들였다.

그대들은 정기룡과 한명련이 무고한 백성을 숱하게 죽였다고 했는데, 그 백성이 무고하다는 것은 어디서 얻은 확신인가?

임금이 하문했다.

억울하게 죽임을 당한 백성의 유족들 탄원이 지속적으로 올라오고 있습니다.

성이문이 아뢰었다.

만일 그대들이 왜적에게 귀순한 역민의 가족이라면, 내 가족을 죽인 정기룡과 한명련에게 고마워할 것이오, 아니면 억울한 사람 죽였다고 탓할 것이오?

권율이 그들에게 물었다.

그들이 죽인 백성은 역민이 아니었습니다.

역민이 아니었음을 증명할 수 있겠소?

권율이 그들을 향해 소리쳐 물었는데, 분노를 참지 못하고 입술을 파르르 떨었다.

억울하게 죽은 사람이 살던 마을의 많은 이웃들이 무고한 백성이었다고 증언하고들 있습니다.

대부분이 집안으로 얽혀 있는 집성촌 사람들의 말만 믿고 무고한 백성이라 하였던 것이오? 다른 증거를 내놓으시오.

권율이 더욱 언성을 높였다. 대관들은 말문이 막혔고, 새로운 증거도 내놓지 못했다. 임금은 그제야 유능한 신하를 아끼려다 죄인으로 만들 뻔했다는 사실을 눈치 챘고,

도원수는 한명련을 데리고 전진(戰陣)으로 가라.

하고 윤허했다.

정기룡은 야로의 왜적을 모두 몰아내고 그곳에 임시 주둔했다. 한명련이 없는 선봉대는 백홍제가 대신 지휘했고, 유군은 정기룡이 직접 거느렸다.

우리가 야로로 들어오자 위기를 느낀 왜적이 황석산성에 쌓아두었던 노략질한 물품과 병량을 진주성으로 바삐 옮기고 있습니다.

척후장이 보고했다.

유군장은 출격을 준비하오.

정기룡이 명했다.

우리 군사만으로 황석산성을 도모하기에는 무리입니다.

유군장 백홍제가 말했다.

안음(安陰: 경남 함양군 안의면 일대)으로 갈까하오.

황석산성이 아니고요?

산성의 적은 수가 많고 지키기만 하므로 우리 군사만으로는 도모하기 어렵소. 도원수께서도 성의 적은 연합군이 가서 칠 것이니 무리하지 말고 성을 나서는 왜적만 쳐부수라 명하셨소.

하면, 황석산성 주변의 군읍을 토왜하시려는 것입니까?

아니오. 우리는 왜적 수송대를 쳐서 군량을 빼앗고 우리 군사와 백성의 양식을 확보할 것이오.

정기룡은 이튿날 군사를 거느리고 안음으로 달려갔고, 노략질한 물품과 병량을 수송 중인 왜적을 쳐서 모두 죽이고 그 수레를 통째 빼앗았다. 왜적으로부터 되찾은 곡식 일부는 군량으로 사용하고 나머지는 노략질의 피해를 입은 백성들에게 나눠주었다. 이에 백성들은 감격해서 눈물을 흘렸다.

정기룡은 산음에 주둔하며 주변의 왜적이 그 어떤 물량도 수송할 수 없게 봉쇄했다. 왜장 모리 히데모토는 수송로를 뚫기 위해 고심하다가 3천 명의 왜병을 보내서 정기룡이 없는 성주의 경상우병영을 치기로 했다. 그러면 정기룡이 위기를 느끼고 성주로 돌아갈 것이라는 생각이었다.

3천의 왜적이 진주성을 나섰다는 보고를 받고 정기룡은 주변 수령이 거느린 관병을 불러서 군사를 합친 후 출격 중인 왜적의 뒤쪽으로 갔다.

우리가 왜적을 남쪽으로 몰아내려 애썼는데, 이제 와서 뒤를 치면 적이 내륙으로 올라가 민인을 해치지 않겠습니까?

백홍제와 수령들이 의아해서 물었다.

지금 왜적은 모두 남쪽 해안으로 내려가 있는데, 내륙으로 몰면 계사년의 기억을 되살리고 고립될까 불안 초조하여 제대로 싸우지 못하고 퇴로 걱정만 하게 될 것이오.

정기룡이 그 이유를 말했고, 무관과 수령들은 납득하며 모두 고개를 주억거렸다.

출격한 왜적은 경상우영군 유군과 선봉대, 그리고 관병연합병대가 앞쪽을 가로막는 것이 아니라 뒤쪽에 와서 서자 그 의도를 알 수 없어 어리둥절했고, 일단은 감음(感陰: 지금의 거창군 가조면)으로 들어갔다. 감음은 사방이 산으로 둘러싸인 함지땅이었다. 정기룡은 산등성이로 군사를 올려 보냈고, 북쪽 내륙으로 통하는 길만 남겨놓고 3면을 포위했다.

왜적이 조선군과 싸우지 않고 향할 수 있는 길은 북쪽 내륙으로 통하는 길 뿐이었다. 그것은 성주의 경상우병영을 치려고 성을 나선 왜군이 원래 가야 할 길이기도 했다. 정기룡이 그것을 모를 리 없는데, 엉뚱하게도 그 길을 열어주며 가라고 부추기고 있었다. 왜적 부장은 그것이 몹시 수상쩍었고, 왠지 불길하고 불안했다. 그래서 탐병을 북쪽 길로 보내 살피고 오게 했다. 그런데 돌아온 탐병들은 아무 것도 발견할 수 없었다고 보고했다.

그럴 리 없는데…….

복병을 예상했던 왜적 부장은 고개를 갸웃거리지 않을 수 없었다. 틀림없이 속임수가 있을 터인데, 그것이 무엇인지 알 수 없었다.

왜적 부장은 선뜻 북쪽으로 나아가기 두려웠고, 그래서 감음현에 둔치고 정기룡이 의도를 드러낼 때까지 기다려보기로 했다. 그러나 정기룡이 거느린 군사는 별다른 움직임을 보이지 않았다.

며칠이 흘러가자 왜적 부장은 초조해지기 시작했다. 병량도 넉넉히 가져오지 못했는데 아무 것도 못하고 감음에서 시간만 흘려보내고 있을 수 없었다. 뭐라도 하지 않을 수 없었지만 상대가 정기룡인지라 그 무엇도 섣불리 행할 수 없었다. 답답해진 왜적 부장은 정기룡의 의도를 알아내기 위해 군사를 돌려세우고 포위망을 뚫으려 해보았다. 그러자 조선군은 죽기 살기로 싸워서 포위망을 사수했다.

왜적 부장은 정기룡의 의도를 파악하는데 실패했다. 군사를 뒤로 물렸고, 부하 군장들을 불러서 의견을 물었다.

우리가 북쪽으로 나아간다면 저들의 의도에 말려들게 되는데, 우리에게는 병량이 얼마 남지 않았습니다. 북쪽으로 가거나 여기서 싸우거나 둘 중의 하나는 선택해야 합니다.

전군장이 말했다.

어쨌거나 감음은 벗어나야합니다. 북쪽으로 향하여 저들의 의도에 말려드는 척하다가 방향을 서쪽으로 틀어서 거창으로 가는 것이 어떻겠습니까? 거창에서 병량을 확보한 후 시간을 갖고 다음 진로를 정하는 것이 좋을 것 같습니다.

정찰군장이 계책을 내놓았다. 왜적 부장은 그 계책에 따르기로 했고, 군사를 거느리고 북쪽으로 행군했다. 그러자 정기룡은 따라오지 않고 군사를 거두어들였다.

정말 알 수 없는 노릇이었다. 왜적부장은 정기룡의 의도를 알 수 없으니 아무 탈 없이 진군하는 것이 오히려 불안했고, 초조해서 자꾸 뒤를 돌아보게 됐다.

왜적 부장은 회남에서 서쪽으로 방향을 틀었다. 그때까지도 조선군은 보이지 않았고, 왜군은 그제야 긴장을 풀고 여유 있게 행군했다. 그런데 재미들에 들어섰을 때 갑자기 남쪽 산속에서 조선군이 쏟아져 나와 왜적을 몰아쳤다. 방심하고 있다가 습격을 받은 왜적 부장은 맞서 싸울 생각을 못하고 군사를 이끌고 회남령으로 달아났다.

정기룡은 왜적이 무기를 거두고 등을 돌려 산비탈을 오르는 그 순간을 놓치지 않고 군사를 휘몰아서 뒤를 쳤다. 비탈을 오르던 왜병들이 조선군의 공격에 엄청나게 죽어나갔다. 왜적 부장이 군사를 돌려세우고 싸우려 했지만 이미 대열이 무너져 사분오열된 뒤였다.

전열이 흐트러진 왜적은 일방적으로 밀릴 뿐이었다. 그 싸움에서 조선군은 1천2백여 명의 왜적을 베는 대승을 거두었다.

경상우영군 선봉대와 유군, 관병연합병대는 달아난 왜적을 거창 근처에서 따라잡고 다시 쳐서 6백여 명을 추가로 참획했다. 아군의 피해도 상당해서, 많은 군사가 부상을 입거나 전사했다.

정기룡은 성주에 있던 경상우병영을 삼가현(三嘉縣)으로 옮겼고, 날마다 전투했다. 그러면서 경상우도의 김해(金海), 웅천(熊川), 거제(巨濟), 창원(昌原), 칠원(漆原), 진해(鎭海), 고성(固城), 함안(咸安), 진주, 사천, 남해(南海), 하동(河東), 곤양, 단성 등지에 아직도 왜적이 있고, 함양(咸陽)과 안음, 의령(宜寧) 등지는 왜적이 자주 출몰하는 지역으로 노략질이 빈번하며, 삼가의 대평리(大坪里)와 악견산성(岳堅山城), 백질산(栢叱山) 등지에도 왜적이 극성이어서 백성들이 정착할 겨를이 없는 현실을 치계했다. 그 적들과 매일 싸우다 보니 군사는 자꾸 줄어서 겨우 1천여 명만 남아 있었다.

겨울이 왔다. 비변사는 조선군을 3영(三營)으로 나누어 편성하고 명군과 연합작전을 펼치기로 결정했다. 제1영은 충청도병마절도사 이시언(李時言)의 2천 명에 평안도 군병 2천 명을 소속시켰다. 제2영은 경상좌도병마절도사 성윤문(成允文)의 2천 명에 경상좌도방어사 권응수(權應銖)의 군병 2백 명, 경주부윤 박의장(朴毅長)의 군병 1천 명, 함경도와 강원도 군병 2천 명을 소속시켰다. 제3영은 경상우도병마절도사 정기룡의 1천 명에 황해도 군병 2천 명과 경상도방어사 고언백의 군병 3백 명을 소속시켰다.

선조임금은 정기룡에게 각별히 밀지를 내려 격려했고, 도원수 권율은 정기룡의 조선군 제3영을 명나라 제독 마귀(麻貴)의 군진에 소속시키면서 그때까지 휘하에 데리고 있던 한명련을 원대로 복귀시켰다.

마귀는 울산의 도산성(島山城)에서 버티고 있는 가토 기요마사의 왜적을 쳐부수고 경상좌도를 완전히 회복기로 했다. 그 계획에 따라 12월 중순 조명연합군이 경주로 모여들었고, 울산을 향해 나아갔다. 마귀는 정기룡에게도 군사를 거느리고 울산으로 올 것을 명했다. 정기룡은 휘하의 군사 3천3백을 거느리고 울산으로 갔고, 명군 제독 마귀를 만나 계책을 의논했다.

5

12월 20일, 조명연합군은 왜적이 울산읍성을 헐고 그 돌을 옮겨서 쌓은 도산왜성(島山倭城) 앞에 진을 펼쳤다. 명군 제독 마귀는 경상우병사 정기룡의 군사가 특히 강하다는 얘기를 듣고 그 군사를 돌격대로 삼았고, 명나라 유격장군 진인(陳寅)의 군사를 선봉대로 삼았다.

22일, 마귀는 정기룡의 돌격대와 진인의 선봉대에 공격을 명했다. 23일 새벽, 정기룡의 돌격대가 먼저 도산성에 접근해서 외성(外城)을 부수며 공격했고, 연합군은 화포로 엄호했다. 그러나 화포 포격각은 나오지 않는데 왜적의 총탄은 비오듯 쏟아져서 쉽게 뚫을 수 없었다.

외성은 나무와 흙을 다져서 쌓았다. 정기룡은 말에 건초더미를 매달아 끌고 가서 외성 앞에 두고 올 것을 명했다. 이에 돌격기병은 새끼줄에 연결된 건초더미를 끌고 왜적의 총탄을 피하며 빠르게 달려가서 외성벽 앞에 건초더미를 두고 돌아왔고, 정기룡의 지휘로 화전을 날려서 건초더미에 불을 질렀다. 건초에 붙은 불이 외성벽으로 옮겨 붙었다.

정기룡은 다시 모든 군사를 거느리고 달려가서 불타고 있는 외성을 헐었다. 왜적이 격렬히 저항했지만 연기가 성 쪽으로 날아갔으므로 눈이 매워 조총을 제대로 겨눌 수 없었다. 또한 조선군이 연기에 가려졌으므로 가시목표(可視目標)를 확보하기도 쉽지 않았다. 반면 바람을 등지고 연기 뒤쪽에 선 정기룡의 돌격기병은 각궁으로 왜적을 공격하며 여유 있게 외성을 헐었다.

정기룡의 돌격대가 외성을 완전히 헐어버리기까지는 꼬박 하루가 걸렸다. 다음엔 명나라 유격 진인이 나섰다. 진인은 선봉보병을 거느리고 달려가서 외성 안쪽에 설치된 세 겹의 목책을 부수고 성으로 들어가는 통로인 석굴(石窟) 앞까지 전진했다. 그러나 왜적의 엄청난 저항에 부딪혀 더는 나아갈 수 없었다. 진인은 어쩔 수 없이 군사를 거두어 돌아왔다.

도산성이 연합군의 대대적 공격을 받자 서생포왜성(西生浦倭城)을 지키고 있던 왜적 부장 나베시마 나오시게(鍋島直茂)가 구원을 위해 군사 2천을 거느리고 성을 나섰다. 이에 마귀는 조선군 제3영 사령 정기룡에게 군사를 거느리고 가서 무찌를 것을 명했다. 정기룡은 제3영 군사 3천 3백을 거느리고 달려갔고, 고언백의 경상방어군과 한명련의 선봉대를 앞세워 태화강(太和江)을 건너고 있는 왜적을 벼락 같이 공격했다. 그래서 이미 강물에 들어선 왜적 대부분을 몰살했다. 놀란 나베시마 나오시게는 군사를 돌려서 황급히 서생포왜성으로 돌아갔다.

마귀가 전령사를 보내서 정기룡의 군사를 다시 불러들였다.

우리 연합군에서 그대의 군사가 가장 강하고 용맹하며 또한 빠르다. 그대는 군사의 희생 없이 도산성 외성을 모두 허물었는데, 진인의 선봉대는 아직도 내성 석굴을 뚫지 못하고 있다. 내성을 함락할 묘책이 없는가?

마귀가 정기룡에게 물었다.

도산성은 견고하고 지대가 높은데다, 출입구가 석굴로 만들어져 좁으므로 경솔히 거사할 형세가 아닙니다. 몰아치는 것은 군사의 희생이 많을 수밖에 없으므로 적절치 않고, 고사책이 적당할 것입니다.

왜노를 조선 땅에서 빨리 몰아내 달라는 것이 그대 나라 임금의 부탁이었다. 내 그 부탁을 외면할 수 없으므로 대군을 동원한 것이라.

마귀는 고사책은 시일이 오래 걸리므로 곤란하다고 말했다. 대병으로 몰아쳐서 단시일에 승부를 걸겠다는 뜻이었다.

하면 적의 포환을 소모시켜 방어가 어려울 때 돌격대와 선봉대가 성벽을 타고 오르는 방법밖에 없을 것 같습니다.

그대 군사가 왜노의 포환을 소모시켜 줄 수 있겠나?

마귀가 물었고, 정기룡은 그리 하겠다고 답했다.

정기룡은 돌기병을 거느리고 달려가 왜적의 대조총 포격을 유도했고, 왜적이 재장전에 들어가는 틈에 진인의 선봉대가 사다리를 들고 달려가서 성벽 가까이 가져다놓고 후퇴했다. 그러기를 반복하자 왜적은 포환을 아끼려고 최소한으로만 대조총을 사용했다. 이제 됐다고 판단한 조선군 제3영 사령 정기룡은 철갑방벽을 병사들에게 들려서 조총 탄환을 막으며 성벽까지 접근했고, 모든 군사를 휘몰아 성을 공격했다. 황해도 병마절도사로서 정기룡 휘하에 소속된 선거이(宣居怡)도 황해군병 2천을 거느리고 달려가 성벽에 사다리를 기대고 타고 올랐다.

정기룡과 선거이, 고언백, 한명련, 백홍제 등의 맹장들은 일반 병사들과 함께 싸웠다. 가로막는 왜적을 치고 또 치며 사다리를 타고 올라가서 성곽을 일부 점령했고, 달려드는 왜적을 계속 치며 차츰 그 범위를 넓혀 갔다. 점점 더 많은 조선군 제3영 병사들이 성벽을 타고 올라 성곽 주변에서 왜적을 밀어냈다.

　정기룡은 선거이의 황해영군과 고언백의 경상도방어군에게 성곽을 맡기고 자신은 경상우영군을 호령하여 왜적을 처부수며 석굴 문을 향해 조금씩 나아갔다. 그런데 성곽을 맡아 싸우던 황해병사 선거이가 그만 전사하고 말았다.

　정기룡의 조선군 제3영 뒤를 명군 유격 진인이 거느린 선봉대가 따랐다. 진인은 가장 먼저 성곽에 오른 정기룡을 보고 경쟁심이 불붙었고, 자신도 앞장서서 병사들을 이끌며 성벽에 올랐다. 날아온 총탄에 맞아 앞니가 부서졌지만 입안에 날아든 탄환을 퉤 뱉어버리고 계속 싸웠다. 하지만 다시 날아온 총탄이 허벅지에 박혀서 싸울 수 없게 되었고, 선봉대 지휘권은 명군 파총(把摠) 곽안민(郭安民)이 넘겨받았다.

　곽안민이 지휘하는 명군 선봉대는 일사분란하게 싸우지 못했고, 우왕좌왕 자기들끼리 뒤엉켜서 엉망이었다. 왜장 가토 기요마사는 명나라 군사가 약한 것을 보고는, 정기룡의 조선군 제3영을 상대하지 말고 명군만 상대하라고 명했다. 이에 왜적이 명군만 집중적으로 공격했고, 많은 명나라 병사가 죽었다. 그 과정에서 곽안민도 왜적의 총탄에 전사하고 말았다.

　마귀는 선봉대 피해가 막심하여 전멸이 걱정된 듯 퇴각을 명했다. 이에 명군 선봉대가 먼저 퇴각해버렸고, 정기룡도 충분히 이길 수 있었는데 마귀가 성급히 퇴각을 결정했다고 아쉬워하며 제3영 군사를 거두어 퇴각했다.

제독 마귀와 경리(經理) 양호(楊鎬)는 무리한 공격으로 군사만 잃고 후회했다. 그제야 정기룡의 고사책을 채택하여 도산성을 포위했고, 그 무엇도 성으로 들어갈 수 없게 막았다. 그러자 왜적은 물을 구하지 못해 사람오줌과 동물오줌을 마시고 동물피를 빼서 마시며 버텼다. 군량이 떨어져 말을 잡아먹는 등, 먹을 수 있는 모든 것을 양식으로 삼았다.

도산성 왜적이 고사 위기에 몰렸다. 이에 서산포왜성의 부장 나베시마 나오시게는 경상우도에 웅크린 모리 히데모토, 호남에 웅크린 고니시 유키나가와 시마즈 요시히로 등에게 구원을 청했다. 함께 조명연합군을 쳐서 도산성 포위를 풀게 하자는 것이었다. 모리 히데모토와 시마즈 요시히로는 즉각 응하여 군사를 양산으로 보냈다.

모리 히데모토의 왜군이 양산으로 향하고 있다는 보고가 올라왔다. 조선군 제3영 사령 정기룡은 마귀를 찾아갔고,

저희 군사가 본도로 돌아가면 왜장 모리 히데모토는 구원에 나선 군사를 도로 불러들일 수밖에 없을 것이고, 만일 불러들이지 않는다면 저희가 진주성에서 왜적을 몰아낼 수 있을 것입니다.

라고 하며 본도로 돌아갈 수 있게 해달라고 청했다. 고사책으로 도산왜성을 포위만 할 것이면 굳이 그 많은 군사가 거기 있을 필요는 없기 때문이었다.

조선군 제3영 사령 정기룡은 우리 연합군에서 가장 잘 싸우는 장수이고 그 군사는 가장 강한데, 진인의 선봉대가 무너진 이때 그대까지 빠져버리면 나는 무엇으로 싸우겠는가?

마귀는 그건 안 될 말이라며 허락하려 하지 않았다.

혹시 싸우기 싫어서 내빼려는 것 아닌가?

경리 양호가 의심했다.

저는 싸움을 피해 가려는 것이 아니라 싸우러 가려는 것입니다.

정기룡이 불쾌감을 표했고,

지난번 공격으로 도산성의 왜적도 그 피해가 막대해서 가토 기요마사는 원군 없이는 성 밖으로 나서지 못할 것입니다. 우리 군사가 본도로 복귀하면 구원에 나선 모리 히데모토의 군사가 발길을 돌릴 수밖에 없을 것이니 왜적의 구원을 무산시키는 효과를 얻을 수도 있습니다.

하고 마귀를 설득했다. 왜적 원군이 오는 것을 내심 걱정하고 있었던 마귀는 정기룡의 말이 틀리지 않으므로 마음을 바꾸었고, 정기룡에게 군사를 거느리고 본도로 돌아가도 좋다고 허락했다. 다만 조선군 제3영이 아닌 경상우영군만 복귀한다는 단서를 달았다.

정기룡이 경상우영군을 거느리고 경상우도로 복귀하고 있다는 소식에 모리 히데모토는 깜짝 놀랐고, 구원을 위해 내보낸 군사를 도로 불러들였다. 그렇지만 남원성의 시마즈 요시히로가 보낸 구원병 1천여 명이 경상우도를 통과하여 양산으로 향하려 했다. 이에 정기룡은 진주로 향하던 걸음을 돌려 김산으로 향했다.

김산에 도착한 정기룡은 김산군수와 지례현감 등으로 하여금 우지현 고개에서 왜적 퇴로를 차단하게 했고, 군사를 휘몰아 왜적을 쳤다. 왜적은 경상우영군에 패하고 상주 방면으로 달아났다. 정기룡은 상주 남천까지 쫓아가며 왜적을 쳐서 1천여 명을 모두 죽였다.

한편, 도원수 권율은 경상우도 왜적의 발을 확실하게 묶어두기 위해 군사의 여유가 있는 제1영 사령인 충청병사 이시언에게,

충청영군 중에서 정병 5백 명을 뽑아 경상우도로 보내고 경상우병사의 명에 따르게 하라.

하고 명했다.

정기룡과 그 군사가 삼가현 군영으로 복귀하고 며칠 뒤 충청병사 이
시언이 보낸 정병이 경상우병영에 도착했다. 그런데 충청영군에서 파견
한 군사를 거느리고 온 자는 놀랍게도 홍길영이었다. 그는 정기룡 앞에
서 낯을 붉히고 주변 눈치를 살피면서도,

충청병영 좌위장 홍길영입니다. 이시언 장군으로부터 군사를 거느리
고 가서 정 장군을 도우라는 명을 받고 왔습니다.

장군에 대한 예로 깍듯이 인사했다. 정기룡은 홍길영을 알아보고 내
심 크게 놀랐지만 겉으로는 태연한 척했다. 다만 홍길영이 없는 자리에
서 선봉장 한명련과 유군장 백홍제, 우후 박대수 등에게,

저 자가 왜적과 내통한다는 소문이 있으니 각별히 주의하여야 할 것
이오.

하고 당부했을 뿐이었다.

평사 장시중(張時中)이 정기룡의 명을 받고 홍길영이 어떻게 충청영군
중위장이 될 수 있었는지 알아보았는데, 정인홍이 이시언에게 특별히 부
탁한 것으로 밝혀졌다. 이시언은 전(前) 영의정 이산해의 천거로 오위(五
衛)의 사용(司勇)에 등용되면서 벼슬길에 오른 사람으로, 정인홍과 같은
당류로 분류되는 무장이었다.

홍길영은 김명원과의 친분을 과시하고 의병장 경력을 내세워서 정인
홍에게 접근했다. 정인홍은 의병장 출신으로서, 자신 또한 많은 전공이
있음에도 정기룡과의 전공다툼에 밀려 합당한 포상을 받지 못했다는 불
만을 품고 있었다. 과거 정기룡이 상주목사 겸 토포사에 제수될 때 자
신은 겨우 성주목사에 제수되었을 뿐이기 때문이었다. 정인홍은 성주목

사가 되어 새파랗게 젊은 토포사 지시를 따르라는 조정의 명에 모욕감을 느꼈고, 그래서 부임하지 않았다. 그랬기에 북도에서 의병장으로 활동하며 많은 전공을 세웠음에도 정기룡의 방해로 그 공을 인정받지 못했다는 홍길영의 말을 듣고 동병상련의 아픔을 느꼈고, 이시언에게 각별히 부탁했던 것이다.

홍길영은 계속 이시언 군영에 있었지만 정기룡은 한 번도 그와 마주치지 않았다. 홍길영이 의도적으로 정기룡을 피했기 때문이었다. 용케 잘 피해 다니고 있었는데, 이시언이 갑자기 정병을 거느리고 경상우도로 가서 정기룡의 지휘를 받으라고 명했다. 홍길영도 낯이 있기에 가지 않으려고 이런저런 핑계를 댔다.

사실 이시언은 홍길영이 무능하여 제 역할을 못하기에 경상우병영으로 파견하려던 것이었다. 그런데 가지 않으려 하자 짜증이 받쳤고, 이참에 아주 떼버릴 작정으로 명령에 복종하지 않으려거든 충청병영을 떠나라고 소리쳤다. 홍길영은 하는 수 없이 울상을 하고서 경상우도로 향했고, 뻔뻔스럽게 정기룡 앞에 그 모습을 드러냈다.

울산 도산왜성 구원을 위해 성을 나섰던 왜장 모리 히데모토의 군사가 모두 회군했으므로 정기룡의 경상우영군만으로는 진주성을 도모하기 어려워졌다. 정기룡은 진주성 탈환을 후일로 미루고 중단했던 토왜를 재개했다. 하지만 홍길영을 믿을 수 없어서 이시언이 보낸 군사는 작전에 참가시키지 않고 남아서 병영을 지키게 했다.

정기룡은 거창 남쪽과 합천 등지를 돌며 토왜작전을 펼쳐서 왜적 1백여 명을 죽였고, 많은 항왜를 사로잡아서 군영에 가두었다. 경상우영군은 토왜에 집중해야 했으므로 군영을 지키는 홍길영의 군사가 항왜를 맡아 관리했다.

홍길영은 경상우영군의 수급이 엄청난 것을 보고 시기했다. 자신은 수급이 전혀 없는데, 정기룡 휘하 무장들은 수급이 계속 늘어나고 있었다. 특히 유군장 백홍제는 그 전공이 찬란하여 예전 감사군대장이던 시절의 정기룡만큼이나 명성이 높았다. 아장 박대수와 선봉별장 한명련도 수많은 전공으로 조정은 물론이고 명나라 장수들에까지 그 이름이 널리 알려져 있었다. 그런데 자신은 정기룡의 대선배임에도 아직도 지방병영의 위장(衛將)에 불과했고, 새까만 후배인 정기룡에게 장군 장군 하며 굽실거려야 하는 현실이 여간 아니꼽지 않았다.

홍길영은 전투에 나가서 피 흘리기는 싫은데 수급은 탐나고…… 해서 항왜의 목을 베어 수급을 챙기기로 했다. 수하의 무관을 시켜 항왜를 하나씩 끌어내고 일부러 도망치게 한 후 쫓아가서 목을 베었다.

수용시설에 갇힌 항왜들은 불려나간 동료들이 돌아오지 않는 것을 보고 눈치를 챘고, 홍길영의 수하가 끌어내도 가지 않으려 버티며 살려달라고 소리쳤다. 소란이 일면 정기룡에게 비행이 들킬 수 있었다. 홍길영은 항왜의 저항으로 더는 가짜 수급을 만들 수 없게 되자 수급창고에서 수급을 훔쳐내기로 했다. 그러나 수급창고를 지키는 것은 경상우영군 병사들이었다. 가벼운 부상으로 치료 중인 병사들이 수급창고 보초를 맡고 있었던 것이다. 어떻게 하면 보초들의 눈을 피해 수급을 훔쳐낼 수 있을까? 고민하던 홍길영은 항왜를 이용하기로 했다.

수급창고에 노역을 가는 항왜들에게 수급을 훔쳐내면 그 숫자에 맞춰 은전을 지급하고 풀어줄 것이라고 일러라.

홍길영이 노역항왜들을 인솔하는 수하 무관에게 속삭였다.

안녕, 마을구

1

노역항왜들은 홍길영의 수하로부터 수급을 훔쳐오면 은전으로 값을 쳐주고 방면(放免)까지 한다는 얘기를 듣고는 살아서 자기 나라로 돌아갈 수 있는 기회라 생각했다. 그래서 수급을 상자에 담고 소금으로 방부 처리를 하면서 일부를 폐기물수레 바닥에 숨겨서 빼돌렸고, 영문 밖 소각장 부근에 숨겼다.

어둠이 내린 후에야 경상우영군은 지친 몸을 이끌고 군영으로 돌아왔다. 병사들은 베어온 수급을 가져다놓기 위해 창고로 갔다가 어제에 비해 크게 늘지 않은 상자를 수상히 여기고 일일이 수를 헤아려보았다. 상당수가 빈다는 사실을 확인했고, 곧바로 정기룡에게 보고했다.

정기룡은 수급이 빼돌려졌다면 폐기물을 실어 나르는 수레가 이용됐을 것이라 생각했고, 밤중임에도 무사들을 거느리고 소각장으로 달려갔다. 때마침 대여섯 명의 항왜들이 충청영군 중위군 소속 무관 하나와 병사 십여 명의 감시를 받으며 수레를 끌고 어딘가로 이동하고 있었다. 그들은 어둠 속에서 정기룡과 마주치자 깜짝 놀라 멈추었다.

수레에서 떨어져라.

정기룡은 차갑게 말한 후 무사들로 하여금 가서 수레를 살펴보게 했다. 예상대로 빼돌려진 수급이 실려 있었다.

누가 시킨 짓이냐?

정기룡이 불같이 화를 내며 충청영군 중위군 병사들을 인솔하고 있는 무관에게 물었다. 무관은 고개를 젓기만 하고 입을 열지 않았다.

내가 그것을 왜 챙기는지 너는 잘 알 것이다. 그것은 우리 병사들 피의 대가이다. 그것이 있어야만 전사하거나 부상당한 병사의 가족들이 나라의 보살핌을 받을 수 있단 말이다. 그런데 너는 우리 병사들이 목숨과 맞바꾸어 얻은 그것을 훔치고서도 무엇을 잘못했는지를 모르니 살 가치가 없는 놈이다.

정기룡은 꾸짖었고,

모두 죽여 버려라!

무사들에게 차갑게 명했다. 무사들이 칼을 뽑아들었다. 그러자 무관은 얼른 땅바닥에 꿇어앉으며,

살려주십시오. 홍길영 위장이 시켜서 한 일입니다.

하고 이실직고했다.

사실을 말했으니 용서하겠다. 너희는 그것을 원래의 자리에 돌려놓고 돌아가라.

정기룡은 의외로 쉽게 용서했고, 무사들과 함께 돌아갔다.

홍길영은 수급 훔친 것을 정기룡에게 들켰다는 수하 무관의 보고를 받고 가슴이 철렁 내려앉았다. 정기룡은 반드시 그 사실을 도체찰사와 도원수에게 보고할 것이었다. 수급을 훔친 죄의 벌은 참수형뿐이었다.

홍길영은 죽지 않으려면 충청병사 이시언을 끌어들여야 한다고 생각했다. 힘 있는 이시언을 공범으로 만들면, 이시언은 자기가 살기 위해서라도 사건을 무마해줄 것이었다. 오로지 거기에 희망을 걸었고, 한밤중임에도 말을 달려 이시언을 찾아갔다.

이시언은 이때 충청영군을 거느리고 호남의 장수(長水) 근처에 주둔하고 있었다. 홍길영은 밤새 달려서 이튿날 오전 충청영군 전진(戰陣)에 도착했고, 이시언에게 스스로 죄를 털어놓으며 잘못했으니 살려달라고 애원했다.

이런 낭패가 있나!

이시언은 너무 어이가 없어서 한동안 말을 잇지 못했고,

어쩌자고 그런 짓을 해서 나까지 죄인으로 만드는 것이오?

한참 후에야 짜증스런 목소리로 물었다. 아무리 정인홍의 부탁이었어도 홍길영을 휘하에 받아들이지 말았어야 했다는 후회가 밀려들었다. 홍길영이 자신보다 나이 많은 무관이고 한때 병대를 이탈한 전과가 있으며 측근들마저 모두 반대하여 여러 가지로 부담스러웠지만 정계 실력자인 정인홍의 부탁이었기에 차마 거절하지 못하고 휘하에 받아들였던 것인데, 결국 이런 사달이 나고 말았다.

정기룡 병사가 우리 파견대를 토왜작전에 참가시키지 않아서 생긴 일입니다. 경상우영군은 날마다 왜적과 싸워서 계속 수급이 늘어나는데, 우리는 영문만 지키고 있어 수급이 전혀 없습니다. 정기룡 병사가 체찰사부(體察使府)나 원수부에 수급을 올리게 되면 체찰사나 원수께서 경상우도에 파견된 충청영군 중위군은 무엇을 하였기에 수급이 없느냐고 장군을 질책할 것이 뻔하지 않습니까? 그래서 제가 장군을 위해 그랬던 것입니다.

홍길영은 이시언에 대한 충성심의 발로임을 강조했다.

지금 그걸 핑계라고 대는 것이오?

제가 수급을 훔친 죄로 참수형에 처해지면 그 화가 장군께도 미칩니다. 조정에서는 분명 장군이 시켜서 한 일이라 의심할 것이기 때문입니다.

이젠 협박까지 하는군.

제가 어찌 감히 장군을 협박하겠습니까? 저는 다만 저로 인해 장군의 앞날에 화가 미치지 않을까 염려되어⋯⋯.

이미 폐를 끼칠 만큼 다 끼쳐놓고 생각해주는 척하지 마시오. 내 정인 홍 의병장을 믿었는데, 아주 몹쓸 인사를 소개했군.

이시언은 홍길영을 죽여 버리고 사태를 무마해볼까 생각했다. 그러나 죽인다고 문제가 해결될 것 같지 않았다. 자신이 홍길영을 시켜 수급을 훔쳐내다가 들키자 죽여서 입막음을 했다는 오해를 받을 것 같았기 때문이다. 그는 한참동안 대책을 고민하다가 혼자서는 감당이 되지 않아서 아장을 불러 의논했다.

정기룡 장군은 의협심이 강한 사람입니다. 화는 많이 났을 것이나, 솔직한 자세로 사죄하면 용서할 것입니다.

아장은 일단 사과부터 한 후 그 반응을 살펴서 대응하자고 말했다.

이시언은 아장의 조언에 따르기로 했고, 홍길영을 앞세우고 당장 경상우도 삼가현으로 달려갔다. 체면불구 정기룡에게 몸을 낮추고,

경위야 어찌됐건 나의 휘하 위장이 저지른 짓이니 내 책임이오. 부디 선처를 바라오.

하고 용서를 구했다.

용서를 받고자 한다면 먼저 나를 찾아와 빌었어야 할 일이거늘, 어째서 충청병사께 먼저 달려갔단 말이오? 그리고도 그 사과가 진정성 있다

하겠소?

정기룡이 홍길영을 돌아보며 꾸짖었다.

송구합니다. 정 장군께서 저희 파견대를 토왜에서 배제하여 전공 세울 기회를 주지 않으시니…….

홍길영이 변명했다.

토왜를 하고 싶다? 좋소. 그렇다면 당장 다음 작전 때부터 토왜에 참가시킬 테니 어디 한 번 전공을 세워보오. 용서하고 말고는 그 결과를 봐서 결정하겠소.

정기룡이 말했는데, 제대로 싸우지 않으면 용서하지 않겠다는 뜻이었다. 그리고는 먼 길 달려온 이시언에게,

내 홍 위장을 벌하더라도 장군께는 해가 미치지 않도록 할 것이니 과히 염려 마십시오. 이왕 왔으니 함께 식사나 하시지요.

하고 위로했다. 밥을 먹으며 군사의 일을 의논했고, 떠날 때 멀리까지 배웅하여 예를 갖추었다.

며칠 후, 정기룡은 약속대로 홍길영이 이끄는 충청영군 중위군을 토왜에 데리고 나갔다. 그러나 홍길영은 왜적이 두려워서 좀처럼 싸우려 하지 않았고, 적이 없는 곳으로만 피해 다녔다. 화가 난 정기룡은 무사 황영철을 보내서 크게 꾸짖었고, 싸우지 않을 바엔 충청병영으로 돌아가라고 했다.

내가 싸우려 해도 병사들이 나아가려 하지 않으니 나도 답답하다. 우리에게도 정 장군의 마병(馬兵)만큼 뛰어난 군사가 있다면 이리 무능하진 않으리. 너는 돌아가거든 정 장군께, 우리 마병은 정 장군의 마병만큼 훈련이 잘 되어 있지 못하니 마병훈련에 능한 마을구 여수(旅帥: 1여의 지휘관)를 파견하여 우리의 말과 마병을 훈련시켜주었으면 한다는 나

의 청을 전하라.

홍길영이 말했고, 황영철은 돌아가서 정기룡에게 그 말을 전했다. 그러나 정기룡은 홍길영을 믿지 않았으므로 가볍게 무시했다. 그런데 마을구가 충청영군 중위군 돌격기병 훈련을 맡겨달라고 자청했다. 정기룡은 왠지 찜찜했지만 충청영군 중위군 돌격기병 훈련이 절실한 것도 사실이므로 마을구를 보내주었다.

홍길영은 마을구를 충청영군 중위군의 1개 여(5개 隊 125명이 정원이지만 전시에 정원을 다 채우기는 어려웠다)로 이루어진 돌격기병 임시여수에 임명했고, 그 군사의 습진을 맡겼다.

마을구는 며칠 동안 영내에 머물며 충청영군 중위군 돌격기병을 훈련시켰다. 그 군사가 어느 정도 다듬어졌을 때 정기룡을 찾아갔고, 충청영군 중위군 돌격기병을 자신이 이끌 것이니 전투에 참가시켜달라고 했다. 홍길영이 마을구에게 그렇게 해달라고 부탁했기 때문이었다. 정기룡은 흔쾌히 승낙했고, 충청영군 중위군을 다시 토왜작전에 참가시켰다.

왜적은 배를 타고 황강(黃江)을 통해 거창까지 올라간 후 가조현(加祚縣)으로 가서 노략질하고 있었다. 정기룡은 홍길영에게 협동작전을 지시했다. 경상우영군이 가조현의 왜적을 황강 쪽으로 몰아갈 테니 충청영군 중위군은 황강 앞쪽 길목에 매복했다가 왜적이 오면 급습해달라는 것이었다. 이른바 토끼몰이작전이었다.

정기룡은 군사를 거느리고 가조현으로 달려갔고, 노략질에 나선 왜적을 공격했다. 왜적이 달아났고, 경상우영군은 황강 방면으로 왜적을 몰아갔다. 그래서 마침내 홍길영이 군사를 숨기고 기다리기로 한 지점에 다다랐을 때였다. 달아나던 왜적이 갑자기 멈추었고, 우왕좌왕하며 이리저리 뛰어다녔다. 정기룡이 보았는데, 저 멀리 앞쪽에 희뿌연 연기가 피어오르고 있었다. 그리고 그 연기 너머에서 조선군 기병 1개 여가 활을 쏘고 창을 던지며 왜적을 공격하고 있었다. 마을구가 지휘하는 충청영군 중위군 돌격기병이었다.

마을구는 왜적이 오고 있는 갈대밭에 불을 지른 후 공격하고 있었다. 바람은 황강에서 왜적 쪽으로 세차게 불고 있었고, 그 바람을 타고 거세진 불길은 달려오던 왜적을 향해 나아가 노도처럼 덮쳤다. 여느 군사보다 강한 위력이었다. 앞쪽에서 달리던 왜적은 덮쳐온 불길을 피하지 못해 타죽어 가고 있었고, 뒤쪽의 왜적은 불길을 피해 아무 곳으로나 마구 달아났다.

마을구가 이끄는 충청영군 중위군 돌격기병은 경상우영군 유군 못지 않게 용맹했다. 마을구의 돌격기병이 아래위로 말달리며 불길 약한 곳을 넘으려는 왜적을 공격하는 동안 홍길영이 거느린 충청영군 중위군 보병들은 그 뒤쪽에 진을 치고 불길 너머의 왜적을 향해 활만 쏘고 있었다.

왜적은 연기에 눈이 매운데다, 일렁거리는 불길 너머에서 말을 타고 빠르게 움직이는 조선군을 조총으로 정확히 겨누기 어려웠다. 어쩔 수 없이 뒤쪽에 있는 경상우영군과 맞서 싸울 수밖에 없었다.

정기룡은 믿음직한 마을구의 모습에 흐뭇한 미소를 머금었고,

한 놈의 왜적도 살려 보내지 마라!

외친 후 칼을 뽑아들고 왜적을 향해 달려갔다. 닥치는 대로 왜적의 목을 베면서도 간간히 고개를 돌려 저쪽의 마을구를 살폈다.

거세게 번지던 불길이 왜적이 밟아놓은 갈대밭까지 나아간 후 그 기세가 한 풀 꺾이고 있었다. 마을구는 말로 그 불길을 뛰어넘어서 왜적을 치려했다.

불길을 뛰어넘어라!

마을구가 소리쳤고, 충청영군 중위군 돌격전사들은 일제히 말을 타고 그 불길을 뛰어넘었다. 마을구도 병사들과 함께 말로 불길을 뛰어넘었다.

정기룡이 다시 마을구 쪽으로 고개를 돌렸을 때, 마을구의 말은 불길 위의 공중으로 높이 뛰어오르고 있었다. 그런데 그 등에 앉은 마을구의 몸이 말안장에서 떨어져나가는가 싶더니 말만 앞으로 나아가고 마을구는 보이지 않았다. 마을구의 몸이 떨어져 내렸을 것으로 보이는 지점에 연기가 풀썩 피어오르는 것이 보일 뿐이었다. 정기룡은 깜짝 놀라서,

을구야!

소리쳤고, 왜적 무리를 우회하여 급히 마을구가 떨어진 곳으로 달려갔다.

2

홍길영이 병사들을 시켜서 마을구를 구해내고 안전한 곳으로 옮겨 몸에 붙은 불을 끄게 했다. 마을구는 그을음이 콧속에 가득했고, 옷과 살이 불타서 곳곳에 상처가 드러나 있었다.

어찌된 일이냐? 어찌된 일이냐!

정기룡은 도착하자마자 말에서 풀쩍 뛰어내려 마을구에게 달려갔고, 상태를 살폈다. 마을구는 아직 살아 있었다. 정기룡의 목소리를 듣고 겨우 눈을 떴고, 희미한 미소를 머금었다.

을구야, 괜찮으냐?

정기룡은 물은 후 마을구 코에 입을 가져다대고 힘껏 빨아서 콧구멍의 그을음을 제거했다.

장군을 모실 수 있어 행복하고 즐거웠습니다. 고마웠습니다.

마을구가 남은 힘을 다해서 흐릿하게 말했다.

그런 소리 하지 말라. 살려는 의지를 포기하면 안 된다. 알았느냐?

장군께서는 제 몫까지 오래 오래 사셔서 이 나라를 굳건히 지켜주십시오.

불행하게도 마을구는 그 말을 남기고 숨을 넘겨버렸다.

을구야!

정기룡은 축 늘어진 마을구 몸을 끌어안고 통곡했고, 그 얼굴에 자신의 얼굴을 비비며 눈물 흘렸다.

눈을 떠라, 을구야. 숨을 쉬란 말이다!

정기룡은 마을구 입에 숨을 불어넣고 가슴을 쳐서 다시 살려보려 애썼다.

내 너를 이렇겐 절대 못 보낸다. 명령이니 어서 눈을 떠라!

그러나 마을구는 숨이 돌아오지 않았다. 정기룡은 마을구를 안고 한참이나 통곡하다가 문득 생각난 듯 마을구가 입고 있는 갑옷을 손으로 쓸어서 묻은 재를 털어내며 뭔가를 찾았다. 세상 그 누구보다 기마술에 능한 마을구가 그깟 불길 하나 말을 타고 뛰어넘지 못해서 낙마했을 리 없기 때문이었다. 아니나 다를까, 마을구의 등에 부러진 화살이 꽂혀 있었다. 정기룡이 단검을 꺼내들고 살을 헤집어 박힌 화살을 뽑는데, 조선군 화살촉이었다.

어찌된 일인가? 어째서 마 여수의 몸에 아군 화살이 박혔느냔 말이다!

정기룡이 주변을 돌아보며 소리쳤는데, 그 분노한 목소리에 살기가 가득했다.

왜적이 조선 땅에 온 지 오래 됐으므로 무기가 떨어져 조선군의 화살을 주워 사용한다고 들었습니다.

홍길영이 말했다.

그런데 어째서 등인가? 왜적이 쏘았으면 몸 앞쪽에 화살이 꽂혀야 하는 것 아니냔 말이다!

정기룡이 더욱 노기 띤 목소리로 쩌렁쩌렁 소리쳤다. 홍길영은 주눅이 들어서 감히 대답하지 못했다. 대신 홍길영의 수하가,

아마도 말이 불길을 피하려고 방향을 틀었기 때문일 것입니다.

하고 말했다.

내가 보았다. 내 눈으로 마 여수의 말이 불길 위를 정확히 뛰어올라 넘는 것을 보았는데 무슨 소리냐!

정기룡이 호통쳤다.

저도 직접 본 것은 아니고, 그저 그렇게 짐작되어 말씀드렸을 뿐입니다.

이……!

정기룡은 단검을 쥐고 일어났고, 칼 잡은 손을 부르르 떨며 홍길영의 수하에게 다가갔다.

네 놈이냐? 보지 못한 일을 두고 감히 주둥이를 함부로 놀린 것이 너였더냐?

정기룡은 단검으로 홍길영의 수하 목을 치려했다.

고정하십시오, 장군.

어느 새 달려온 무사 황영철이 정기룡의 올라간 오른 팔을 잡으며 말렸다. 오랫동안 정기룡을 가까이에서 모셨지만 그처럼 분노한 것은 처음 보았다.

잘못했습니다. 살려주십시오.

홍길영의 수하가 무릎을 꿇고 울며 사과했다. 정기룡은 애써 분노를

억누르며 돌아섰고,

누가 보았느냐? 마 여수가 화살에 맞는 순간을 본 사람이 있을 것 아니냐!

하고 좌우 병사들을 돌아보며 물었다. 그러나 아무도 보았다는 병사가 없었다.

내 반드시 마 여수 쏜 자를 찾아내서 도륙할 것이다!

정기룡이 울부짖듯이 말했고,

그 자를 본 병사는 나를 찾아오라. 와서 고하면 큰 상을 내릴 것이다.

하고 다시 소리쳤다.

전투에서는 수많은 전사자가 발생하기 마련인데 마 여수의 죽음에만 너무 애통해하시면 일반 병사들의 사기가 저하될 것입니다.

홍길영이 위로랍시고 말했는데, 정기룡은 싸늘한 눈길로 홍길영을 노려보았다. 홍길영은 그 살벌함에 간이 떨리고 오금이 저려서 똑바로 쳐다볼 수 없었고, 얼른 눈길을 피해버렸다.

우리 장군께서는 일반 병사가 전사하여도 똑 같이 애통해하십니다.

황영철이 모르는 소리 말라는 듯 홍길영을 향해 소리쳤다.

그랬다. 정기룡은 이름 없는 병사가 전장에서 죽어도 어떻게든 그 시신을 찾아서 직접 묻어주었고, 시신을 찾지 못하면 그 전사한 곳을 다시 찾아가 통곡했다. 그리고 측근 무사를 전사자의 가족에게 보내서 애도를 표하며 위로했고, 묻힌 자리나 실종된 장소를 일러주었으며, 그 전공을 치계하여 유족들이 나라의 보살핌을 받을 수 있게 해주었다. 그랬기에 병사들이 죽음조차 두려워않고 정기룡을 믿고 따랐던 것이다.

전투는 어찌 됐는가?

정기룡은 그제야 황영철을 돌아보며 물었다.

모두 쓸어버렸습니다.

황영철이 대답했고, 정기룡은 고개를 끄덕였다.

가자, 을구야.

정기룡은 마을구의 시신을 자신의 말안장에 걸쳤고, 자신도 말에 올라앉았다. 마을구 시신을 세워 앉혔고, 마치 산 사람인 양 가슴에 꼭 품고 군영으로 돌아갔다. 마을구 시신을 동헌 바닥에 눕혀두고 하염없이 눈물 흘리며 그 얼굴을 손으로 쓰다듬었다. 그러는 사이 밤은 깊었고, 병사들은 모두 잠자리에 들었다. 그때 무사 황영철이 동헌으로 들어왔고,

충청병영 중위군 병사가 찾아와서 뵙기를 청합니다.

하고 말했다. 일렁거리는 관솔불에 비친 정기룡의 눈동자가 반짝 빛을 뿜었고,

데려오라.

눈물을 훔치고 일어나 원탁 앞에 앉았다. 돌아나간 황영철이 병사 한 명을 데리고 들어왔다.

충청병영의 중위군 소속 김광명(金光明)이라 합니다.

김광명이 예를 갖추며 인사를 올렸다.

나를 보자 하였다고?

정기룡이 슬픔에 잠긴 목소리로 물었다.

예, 장군. 다름이 아니오라, 낮에 전장에서 마을구 여수와 관련된 장군의 말씀을 듣고…….

김광명이 말했는데, 정기룡은 내심 기대하면서도 겉으로는 일절 감정을 드러내지 않고 무덤덤한 얼굴로 김광명을 쳐다보았다.

듣고…… 그리고 무엇이오?

김광명을 다그친 것은 정기룡이 아니라 황영철이었다.

말씀드리기 전에 한 가지 약속을 해주십시오. 제가 본 것을 말하면, 그 장본인은 반드시 저를 죽이려 할 것입니다. 저를 보호해주실 수 있으신지요?

김광명은 목소리를 낮추고 두려운 얼굴로 말했다.

내가 그 정도도 못해줄 것이었으면 그런 말을 했겠느냐? 걱정 않아도 될 것이다, 그놈은 곧 죽을 것이니.

정기룡의 목소리에서 그 자를 죽이고야 말겠다는 강한 의지가 느껴졌다.

그렇다면 말씀드리겠습니다. 홍길영 위장이 왜적을 쏘는 척 활을 겨누고 있다가 마 여수의 말이 공중으로 치솟는 순간 각을 낮추어서 시위를 놓았는데, 바로 마 여수가 낙마했습니다.

역시 제 짐작이 맞았습니다. 홍길영 그놈이 기어이……!

황영철이 분해서 이를 악물고 말했다.

네 말이 거짓이 아님을 증명할 수 있겠느냐?

정기룡이 김광명에게 물었다.

저만 본 것이 아니었습니다. 그 순간 제 주변의 병사들이 놀라서 활 쏘는 것을 멈추고 어리둥절한 얼굴로 서로를 쳐다보았으니 말입니다. 후에 영채로 돌아왔을 때도 일부 병사들이 혹시 홍 위장이 고의로 마 여수를 쏜 것 아니냐고 수군거리는 것을 목격했습니다.

하지만 증거가 없질 않느냐?

예, 증거는 없습니다. 마 여수를 쏜 활은 따로 있는데, 우연의 일치로 홍 위장이 시위를 놓자 마 여수가 낙마했을 수도 있습니다. 저도 연기 때문에 화살이 날아가 꽂히는 것까지는 확인하지 못했으니까요. 분명한 것은 홍 위장이 그날 쏜 화살이 모두 합쳐 열 발을 넘지 못하는데, 그 중 한 발을 하필이면 그 순간에 쏘았다는 사실입니다.

그래, 알았다. 너는 소속 병대로 돌아가서 나의 부름을 기다릴 것이냐, 아니면 당장 내 보호를 받을 것이냐?

정기룡이 물었는데, 김광명은 돌아가지 않겠다고 했다.

알았다. 내 곧 너의 소속을 우리 경상우병영으로 옮기고 상도 내릴 것이니 여기 황 무사의 안내를 받아라.

정기룡이 말했고, 황영철은 그를 안내하여 무사 막사로 데려가 보호했다. 그런데 잠시 후 충청영군 중위군 소속의 심정섭(沈正燮)과 장진욱(張珍旭)이 나란히 정기룡을 찾아왔고, 김광명과 똑 같은 얘기를 했다. 그들 또한 자신의 병대로 돌아가기를 원하지 않았으므로 황영철은 김광명과 마주치지 않도록 배려하여 그들을 표하군장 정구룡(鄭九龍)에게 맡기고 표하군 막사에서 대기하게 했다.

용서하지 말았어야 했어. 내가 그 놈을 용서하여 너를 죽게 했구나!

정기룡은 마을구 시신을 안고 다시 흐느꼈다.

홍길영을 정말 죽이실 생각이십니까?

황영철이 돌아와서 정기룡의 등을 내려다보며 물었다.

그놈을 살려두고 어찌 을구의 명복을 빌 수 있겠는가!

정기룡의 의지는 단호했다.

증거 없이 죽이시면 장군도 처벌을 받습니다.

내게 생각이 있으니 황 무사는 개의치 말라.

이튿날 새벽이었다. 홍길영은 병사 세 사람이 점호에 빠졌는데 그 행방이 묘연하다는 수하 무관의 보고를 받고 가슴이 철렁 내려앉았다. 자신의 소행을 목격하고 정기룡에게 밀고하러 갔을지도 모르기 때문이었다. 그러나 천하의 정기룡이라 한들 증거가 없는데 어쩔 것인가. 그는 골치는 아프겠지만 큰 탈은 없을 것이라 생각했고, 예의 병사들을 탈영으로 보고하여 정기룡을 떠보려고 동헌으로 갔다.

홍 위장 요청으로 보낸 마을구 여수가 전사하여 돌아왔소. 내가 지금부터 이름을 부를 테니 홍 위장은 충청병사의 허락을 받아 그 병사들의 군적(軍籍)을 경상우병영으로 변경하길 바라오.

정기룡이 인사하는 홍길영에겐 눈길도 주지 않고서 선수를 쳐서 말했고, 점호에 빠진 세 병사 이름을 거명했다.

느닷없이 그게 무슨 말씀입니까? 그러잖아도 지금 그 병사들의 병영 이탈을 보고하려고 온 것입니다. 그들은 지휘관 허락 없이 병영을 무단 이탈한 자들로, 군법에 따라 엄벌하여야 할 것인데 군적변경이라니요?

홍길영이 괴로운 표정을 지으며 떨리는 목소리로 말했다. 정기룡의 태도로 볼 때, 그리고 세 병사의 군적변경을 요구하는 것으로 볼 때 그들로부터 마을구 몸에 박힌 화살은 자신이 쏜 것이라는 얘기를 들은 것이 분명했다.

홍 위장은 그런 말을 할 자격이 없을 텐데요?

정기룡이 싸늘히 노려보며 말했는데, 홍길영의 병영이탈 전력을 두고 하는 말이었다.

제 경우는 당시의 경상우방어군이 부상 입은 저를 버리고 가버려서 발생한 불가피한 이탈이었으므로 경우가 다르…….

여수 한 명의 목숨과 병사 셋의 군적을 바꾸지 못하겠다는 것이오?

정기룡이 홍길영의 말을 끊으며 날카로운 목소리로 물었다.

마 여수의 목숨을 왜 저희가……?

책임이 없다는 뜻이오?

그게 아니라, 장군께서 갑자기 요청하시며 왜 굳이 그 세 병사여야 하는지를 명확히 설명하지 않으시니…….

홍 위장은 어제 전투에서 총 몇 발의 화살을 쏘았소?

장군께서 그놈들로부터 무슨 얘기를 들으셨는지 모르겠으나, 그때 우리 군사가 마 여수의 뒤쪽에서 활로 엄호하고 있었으므로 그 중 한 발이 잘못 날아갔을 수는 있어도 고의는 절대 있을 수 없습니다. 증거도 없이 모함하지 말아주십시오.

제 발 저린 홍길영이 낯이 벌게지며 말했다.

나는 화살 몇 발을 쏘았냐고 물었지 일부러 마 여수를 쏘았냐고 묻지 않았소.

그게 아니라…….

홍길영은 실수를 깨닫고 더욱 낯을 붉혔다.

홍 위장이 못하겠다면 내가 직접 충청병사께 그 병사들의 군적변경을 요청할 것이니 그만 돌아가 보오.

정기룡은 무뚝뚝하게 말한 후 꼴도 보기 싫다는 듯 고개를 돌렸다. 충청병사 이시언에게 사고의 전말과 병사들의 증언을 말하고 정식으로 홍길영을 문초하여 그 죄를 밝히겠다는 뜻으로 들렸다.

아닙니다. 오늘 중으로 충청병사께 사람을 보내 그 세 병사의 군적변경을 요청하겠습니다.

홍길영은 약속했고, 한겨울에 땀을 뻘뻘 흘리며 동헌을 나섰다.

정기룡은 마을구의 빈자리를 남우원이 대신하게 했고, 마을구 시신을 가매장하고 간단하게 장사를 치렀다.

호남 남원성을 점거하고 있는 왜장 시마즈 요시히로 휘하의 왜적 2천여 명이 경상우도 율원(栗院: 지금의 거창군 신원면)까지 와서 분탕질했다. 정기룡은 충분히 쉰 군사로 시마즈 요시히로의 왜적을 치러 가면서 홍길영에게도 군사를 거느리고 함께 출격하게 했다.

홍길영은 정기룡이 마을구 죽음과 관련된 비밀을 어느 정도 간파하고 도 아무 조치도 취하지 않으니 더욱 불안했고, 도망치고 싶은 마음 간절했다. 그래서 전투 중에 기회가 있으면 스스로 손가락을 잘라 부상을 핑계로 빠질 기회를 얻어야겠다고 생각하며 일단은 군사를 거느리고 경상우영군을 따라갔다.

경상우영군이 왜적이 있는 곳 가까이 가서 진을 펼치고 있을 때였다.

장군께서 왜적의 화살을 구하여 지니고 계시네.

황영철이 유군 제1여수 남우원을 찾아가서 걱정스러운 얼굴로 은밀히 말했다.

장군께서 친히 그 일을 행하시려는 것인가?

남우원이 물었고,

장군의 손에 더러운 피를 묻히게 할 수는 없지 않겠나?

황영철이 고개를 주억거린 후에 말했다.

무슨 말을 하려는 것인가?

내가 하겠네.

자네가 사라지면 장군께서 바로 눈치 채실 것이니 내가 하겠네.

남우원이 말했다.

내 계책이니 내가 하겠네. 왜적 복장을 하고 적진 가까이 가서 몸을 숨기고 있다가 전투 중일 때 홍길영을 쏴죽일 것이네.

왜적 화살이면 될 것을, 굳이 왜적 복장을 하고 적병 가까이 가는 모험까지 할 필요 있겠나?

만일 내가 그놈을 쏠 때 누군가가 본다면 우리 장군께 그 화가 미칠 것이네. 기왕이면 완벽해야 하지 않겠나?

그건 너무 위험하네. 다른 방법을 찾아보세.

내가 자네보다 무예가 더 뛰어나다는 것이 증명될까 두려운 겐가?

황영철이 농담했고,

지금 농담이 나오는가?

남우원은 긴장한 표정으로 눈을 흘겼다.

그래서 하는 말이네. 내가 적병 서쪽 숲으로 가서 홍길영을 노릴 것이니 자네가 나를 도와주게.

나는 동의할 수 없고 도와줄 수 없네. 내가 다른 방법을 찾아볼 것이니 자네는 장군 곁으로 돌아가게.

자네가 군사를 거느리고 적병 서쪽으로 와서 싸우다가 혹여 내가 발각되거든 나를 추격하는 척해서 다른 군사가 추격하는 것을 막아주게. 몸을 숨기고 왜병 복장을 벗어 묻을 시간만 벌어주면 되네.

남우원이 반대하거나 말거나 황영철은 자기 뜻대로 하겠다고 고집했다.

말이 쉽지, 실전에서 말처럼 되겠는가?

자네가 그렇게 했음에도 죽는다면 그게 내 운명일 테지.

자네야 영웅심에 까불거리다가 죽어버리면 그만이지만 자넬 지키지 못한 내 마음은 평생 그 괴로움을 안고 살아야 할 것이네.

고맙네. 자네 은혜를 잊지 않으리.

난 도와준다고 말한 적 없네.

자네가 내 친구인 것이 자랑스럽네.

황영철은 일방적으로 말한 후 말에 뛰어올랐고,

이랴!

말달려 저쪽으로 멀어졌다.

이 사람이 정말……? 장군께 고할 것이네!

남우원이 급히 소리쳤다. 그러나 황영철은 몸을 앞으로 향한 상태로 손만 높이 들어 흔들어 보일 뿐, 돌아보지 않고 계속 달렸다.

3

정기룡은 황영철이 사라진 사실을 알고 주변에 행방을 물었다. 모두 모른다는 대답이었다. 남우원을 불러서 물었는데, 역시 모른다는 대답이 었지만 그 눈빛이 뭔가 숨기고 있는 것 같았다.

바른대로 말하라. 황 무사는 어디 있는가?

정기룡이 다그쳤다.

말씀드릴 수 없습니다. 어쨌거나 저는 말렸고, 그는 고집 부렸습니다.

남우원은 주변 사람들은 알아들을 수 없고 정기룡만 눈치 챌 수 있도록 대답했다. 정기룡은 그 뜻을 알아들었고,

즉시 가서 잡아오든지, 이미 늦었거든 보호하라.

라고 명했다.

예, 장군.

남우원은 군사를 거느리고 황망히 서쪽으로 달려갔다.

정기룡은 황영철이 무슨 계책을 세웠는지 알 것 같았다. 그래서 홍길 영의 충청영군 중위군을 왜적 서쪽으로 보내서 싸움을 걸게 했다. 그러나 홍길영은 군사만 보내고 자신은 뒤로 빠져서 구경만 하고 있었다. 정기룡은 홍길영에게 전령을 띄워서, 경상우영군 돌격대가 적진으로 뛰어들 것이니 충청영군 중위군을 직접 지휘하여 엄호하라고 명했다.

홍길영은 전령을 받고 못마땅한 표정을 지었다. 정기룡이 직접 돌격대

를 거느리고 돌격하기에 군사만 보내고 자신은 뒤로 빠져 있을 수 없게 되었다. 마지못해 병사들 호위를 받으며 왜적 서쪽의 자기 군사가 있는 곳으로 향했다. 그런데 그때 왜적과 가까운 곳 숲에서 화살이 날아와 홍길영의 목에 정통으로 꽂혔다.

왜적이다! 왜적 복병이다!

홍길영을 호위하던 병사 일부가 숲을 가리키며 소리쳤다. 홍길영은 목에 화살이 꽂힌 채 눈을 부릅뜨고 병사들이 가리키는 곳을 바라보았다. 나무 위에 몸을 숨긴 왜병이 두 번째 화살을 쏘았고, 그 화살이 자신을 향해 날아오는 것이 보였다. 피해야지, 하고 생각했지만 미처 피하기 전에 화살이 왼쪽 눈에 와서 꽂혔다.

마상에 앉은 홍길영의 몸이 옆으로 기울더니 힘없이 굴러 떨어졌다.

왜적을 쏴라!

홍길영의 호위무관이 소리쳤다. 병사들이 활에 화살을 꽂아서 쏘려 했지만 복병이 이미 나무에서 뛰어내려 몸을 낮추고 달아났으므로 보이지 않았다.

적병이 달아난다, 쫓아라!

무관이 명했다. 그런데 어디선가 불쑥 나타난 경상우영군 유군 제1여가 말을 타고 달려와서 홍길영의 호위병들 앞으로 뛰어들었고,

우리가 쫓겠습니다.

여수 남우원이 홍길영의 호위무관에게 소리친 후 군사를 휘몰아 달아난 왜적 복병을 쫓아갔다. 호위무관은 홍길영을 후송해야 하므로 잘 됐다 싶었고, 왜적 복병 추격을 경상우영군 유군 제1여에 맡기고 병사들을 불러들였다. 홍길영을 급히 후송했는데, 도중에 사망해버렸다.

1차 전투를 하고 돌아온 정기룡은 홍길영이 죽었다는 소식을 듣고 시

신이 있는 곳으로 갔고,

어찌된 일인가?

시신을 살펴보며 충청영군 중위군 무관들에게 물었다.

왜적 복병의 저격에 당했습니다. 그런데 이상한 점이 있습니다. 홍 중위장 몸에 박힌 화살을 뽑았는데 우리 조선군이 쓰는 것이었습니다. 왜적이 쏜 화살에 맞았는데 꽂힌 화살은 조선의 것이니 어찌된 일인지 모르겠습니다.

왜적이 우리 땅에 들어온 지 오래되어 무기를 다 소모했으므로 우리 조선군의 화살을 주워서 쓴다더니 사실인 모양이군.

정기룡은 별 안타까운 기색 없이 대수롭지 않게 말하고는 자리로 돌아갔다.

싸움에 불리해진 왜적이 삼가현 방면으로 달아났다. 정기룡은 군사를 호령하여 왜적을 뒤쫓아 갔고, 삼가에서 따라잡아 다시 싸웠다. 총 여섯 차례에 걸친 공격으로 7백여 수급을 베고 왜적을 완전히 흩어버렸다. 정기룡은 그 수급을 경상우영군 몫으로 절반만 챙겼고, 나머지 절반은 충청영군 중위군 몫으로 넘겨주었다. 위장이 없는데도 잘 싸워준 것에 대한 격려 차원이었다.

나를 위해준다고 다 내게 좋은 것은 아니다. 또 그런 짓을 하면 용서하지 않을 것이다.

정기룡은 왜적을 무찌르고 군영에 돌아갔을 때서야 황영철을 불러서 엄중 경고했다.

홍길영이 죽었다는 소식이 충청병영에 전해졌다. 충청병사 이시언은 그 사실을 정인홍에게도 알렸다. 그러면서 얼마 전에 있었던 홍길영의 수급도둑질 사건도 귀띔했다. 그 일로 홍길영은 정기룡에게 미운털이 박혔고, 때문에 정기룡이 고의적으로 홍길영을 위험에 빠뜨렸을 수도 있음을 암시하려는 뜻이었다.

정인홍은 예의 수급도둑질 사건을 잘 이용하면 정기룡에게 홍길영의 죽음에 대한 책임을 뒤집어씌울 수 있을 것이라 생각했다. 이참에 눈엣가시 정기룡을 아주 제거하기로 했고, 정기룡이 홍길영의 수급을 빼앗고는 그 사실을 숨기려고 홍길영을 위험에 빠뜨려 전사하게 만든 것으로 사건을 조작했다. 경상우도에 파견한 충청영군 중위군의 전공이 상당함에도 정기룡이 다 숨겼으며, 홍길영이 관리하던 항왜가 거창의 왜적 열일곱 명을 유인해 온 것도 정기룡이 그 중의 열한 명을 빼앗아 수급을 베었다고 무함한 것이다. 그러면서 수급 도둑질에 참가했던 항왜 둘을 매수하여 증언하게 했다.

대간들은 이 사건을 추문고찰(推問考察: 심문하여 죄를 밝힘)할 것과, 죽은 홍길영을 위해 용기를 내서 진실을 폭로한 항왜 둘을 포상할 것을 청했다. 임금이 이를 윤허했고, 의금부와 체찰사부, 그리고 원수부가 동시에 조사에 착수했다.

연합군을 지휘하다

1

정기룡은 여러 증인을 동원하여 수급을 빼앗은 사실이 없고 다만 홍길영의 지시에 의한 항왜의 도둑질이 있었다고 해명했다. 그러면서 겨우 11수급을 빼앗고 직전의 율원과 삼가전투에서 벤 수급의 절반인 3백50 수급을 5백여 명밖에 참가하지 않은 충청영군 중위군에 나누어줄 리 없지 않느냐는 논리로 방어했다. 원수부에서 조사했는데, 율원과 삼가전투에서 충청영군 중위군이 실제로 벤 수급이 50에도 미치지 못했음을 확인할 수 있었다. 정기룡이 홍길영의 11수급을 빼앗고 충청영군 중위군에는 실제보다 3백수급 씩이나 더 챙겨주었다는 것은 납득하기 어려웠다.

금부는 정기룡의 해명에 빈틈이 없다고 보고 증인인 두 항왜를 강하게 추궁했다. 항왜들은 정기룡과 대질심문을 하겠다는 말에 겁을 먹었고, 사실은 홍길영이 항왜를 시켜 유인해왔다는 왜적 열일곱 명 중 열한 명은 죽은 홍길영의 지시로 경상우영군의 수급을 도둑질한 것이며, 나머지 여섯은 경상우영군이 맡긴 항왜의 목을 홍길영이 수하를 시켜서 자

306

른 것이라고 이실직고했다. 그러나 거짓증언을 조종한 배후에 대해서는
함구했다. 홍길영의 은밀한 지시를 받고 항왜들에게 수급도둑질을 시켰
던 충청영군 중위군 무관도 사건 당시 수하들을 생각하는 정기룡의 인
품에 깊은 감명을 받았고, 그래서 정기룡이 빼앗아갔다는 수급은 실은
도둑질한 것을 돌려준 것이었다고 사실대로 진술했다.

　의금부와 도체찰부, 도원수부의 추고 결과가 전해지자 정기룡의 치죄
를 주장하던 대간들은 머쓱해졌고, 이를 사주한 정인홍은 자신에게 화
가 미칠세라 이시언에게 모든 책임을 돌렸다.

　울산의 조명연합군은 이때까지도 도산성 포위를 풀지 않고 있었다. 가
토 기요마사의 왜병 상당수가 굶거나 병들어죽었고, 살아남은 병사들은
흙까지 끓여먹으며 겨우 연명하고 있었다.

　조명연합군이 울산에 몰려가 있고 이순신의 조선 수군과 진린(陳璘)의
명나라 수군이 해상봉쇄에 바쁜 틈에 호남 순천성과 남원성을 차지한 왜
적의 분탕질이 극에 달했다. 백성의 피해가 막대하자 권율은 마귀와 의
논한 후 도산성 포위를 풀고 군사를 일단 경주로 철수시켰다. 경주에서
다시 의논했는데, 마귀는 군량을 핑계로 성주와 예천에 군사를 나누어
보내고 주둔시키겠다고 했다. 권율은 성주와 예천은 왜적이 없는 곳이라
며 최전선으로 군사를 보내달라고 청했다. 그러나 마귀는 거절했고, 유
격 파귀(頗貴)와 그 군사는 예천으로 보내고 부총병(副總兵) 해생(解生)
의 군사는 대구로 보내는 등 왜적이 없는 후방에 군사를 흩어놓았다.

　영의정 류성룡은 마귀가 조선에 서운한 마음이 있어 그런다고 생각했
고, 임금께 마귀를 불러 다독일 것을 청했다. 이에 임금은 마귀를 한양
으로 불러올려 성대히 대접하며 최전선으로 군사를 보내달라고 호소했
다. 그러나 마귀는 온갖 핑계를 끌어대며 거부했다.

예천과 대구, 성주 등에 주둔한 명군은 조선이 군량과 마초를 해결해 주지 않는다며 민인을 약탈하고 행패를 부려서 백성들의 고통을 더욱 가중시켰다. 이에 류성룡은 정기룡에게 명나라 군사의 군량을 해결할 방법을 찾아보라고 명했다. 때문에 정기룡은 토왜에 바쁜 와중에도 항왜를 동원해 둔전을 설치하고 명군 군량을 생산해야 했다.

왜국 관백 도요토미 히데요시가 병들었다는 첩보가 이어지고 있었다. 그러자 류성룡은 왜적의 노략질이 더욱 극심해질 것을 걱정했다. 전쟁에 졌고 관백마저 병들었으므로 동원한 군사의 보상을 왜국 조정에서 책임 져주지 못할 것이기 때문이었다. 그렇게 되면 군사를 거느리고 조선에 침공한 왜장들이 알아서 그 보상을 책임질 수밖에 없었다. 그렇다면 왜장들은 그에 필요한 재물을 철군 전에 조선 땅에서 거두어가려 할 것이 뻔했다. 어쩌면 왜국 조정의 철군 명령이 이미 내려졌음에도 그런 이유로 철군을 못하고 있는 것일지도 몰랐다. 그래서 류성룡은 정경세를 경상도관찰사에 임명하여 보내야 한다고 청했다. 왜적의 마지막 발악에 백성의 많은 피해가 예상되는 만큼 이에 대비할 필요가 있으며, 그 적임자가 정경세라는 것이었다. 임금이 이를 받아들여서 정경세를 경상도관찰사에 임명했다.

류성룡의 예상대로 왜적은 가용병력을 총동원하여 노략질에 나섰다. 정경세는 경상우병사 정기룡, 경상좌병사 성윤문(成允文), 경상도방어사 고언백 등과 의논한 후 많은 밀정을 풀어서 왜적의 동향을 예의주시했고, 피해가 예상되는 지역의 백성을 소개하고 토왜에 더욱 매진했다. 명나라 군사가 협조하지 않아 조선군만 왜적과 싸워야 했는데, 고언백의 경상도방어군이 경상좌우도를 수시로 넘나들며 돕고, 낙강 주변의 왜적은 경상좌우도 영군이 힘을 합쳐서 쳐부쉈다.

3월이 되어서야 마귀는 호남과 경상우도 최전선에 군사 일부를 보내서 토왜를 돕게 했다. 정기룡은 명군 부총병 이절(李梲)과 연합작전을 펼쳐서 의령과 산청 등지의 왜적을 토벌했다. 그러나 명나라 군사가 목숨 걸고 싸우려 하지 않아서 실질적으로는 경상우영군만 싸우는 꼴이었다. 그럼에도 정기룡은 경상우영군 전사자와 부상자 몫 24수급만 챙기고 싸우지도 않은 명나라 군사에게 460수급을 넘겨주었다. 명군의 사기를 북돋워서 전투에 적극적으로 임하게 하려는 의도였다. 그렇게 하자 명군 부총병 이절은 크게 기뻐했고, 그제야 제대로 전투에 임했다.

　정기룡은 경상우도의 잔적을 진주성과 사천왜성으로 몰아넣고 포위하여 멸살하려는 계획을 세웠다. 합천과 거창 등지는 왜적을 몰아내고 대부분 회복했지만 함안과 함양, 의령 등지엔 아직도 왜적이 물러가지 않고 있거나 수시로 출몰하고 있었다. 정기룡은 부총병 이절을 설득하여 함께 함양의 적을 몰아내기로 했다.

　훈련원판관(訓鍊院判官)으로서 경상우영군에 몸담고 척후장으로 활동하고 있는 강웅일(姜雄一)은 왜적 약 1천여 명이 사근산성(沙斤山城)에 주둔하며 사방의 고을을 노략질한다고 보고했다. 정기룡은 이절과 함께 군사를 거느리고 사근산성으로 향했다.

　정기룡과 이절이 조명연합군을 거느리고 함양으로 향하자 사근산성의 왜적 군장은 어렵게 노략질한 물품을 모두 빼앗길 것을 걱정했다. 진주성으로 빼돌리려 해도 정기룡이 길목에 군사를 숨겨두었을 것이므로 이미 늦었다. 그렇다면 방법은 오로지 사근산성을 지키는 것뿐이었다.

　상대가 정기룡인데 과연 지켜낼 수 있을까?

　왜적 군장은 두려웠다. 고민에 고민을 거듭하다가 군사를 이끌고 사근역(沙斤驛)으로 향했다. 조명연합군이 사근역 앞의 남강을 건널 때 급습하겠다는 생각이었다.

밤이 되었다. 정기룡은 백암산에서 행군을 멈추었고, 병사들로 하여금 밥을 지어먹게 한 후 이절에게 갔다.

탐병의 보고로는 적이 사근역에서 우리가 남강을 도하하기를 기다린다고 합니다. 제가 우리 군사를 거느리고 먼 길 돌아서 사근산성으로 가겠습니다. 우리가 사근산성을 치면 저들은 뒤에서 우리를 공격하려 할 것입니다. 부총병께서는 여기 계시다가 왜적이 먼저 움직이는 것을 확인한 후 군사를 움직여 적의 뒤를 쳐주십시오. 사근산성에 왜적이 많지 않으므로 협공을 받는 것은 오히려 저들이 될 것입니다.

정기룡이 말했고, 이절은 무조건 동의했다.

정기룡은 군사를 거느리고 길을 돌아서 사근산성으로 향했다.

조선 정 장군의 계책을 보면 특이할 것도 없는데 싸우면 백전백승이니 참으로 신통합니다.

정기룡이 군사를 거느리고 떠난 후 이절의 휘하 군관이 말했다.

심리전이다. 정기룡은 심리전에 능한 장수인 것 같다.

듣자니 지난 울산에서의 전투 때 우리 마 제독께서 조선 정 장군과 그 휘하 선봉장인 한명련을 극찬했다고 합니다. 두 장수는 두려움 없고 그 군사 또한 정예로워서 천하제일이라 찬했다는 것입니다.

그들을 경험해보니 두려움이 없는 것은 사실이더라. 제독께서 부러워 할 만도 하다.

그렇다면 저희도 마 제독께 뭔가 보여드려야 하지 않겠습니까? 이 기회에 우리도 조선 정 장군의 군사 못지않다는 걸 보여준다면 제독께서 매우 기뻐하실 겁니다.

무슨 뜻으로 하는 말이냐?

조선 장수가 하는 것을 우리라고 못할 것 있겠습니까?

정기룡 없이 우리 단독으로 왜적을 쳐부수기라도 하자는 말이냐?

우리가 싸우지 않아서 그렇지 작심만 하면 조선군보다 몇 배는 더 강할 겁니다.

다른 군관들까지 가세하여 이절을 꼬드겼다. 이절은 곰곰이 생각해보더니,

좋다. 한 번 해보자.

하고 말하며 주먹을 불끈 쥐었다.

2

정기룡의 경상우영군이 사근산성을 향해 한참을 갔을 때였다. 척후장 강웅일이 보낸 급족이 달려와서,

갑자기 명나라 군사가 움직이고 있습니다. 부총병 말로는 군사를 앞으로 조금 이동시킬 뿐이라고 하는데, 그 동태가 매우 수상합니다.

하고 고했다. 정기룡은 아차 싶었다. 군사를 일단 멈추고 아장 박대수에게 지휘권을 넘겼고, 한명련의 선봉대와 백홍제의 유군을 거느리고 명군이 가고 있는 곳을 향해 달렸다. 그런데 도중에 강웅일이 보낸 또 다른 급족을 만났다.

백암산을 떠나 사근역 방면으로 움직이던 명군이 왜적 복병의 급습을 받고 있습니다. 명군이 남강 서쪽 20리 지점까지 갔을 때 산골짜기에서 갑자기 총성이 울리고 화염이 일었는데, 수백 명의 왜병이 일시에 쏜 것으로 보였습니다. 왜적은 계속 조총을 쏘았고, 많은 명나라 병사들이

쓰러졌습니다.

급족이 다급히 고했다.

우리 척후병들은 왜적이 거기 나와 있다는 것을 몰랐더냐?

정기룡이 화가 난 목소리로 물었다. 지리에 어두운 명군은 자체 척후
대 운용에 한계가 있기에 대부분의 척후를 조선군에 의지할 수밖에 없
었고, 따라서 명군이 적 위치를 모르고 움직였다면 그건 전적으로 조선
군 척후대의 잘못이기 때문이었다.

우리 척후장이 명군 부총병께 급족을 보내서 알렸지만 믿지 않았다고
합니다. 오히려 명나라 군사의 진군(進軍)을 막으려는 술수라며 척후장
을 잡아오라고 명했다고 합니다.

급족이 말했는데, 정기룡은 기가 막혀 할 말을 잃었다. 부총병 이절이
무슨 생각으로 그런 행동을 했는지 알 것 같았다. 명나라 군사가 약속
과 달리 움직이는 것을 막기 위해 강응일이 거짓 정보를 전했다고 생각
했을 것이다.

정기룡은 급족을 아장 박대수에게 보내 군사를 돌릴 것을 명했고, 더
욱 서둘러 명군이 있는 곳으로 달려갔다. 얼마 가지 않아서 정신없이 도
망쳐오는 명나라 병사들을 만났다. 정기룡은 명나라 병사들을 잡고 부
총병은 어디 있는지 물었다. 그런데 이절이 왜적의 총탄에 맞아 죽었다
는 답변이었다. 정기룡은 아연실색했고, 명나라 병사들 사이를 헤집고
다니며 군관들을 찾았지만 모두 도망친 듯 보이지 않았다. 어쩔 수 없이
직접 명군 병사들을 멈춰 세우고 진정시키려 했다. 그러나 그들은 왜적
이 두려워서 도망치려고만 했지 남의 나라 장수의 명에 따르지 않았다.
정기룡은 한명련과 백홍제에게 선봉대와 유군을 거느리고 명군 뒤쪽으
로 가서 추격하는 왜적을 막게 했다. 그리고는,

조선군이 왜적을 막고 있으니 명나라 병사들은 이제 안심하라!

하고 계속 소리쳤다. 그제야 명군 병사들은 진정하며 도망을 멈추고 정기룡 주변에 집결하기 시작했다. 정기룡은 명군 병사들에게,

지휘하는 군관이 없더라도 자신의 위치를 찾아가 진형(陣形)을 갖추어라!

하고 명했다. 명군 병사들은 두려운 마음을 의지할 곳이 조선 장수 정기룡밖에 없다는 것을 알고 순종적으로 변했고, 모두 자리를 찾아가 진형을 갖추었다.

명군 뒤쪽으로 달려간 한명련의 선봉대와 백홍제의 유군은 명군을 추격하던 왜적 앞을 가로막고 소신기전으로 하늘을 밝힌 후 각궁으로 공격했다. 왜적이 조총으로 맞대응했다. 경상우영군 선봉대와 유군은 왜적의 조총 화염을 표적 삼아 다시 활을 쏘았다. 왜적은 상대가 어둠 속에서도 정확히 활을 조준하여 조총수들을 맞히는 것을 보고 정기룡의 군사가 왔음을 알 수 있었고, 추격을 멈추고 황망히 뒤로 물러났다. 한명련과 백홍제는 물러나는 왜적을 쫓지 않았고, 다만 더 다가오지 못하게 길만 지켰다.

이튿날 아침이 되어서야 달아났던 명군 군관들이 하나 둘 돌아와서 정기룡 앞에 모습을 드러냈다. 밤에는 길을 찾을 수 없어서 날이 밝기를 기다렸다가 돌아왔다는 것이었다.

너무 갑작스럽게 당한 일이라 대처할 수 없었습니다. 다급히 후퇴하느라 부총병의 시신을 두고 왔는데, 찾아서 돌아가게 해주십시오.

명군 군관들이 부탁했다. 시신을 찾지 못하고 돌아가면 제독 마귀가 크게 화를 낼 것이고, 문책도 피할 수 없을 것이기 때문이었다.

하면…… 지금부터 내 지휘에 따르겠소?

정기룡이 물었는데, 명군 군관들은 모두 고개를 끄덕였다.

좋소. 지금부터는 내가 부총병을 대신하여 명나라 군사를 지휘할 것이오.

정기룡은 모두 각자의 위치로 돌아가서 병사들을 위로한 후 군진을 정비하고 진격 명령을 기다리라고 지시했다. 명군 군관들은 즉시 각자 위치로 돌아갔고, 인원을 파악하고 전열을 정비했다.

정기룡은 군사들을 배불리 먹인 후 선봉장 한명련으로 하여금 군사를 거느리고 가서 사근산성을 공격하게 했다. 그리고 자신은 조명연합군을 지휘하여 왜적이 있는 곳으로 진격했다.

조명연합군이 질서 있게 진격했다. 그러자 왜적 군장은 사근산성으로 들어가 지키려 했다. 그러나 사근산성이 이미 경상우영군 선봉대의 공격을 받고 있다는 소식을 듣고는 사근역으로 방향을 틀었다.

아장 박대수는 경상우영군을 지휘하여 사근역으로 쳐들어갔다. 경상우영군이 남강을 건너려 하자 왜적이 몰려나와 공격했다. 정기룡은 명군 궁수들을 강변에 늘어세우고 강 건너편의 왜적을 쏴서 엄호하게 했다. 왜적이 주춤하여 뒤로 물러난 사이 경상우영군 유군이 말을 타고 빠르게 도하했고, 왜적 후진을 공격하여 어지럽혔다. 왜적이 조총대와 궁수대를 뒤로 보내 경상우영군 유군을 상대하는 사이 경상우영군 본대와 명군도 강을 건너 사근역 앞에 진을 펼쳤다.

명나라 군사가 두려워하는 것은 왜적의 조총이었다. 정기룡은 명나라 군사를 거느리고 경상우영군 뒤쪽으로 가서 섰고, 조선군이 싸우는 것을 눈여겨보게 했다.

경상우영군 본대는 뒤쪽에 늘어서서 활로 엄호했고, 유군은 왜적과 아군 본대 사이를 말달리며 각궁으로 공격하여 왜적 조총대의 격발을 유도했다. 왜적 조총수 1열이 격발한 후 재장전을 위해 뒤로 빠지고 2열이 앞으로 나오려 할 때였다. 그 순간을 놓치지 않고 경상우영군 유군은 번개처럼 빠르게 말을 달려서 왜적 조총대를 덮쳤고, 마구 칼을 휘둘렀다. 깜짝 놀란 왜적 보병이 창칼을 들고 달려 나와 막았다. 경상우영군 유군은 재빨리 말을 돌려서 적진을 빠져나왔고, 본대가 있는 곳으로 왔다. 왜적 보병이 뒤를 쫓아왔고, 경상우영군 본대는 화살을 쏘아 추격하려는 왜병을 공격했다. 왜적 보병이 추격을 멈추고 돌아가서 전열을 정비했는데, 단 한 번의 공격이 있었을 뿐임에도 많은 조총수가 죽어서 그 수가 눈에 띄게 줄어 있었다.

전투를 지켜본 명군은 조선군의 용맹에 놀라 혀를 내둘렀다.

경상우영군은 같은 방법으로 여러 번 왜적을 공격하더니 어느 순간 적진으로 달려드는 유군을 따라서 본대도 일시에 밀고 들어갔다. 예상치 못한 급습에 왜적은 제대로 대응하지 못하고 양쪽으로 갈라져버렸다. 경상우영군을 가운데에 두고 양쪽이 왜적이었다.

자, 이제 우리 차례가 왔다. 명나라 군사는 나를 따르라!

정기룡이 칼을 뽑아 높이 들고 소리쳤고, 가장 앞장서 달려가서 왜적을 향해 칼을 휘둘렀다. 왜적이 두려워 주춤거리던 명군 병사들은 정기룡의 칼에 왜병이 맥없이 나가떨어지는 것을 보고 용기를 얻었고, 정기룡 뒤로 몰려가서 창칼을 휘둘렀다.

정기룡은 우측 왜적을 경상우영군에게 맡겨두고 명군을 지휘하여 좌측의 왜적을 공격했다. 수적 열세인 왜적은 명군을 피해 뒷걸음질 치며 강변 쪽으로 물러났고, 자꾸만 밀려서 강물에 들어섰다. 정기룡은 명군 보병에게 강물로 들어가지 말라고 명했고, 명군 궁수를 강둑에 늘어세워 강물 속 왜적을 쏘게 했다. 남강에 왜적 시체가 빼곡히 떠올랐고, 강물은 핏빛이 되었다.

왜적 군장은 군사가 둘로 갈라져 힘을 뭉칠 수 없게 되고 조총대도 거의 전멸하자 이절의 시신을 사근역에 버려두고 군사를 거두어 달아났다. 사근산성을 지키던 얼마 안 되는 왜적도 한명련의 선봉대에 패해서 노략질한 물품을 모두 두고 달아났다.

이날 조명연합군은 3백여 수급을 베고 이절의 시신을 회수해 사근산성으로 들어갔다.

조선 장군의 지휘는 참으로 훌륭합니다.

명군 군관들이 존경을 표했다. 그러면서,

우리 부총병이 전사하였으므로 우리는 부모를 잃은 고아와 같습니다. 우리를 지휘할 새 부총병이 오기 전까지 장군의 명을 받들 수 있게 해주십시오.

하고 청했다.

그건 내가 결정할 수 있는 일이 아니오.

정기룡은 곤혹스러워했다.

우리는 모두 장수를 꿈꾸는 무인입니다. 조선 정 장군의 지휘를 받으며 몇 번만 전투를 치르면 조선의 뛰어난 전법을 배워 우리도 훌륭한 장수가 될 수 있을 것 같습니다.

명나라 군관들이 다시 청했다. 하지만 정기룡은 법에 어긋나는 일이라며 수락하지 않았다.

명나라 군관들은 서로 의논한 후 제독 마귀와 경리 양호에게 자신들을 지휘할 장수가 없으니 당분간 조선 장군 정기룡의 지휘를 받게 해달라고 청했다. 마귀와 양호는 이를 받아들여 정기룡을 임시 명군 부총병에 임명하고 그 사실을 명나라 조정에 치계했다. 정기룡의 활약상을 전해들은 명나라 황제는 크게 감탄했고, 정기룡을 정식 총병관(總兵官)에 임명하여 공식적으로 명군을 지휘할 수 있게 했다.

정기룡은 진주성 탈환에 강한 의지를 갖고 있었다. 아내와 누이, 장모가 2차 진주성전투의 패배에 통분하여 순절했으므로 그에게 있어 진주성은 그 의미가 남달랐다. 그는 명군 지휘권을 십분 활용하여 조명연합군을 진주 땅 코앞까지 전진시켰다.

정기룡이 조명연합군을 거느리고 진주성을 압박해 들어갔다. 위기를 느낀 왜장 모리 히데모토는 부장 시시도 모토츠구(肉戶元續)의 기병 2천을 내보내 싸우게 했다. 정기룡은 기다렸다는 듯이 받아쳐서 왜적 기병 1천4백여 명의 목을 베었고, 내친김에 진주성 코밑까지 밀고 들어가서 1백여 명의 조선인 포로를 구출하는 대승을 거두었다. 또 1천4백여 마리의 말도 노획했다.

이번에도 정기룡은 그 많은 수급을 하나도 챙기지 않고 명군에게 다 주었다. 명군 전사자에 대한 보상이었다.

명군의 수급만 챙겨주고 우리 몫은 없으니 병사들이 싸워도 힘이 나지 않는다고 합니다.

휘하 위장들이 불평했다.

우리는 우리 백성, 우리 땅을 지키는 것이지만 저들은 남의 나라를 지키러 왔소. 그 정도 양보도 않으면서 저들에게 우리 대신 피를 흘려달라고 말할 수 있겠소?

장군의 그 뜻을 모르는 것은 아니지만 우리 몫도 조금은 챙겨야 하지 않겠습니까?

선봉별장 한명련이 말했다.

우리 몫이 왜 없다는 것이오? 우린 우리 백성 백여 명을 구출해냈고,

진주 땅도 일부 회복했소. 우리 백성의 소중한 목숨을 어찌 수급 따위와 비교할 수 있으리.

하나 군사들의 사기도 생각해주셔야 합니다.

진주성 탈환을 위해서는 명나라 군사의 도움이 절실한데, 마귀 제독이 더는 군사를 보내지 않고 있소. 마귀 제독의 대병을 불러내려는 것이니 그대들이 병사들을 잘 설득해주오. 아쉬운 쪽은 우리인데 어쩌겠소, 손해를 감수해야지.

정기룡은 그렇게 말하면서도 다음번 전투에서는 수하들 몫을 꼭 챙기겠다고 약속했다.

명군 제독 마귀는 경상우병사 정기룡이 명나라 군사의 수급과 노획품을 푸짐하게 챙겨주는 것에 흡족했고, 그제야 군사를 거느리고 직접 진주로 내려왔다. 정기룡의 의도가 통한 것이다.

정기룡은 진주성을 도모하자고 설득했고, 마귀는 흔쾌히 응했다. 왜장 모리 히데모토가 군사를 풀어 조선 땅에서 노략질한 많은 재물이 진주성에 모아져 있을 터였다. 마귀는 조선 구원보다 그것에 더 관심을 두었다. 정기룡이 잘 싸우므로 진주성 탈환 가능성은 높으며, 탈환에 성공하면 그 많은 재물을 자기가 다 챙길 수 있을 것이라고 기대한 것이다.

조명연합군은 총병관 정기룡의 지휘로 진주성 앞에 진을 펼쳤다. 이제 성을 포위하고 총공격을 명하면 그토록 소원했던 진주성 탈환의 꿈이 이루어질 터였다. 그런데 하필 그때 명나라 황제가 명군 장수 이여매(李汝梅)를 가총병(假總兵: 임시 총병)에 임명하고 마귀의 군사를 나누어 거느리라고 하명했다.

마귀는 황제가 자신을 해임하기 위한 절차로 이여매를 가총병에 임명했다고 생각했다. 서운한 마음에 사의를 밝히고는 천총(千總) 마운밀(麻

運密)에게 지휘권을 위임했고, 사의가 받아들여지면 즉시 본국으로 돌아가겠다며 한양으로 올라가버렸다.

지휘권을 위임받은 마운밀은 군사 운용에 극도로 소심했다. 정치적 배경이 마귀만큼 든든하지 않아서 실수에 대한 책임을 감당할 수 없을 것이기 때문이었다. 그래서 정기룡의 반대와 애원에도 불구하고 마귀가 정기룡에게 맡긴 명군을 모두 거두어들여 성주로 철수시켜버렸다. 때문에 정기룡에겐 다시 경상우영군만 남게 됐다.

3

정기룡은 어렵게 만든 진주성 탈환의 기회가 허망하게 스러지는 건 아닐까 초조했다. 그래서 훈련원판관 강응일을 이원익에게 보내 마귀를 설득해줄 것을 청했다.

이원익은 이때 도체찰사에서 우의정으로 전임되어 조정에 올라가 있었다. 정기룡의 요청에 이원익은 직접 마귀를 만나 설득하고, 또 명나라 경리 양호에게도 마귀를 설득해줄 것을 부탁했다. 그리고 제독접반사 장운익(張雲翼)을 통해서도 마귀를 설득했다.

마귀는 이어지는 설득에 성의라도 보이려는 듯 마지못해 성주로 내려갔고, 정기룡을 불러서 진주성 탈환에 대한 계책을 상의했다. 하지만 그것뿐이었다.

내 배가 부어올라 아프고 두 다리도 마비 증세가 있어서 군사를 지휘하기 어려운 실정이므로 집으로 돌아갈 뜻을 굳힌 것이다.

마귀는 그렇게 말하며 군사 지휘를 계속 거부했다.

정기룡은 명군만 바라보며 군사를 놀릴 수 없었다. 권율과 상의했는데, 권율은 호남의 왜적이 지리산 쪽으로 몰려가 분탕질을 일삼고 있어 토벌 중이니 달려와 자신을 도우라고 명했다. 정기룡은 군사를 거느리고 지리산으로 달려갔고, 권율 휘하에서 토왜작전을 펼쳐 많은 성과를 올렸다.

명나라 원군이 와서 군량만 축내고 하는 일은 없다는 조선 백성들의 원성이 높았다. 이에 명군 천총 마운밀은 대구에 주둔 중인 부총병 해생의 군사를 삼가로 보내 정기룡을 돕게 했고, 대신 성주에 주둔 중이던 본대 대병을 더욱 뒤쪽인 상주로 이동시켰다.

정기룡은 경상우도로 복귀했고, 군사를 거느리고 삼가로 온 해생에게 함께 진주성을 도모하자고 했다. 그러나 해생은,

원래 내게는 병마가 없고, 유격장 파귀(頗貴)의 군사를 빌린 것이오. 나도 정 장군과 함께 싸워 공을 세우고 싶지만 남의 군사라 마음대로 부릴 수 없으니 양해 바라오.

라고 핑계 대며 거부했다.

정기룡은 실망했고, 경상우영군 단독으로 작전을 펼쳤다. 노략질에 나선 왜적을 토멸하며 때를 기다리는 한편, 강웅일로 하여금 진주성의 왜적을 세밀히 정탐하게 했다.

왜적은 조선인 포로와 순왜를 부려서 진주성 근처 들판에 농사를 지었는데, 보리가 무성했다. 강웅일은 그 사실을 정기룡에게 보고했다. 정기룡은 부총병 해생에게 함께 가서 왜적이 농사지은 보리를 거두어오자고 제의했다. 그러나 해생은 자기 군사가 아니라 빌려온 군사라는 핑계를 반복하며 그것도 거부했다.

정기룡은 놀기만 하는 명군의 군량을 대느라 경상우영군이 굶주려야

하는 현실에 통탄했고, 도저히 안 되어서 명군 경리 양호에게 밀서를 보냈다. 양호는 해생에게 정기룡을 도우라고 명했고, 해생은 마지못해 정기룡을 따라나섰다. 그러나 정기룡이 중로총병(中路摠兵: 조명연합군 중로군 사령)이니 알아서 군사를 지휘하라 하고 자신은 나서지 않았다.

정기룡은 조명연합군을 거느리고 진주 땅으로 들어갔고, 진주성 근처 들판의 왜적을 몰아냈다. 경상우영군이 경계를 맡았고, 명나라 병사들에게는 왜적이 지어놓은 들판의 보리를 베게 했다. 그런데도 진주성에 웅크린 왜장 모리 히데모토는 군사를 내보내서 쫓지 못했다. 휘하 장수 그 누구도 정기룡과 싸우려 하지 않았기 때문이었다.

정기룡은 며칠에 걸쳐 들판의 보리를 모두 베고 수레에 실어서 유유히 돌아왔다.

정기룡은 또 밀정들로부터 왜적이 퇴거하려는 움직임이라는 보고를 받고 이를 조정에 치계했고, 경상도관찰사 정경세도 왜국 관백이 병들어 이미 죽었다는 소문까지 돌고 있다고 치계했다.

얼마 후 명군 제독 마귀는 슬그머니 직에 복귀했다. 그러나 이런저런 핑계를 대며 극히 일부 군사만 전투에 내보내고 대병은 보내지 않았다. 5월이 되어서도 명군이 움직이지 않자 답답해진 선조임금은 친히 마귀 아문을 찾아갔다. 그러나 마귀는 3년 안에는 왜적을 모두 쓸어낼 수 있다는 등 의도적으로 태평스런 소리만 늘어놓으며 임금의 애를 더욱 태워놓았다.

3년이 적은 세월은 아니질 않소.

임금이 안타까워서 말했다.

중로총병 정기룡의 보고에 의하면, 왜적이 곧 스스로 퇴거를 할 것이라 하니 기다려보소서.

나도 그 얘기를 들었소만 왜적의 기만술일 것이오. 왜적은 우리나라를 삼킨 뒤에야 전쟁을 그만둘 것이며, 손 놓고 퇴거를 기다리다가는 또다시 역습을 당할 것이오.

임금은 군사로 왜적을 쓸어버려야지 스스로 철군하기를 기다릴 수는 없다며 조바심을 내비쳤다. 그러면서 군사를 최전선으로 보내주면 충분한 보상을 하겠다고 약속했다. 그제야 마귀는,

조선의 장수 중에서 정기룡과 김응서(金應瑞), 한명련은 모두 의협심이 대단하고 왜적을 잘 쳐부수니 손발이 잘 맞습니다.

하고 말했다. 모두 경상우도 장수들이었는데, 자신이 직접 군사를 거느리고 전진으로 가게 된다면 경상우도로 가겠다는 뜻이었다.

제독의 군사가 중로(中路: 경상우도)로 간다면 정기룡을 도와서 진주성을 탈환해주면 고맙겠소.

중로총병 정기룡은 진주성의 왜적을 토멸하려는 의지가 강하고 한명련은 그 휘하에 있는데, 김응서는 지금 어디 있습니까?

경상감영의 중영장(中營將: 관찰사의 부장)으로 보냈소.

하면 김응서를 제게 보내주시고, 조선인 중 총을 잘 쏘는 총병(銃兵: 조선조총 사격수) 2백여 명을 선발하여 저희 군사와 함께 싸울 수 있게 해주십시오.

마귀가 청했고, 임금은 그리 하겠다고 약속했다.

마귀가 드디어 대병을 경상우도 진주로 이동시켰다. 정기룡은 반가워하며 군사를 거느리고 진주로 달려갔고, 경상도관찰사 정경세의 부장인 김응서도 경상감영의 군사를 거느리고 달려가 합세했다. 그러나 이때는 장마가 시작되고 있었다.

조선의 중로총병 정 장군은 예전에 내게 말하기를, 비가 오지 않을 땐

진주성 앞 남강을 걸어서 건널 수 있는 얕은 여울이 있으므로 일시에 군사가 건너가서 왜적에 귀순한 역민을 흩어버리고 그 자리에 포진한 후 몰아치자고 했는데, 그 계책에 변함이 없는가?

마귀가 정기룡에게 물었다.

그것은 봄에 말씀드린 계책인데 어찌 지금까지 유효하겠습니까? 지금은 장마철입니다. 만일 강을 건넜다가 큰비가 내린다면 우리 군사가 퇴각할 수 없어 위태로운 상황에 직면하게 됩니다.

정기룡이 적기를 놓친 것을 아쉬워하며 말했다.

왜적은 우리 수군의 활약으로 해상로가 봉쇄되어 움직일 수 없는데 군량까지 부족하니 초조할 것입니다. 그러므로 강을 건너지 않고 성 맞은편에 군사를 주둔시키며 장마가 끝나기를 기다리는 것이 좋겠습니다.

중영장 김응서가 말했다.

성안의 왜적은 탄환을 다 소모하여 남은 것이 얼마 없습니다. 제독께서 강을 건너지 않고 강 이쪽에 군사를 늘어세워 왜적이 성을 빠져나가지 못하게만 해주신다면 제가 경상우영군으로 싸움을 계속 걸어 적의 탄환을 완전히 소진시키겠습니다. 그러다 보면 장마도 끝날 것입니다.

정기룡이 말했다.

뭘 그리 어려운 계책들을 쓰려 하는가? 적이 진주성 앞의 곡식을 빼앗겼으므로 몹시 궁핍할 것 아닌가. 포위를 않고 그냥 두면 아사를 모면하기 위해 노략질에 나설 것이다. 내 생각엔 노략질에 나서는 왜노를 쳐서 없애고 그 수를 줄여놓은 후 장마가 끝나면 몰아치는 것이 묘책일 듯하다.

마귀가 거만하게 말했다.

왜적이 노략질에 나서면 우리 백성들이 고통을 겪습니다. 저희가 그 많은 피를 흘리며 서둘러 왜적을 성에 몰아넣은 것은 우리 백성을 보호하기 위함이었는데, 어렵게 몰아넣은 적을 다시 성 밖으로 나오게 할 수는 없습니다.

정기룡이 강력히 반대했다.

쉽게 이기는 계책을 두고 어려운 길을 가자는 것인가?

마귀가 주먹으로 탁상을 내리치며 화를 냈다.

군사운용에서는 군이 먼저가 아니라 백성이 먼저여야 합니다. 우리가 왜 피를 흘리며 싸우겠습니까? 그것이 다 백성을 지키려는 것인데, 쉬운 승리를 위해 백성을 희생시킬 수는 없습니다.

정기룡은 수긍하지 않고 계속 반발했다.

중로총병 정 장군은 친민(親民)을 말하지만 내게는 조선의 백성보다 나를 따라 이 먼 이국까지 온 우리 명나라 병사들이 더 소중하다. 강한 적을 약화시켜서 침으로써 나의 병사를 한 명이라도 더 아끼는 것이 나의 의무라는 뜻이다. 미안하지만 이번엔 내 명에 따라야겠다.

마귀는 끝내 정기룡의 호소를 외면했고, 군사를 또 다시 성주로 물렸다.

명나라 군사가 물러가 봉쇄가 풀린 왜적은 날마다 성을 나와 노략질을 일삼았다. 때문에 정기룡은 경상우영군을 거느리고 수시로 출몰하는 왜적을 쫓아다니며 고단한 싸움을 계속해야 했다. 한 명의 백성이라도 더 구하기 위해 이리 뛰고 저리 뛰었고, 이틀이 멀다하고 벌어지는 전투에 많은 병사가 전사하거나 부상을 입어서 그 규모는 날로 줄어들었다.

경상우도의 왜적은 정기룡의 활약으로 노략질을 할 수 없게 되자 경상좌도로 넘어갔다. 사천왜성의 왜적 1천여 명이 경산(慶山)과 청도(淸道) 등지로 들어가서 백성을 마구 학살하고 분탕질했다. 경상도관찰사 정경세는 경상좌도방어사 권응수(權應銖)를 보내 왜적을 막게 하면서 정기룡에게도 도움을 청했다. 이에 정기룡은 한명련의 선봉대를 청도로 급파했다.

　한명련과 권응수가 군사를 합치고 힘껏 싸웠지만 힘에 부쳤다. 한명련과 권응수는 서로 의논하고, 청도 밖 10리 지점에 주둔 중인 명군 참장(參將) 왕국동(王國東)에게 도움을 청했다. 그러나 왕국동은 도와주지 않았다. 한명련과 권응수는 다시 하양(河陽)에 주둔하고 있는 명군 총병 오유충(吳惟忠)에게 도움을 청했지만 오유충도 외면했다. 한명련과 권응수는 명군 도움 없이 힘겹게 싸워서 겨우 왜적을 무찔렀지만 군사를 크게 잃었다.

　한명련은 겨우 몇 십 명만 남아서 병대의 기능을 상실한 선봉대를 거느리고 경상우병영으로 귀환했다. 정기룡은 얼마 남지 않은 아병과 속오군을 나누어주어 선봉대를 재건할 수밖에 없었다.

　비변사가 이때 임금께 올린 치계에 의하면, 정기룡이 직접 거느린 군사는 겨우 1백여 명 남짓이었다고 한다. 선전관 소문진(蘇文震)도 정기룡과 함께 초계(草溪)의 왜적을 살펴본 후,

　　정기룡이 거느리고 있는 군사가 고작 수백 명인데, 며칠이나 양식이
　　떨어져 끼니를 굶고 있으므로 아무리 적은 수의 적이 쳐들어와도
　　방어할 길이 전무합니다.

라고 서계(書啓)를 올렸다.

　정기룡은 군병을 조발하기 위해 애썼으나 7년 동안 이어진 전쟁에 더는 군사로 삼을 수 있는 사람이 없었다. 그래서 가벼운 부상을 당한 병사들이 회복해 돌아오기만 기다릴 수밖에 없는 형편이었다. 고심 끝에 정기룡은 군사의 부족을 조총으로 메우기로 했다.

당시 조선은 이순신이 왜적에게서 노획한 조총을 모방하여 정철(正鐵: 시우쇠)로 만든 정철조총(正鐵鳥銃)의 제작에 성공한 이래 뛰어난 성능의 조총으로 개량이 이루어졌고, 휴전 기간에 대량 제작하여 상당량이 군에 보급됐다. 그러나 염초(焰硝: 화약의 핵심원료)의 국내 생산이 한정돼 있어서 명나라에서 수입해야 했는데, 명나라가 수출량을 제한하고 있어 필요한 만큼 화약을 만들 수 없었다. 더군다나 조총용 화약은 더욱 부족했다. 때문에 조선군은 조총을 다량 보유하고도 사용할 수가 없었다. 그런데 명나라 원군이 조선으로 오면서 조총용 화약을 상당량 가져왔고, 명군 총병(銃兵)에게만 보급하며 아껴 쓰고 있었다.

정기룡은 마귀를 찾아갔고, 조총용 화약을 달라고 요구했다.

우리 총병이 사용하기에도 부족한 것을 그냥 달라는 것인가?

마귀는 거래를 원했다.

아시다시피 제가 내놓을 수 있는 것은 아무 것도 없습니다. 다만 왜노의 머리라면 얼마든지 드리겠습니다.

정기룡은 수급으로 그 값을 치르겠다고 했다. 그러나 마귀는 재물을 원했으므로 거절했다.

저희 군사가 싸우지 못하면 그마저도 없습니다. 제독께서 열심히 잘 싸우고 있다는 것을 명나라 황제께 증명하려면 왜노의 머리가 필요하시지 않습니까?

정기룡이 마귀의 약점을 파고들어 설득했다. 마귀는 그 말이 틀리지 않으므로 화약을 내주었다.

정기룡은 각 병대에 조선조총을 지급하고 초관이 지휘하는 총대(銃隊)를 편성했다. 총병과 그 병사가 타는 말을 따로 모아 집중 습진했는데, 대형을 갖추고 순서에 따라 격발하는 왜적 조총대와 달리 경상우영군 총대는 대형을 따로 갖추지 않고 총병 스스로의 판단으로 마상에서도 총을 쏘고 내려서 말 옆에 서서도 쏘았다.

정기룡이 그 군사를 거느리고 토왜를 나갔는데, 조선조총의 사거리가 왜조총의 배나 되었으므로 몇 안 되는 군사로도 규모가 큰 왜적 병대를 초전박살냈다. 조선조총의 위력을 실감한 왜적은 화들짝 놀라서 성으로 달아났고, 감히 성 밖으로 나올 생각을 하지 못했다.

명나라에서 파견한 감군(監軍)들 중 일부는 군량만 축내고 하는 일은 없으면서도 조선 백성들에게 횡포를 부려서 원성을 사고 있는 마귀의 군사로 인해 열심히 싸우는 다른 명군까지 욕을 먹는다고 판단했고, 그 문제의 심각성을 명나라 조정에 보고했다. 이에 명나라 조정은 중로에 제독 동일원(董一元)의 군사를 투입하기로 결정했고, 마귀에게는 좌로(左路: 경상좌도)로 가라고 명했다. 동일원의 군사가 경상우도로 들어가고, 현재 경상우도에 있는 마귀의 군사는 경상좌도로 가서 임무를 수행하라는 것이었다. 그래서 명나라 군사의 대이동이 있었고, 때문에 장마가 끝났음에도 진주성 탈환은 또 미루어져야 했다.

마귀의 군사가 경상우도를 떠나고, 정기룡의 군사는 얼마 남지 않았다. 뿐만 아니라 도원수 권율 장군이 오랜 전쟁으로 병을 얻었고, 사임하고 고향으로 돌아갔다. 그러나 애석하게도 권율 장군은 끝내 병을 털고 일어나지 못하고 세상을 떠나고 말았다.

호남에 웅크린 왜장 고니시 유키나가는 권율이 없고 정기룡의 군사도 얼마 남지 않았으며 명군이 이동 중인 이때가 조선 땅의 재물을 쓸어 모을 절호의 기회라고 판단했다. 그래서 명군 제독 동일원의 군사가 오기 전에 경상우병영을 침격하여 무너뜨린 후 대대적으로 노략질하기로 결심했고, 순천왜성 밖에 전군과 중군, 후군을 출격 대기시켰다.

　이때의 전라도병마절도사는 정기룡의 친한 선배 이광악이었다. 정기룡은 순천성에 웅크린 왜적이 경상우병영을 침격하려 한다는 첩보를 접하고 전라병사 이광악과 대책을 상의했고, 왜적이 지리산을 넘을 때 함께 무찌르기로 계책을 세웠다.

　정기룡은 군사를 거느리고 단성(丹城: 지금의 경상남도 산청)으로 달려갔고, 왜적에 의해 단성현감에 임명된 역민 안득(安得)을 사로잡아서 문초했다. 안득으로부터, 토왜를 피해 순천성에 들어가 있었는데 왜적들이 도요토미 히데요시가 죽었다는 소식을 듣고 철수하여 돌아가려고 하기에 살해당할까봐 도망쳐 나왔다는 진술을 받아냈다. 정기룡은 즉시 그 사실을 조정에 치계하고 안득을 체찰사부로 압송했다.

　정기룡은 군병을 보강하기 위해 안간힘을 썼다. 사로잡은 순왜를 군병으로 삼으려니 배반이 우려됐고, 건장한 남자는 눈을 씻고 찾아도 볼 수 없었다. 하는 수 없이 싸우기를 원하는 늙은이에게까지 무기를 들려서 군병으로 삼고 지리산으로 들어갔고, 호남에서 경상우도로 향하는 곳곳의 길목에 복병을 배치했다. 전라병사 이광악도 군사를 거느리고 지리산으로 와서 복병을 배치했다.

　경상우영군과 전라영군이 지리산에 군사를 숨기고 왜적의 침격에 대비하자 고니시 유키나가는 쉽사리 군사를 보내지 못했고, 진을 유지한 채 기회를 엿보았다.

　9월 가을이 되어서야 명군 제독 동일원의 군사가 경상우도로 들어왔다. 동일원은 마귀와 달리 왜적을 쳐부수는데 적극적이었고, 중로총병 정기룡과 상의한 후 군사를 거느리고 지리산 근처로 왔다. 그리고 이광악은 호남 땅 왜적을 토벌하기 위해 지리산에서 군사를 철수시켰다.

이때부터 조명연합군의 경상우도 토왜작전은 긴박하게 전개됐다. 왜장 고니시 유키나가는 명군이 온 줄은 모르고 전라영군이 물러가는 것만 보고는 이때다 싶어 휘하 장수들에게 출격을 명했다.

순천성을 떠난 왜적이 지리산을 넘으려 했다. 정기룡은 명군 제독 동일원에게, 적이 지리산 골짜기에 들어설 때 험악한 지형을 이용해서 쳐부숴야 한다고 말했다. 동일원은 중로총병 정기룡에게 명군 지휘권을 위임했고, 정기룡은 조명연합군을 지휘하여 지리산으로 들어갔다.

정기룡은 남의 전쟁에 참전하였기에 굳이 피 흘리려 하지 않는 명군 병사들을 집합시켜 연설했다.

중국 병사들은 들으라. 묵자(墨子)의 묵학(墨學)은 협(俠: 협사)인데, 겸애(兼愛)를 근본이념으로 한다. 묵자께서 말씀하시기를, '서로 사랑하는 것이 겸애다'라고 하였으니, 싸움이 일어나는 원인은 서로 사랑하지 않는 것에 있다고 본 것이다. 따라서 겸애는 타인을 이롭게 하는 것이 나를 이롭게 하는 것이라는 사상을 바탕으로 하고 있다. 묵자는 겸애와 아울러 비공(非攻: 공격 반대)도 강조했는데, 그것은 평화를 사랑하였기 때문이다. 이에 묵자는 협사를 길러서 강국의 공격을 받는 약국을 도왔다. 방어를 위해 칼을 쓰는 것이 의(義)라고 믿었기 때문이다. 지금 그대 중국 병사들이 이 먼 동국(東國)으로 와서 고단한 전쟁을 하고 있는 것도 왜노가 불의이고 조선이 의라고 믿었기 때문일 것이다. 의를 지키기 위해 멀리까지 왔으면서 불의의 적과 싸우지 않는다면 여기까지 온 보람이 없지 않겠는가? 부탁컨대, 중국 병사들은 조선을 위해서가 아니라 의를 지키고 불의를 무찌르기 위해 전력해주길 바란다.

중국 선현의 사상을 강조한 정기룡의 연설은 명나라 병사들의 마음을 흔들었다. 남의 나라 전쟁을 대신 치르러 온 것이 아니라 의를 지키러 왔다는 말이 특히 그들의 자부심을 부추겼고, 왜적 하나하나가 불의이므로 쳐부숴야 한다는 말에 공감했다. 무기를 높이 치켜들며 불의를 쳐부수자 소리쳤고, 함성으로 투지를 불태웠다. 정기룡은 그 정도의 결의면 전투를 치를 만하다고 판단하고 연합군을 지휘하여 왜적의 앞을 가로막았다.

경상우도로 향하던 왜적은 산등성이마다 빼곡히 늘어선 수만 명의 조명연합군을 보고 주춤했다. 그러나 명군은 수만 많았지 싸우지 않는다는 것을 알기에 조총을 쏘고 대조총을 포격하며 산을 올랐다. 이에 정기룡은 명군의 화포와 조선조총으로 대응했다.

왜조총에 비해 명중률 높고 사거리도 배나 길며 5단 연속사격이 가능하여 그 성능이 월등한 조선조총으로 무장한 경상우영군 총대의 등장에 왜적은 깜짝 놀라 주춤했다. 또, 싸우지 않을 것이라 예상했던 명군이 조선군만큼이나 힘껏 싸우는 것을 보고 겁을 먹었다. 정기룡은 그때를 놓치지 않고 총공격을 명했다. 조명연합군의 거센 공격에 당황한 왜적 장수들은 군사를 돌려세웠고, 급히 산을 내려갔다.

적이 도망친다! 쫓아가서 모두 죽여라!

정기룡이 천둥 같은 목소리로 호령했고, 고각병은 북과 나발로 진격을 응원했다. 조명연합군 병사들이 함성을 지르며 달아나는 왜적을 맹렬히 추격했고, 전열을 정비할 틈도 주지 않고 몰아쳤다. 왜적은 조명연합군을 피해 순천왜성까지 달아났고, 다급히 성문을 걸어 잠그고 지켰다. 정기룡은 그러나 달아나는 왜적을 끝까지 추격하지 못하고 도중에 군사를 돌려야 했다. 자신의 관할지인 경상우도 고령에 또 다른 왜적이 침입했다는 급보가 전해졌기 때문이었다.

정기룡은 이날의 승전보를 비변사에 치계했다.

왜적이 지리산 밑에 쳐들어왔는데 명군과 (함께)추격하여 10여 급 (1급은 20수급)을 베었습니다. 근래 적에게 귀순했다가 역배신한 자가 2천여 명 전후인데, 모두들 '관백은 이미 죽었고, 또 남방에 변고가 있어서 풍신수길(도요토미 히데요시)의 어린 자식이 즉위는 하였다. (조선 침공에 참가한 왜장들이)모두 그 자리를 빼앗을 계획으로 현재 철수하여 돌아가려고 한다. 심안돈(沈安頓: 시마즈 요시히로)도 그 자리를 빼앗아 자기 자식을 세우려고 물자와 식량 및 기계를 벌써 배에 실었고, 10일에서 15일 사이에 철수하여 돌아갈 것을 결정하였다'라고 말했습니다. 왜적의 철귀(撤歸)는 헛소문이 아닌 것 같습니다.

동 제독(동일원)은 일단 고령으로 진격하고 기회를 보아 적을 섬멸하겠다는데, 7일부터 비가 계속 내려 냇물이 넘치므로 군사를 움직이기 어려우니 매우 걱정입니다.

정기룡과 동일원은 군사를 거느리고 고령으로 향했다. 조명연합군이 고니시 유키나가의 왜적을 막으러 지리산으로 가서 경상우도에 군사가 없는 틈을 노려 호남 남원성에 있던 시마즈 요시히로의 부장 나베시마 나오시게(鍋島直茂)가 1만의 군사를 거느리고 경상우도 고령을 통과하여 사천왜성으로 빠져나가려 한 것이다. 바닷길이 봉쇄되었으므로 육로를 통해 일단 사천왜성까지 탈출하려는 시도였다.

고령에 주둔 중이던 명군 유격 노득룡(盧得龍)은 왜적이 온다는 보고를 받고 두려워서 군사와 함께 달아나버렸다. 이에 정기룡은 먼저 탐병을 보내 왜적의 움직임을 살피게 했다. 왜적 일대가 고령 서쪽 무계진(茂溪津)에 있으며, 강을 건너기 위해 비로 불어난 강물 깊이를 재고 다녔다는 탐병의 보고가 올라왔다.

무계진의 적이 강을 건너려 한다면 틀림없이 밤에 건넌 후 이곳 덕산(德山)으로 들어설 것입니다. 제독께서는 군사를 거느리고 뒤따라와 주십시오. 제가 모국기(茅國器) 유격과 함께 앞서가서 왜적보다 먼저 강을 건넌 후 덕산에 군사를 숨겼다가 급습하겠습니다.

정기룡이 지도를 펼쳐놓고 동일원에게 계책을 말했고, 동일원은 동의했다.

정기룡은 모국기와 함께 군사를 거느리고 덕산으로 갔고, 도진리(桃津里) 강물 속에 말뚝을 박아놓은 후 덕산 아래 기슭에 군사를 숨겼다. 정기룡의 예상은 적중해서, 왜적이 한밤중에 수십 척의 배를 타고 강물을 따라 내려왔다.

왜적의 배가 강물 속 말뚝에 걸려서 뒤집어졌고, 물에 빠진 왜병들이 강가로 기어 나왔다. 정기룡과 모국기는 조선조총으로 왜적을 쏘아서 흩어놓은 후 군사를 휘몰아 마구 쳤다. 수백 명의 왜적을 죽였으나 일부는 야음을 이용해 포위망을 뚫고 달아났다. 정기룡은 모국기와 함께 달아난 왜적을 추격했다.

왜적 부장 나베시마 나오시게는 이때 본대를 거느리고 안림역(安林驛)으로 향하고 있었다. 뒤따르던 일대가 덕산에서 조명연합군 습격을 받고 패하여 쫓기고 있다는 소식을 듣고 급히 군사를 돌려세웠고, 구원을 하러 달려갔다. 정기룡과 모국기는 동일원이 거느린 명군 본대가 도착하기를 기다렸다가 함께 싸워서 크게 쳐부쉈다.

정기룡은 이번에도 왜적 수급을 탐내지 않고 명나라 군사에게 대부

분을 주었다. 그리고는 고령과 거창 등지를 돌며 군사를 모집하여 보강했다. 그런 다음 동일원에게,

지난 날 마 제독과 진주성을 도모하기로 계획했으나 여러 사정으로 미루다가 지금에 이르렀습니다. 저와 함께 진주로 향하시는 것이 어떻겠습니까?

하고 제안했다.

진주성을 도모하기에 적기인 것 같소?

수급에 만족한 동일원은 정기룡에게 매우 호의적이었다.

왜적들이 철귀를 준비하고 있다고 하니 우리가 공격하면 더욱 서두르지 않을까 싶습니다.

하면, 마땅한 계책은 있소?

저를 믿고 뒤만 잘 받쳐주신다면 반드시 성공시키겠습니다.

나는 정 장군의 능력을 믿소.

동일원은 흔쾌히 응했다.

7년 전쟁의 끝

1

조명연합군을 거느리고 진주로 향하는 정기룡은 감회가 남달랐다. 죽은 아내의 원수를 이번에는 갚을 수 있을 것인가! 벌써 5년의 세월이 흘러버려서 너무 늦은 감이 없지 않지만 이제라도 기회를 얻었으니 불행 중 다행이라 할 수 있었다.

정기룡은 진주성 앞을 흐르는 남강 건너편에 조명연합군 진을 펼쳤다. 이에 왜적은 대조총을 쏘아서 전투력이 건재한 척 허세를 부렸다. 그러자 정기룡은 화전과 화포로 진주성 앞의 남강에 띄워진 왜적 병선을 모두 불사르거나 깨부쉈다. 그것을 본 왜병들은 살아서 돌아가지 못할 것을 걱정하며 불안에 떨었다.

이튿날, 정기룡은 경상우영군을 거느리고 얕은 여울을 통해 강을 건넜고, 성벽을 따라 돌며 싸움을 걸었다. 왜적은 대조총과 조총 사격을 최대한 절제하여 대응했다. 적의 포환과 탄환, 화약이 부족한 것을 확인한 정기룡은 명군 화포를 말로 끌어서 강을 건너갔고, 서문 앞에 진을 펼쳤다. 낮은 성벽 너머로 화포를 쏘았는데, 왜적은 어쩔 수 없이 대조총으로 응사했다.

정기룡은 적이 응사하지 않으면 화포를 전진시키고 응사하면 후퇴시키며 집요하게 왜적의 포격을 유도했다. 이튿날에도 하루 종일 포를 쏘았는데, 왜적은 포환이 다 떨어진 듯 더는 응사하지 못했다. 정기룡은 왜적의 기만술일 수 있다 생각하고 포를 더 전진시켜서 성내의 군막을 공격했다. 왜적은 탄환을 피해 이리저리 도망칠 뿐 응사하지 못했다.

적이 대조총 포환을 다 소모했습니다. 내일 아침 강을 건너가서 서쪽 들판에 진을 펼치고 오후에 공격을 개시하겠습니다.

정기룡이 동일원에게 가서 말했다.

강을 건널 때 적이 쏟아져 나오면 막을 수 없을 것이오.

동일원이 걱정했다.

명나라 군사가 강을 다 건널 때까지 저희 조선군이 성문을 틀어막겠습니다.

왜노의 군사가 아직 2천 가량 남았는데, 겨우 4백에 불과한 그대 군사만으로 막다가는 순식간에 전멸할 것이오.

저에게 계책이 있으니 염려 마십시오.

정기룡은 자신만만했다.

다음날 새벽, 정기룡은 경상우영군을 거느리고 강을 건너가서 진주성 서문 앞을 지켰다. 왜적이 쏟아져 나올 경우 앞을 가로막겠다는 생각이었지만 겨우 4백의 군사로 2천의 왜적을 막겠다는 것은 애초 말이 안 되는 얘기였다.

이때의 진주성은 모리 히데모토의 부장인 시시도 모토츠구가 지키고 있었다. 주장 모리 히데모토는 진즉에 왜국으로 돌아가고 싶었으나 이순신의 해상봉쇄로 배를 띄울 수 없어서 기회만 엿보던 중 조명 연합군이 진주성으로 향하자 부장 시시도 모토츠구에게 진주성을 맡기고 자신은 부산포로 도망쳤다.

시시도 모토츠구는 예전에도 정기룡의 군사와 싸워서 대패한 적 있었기에 그러잖아도 주눅이 든 상태인데, 성 밖의 경상우영군을 자세히 살펴보니 모두가 비격진천뢰를 지니고 있었다. 왜적이 쏟아져 나오면 거기에 불을 붙여 던질 것이었다. 4백여 개의 비격진천뢰가 왜적 가운데로 떨어진다면 어떻게 될까? 하나의 진천뢰에 두세 명의 병사만 사상해도 순식간에 절반의 군사가 전투력을 상실할 터였다. 군사 절반을 잃는다면 성을 지켜낼 수 없을 것이었다. 그래서 명나라 군사가 강을 건너는 것을 뻔히 보면서도 군사를 내보내지 못하고 지키기만 했다.

명군이 모두 강을 건너왔고, 정기룡의 지휘로 공성을 위한 진이 펼쳐졌다. 정기룡은 군사들에게 밥을 먹이고 얼마간 쉬게 한 후 총공격을 개시했다. 먼저 화포를 쏴서 성벽을 부수고 성문도 부쉈다.

경상우영군은 상주성 탈환 때처럼 비격진천뢰 심지에 불을 붙여 끈 달린 주머니에 담고 말을 타고 달려서 성벽에 접근했다. 성벽을 따라 돌면서 왜병이 조총으로 대응하는 곳을 향해 진천뢰를 던졌다. 진천뢰가 폭발했고, 성내 곳곳에서 왜병들의 비명소리가 울렸다.

정기룡은 명군 화력대로 달려갔고, 화포를 더욱 전진시켜 성내 깊숙한 곳으로 포를 쏘게 했다. 그리고 명군 유격 모국기에게, 경상우영군이 돌격할 것이니 선봉대를 이끌고 뒤를 받쳐줄 것을 청했다.

명군 포격이 시작됐다. 정기룡은 경상우영군에게 사다리를 하나씩 들게 했다. 그 군사를 거느리고 포환이 날아가는 아래로 말을 달려서 성벽에 사다리를 걸었고, 말에서 뛰어내린 후 왜적의 저항에 맞서 싸우며 사다리를 타고 성벽 위로 올랐다. 모국기가 거느린 선봉대도 뒤따라 달려가서 성벽 위로 올라갔다. 왜적이 필사적으로 막았지만 계속 몰려오는 조명연합군을 다 당해내기엔 역부족이었다.

경상우영군이 먼저 성벽을 넘어가서 성내로 진입했고, 명군 선봉대도 모두 성벽을 넘었다. 그 군사는 막아서는 왜적을 치며 서문 앞까지 진격했고, 부서진 성문을 열어젖히고 명군 대병을 불러들였다.

왜적 부장 시시도 모토츠구는 도저히 막지 못하겠다 판단하고 군사를 거두어 동문으로 달아났다. 그러나 동문 밖에도 조명연합군 총병이 기다리고 있었다. 동문을 열고 밖으로 뛰쳐나간 왜적은 쏟아지는 총탄에 맞아 줄줄이 쓰러졌다. 시시도 모토츠구는 동문으로 달아나는 것을 포기했고, 명군 복장을 하고서 명군 속에 섞였다. 부상병을 후송하는 척하며 성을 빠져나갔고, 경계병 눈을 피해 가까스로 도망쳤다.

그 많은 피를 흘리고도 지키지 못하고 왜적에게 빼앗겼던 진주성을 5년 만에 회복했다. 정기룡은 아내 진주 강씨가 투신한 곳으로 달려갔고, 너무 늦게 온 것을 엎드려 사과하며 하염없이 눈물 흘렸다.

남원성에서 철수하여 내려온 왜장 시마즈 요시히로의 군사는 이즈음 사천왜성으로 들어가 모리 히데모토가 남긴 군사 일부와 함께 웅거하며 왜국으로 돌아갈 방법만 애타게 찾고 있었다. 시마즈 요시히로는 조선 땅에서 더는 피할 곳도 없어 오도 가도 못하고 성에 갇혀 몰살당할 위기에 처하자 강화사 이시다 미쓰나리(石田三成)를 내세워 명나라 중로군 제독 동일원과 수군도독 진린(陳璘), 감군으로 와 있는 명나라 참정(參政) 왕사기(王士琦) 등에게 강화를 요청했다. 그러나 왜적이 말하는 강화는 조선을 속이려고 내세운 명분일 뿐이었고, 실은 명군을 매수하려는 것이었다.

　우리나라 다이묘들이 조선에서 노획한 물품이 아주 많소.

　이시다 미쓰나리가 비밀리에 동일원과 진린, 왕사기 등을 만나서 말했다.

　노획이 아니라 약탈이지!

　동일원이 기선을 제압하려고 소리쳤다.

　노획이든 약탈이든 그것이 중요한 건 아니질 않소. 지금 중국의 장수들이 멀리까지 와서 고생하고 있지만 조선국은 오랜 전쟁으로 폐허가 되어 백성들 먹일 것도 부족하니 돌아갈 때 빈손일 것이 뻔하오. 하지만 우리는 중국 장수들이 돌아갈 때 그 배가 침몰할 만큼의 재물을 실어줄 수 있소.

　이시다 미쓰나리가 말했는데, 뿌리칠 수 없는 유혹이었다.

　원하는 게 무엇이오?

　왕사기가 혹하여 물었다.

　명나라 함선으로 이순신의 함선을 막아주고, 명나라 군사로 정기룡의 군사를 막아주시오.

　이시다 미쓰나리가 말했는데, 조선군 몰래 철군할 길을 열어달라는 뜻이었다. 동일원과 진린, 왕사기 등은 바로 거절하지 않았고, 며칠 내로 답변을 주겠다고 하고 일단은 이시다 미쓰나리를 돌려보냈다.

　왜노 강화사가 하는 말이 틀리지는 않습니다. 우린 왜국에 원한이 있어 온 것이 아니라 조선국에서 몰아내기 위해 왔습니다. 왜노들이 스스로 물러나겠다는데 굳이 피 흘리며 싸울 필요 있겠습니까?

　탐욕스런 왕사기는 왜적의 제안을 받아들이고 싶어 했다.

　정기룡과 이순신이 알면 가만있지 않을 것이오.

동일원과 진린이 걱정했다.

왜노가 조선 땅에서 거두어들인 재물이 어마어마할 텐데, 길만 열어주면 그게 다 우리 것이 되고, 또 피 흘리지 않고 적을 몰아낼 수 있으니 일거양득입니다. 임진년에 왔던 이여송 제독은 왜적을 몰아낸 공으로 조선국으로부터 후한 보상을 받고 왜장들로부터도 퇴로를 열어준 보상을 두둑하게 챙겨갔다고 합니다.

왕사기가 동일원과 진린을 설득했다.

조선을 완벽히 속일 수 있다면 몰라도 그렇지 못하다면 안 하느니만 못하오.

진린이 말했다.

그건 내게 맡겨주십시오. 내가 이리저리 잘 꿰맞춰서 탈이 없도록 해보겠습니다.

왕사기였다.

중로총병 정기룡은 잘 싸우므로 성을 쉽게 얻소. 성을 얻으면 왜노가 그 안에 쌓아둔 재물이 모두 우리 것이 되는데 굳이 왜노의 것을 받을 필요 있겠소?

동일원은 영 꺼림칙하다며 발을 빼려했다.

우리가 정기룡을 앞세워 진주성을 탈환했지만 거기에서 뭐가 나왔습니까? 왜노는 영악해서 귀중한 것들은 이미 다 빼돌려 숨겼습니다. 왜노 강화사가 그 숨긴 것들을 주겠다고 말하지 않습니까? 또, 성을 빼앗아서 가지려면 우리 군사를 많이 잃어야 하는데, 왜 쉬운 길을 두고 어려운 길을 가려 하십니까?

왜적의 뇌물에 이미 눈이 어두워진 왕사기는 집요하게 두 장수를 설득했다.

정기룡은 진주성을 회복한 후에도 토왜를 계속했다. 경상우영군만으로 고성의 영성을 쳐서 왜적을 몰아내고 회복했고, 고향 땅 곤양의 왜적도 몰아내고 회복했다. 그러는 동안 명군은 진주성에서 놀고먹으며 도와주지 않았다.

정기룡은 이젠 사천왜성을 회복해야겠다고 결심하고 명군 제독 동일원을 만나러 진주성으로 갔다.

왜적들이 바다를 건너기 위해 사천선진리성(泗川船津里城: 사천왜성)으로 모여들고 있습니다. 제독의 군사가 충분히 쉬었으니 저와 함께 사천선진리성을 도모해 주십시오.

정기룡이 청했다.

군사가 쉬었다고 무조건 출격할 수 있는 게 아니오. 진주성을 도모할 때 보니 적이 약한데도 군사가 일시에 성벽을 넘지 못하더군. 그래서 내 사천선진리성을 도모할 땐 천제차(天梯車: 하늘사다리차. 수레 위에 널빤지를 비스듬히 대서 많은 군사가 걸어서 성벽을 넘을 수 있게 만든 다리)를 많이 만들어서 가져가려 하오. 아직 천제차가 충분히 준비되지 않았으니 조금만 더 기다리오.

동일원은 준비 부족을 핑계 대며 출격을 미루었다. 정기룡은 며칠 후 다시 동일원을 찾아갔고, 똑 같이 부탁했다. 그러나 동일원은 여전히 준비가 부족하다는 핑계를 댔고, 며칠 후 또 찾아갔을 때도 마찬가지였다.

그때, 경상도관찰사 정경세에게 이상한 첩보가 올라왔다. 명나라 중로군제독 동일원과 우로군제독 유정(劉綎), 그리고 명나라 수군도독 진린이 왜적 석전삼성(石田三成: 이시다 미쓰나리)과 밀통하고 왜군의 퇴로를 열어줄 것이라는 첩보였다. 그런데 그 첩보가 사실일 수 있음을 뒷받침하는 정황들이 여러 곳에서 나타나고 있었다.

순천왜성에서 왜장 고니시 유키나가와 대치하던 명군 제독 유정이 갑자기 명나라 우로군을 거두어서 퇴각해버렸다. 또, 명나라 도독 진린은 수군의 총괄통제권이 자기에게 있음을 내세워 조선 수군통제사 이순신에게 호남으로 가서 순천왜성에서 뛰쳐나온 왜적을 막으라고 했다. 그리고는 일방적으로 호남 해상의 명나라 수군 전함을 거두어서 경상우도 해상으로 이동시켰다. 경상우도와 좌도를 넘나들며 해상을 봉쇄 중이던 이순신은 호남 해상을 방어할 아군이 없으므로 어쩔 수 없이 전함을 거느리고 호남으로 향했다. 그런데 진주성을 탈환할 때까지만 해도 전투에 적극적이던 중로군제독 동일원마저 이런저런 핑계를 대며 사천선진리성을 도모하지 않고 있었다.

관찰사 정경세는 예사롭지 않은 분위기를 감지하고 사태를 파악할 겸 삼가로 내려가서 정기룡을 만나보았다.

그게 사실인가?

정경세의 말을 듣고 정기룡이 깜짝 놀라서 물었다.

지금 확인 중에 있는데, 여러 정황이 맞아떨어지고 있소.

정경세가 심각한 표정으로 한숨지으며 말했다. 그런데 그때 사천선진리성을 감시하던 경상우영군 척후장이 달려와서,

사천선진리성 앞의 만에 왜적 병선이 빼곡히 들어왔는데, 어쩐 일인지 바다 위에 떠 있어야 할 명나라 전함이 보이지 않습니다.

라고 고하는 것이었다.

아무래도 첩보가 사실인 듯하오.

정경세가 수심 가득한 얼굴로 말했다.

큰일이군. 이를 어쩐다?

정기룡도 낯이 파리해지며 걱정했다.

명군을 믿을 수 없으니 우리 조선의 힘만으로 할 수 있는 데까지 해봐야 하지 않겠소?

정경세가 말했고, 정기룡은 고개를 끄덕였다. 그런데 하필 또 그때 관찰사 정경세에게, 대마도에서 건너온 왜적 병선이 경상좌도의 동해안에 상륙하려 한다는 급보가 올라왔다.

왜적이 동해에 병선을 보낸 것은 남해의 해상로를 열기 위함일 것이오.

정경세는 명나라 수군이 동해의 왜적을 친다는 핑계를 대고 동해로 몰려감으로써 남해의 해상로를 열어줄 것으로 예상했고, 정기룡도 같은 생각이었다.

정경세는 수륙합동으로 왜적을 쳐부수기 위해 급히 경상좌도로 가봐야 했다. 정기룡은 여기 일은 자신이 최선을 다해서 대처해볼 것이니 걱정 말고 동해의 왜적을 꼭 쳐부수라고 격려하며 정경세를 배웅했다.

정경세가 다녀간 후 정기룡은 동일원의 군사운용을 예의주시하면서 군사를 거느리고 가화강(加花江) 상류의 진양(晉陽)으로 갔다. 군사를 동원하여 숲의 나무를 베고 거대한 뗏목들을 만들었고, 나뭇가지와 건초도 많이 모았다. 토왜를 다니는 척하며 날마다 뗏목을 만들어 쌓았고, 다른 한편으로는 탐병을 보내 사천선진리성을 세밀하게 살폈다.

동일원이 마침내 사천선진리성을 포위하겠다며 군사를 움직였다. 왜적으로부터 더 많은 뇌물을 받아내기 위한 압박일 터였다.

정기룡은 명군 제독 이여송이 예전에 한양성을 포위하고도 조선군 몰래 왜적을 탈출시킨 사건을 떠올렸다. 동일원도 그 비슷한 방법으로 왜적을 놓아 보내지 않을까 예상했다. 과연 동일원은 정기룡에겐 사천선진리성 포위에 참가할 것 없으니 명나라 유격 모국기와 함께 통양창(通陽倉)의 왜적을 토멸하라고 했다.

정기룡은 동일원을 안심시키기 위해 시키는 대로 했다. 통양창 왜적을 토멸한 후부터는 낮엔 경상우영군 단독으로 토왜작전을 펼치고 밤에만 뗏목을 만들어 명군 눈을 속였다.

1598년(선조 31년) 11월 16일 밤이었다. 사천선진리성을 살피던 탐병이 와서, 명군이 서문의 포위를 풀어주어 왜적이 많은 물자를 서문 앞 만에 정박된 병선으로 옮겨 싣고 있다고 보고했다. 정기룡은 고개를 끄덕일 뿐 아무 말 없었다.

왜적은 밤새도록 짐을 날라 병선에 실었고, 이튿날 낮에는 숨죽이고 있었다. 사천선진리성을 포위한 명군도 공격할 생각이 전혀 없는 듯 별다른 움직임을 보이지 않았다. 그리고 다시 밤이 왔다. 정기룡은 군사를 거느리고 가화강 상류로 갔다.

준비된 뗏목들을 강물에 띄워라.

정기룡이 명했다. 병사들은 미리 만들어놓은 뗏목 위에 건초와 나뭇가지를 가득히 실었고, 뗏목을 말로 끌어가서 가화강에 띄웠다.

사천선진리성의 왜적이 서문을 빠져나가 병선에 오르고 있습니다.

탐병이 와서 보고했다. 정기룡은 이미 예상했다는 표정으로 고개를 끄덕였고, 뗏목들을 강물에 띄우고 하류로 흘려보냈다. 병사들이 강을 따라가며 강가에 걸리는 뗏목을 밀어서 다시 강물에 흘려보냈고, 바닷물과 만나는 지점까지 갔다. 정기룡은 병사들에게 뗏목에 실린 나뭇가지와 건초에 불을 지르게 했다.

썰물이 시작됐고, 바닷물이 빠지며 유속이 빨라졌다. 거대한 불덩어리가 된 뗏목은 사천선진리성 앞의 만에 가득 정박한 왜적 병선을 향해 빠르게 돌진했다.

사천선진리성의 왜장 시마즈 요시히로는 불덩어리가 떠내려 오고 있다는 보고를 받고 급히 성루로 달려가서 만을 바라보았다. 수많은 불덩어리가 썰물의 도움으로 가속을 얻어 쏜살같이 빠르게 만으로 흘러들고 있었다.

속았다. 명나라 제독 동일원이 우릴 속였어!

시마즈 요시히로가 분노를 억제하지 못하고 길길이 날뛰며 소리쳤다. 그러나 화만 내고 있을 때가 아니었다.

승선을 완료한 병사들을 갑판에 올려 세우고 긴 막대로 병선으로 다가오는 뗏목을 밀게 하라!

시마즈 요시히로가 명했고, 승선한 왜병들은 모두가 갑판에 올라서 긴 막대로 다가오는 뗏목을 필사적으로 막았다. 그러나 뗏목의 속도가 너무 빨라서 막을 수 없었다. 떠내려 온 거대한 뗏목들이 병선을 들이박았고, 그 충격으로 병선이 흔들리면서 뗏목을 막으려던 갑판 위의 왜병들이 쓰러졌다.

병선에서 왜병들이 뗏목과 사투를 벌이고 있을 때 시마즈 요시히로는 명군 복장을 한 사자를 암문으로 내보냈고,

조선군이 불덩어리를 실은 뗏목으로 병선을 공격하고 있는데, 이게 어떻게 된 일입니까? 약속이 다르지 않습니까?

하고 동일원에게 따지게 했다.

불덩어리를 실은 뗏목이라니?

오히려 동일원이 어리둥절해서 되물었다.

정기룡이 우리 몰래 일을 꾸민 모양입니다. 왜군이 더욱 승선을 서둘러서 바다로 빠져나가고 병선도 대피시키는 수밖에 없습니다.

함께 있던 왕사기가 말했다.

나도 전혀 예상치 못한 일이라 어찌해야 할지 모르겠다.

동일원은 미안함과 당혹감이 뒤섞인 표정으로 왜적 사자를 쳐다보았다.

우리도 어떻게든 정기룡을 막아볼 것이니 왜국 군사도 서둘러 승선하고 바다로 빠져나가도록 하오. 승선하지 못한 병력과 병선도 일단은 대피했다가 다시 기회를 만들어봐야 할 것이오.

왕사기가 왜적 사자에게 말했다.

왜장 시마즈 요시히로는 돌아온 사자로부터 동일원과 왕사기의 말을 전해 듣고 참으로 무책임하다고 성토했고, 일단 승선이 완료된 배부터 출발하고 승선할 병력은 더욱 서두르라고 지시했다. 그러나 불덩어리 뗏목들이 빼곡한 병선 사이사이로 들어가 끼여 있어서 승선이 완료된 배라도 바다로 빠져나가기 쉽지 않았고, 승선할 병력을 실은 뗏목도 병선에 접근하기가 어려웠다. 거기에다 이미 많은 병선이 불길에 휩싸여 있었고, 자욱한 연기로 앞을 분간하기도 쉽지 않았다. 살려달라는 왜병들의 외침이 여기저기서 들려오고 있었고, 불길을 피해 바다로 뛰어드는 병사도 여기저기 눈에 띄었다.

왜장 시마즈 요시히로는 불붙은 병선을 포기하고 불붙지 않은 병선에 승선하라고 소리쳤고, 자신도 승선하기 위해 성을 나섰다. 그러나 계속해서 불붙은 뗏목이 내려오고 있어서 도저히 승선할 수 없었다. 결국 승선하지 못한 병사는 포기하고 성으로 돌아갈 것을 명했고, 이미 병력을 실은 병선과 불이 붙지 않은 병선은 서둘러 출항하게 했다. 그리고는 자신도 성으로 돌아갔다.

왜적 병선 약 40척이 정기룡의 화공(火攻)을 피해 황급히 만을 빠져나갔는데, 그 중 병력을 싫은 병선은 30여 척이었다. 만을 빠져나가지 못한 병선은 계속 불타고 있어서 성한 병선이 몇 척일지, 얼마나 많은 병사가 희생됐는지는 파악이 되지 않았다.

정기룡은 남은 병선을 모두 불살라버리려고 계속해서 뗏목을 흘려보냈다. 그 뗏목들을 거의 다 떠내려 보냈을 즈음 명군 전령사가 와서 동일원의 호출을 전했다. 정기룡은 올 것이 왔다고 생각했고, 전령사를 따라갔다.

내가 우리 명나라 수군과 약속을 하고서 적을 바다에서 수장시키기 위해 일부러 약간의 적병을 놓아 보내려 했는데, 어째서 조선 정 장군은 내 계책을 방해하는 것이오?

동일원이 정기룡을 보자마자 역정을 내며 소리쳤다. 바다에서 수군으로 쳐부순다는 계책을 세우고 일부러 왜적을 보내주었다는 주장이었다.

하다면 명나라 수군의 승전보를 기대해보겠습니다.

정기룡은 믿을 수 없다는 듯 시무룩하게 말했다.

왜 보고도 없이 그런 일을 벌여서 내 계책을 방해했느냐고 묻질 않소?

어차피 왜적을 죽이려 하셨던 것이니 제독께서 세우신 계책에는 차질이 없을 것으로 여겨집니다.

정 장군만 싸울 줄 안다고 생각하오? 나도 싸울 줄 아는데, 왜 나에게 보고도 않고 멋대로 내가 포위하고 있는 적을 공격했느냐 말이오!

동일원이 더욱 분노하여 고래고래 고함쳤다.

며칠 전 사천선진리성 앞의 만에 왜적 병선이 빼곡히 들어왔는데, 바다 위에 떠 있어야 할 명나라 수군 전함이 한 척도 보이지 않더이다. 그런데 근래 교활한 왜구(倭寇) 이시다 미쓰나리가 많은 재물로 명나라 장수들을 매수하려 한다는 첩보까지 접하고 보니 혹여 제독께서도 왜적의 모략에 말려드시는 건 아닐까 몹시 걱정이 되더이다. 그러던 차에 제독께서 성을 포위하고도 왜적을 서문으로 내보내시니 제가 의아했던 것입니다. 오해였다면 송구하게 됐습니다.

그런 첩보가 있었단 말이오? 그 첩보의 출처가 어디요?

동일원이 움찔하는 모습이더니 표정을 관리하며 물었다.

출처는 밝힐 수 없습니다.

그런 중요한 첩보를 접하였으면 당연히 내게 먼저 보고해야 하는 것 아니오?

외람된 말씀이오나, 이시다 미쓰나리가 이미 제독께도 접근하였을지 모를 일이기에 보고하지 않았던 것입니다.

오해를 했다면 먼저 제독께 달려와서 확인부터 했어야 하는 것 아닌가?

왕사기가 끼어들었다.

저의 오해였다면 방금 떠난 왜적 병선들이 명나라 수군에 의해 침몰되었다는 소식이 곧 들리겠지요.

정기룡이 말했는데, 왕사기는 약이 올라서인지, 아니면 거짓을 들켜서인지 낯이 벌겋게 달아올랐다.

좋소. 내 그대의 오해를 풀기 위해서라도 내일은 공격을 개시할 것이니 그대의 군사가 돌격을 맡아줘야겠소.

동일원이 말했다. 정기룡은 동일원이 꿍꿍이가 있어서 그런다고 생각하면서도 거부할 명분이 없어서 그렇게 하겠다고 했다.

3

다음 날이었다. 동일원은 정기룡의 군사가 전날 밤늦게까지 애를 썼으므로 푹 쉬어야 한다며 오후에 동문 앞으로 불렀고, 공격을 명했다.

진격하라!

정기룡이 군사의 가장 앞쪽에 서서 칼을 높이 들고 소리쳤다. 이에 경상우영군은 말을 타고 사천선진리성 동문을 향해 돌진했다. 왜적이 빼곡히 성곽에 올라서서 조총을 발사하고 왜궁을 쏘았다. 정기룡의 군사는 비 오 듯 쏟아지는 적탄과 화살을 두려워않고 성벽을 따라 말달리며 조선조총과 각궁으로 공격했다. 왜적의 조총 탄환과 화살은 조선군에게 미치지 못하는데, 조선군의 조선조총과 화살은 달리는 말 위에서 쐈음에도 정확히 적을 맞혀 쓰러뜨리고 있었다.

그 사이 명군 선봉대가 천제차를 끌어다 성벽에 붙이려 시도했다. 그러나 왜적이 덩치 큰 천제차를 향해 대조총을 집중 포격하여 쉽게 부숴버렸다. 모국기는 천제차 없이는 성을 함락하기 힘들다는 핑계를 대며 후퇴해버렸고, 동일원도 공격을 중지하라고 명했다. 정기룡은 몇 안 되는 경상우영군만으로는 할 수 있는 것이 많지 않으므로 일단 군사를 물렀다.

왜적이 모든 화력을 쏟아 부어 극렬하게 저항하므로 많은 군사의 희생이 예상됩니다. 벌써 사상자가 꽤 많이 발생했습니다.

모국기는 어떻게든 전투를 피하려는 속내를 숨기지 않았다.

제대로 싸워보지도 않고 포기하려는 것입니까?

정기룡이 불평했다.

포기하려고 전투를 중지시킨 것이 아니라 천제차를 쓸 수 없게 됐으므로 계책을 수정하려는 것이오.

동일원이 변명하듯 말했고, 군사를 쉬게 한 후 전열을 정비해서 다시 공격할 것이라고 했다.

왜적이 단결하여 막으므로 동문 공격만으로는 함락이 어렵겠습니다. 저희 선봉대가 남문으로 가서 공격하여 적의 방어력을 분산시키겠습니다.

모국기가 말했다. 동일원은 그것 아주 좋은 계책이라고 찬동했고, 정기룡도 반대하지 않았다.

모국기의 선봉대가 남문을 향해 떠난 후 정기룡은 병사들에게 휴식을 주었다. 얼마 후 모국기의 선봉대가 남문 공격을 개시했다는 소식이 전해져 왔다. 정기룡은 병사들을 다시 일으켜 세워 돌진했다. 예상했던 대로 이번에는 왜적의 저항이 강하지 않았다.

남문 쪽에서 여러 차례 폭음이 들려왔다. 정기룡은 모국기의 선봉대가 남문에서 왜적과 싸우고 있을 것이라고 생각했고, 그로 인해 동문 쪽에 몰려 있던 왜적이 상당 수 남문 쪽으로 이동했을 것이라고 짐작했다.

정기룡은 왜적이 많지 않은 틈을 노려 거세게 돌격했고, 성벽에 사다리를 거는 데 성공했다. 그런데 그때 명군 제독 동일원의 전령사가 정기룡에게 달려와서,

여기는 우리 명나라 군사에 맡기고 조선군은 급히 남문으로 달려가라는 제독의 명입니다.

하고 말했다. 정기룡이 어리둥절해서,

갑자기 왜냐?

하고 전령사에게 물었다.

남문에서 싸우던 우리 선봉대에서 불랑기포 오발로 쌓아놓은 화약이 폭발하는 사고가 있었답니다. 많은 병사가 죽었는데, 이것을 본 왜적이 성문을 열고 달려 나와 공격하므로 선봉대가 무너지기 직전이라고 합니다. 다급히 구원을 요청해왔는데, 조선의 경상우영군이 가장 강하니 그 군사가 가줘야겠다고 하셨습니다.

전령사가 말했다.

병사가 몇 명 죽었는지 헤아릴 틈도 없는 전투 중에 잘 싸우고 있는 군사를 갑자기 소환하여 다른 곳으로 구원을 보내다니……. 정기룡은 어이가 없었다. 그때 문득 이상한 생각이 들었다. 정기룡은 일단 군사를 뒤로 물렸고, 군사를 거느리고 남문으로 달려갔다. 가서 보니 짐작대로 성문을 나선 왜적은 보이지 않고 명군만 폭발사고를 수습하느라 바빴다. 정기룡은 아차 싶었고, 폭발사고가 난 곳으로 가지 않고 길을 돌아서 서문으로 달려가 보았다. 아니나 다를까, 정기룡의 예상은 적중해서 왜적이 활짝 열린 서문으로 줄줄이 빠져나가 병선에 오르고 있었다. 바다에서 새로 들어온 병선이었다.

정기룡은 군사를 휘몰아서 성문을 나서는 왜적을 공격했다. 이에 왜적은 철수를 계속하면서도 조총과 대조총 등의 모든 화기를 동원해 강력히 대항했다. 싸워도 싸워도 왜적이 줄지 않아서 탈출하는 왜적을 막을 수 없었다. 명군이 동문 공격을 계속하고 있다면 그 명군을 상대하기도 벅찰 텐데 서문에서 경상우영군과 싸우는 왜적은 점점 늘어나고 있었다.

정기룡과 경상우영군은 싸우다 싸우다 지쳤고, 많은 희생자가 발생했다. 왜적은 일부 군사를 남겨서 경상우영군과 싸우게 하며 계속해서 병선에 올랐고, 승선이 완료된 병선부터 출발하여 줄줄이 바다로 빠져나갔다. 언제 그 많은 왜적이 병선에 올랐던 것일까? 얼마 지나지 않아 40여 척의 병선 대부분이 출발하고 몇 척만 남았다.

정기룡과 경상우영군 병사들은 힘을 다 소진했으면서도 악으로 싸우며 서문을 향해 계속 나아갔고, 마침내 병선으로 향하는 길을 차단했다. 그때까지 병선에 오르지 못한 몇 안 되는 왜적은 성으로 돌아갔고,

성문을 닫아걸었다.

4

어찌된 일입니까?

정기룡은 동일원에게 달려가서 따져 물었다.

그건 우리가 물을 말이다. 그대가 군사와 함께 달아나는 바람에 우리 선봉대가 전멸할 뻔했다. 그 때문에 오늘의 전투를 완전히 망쳐버렸으니 무엇으로 책임질 것인가?

왕사기가 찢어지는 목소리로 정기룡을 향해 소리쳤다.

저는 도망친 적 없습니다. 제독 전령사가 남문으로 가서 선봉대를 구원하라고 전하기에 군사를 거두었던 것입니다.

우리 제독께서 남문으로 가라고 했으면 남문으로 가야지 왜 남문에 나타나지 않았느냔 말이다!

남문 쪽에는 성문을 나선 왜적이 없었습니다. 저는 왜 명나라 군사가 서문을 활짝 열어주어 왜적을 놓아 보냈는지가 궁금할 뿐입니다.

거짓말하지 말라! 조선군이 남문을 구원하지 않는 바람에 서문의 군사가 남문으로 가야 했던 것이고, 여기 동문의 군사까지 가서야 겨우 막았던 것이다. 적이 두려워 도망치고서는 죄가 드러날 것 같으니 남문을 나선 왜적이 없었다고 거짓말하는 것 아닌가?

우리가 도망쳤다면 서문에서 싸운 군사는 어느 군사였단 말입니까?

우리는 조선군이 서문에서 싸우는 것을 보지 못했다.

왕사기는 정기룡이 적이 두려워 도망을 치고서는 엉뚱하게 서문 포위

가 뚫린 것을 트집 잡는다고 역정이었고, 정기룡이 도망치는 바람에 왜
적을 다 놓쳤다고 책임을 뒤집어씌우며 성질을 있는 대로 부렸다. 명나
라 조정에 고하고 조선 조정에도 알릴 것이니 각오 단단히 하라고 소리
쳤다.

　정기룡은 할 말을 잃었다. 왜 하필 그 순간 남문 앞에서 폭발사고가
일어났는지 여전히 의문이었지만 명군의 피해가 있었던 것은 분명한 사
실인 만큼 섣불리 고의성을 의심할 수도 없었다.

　조선에 파견된 명나라 포정(布政) 양조령(梁祖齡)은 정기룡이 왜적을
놓아 보낸 동일원을 의심한다는 얘기를 듣고 급히 삼가의 경상우병영으
로 달려갔다. 증거가 없으므로 정기룡도 더 크게 반발하지는 못하겠지
만 말썽의 소지는 충분하므로 달래서 무마해보려는 것이었다. 명군 유
격 양겸(楊謙)과 남방위(藍邦威), 부총(副摠) 조승훈(祖承訓) 등이 거느린
6천여 명의 기병, 사천선진리성전투에서 폭발사고를 일으킨 군사 4명 등
을 대동했다.

　내 조선 장수가 전투 중에 도주했다는 보고를 받고 조사하러 왔는데,
조사를 해보니 그대의 결백이 증명됐소. 잠시나마 오해가 있었던 것에
대해 사과하는 의미로 사천선진리성전투 때 폭발사고를 일으킴으로써
결과적으로 왜적을 도망치게 만든 병사들을 색출해서 잡아왔소. 그대
가 보는 앞에서 저들을 참할 것이며, 그대에게 우리 군사 6천을 맡겨 그
대를 돕게 하는 것으로 부족하지만 성의를 표하고 싶소.

　양조령이 정기룡에게 말했다.

　군사는 필요 없으니 데리고 돌아가십시오.

　정기룡이 무표정한 얼굴로 힘없이 말했다.

우리 성의를 받지 않겠다는 것이오?

사천선진리성의 왜적이 대부분 달아나고 몇 남지 않았는데 굳이 많은 군사가 필요하겠습니까? 우리 군사만으로도 충분히 이길 수 있습니다.

우리의 사과를 받아들이지 않겠다는 뜻으로 들리니 섭섭하구려.

우리 조선이 스스로 나라 지킬 힘이 없어 명나라에 도움을 청한 것이고 명나라 군사가 없었다면 이길 수 없는 전쟁이었는데, 조선의 장수로서 어찌 그 은혜를 망각하고 원망을 품겠습니까? 다만 7년간 이어진 전쟁을 제 손으로 마무리하지 못하고 왜적을 놓아 보낸 것이 허탈할 뿐입니다.

사천선진리성의 왜적을 놓친 것에 대해서는 할 말이 없소. 그래서 더더욱 그대를 돕고 싶은 것이오.

정이나 그러하시면 저 잡아온 병사들을 살려주십시오. 그것이면 족합니다.

저 병사들은 돌이킬 수 없는 실수를 저질러 전투의 패인을 제공했고, 그로 인해 왜적이 모두 달아났는데 어째서 살려주라는 것이오?

우리 백성들을 지켜주러 타국에서 와준 병사들인데 어찌 죽게 할 수 있겠습니까?

저 병사들이 왜적에 매수되어 고의로 폭발사고를 일으켰다고는 의심해보지 않는 것이오?

설사 그렇더라도 그것은 우리 잘못입니다. 우리 조선이 스스로를 지킬 힘이 있었다면 그런 일이 발생하겠습니까? 우리가 힘이 없어 왜적을 놓아 보낸 것이지 저들의 잘못이 아닙니다.

양조령은 정기룡의 말을 들으며 무겁게 고개를 끄덕였고, 그 요청을 받아들여 병사들을 참하지 않았다. 그리고는 거느리고 온 군사를 도로 데리고 돌아갔다.

정기룡은 며칠 후 군사를 거느리고 사천선진리성으로 달려갔다. 성에 남아 있던 왜병은 조선군이 들이닥치자 조총을 쏘며 저항하다 달아나 성내에 숨었다. 정기룡은 군사를 거느리고 성내 곳곳을 돌아다니며 숨은 왜적을 찾아냈고, 저항하는 왜적 40여 명을 죽이고 나머지는 사로잡았다.

이로써 7년간 이어진 전쟁은 끝났다. 정기룡은 성루 기둥에 등을 기대고 앉았고,

이것이 나약한 나라의 처지인가!

왜적이 떠나간 사천만을 바라보며 한탄했다. 두 볼에서는 주르르 눈물이 흘러내렸다. 무사 장상헌이 다가와 조용히 옆에 앉았고,

그래도 우리는 열심히 싸웠습니다.

하고 울먹이는 목소리로 말했다. 정기룡은 장상헌을 돌아보았고, 눈물 젖은 얼굴로 고개를 끄덕이더니 그 어깨에 손을 얹고 힘주어 끌어안았다.

에필로그

起龍無則 嶺南無, 嶺南無則 我國無

정기룡이 없었다면 영남은 없었고, 영남이 없었다면 우리나라도 없었다.

선조임금은 정기룡 장군의 활약을 이처럼 높이 평가했고, 1605년 장군을 원종선무일등공신(原從宣武一等功臣)에 취품하라는 교지를 내렸다.

정기룡 장군의 자는 경운(景雲)이고 호는 매헌(梅軒)으로, 그 활약에 비해 이름이 크게 알려지지 않았다. 그것은 워낙 젊은 나이에 장군이 되었기에 그 공을 시기하고 견제하는 벼슬아치가 많았던 탓도 있고, 스스로 전공을 자랑하지 않고 오로지 전투에만 열중했기 때문이기도 했다. 또 왜란 초기 벼슬이 낮고 나이도 젊어서 그 활약이 조정에 다 보고되지 않은 까닭도 있었다.

정기룡 장군은 전투밖에 모르는 무인이었음에도 권력자들의 많은 견제를 받았다. 그의 능력이 그만큼 뛰어났기 때문일 것이다. 막강 권력자들의 강력한 견제를 뚫고 겨우 서른여섯 살에 병마절도사가 될 수 있었던 것은 그만큼 잘 싸우는 명장이라서 그를 대신할 사람이 없었다는 뜻 아닐까?

정기룡 장군을 견제하려는 권력자와 그 공적을 시기한 관원들은 전쟁을 치르고 있는 장수를 상대로 별별 모함을 다하며 탄핵과 치죄를 추진했다. 그럼에도 장군은 일일이 대응하지 않았고, 묵묵히 전투만 했다.

그는 장군이면서도 명으로만 군사를 다스리지 않고 늘 병사들과 함께 직접 싸웠고, 적을 보고 피하지 않고 찾아다니며 무찔렀다. 그리고 전과(戰果)를 얻으면 수하들 몫부터 챙겼고, 자신의 전과를 다른 장수들에게 나누어주기까지 했다. 공을 세워 높은 벼슬에 오르려고 전투를 한 것이 아니라 오로지 백성을 지키고 나라를 지키기 위해 싸웠기 때문이다.

전쟁이 끝나자 적 앞에 비겁했던 자들과 기회주의자들이 승승장구하여 높은 벼슬에 올랐고, 열심히 적과 싸운 사람들은 그들의 견제로 배척되었다. 정기룡 장군 또한 마찬가지였다. 그들의 모함은 계속되었고, 살아남은 영웅인 관계로 온갖 누명과 무함에 시달리며 투옥되기까지 했다. 그들에 의해 장군이 세운 전공은 폄훼되고 업적은 축소되었다.

그렇지만 정기룡 장군의 활약에 감동을 받은 사람들이 목격하고 기록한 난중록(亂中錄)이 곳곳에 남아 있었고, 그 덕분에 단편적으로나마 60여 차례의 전투에서 단 한 번도 패한 적 없는 장군의 활약상이 후대에 알려질 수 있었다. 이를테면 임진왜란 당시 경상도관찰사 김수를 수행한 이탁영(李擢英)의 친필일기 『정만록(征蠻錄: 일명 壬辰變生後日錄)』의 삼도근왕병 활동기록이라든가, 족친 정경운(鄭慶雲)의 일기 『고대일록(孤臺日錄)』, 남원 의병장 조경남(趙慶男)의 전쟁야사 『난중잡록(亂中雜錄)』, 상주지역 의병장 조정(趙靖)의 일기 등이 그것이다.

11월 15일. 우리 상주의 신임 판관 정기룡은 부임한지 겨우 열흘 남짓한데 용맹하게 적을 토벌하여 활을 쏘고 목을 벤 것이 많다고 한다. 사람으로 하여금 극히 용기를 얻게 한다(……).

정월 7일. 본진 및 함창과 문경의 관군이 합세하여 좌·우위군으로 나누고 상주판관 정기룡의 통제를 받도록 했다. 대개 정 성주(城主: 정기룡)는 비단 용감하고 강건하기 짝이 없을 뿐 아니라 부지런히 적을 토벌하며, 나라를 위해 죽고자 자신을 잊었기 때문이다.

의병장 조정이 기록한 정기룡 장군의 활약상 일부이다.

1646년 상주군수로 재임하던 조정융(曺挺融)은 이러한 관련 기록들을 발견하고, 또 상주지역 백성들의 목격담을 전해 듣고 감동을 받아 자료를 모으기 시작했고, 장군의 행적을 정리해 「사적(事蹟)」을 편찬했다. 그리고 1718년 채휴징(蔡休徵)이 장군의 증손인 정륜(鄭綸)의 요청으로 「연보(年譜)」를 편찬했으며, 1746년에는 장군의 활약을 모아서 엮은 『매헌실기(梅軒實記)』 2권이 간행됐다. 하지만 후대의 자료수집에 의존한 탓에 누락된 전투가 많아서 장군의 전체적 활약을 알기엔 부족하다.

간혹 『매헌실기』의 신빙성에 의문을 표하는 이도 있다. 하지만 정기룡 장군이 30대 초반에 상주목사 겸 토왜대장, 상주목사 겸 토포사가 되고 30대 중반에 병마절도사가 된 것은 명확하다. 그렇다면 그 젊은 사람에게 그 같은 높은 벼슬이 내려진 근거는 무엇일까? 왜적에 사로잡힌 방어사 조경을 적진에 뛰어들어 구출했다든가, 상주목사 겸 토왜대장, 혹은 토포사에 발탁되는 배경 등은 『조선왕조실록』의 기사로 확인할 수 있다. 비변사마저 정기룡을 뛰어난 장수로 인정하는 데는 그만한 이유가 있었을 것이다.

왜란 초기 장군의 버슬이 봉사에서 갓 진급한 별장에 불과했고 매우 젊은 무관이었다는 점을 감안한다면, 그리고 전란의 혼란과 날마다 이 어지는 전투상황을 감안한다면, 또한 그 스스로 공을 자랑하는 성격이 아니었음도 감안한다면 그의 활동이 일일이 조정에 치계되거나 알려지 기를 바라는 것도 무리일 것이다. 또 장군은 경상우도의 독보적 존재였 으므로 도체찰사나 도원수 간섭을 받지 않고 대부분의 작전을 독립적으 로 전개했고, 따라서 도체찰사와 도원수, 관찰사 위주의 치계에서 크게 다루어지지 않았다는 점도 고려해야 할 것이다. 그런 연유로 장군에 대 한 정사 기록이 많지 않은 것이지 활동 자체가 없었다고 보기는 어렵다. 그렇다면 『매헌실기』에 대한 반박자료가 나타나지 않는 한 사실의 기록 으로 보는 것이 옳지 아닐까?

『조선왕조실록』에는 정기룡 장군에 대한 부정적인 기사도 있다. 하지 만 같은 시대 다른 위인에 대한 기사를 살펴봐도 그런 경우가 상당하다 는 것을 알 수 있을 것이다. 그것은 『조선왕조실록』의 특징 중 하나이 다. 어떤 인물에 대한 기사를 살피다 보면 같은 일을 두고 사관에 따라 극과 극의 평가를 내리기도 하고, 같은 인물을 두고도 어떤 사관은 홀륭 한 위인, 어떤 사관은 소인배로 기록하기도 했다. 『조선왕조실록』의 기 사는 사관의 양심이 맡겨졌고, 익명으로 처리했다. 따라서 기사에 사관 의 개인감정을 반영하는 경우도 상당했다. 그러니 정파감정의 경우야 오 죽했으랴.

전쟁이 끝나고 정기룡 장군은 경상도방어사로 강등됐고, 후에 김해부 사를 역임했다. 1607년(선조 40년) 용양위부호군(龍驤衛副護軍) 겸 오위 도총부총관(五衛都摠府副摠管)에 올랐고, 밀양부사, 중도방어사, 경상좌 도병마절도사 겸 울산부사 등을 역임했다. 1610년(광해군 2년) 상호군에